张炜中短篇小说年编
狐狸和酒

张炜◎著

时代出版传媒股份有限公司
安徽文艺出版社

图书在版编目(CIP)数据

狐狸和酒/张炜著.—合肥:安徽文艺出版社,2012.8
(张炜中短篇小说年编)
ISBN 978-7-5396-4338-0

Ⅰ.①狐… Ⅱ.①张… Ⅲ.①中篇小说-小说集-中国-当代 ②短篇小说-小说集-中国-当代 Ⅳ.①I247.7

中国版本图书馆 CIP 数据核字(2012)第 161582 号

总 策 划:朱寒冬 刘景琳	出版统筹:曾 冰
责任编辑:岑 杰	封面设计:尚书堂

出版发行:时代出版传媒股份有限公司 www.press-mart.com
　　　　　安徽文艺出版社 www.awpub.com
地　　　址:合肥市翡翠路 1118 号　邮政编码:230071
营 销 部:(0551) 3533889
印　　　制:安徽新华印刷股份有限公司　(0551)5859128

开本:880×1230　1/32　印张:13.125　字数:270 千字
版次:2012 年 8 月第 1 版　2012 年 8 月第 1 次印刷
定价:44.80 元(精装)

(如发现印装质量问题,影响阅读,请与出版社联系调换)

版权所有,侵权必究

目录

序

一辑

我的老椿树 / 3

问母亲 / 21

我弥留之际 / 39

四哥的腿 / 49

消逝在民间的人 / 61

逝去的人和岁月 / 73

造船 / 90

射鱼 / 102

王血 / 111

蜂巢 / 124

绿桨 / 135

夜海 / 147

二辑

背叛 / 161

阳光 / 179

酒窖 / 187

狐狸和酒 / 203

头发蓬乱的秘书 / 215

一个故事刚刚开始 / 226

怀念黑潭中的黑鱼 / 238

旧时景物 / 247

唯一的红军 / 257

赶走灰喜鹊 / 267

鱼的故事 / 275

三辑

割烟 / 285

武痴 / 294

仙女 / 306

烧花生 / 315

许蒂 / 326

晚霞中的散步 / 336

山洞 / 343

书房 / 358

面对星辰 / 371

一个人的战争 / 381

老人 / 391

致不孝之子 / 396

附：短篇小说总目 / 408

序

  我在近四十年的写作生涯中,除了长篇小说和散文之外,共写了十三部中篇小说和一百多部短篇小说。

  这是我十分钟爱的文体。我把许多宝贵的时间花在这些篇章之中,可以说为之殚精竭虑。

  现在的七部"中短篇小说年编",大致以写作时间为序编排。这成为一次盘点,一次回顾和总结:生命的痕迹、劳作的历史、艺术的变化、生活的记录……

  时间匆匆而过,悉数消逝在渺茫无际的数字时代,好像离我们越来越远了。

  不过,当重新展读这些篇章时,我却再度追上了漂流的时间,并且觉得一切都楚楚如新。

  也许这就是文学的意义、写作的意义。

2012 年 1 月 12 日

一 辑

我的老椿树
问母亲
我弥留之际
四哥的腿
消逝在民间的人
逝去的人和岁月
造船
射鱼
王血
蜂巢
绿桨
夜海

我的老椿树

　　春天刚一开始,老人就知道了。那是个正午时分,他坐在门槛上晒太阳,觉得后脖颈儿那块地方一阵燥热。他知道春天在那一刻里来了。每个季节都要在田野上持续几个月的时间,但它们到来的情景,总是在一眨眼的工夫突然闯入。

　　那奇异的一刻难以从老人眼前溜走,他能不失时机地把它捕捉到,就好比握住了它的手,让它将自己领进一个新的季节里。

　　在他看来,再也没有比依照日历牌去划分季节的举动再蠢的了。季节是一种奇怪的东西,给身体制造出各种滋味。人应该有划分和鉴定季节的天然本领。他年轻的时候就不信赖日历牌。为了弄清春天是从哪一刻开始的,他曾在田野上挖一个土坑,土坑里再放进一片羽毛:羽毛从坑底悠悠升起的那一瞬,也就是春天的开始……他老了,要感知春天已经不需要羽毛了。

　　小院里的老椿树面目苍苍,无动于衷。

　　老人走过去,跺了跺脚,然后走回屋里。

　　他取来一柄铁锹,在椿树下修了土埂。离树一丈多远是一口细筒石井,他提出一桶桶水,浇到椿树下。

泥墙上的枯草不停地抖动,冷风从草叶上又跑到老人衣襟里面。他一动不动地盯着树下的水慢慢渗光,接着再动手提水。灌了十四桶水,那水渐渐停止了渗流。老人拍了拍手在原地坐下来,吸起了烟。他记起有一年春天,口渴得一口气喝了六大粗碗米汤。

烟雾从他嘴里冒出来,又围着脖子旋转一圈。好香的烟,好大的劲道。他咳着,满足地抖着嘴巴。有一根干死的枝条掉在脚边,他拾起来,端量不止。这是一截细细的树枝。人老了,气血不足,头上的毛发一根根变白了,有的还要脱落下来。老棉袄里可热烘烘的,有时简直就是滚烫的锅饼贴在了皮肤上。不知哪一年冬天在水库工地上垒石堰,送饭送来了锅饼,热乎乎的,大家就把它捂在肚子上。那年冬天真冷,不是人过的。老人把烟锅磕打一下,说:"哼,冬天。"

冬天来临那一天,他正蹲在门口喝一碗稀粥。椿树叶子落满了院子,他一次也没有扫。地上的叶子遮住了土,走在上面软乎乎的。树多大。这棵树是先人栽的,如今毫不含糊地老了。当时他喝着粥,眼盯在椿树叶上琢磨事,古怪的东西,每根梗上都一左一右对称着生了一般大的叶子。这真是一种体面的树,叶子真不错。当筷子咂在嘴里,正要抽出来的那一刻,腮上像被锥子扎了一下,木木地疼。他伸手抚摸腮部,一举手感到了刺骨的凉气。不用说,冬天在刚才的一瞬间来了。

寒风日夜在老椿树的枝条上怪叫。

他躺在屋里,特别是深夜,真为它难受。人在屋里裹着被子还嫌冷,树呢?树不容易。不过树和树也不一样。那些皮脸厚壮的青杨,斧子砍一圈都不死,冬雪结在枝条上只会笑哈哈。椿树啊,香气透皮的高贵的树。它天生是禁不起折磨的一种树木。他想到哪里了?他真想为它盖一座茅屋。不过哪有给一棵树盖茅屋的?再说那茅屋要搭多么高。

冬天不是人过的日子,也不是树过的日子。

那"呜呜"的声音是风叫还是树哭?分不清。树应该哭。不过这棵老椿树自尊自贵,万事不求人,它是不会哭的。没有什么能阻挡得住冬天的狂风。它是世上顶可恨的东西,让裹在被子里的老人咬牙切齿。

难得有一个明晃晃的太阳。老椿树披挂了阳光的样子,是永远使人难忘的。他抽着烟,坐在树下,通着心语。老椿树淡淡一笑,算是高兴的时候。在巷子里,几个老人提着高马扎,互相说笑一会儿。他不能跑到巷子里,因为他要陪伴老椿树。冬天可算过去了。

老人坐在春天的正午里,在灿烂的阳光下一动不动。

他心中有一串香气四溢的叶芽儿缓缓胀开,伸出弯弯的梗儿,小叶片边角上的茸茸都放开了。这就是椿树芽儿。他的呼吸里也满是它的气味儿,四周都是这种气味。有人如果不知道什么是春天,就跑到这个小土院里嗅一下这种气味吧。他快乐地拍打一下老棉袄,马上,一个冬天的尘土都从衣服上飞扬起来,在阳光里闪烁。

老椿树面目苍苍,一动不动。

老人挪近了一些,用手拍打了它的粗干一下,说:"嘿嘿,春天哪。"没有什么回应。他觉得手掌被树干碰得生疼。他搓一下手,又笑了两声。老胳膊老腿的了,互相敬重一点。树皮又厚又黑,像铅皮一样硬、一样沉重。他真想给它换换外衣,尽管这可能是棉的。不过那是破败的棉絮了。嘿嘿,这硬硬的黑棉衣。

老人走回了小屋子。他要在这第一个春天里烧一锅好茶。茶叶是自制的,那是上一年秋天采下的桑树嫩叶子,晾干了之后包起来,一把塞在了屋架上。多半年的烟火熏焦了纸包,他刚解下它,一股清香就涌满了小屋。桑叶青青,当年的模样还在。他把那口半大的生铁锅抹干净,添了火,烧起来。水沸腾了,停火,捏一撮叶子放进去。

这种茶可是一辈一辈传下来的。过去的人就喝着它,鼻尖淌汗,钻到阴森森的枯井底下淘水。大沙滩上牧羊的老汉手里悠着长鞭,高喉大嗓地叫,翻毛牛皮袄在阳光下闪闪发亮,那勇力也来自桑叶子茶水。老人捧着热气腾腾的大粗碗蹲到了老椿树下。

知道冬天的饥寒才知道春天的暖情。有一年老天直接泼下冰水,然后干结在屋檐上和树枝上。椿树上的枝枝桠桠莹莹闪光。他寻思这下子坏了,这下子老树必死无疑。为了援助老树一把,他想来想去想得头疼。后来他估摸着:树人同理,只要老了,身上必定缺乏火力。所以到了冬天,老人第一个遭殃。老人找火盆、火罐、煤炉子,无非就是借借火力。想到这些,他就给老椿树点了一堆火,火焰离树身远远的。灰屑儿飞扬起来,直飞到树梢那么高,老人哈哈大笑。

那个冬天过去了,椿树活得像他一样好。它发芽早,叶子密,黑乌乌的。老人二十几岁的时候头发油亮,有好几个姑娘看中了这头漂亮的黑发,她们不说好,只说:"真是的!"真是什么?大一些的姑娘嘴里发出"呜费呜费"的激动亲昵的声音,把胖胖的右手插进他头发里。老椿树能抽出这样浓绿的叶片来,说明了它是个远远没有衰败的老家伙。

椿树叶子长到一定的日子就要落到地上。在这之前,老人搬过长梯爬到高处,小心地掰下它们,再捆成一束一束。如今的人越来越爱吃这种香气厚重的叶子了,把它们看成蔬菜之王。他把叶子背到集市上,很快也就卖光了。一沓儿钱揣进怀中,也很容易。小院外面的人从墙下走过,锐利的目光射向老椿树。老椿树的叶子与所有树都不一样,唯有它以钱做叶。这是棵类似假说中的宝树,高大奇壮,绿叶如云,养活一个老人轻而易举。他攀在高木梯上想过:

椿树恼了的那一天,只要轻轻伸出手指一掀,他就会从木梯上跌落。

他一边摘采叶子,一边咕哝。他说你的叶子要采下,你的眼睛要闭上,你不要理睬这个穿老棉袄套子的人。人的头发长了就要剪去,剪发师傅剪刀"咔咔"响。一个孤单的人,一棵孤单的树。两个老家伙在这个世道上多帮衬吧,如果没人注意这两个老家伙的好时光,他和它悄没声息地过日子,那才是福气。可偏偏有人从长满枯草的土墙上昂起头来,盯着树梢哼了一声。

老人把采下的椿叶分成两摊,一些卖掉,一些用盐埋进缸里。

当地上的一切绿色褪尽时,他再取起咸椿叶送到集市上去。

几乎把大部分时间都留在老椿树下了。他坐在那儿吸烟,椿树常常落一片叶儿到他的头顶上。他也不抖落,就顶着它,笑吟吟地坐着。老椿树脾气好的时候,就这样逗弄他。有时他坐烦了,一动身子,头颅碰到树上,眼睛都给震花了。他歪着脖子:"你的手真狠。"他知道那是老椿树在他不留神的时刻里,击了他一掌。他为老树浇水、施肥,细心地耘土。夏天,知了落满了树冠,他就把它们轰走。这些知了会吵得一棵老树不得安生。

比起他来,老椿树算是个更年长的先辈。他感激父亲那一代人的眼光。总之,从他记事的时候起,他就看到它立在那儿。后来有饥馑,有战事,兵荒马乱,椿树没死没残也没挪窝儿。他敬重这棵比他更老的树,认为它有岁月给予的无可比拟的心智。他几次试着探探它的神力。有一次他记得把铲土的锹放在了树的右边,可一觉醒来锹已经呆在左边。这显然是椿树将它挪动了。还有一次他丢了东西,那是一条帆布做的新口袋——他故意用树下叶梗儿摆起一道数码——这儿的人丢了东西都用这个方法算一算能否找到;他想老椿树一定会帮他的忙。结果算的答案是有望的一宗事。他等了半年,不灵。尽管这样袖手旁观的事很多,他也还是敬重它。

桑叶子水苦中有甜,喝得老人生出小汗粒。每年的春天他都要喝这透出红色的水,这是春茶。天气暖和了,各种虫子都会爬出来。他记得刚刚过去的那一年,春天就有百足虫沿着土墙顶上活动。太阳照在枯草上,虫子在草根处拱动,吸收着阳光。有一个人的脑袋从枯草叶里探出来,又缩回去。老人正喝滚热的桑叶茶,这时一振右臂将水泼过去。有什么叫了一声。有几个飞虫被烫死了。

虫子多的时候,往往也是天下混乱的年头。那一年是很遥远的事了:虫子一律紫色,从墙根往上爬,爬到顶又折下来,就这样越了墙,再顺着老椿树干往上爬。紫色的虫子在亮光下闪闪一片,多么美丽,但令人恐惧。老人不明白这么多虫子是怎么生出来的。这简直是一个夜晚繁衍而成的。它们源源不断地爬过墙头,毫不犹豫地爬向老椿树。老人有些惊慌地抓起一把扫帚,把它们从墙上扫下去。但这些虫子毫不气馁,只一袋烟的工夫又返回来。后来他终于悟过道理来,于是坐在树下,每到虫子爬上树干时,就用铁一样的手掌把它们拍死。不一会儿,他的手掌像沾了血垢,甩也甩不掉。紫色虫子仍不见少,它们争先恐后,视死如归。老人长叹一声站起来。

那一回他算绝望了。因为他知道自己已经无力断掉它们的源路。墙基四处布满细密的裂纹,那些虫子就从土地中钻出来。什么虫子?以前没见过。一辈子在土地中滚动的人都不认识它们,那肯定是些陌生之物了。虫子像一股倒悬的紫色水流一样,已经到了大树的半腰。无数的腿爪挠着树皮,大树痒得频频抖动。先行的虫子遇到横生的几片椿叶,像火焰一样扑了过去,只听得"喳喳"几声,叶子全不见了踪影。老人双眼瞪得老大,急急搬来长梯,把树腰的虫子拦住,用大掌狠狠击打。

老人苦战了三天三夜,两眼完全变成了红色。他的衣服后来全被虫浆染成了紫红色。第四天中午,太阳升到天穹的正中,这些虫子像听到什么号令似的,一齐止步,然后掉头而去。

这简直像一场紫色的梦。可它倒是真实发生过,因为被虫血染脏的衣服还在,每到阴天下雨时就腥气大发。老人那天正午见虫子消逝,接着仰面倒地,昏睡了两天。两天里真的做了与虫子相搏的梦,惊险绝妙,到醒来时已经没法与真实的情景加以区分了。

他醒来后睁眼去看墙头:枯草抖抖,什么也没有了。他揉揉眼,这才见有几个脑袋在草叶间伸伸缩缩。他的心怦怦跳动,因为从墙头上翻过来的,必定是祸。

他估计得不错。几天之后,天下大乱。小院墙外面的人嗡嗡大叫。老人把院门洞开欢迎。因为如果他们不走门,只得从院墙上翻过来;而翻过墙头的都是祸。

尽管门开着,有人从门上入,也有人从墙上翻。祸来了。有个小伙子硬要踏长梯爬树,说要摘些香椿叶儿走。他说这么大的一棵椿王,它的叶儿岂能让一人独占?小伙子头发脏乱,脸上是泥污,嘴唇鲜红。他爬到半腰,伸手揪一片叶儿咬在嘴里,胡乱嚼着,说真香啊。说完了就把绿色的汁水往下吐,吐到了老人的脸上。老人退到一边去,所有人都望着他笑。这时小伙子已经爬到了长梯的顶端,扬起双臂挥舞,唱起了一首歌曲。下边的人都停止了活动,仰脸看着他,齐声叫好。老人也仰脸去看,发现老椿树变了脸色。它的叶子默默垂着,一声不吭。他为梯子顶端的小伙子暗暗捏一把汗。

小伙子唱罢,左右开弓地揪起了椿叶,一边揪一边往下抛。下面的人扑上去抢,像一群羊。

老人不看地上的人,只紧紧盯着老椿树。老树变了脸色;所有叶子都由绿变黑,又渐渐透出暗红色。老人盯着树冠,亲眼见从叶隙里伸出了一根又硬又长的手指,迎着小伙子的脑门捅了一下。小伙子尖叫一声,身子猛地向后一仰,从半空中跌落下来。

所有人都吓得不吱一声。

小伙子仰面朝天,七窍流血。他半天才睁开眼睛,看看四周围上来的人,说:"我冤。"

他说这话时,手里还紧紧攥着一把椿叶。老人蹲下来说:"孩子,你摘这么多叶子干什么?"小伙子抹着嘴角的血说:"带回去,用盐腌了吃。"老人痛惜地拍拍他的手,又问:"疼吧?"小伙子点点头。老人说:"老椿树也疼。"这时候有人去扶他,老人大喝道:"挪到门板上去吧,他断了椎骨。"

老椿树就这样躲过了那年的劫难。老人至今记得那蜂拥而至的紫虫怎样在阳光下发亮,记得那不得安眠的三天三夜。

老人被染成了紫红色的衣服舍不得丢开,有时仍然穿在身上。这是那场搏杀的见证。可是这儿的人没一个相信会有这等事。从芦青河西岸来的一个染匠为了招徕生意,竟然指鹿为马,当众说这件紫红色的衣服是他十年以前的手艺。老人气得两手发抖,但是无言以对。也只有院里的老椿树亲眼见到了那一幕,这似乎也就够了。

春节第一天,老椿树喝足了水。他也喝足了水。再过不久,它该抽出那香喷喷的叶子了。这些日子是小院里最有意味的时节,每到了这个时节,老人都要仰天看着悄悄伸出的叶芽,仰得脖子疼。他要喝酒,第一盅进肚之前,先要洒到泥土上祭一下。他会不眨眼地看着椿叶怎样借着春阳的热力伸长着,最后披满枝头。他觉得年轻了,找回了一个青春,头发也仿佛变浓变黑了。村里的人怀疑地盯着他发亮的眼睛,说:"老东西就指望这棵树了。"

椿芽的价钱年年飞涨。这种香气奇异的叶子越来越被视为美味了。贩卖椿叶的人不仅卖鲜卖嫩,而且还别出心裁地将腌制的叶子装到精巧漂亮的塑料袋里,运到大海另一边的城市去。人人都知道老椿树养活了这个小院里的老头子。不过也有人在预言他的不幸:到了老椿树死去的那一天,老头子会饥饿而死。

老人听了各种议论,一阵冷笑。他知道树比人的寿命不知要大多少。多少年来,这棵老椿树养活的难道只是小院里的人吗?老椿树哟,你要是棵会讲话的树也就好了。

那时你就会讲出你目击的一个又一个凄凉的故事。你还会讲出这人间一隅的风流韵事。你会讲出一次旷古罕见的大饥饿、大残杀。你会讲出在困难的年月里,你变得多么珍贵、多么神圣,那些面黄肌瘦的奄奄一息的人只乞求你的一串叶子,于是你慷慨地使他们每人嘴里含上几片叶子。你首先会讲小院里生息繁衍的几代人,至少讲讲今天还活着的这个人,讲讲他的来由。他的父亲是个什么人?他的母亲是个什么人?他的父亲是个大胡子吗?不是。他的母亲是个俏丽的人吗?是的。

你会从那饥馑讲起。那一年刚入秋天,田野里的一切也就光光的了。蝗虫吃了第一遍,人们再吃蝗虫。吃过蝗虫就吃一切发绿的东西,树叶子一扫而空。你的一树绿叶使那些快死的人直流口水,他们眼巴巴地望着你的梢头,目光从土墙上直射过来。你所以能够保住一头浓浓的头发,那还得感谢小院的大胡子主人呢。他手持一杆三股钢叉守住大门,说谁接近老椿树一步他就要扎死谁。俏丽的妇人劝男人说,可怜他们这些快死的人吧,分给他们一些树叶吧。大胡子一把推开女人,骂了半天。大胡子精瘦,但两眼还是有些光亮。这是因为他总算有些东西吃。从饥饿之风刚刚吹来的时候,他就做起了香椿饼:将椿叶揉碎,然后撒上淡淡的一层地瓜粉,拍成一张厚饼,放到锅上烙。饼是绿色的,四周泛黄,热腾腾、香喷喷。这种古怪的饼养活了他和他的女人。他的青硬的大胡子就是营养良好的证明,快要饿死的人哪能有那么好的一大把胡子。

香椿饼的滋味院内院外都溢满了。那些躺着的人、趴着的人再也忍不住了。他们挣扎着往前挪动,极力要接近这棵大树,大胡子摸起钢叉瞄准,一会儿对准这个,一会儿对准那个。后来他就用叉齿儿去拨他们,一拨他们就在地上滚动。那些稍稍强壮一些的就趁机从墙上翻过来了——从墙上翻过来的都是祸,他们跳下墙就扑向了老椿树,不用梯子,蹭蹭往上爬。大胡子恼得牙齿"咯咯"响,急忙把叉子掉过来。正这会儿有个汉子转到大胡子身后,摸过一把镰刀,一家伙把大胡子砍倒了。

老椿树的守护人死了。女人哭得死去活来。进来的一个个有气无力,没有去拉女人一把的,都从地上捡香椿叶儿吃,连泥土一块儿吞进肚里。多半天的工夫,老椿树密密的叶子和嫩茎全光了。

老椿树默无声息地挺立着,它身边只有一个俏丽的女人了。从此小院寂寞、黑暗,直到饥荒渐渐过去,大地重新泛绿。你接着讲下去吧,接着讲小院里的女人怎样掩埋大胡子和他的钢叉,又怎样夜夜泣哭。她关了小院的门板,按时给你浇水,终于使第二年春天又重新发出芽来,长出密密麻麻的黑绿的叶子。俏丽的女人成了新的守护人,她比所有人都更坚定,再没有谁敢来戳你一手指头。她体贴你,抚摸你苍硬的老皮。两年过去了,你与她有了一个孩子。树老了就会成精,你是人们口中的精灵,你与小院里的女人有了一个儿子。不过这些没有人信,所有人都用眼角瞟着她。她不知多少次抚着你的树干哭泣,泪水洗着浇着你,使你比以前更加茂盛。可惜你不会讲话,你那会儿真想呼喊出儿子的名字,告诉所有人他是你的儿子。

　　一个阴天的夜晚,全族里的老人在树底下议事。他们是有名望的长辈,合计着怎么处置这个贱妇。议论到了半夜,他们决定让贱妇自己去死。长辈们走了,孩子睡了,女人把绳子系到树杈上。她脚踏一个木凳,木凳又被她踢倒。老椿树看着这个女人,愤然断掉了自己的一根手指。树杈"啪"地断掉了。小女人于是活下去了,又活了好几年。她学男人做香椿饼给儿子吃。

　　儿子长大了,壮得很。他在田里真是一把好手,力气大得可以扳倒一头牛。所有人都觉得这是全村里的一大奇迹。老人们乜斜着他,说:"力气再大,也不算族里的人。"他渐渐什么都明白了,苦恼得很。他知道自己和母亲都被族里抛弃了。他光着上身,劳动一天之后,满身灰尘地躺在树荫下。他搓着身上的土想:自己是没有家族的人。不久母亲死了,他哭得眼睛流血。母亲也把他抛弃了,这个世上谁还想要他?他长得壮,上山开石头,下海拉网,钻枯井掏淤泥。不过他总是一个人干着活,他知道自己不是族里的人。

有人注意过,这个汉子大约一年里也没有说过几句话。不过他回到小土院里,变得更加忙碌。他加固院墙、为老椿树松土、重新砌井台,有做不完的活计。如果有人用石块投向椿树,如果有人试图去采些椿叶,他都会急火火地跑过去阻拦,有时还要动拳。大家都明白了,小院里有了一个更严厉的守护人。一年一年过下来,无论小院外面多么贫穷,小院里面永远是指靠着椿叶度日,永远靠了这棵老树的荫庇。姑娘抚摸过他的头发,但没谁跟他一辈子住进这个小院里。他不是族里的人。

他老了,头发花了。老椿树也更老了。老椿树一辈子没有说话,老人一辈子仿效它,也没有说太多的话。长年的孤寂无声,心窍大通,他和它久久相视,什么都明白了。他知道它欢欣和哭丧着脸是怎么一回事,连它身上发痒他都知道。他给它挠过痒,用一柄小铁齿耙,轻轻地从上往下一推一拉。可不能伤了皮。两个老家伙互相照应,相依为命。

老椿树到底是老了,老人坐在树下,常有枯枝落在他身上。每一段树枝掉下来,老人的心都紧缩一次。这真是棵老树了。他真害怕去想一个事情。可是冬雪一过,春天一来,它又总是抽出嫩嫩的叶子来。他像老椿树一样,喘息着过秋、过冬,盼那个春天。冬雪压在椿树的枝桠上,压在小屋顶上,也压在老人的脊背上。他用粗话去骂冬天,只是没人听到。终于挨过了一冬,他和老椿树一起活过来了。他有时竟然幻想他和老椿树都成了一对不死的精灵了。一个一个冬天，一个一个春天，无穷无尽的哀愁和欢乐。这是个古怪的小院啊，以古怪的方法来取得丰衣足食。这儿的安宁全来自敬一棵树神。

每年春天都有人从土墙的枯草上探过头来。老人害怕又厌恶。出于恐惧，他甚至想寻机会找上好的铁匠锻铸一柄巨齿钢叉。这个念头不久灭了。因为他想起了母亲讲过的钢叉的故事。那些墙外的人探一会儿脑袋就走进来，并没有一个翻墙。不翻墙就没有祸。他们是大大方方地来找小院主人议事的。他们要花高价收购椿叶，他们包了这一树叶子。老人应允了。

世上大概只有这棵老椿树以钱做叶了。每年春天，钱票儿就从枝条上一丝一丝生出来。老人战战兢兢地服侍这棵树，不愿离开它一步。夜间睡觉的时候，他梦中都是老椿树。它曾化作一白头老翁与小院主人梦中相会。这个老翁手持拐杖，双目生辉，周身整洁。老翁一进了小屋，这儿立刻香气扑鼻。两个老人相对而坐，拉着家常。小院主人感激老翁的慷慨周济，老翁却对小院主人的几辈子守护一谢再谢。他们说到深夜，不愿分别。老翁最后要离开小屋了，突然泪水垂落。小院主人问他为什么泣哭，他不作答。后来老翁终于说道："我无非是一株草木，没有如此大寿，全仰仗小院主人几辈子精心照料。环顾四方，比我年幼的也早已作古了。我念着小院的情谊，真不愿这样闭上眼去了。不过一切也终有个头啊。"老翁说着用宽宽的袍袖揩眼，拐杖不停捣地。

那个夜晚使老人几天心情沉重。他早晨醒后，真的在屋内找到了几处小凹痕。他认定那是拐杖戳出来的。

也就在梦中分别不久,又有几个贩椿叶的来了。他们提出了新的计算:如果采下的椿叶能够更嫩一些,那么每斤的价钱可以提高四倍。这些椿叶都是贩到城里去的,如今的城里人见了椿叶两眼放光。椿叶能卖到这样的价钱,还是老辈没听说的。怎么个弄法呢?你们要我把刚刚从春天里苏醒过来的老椿树剥个精光吗?年轻的椿叶贩子笑笑说老大爷真笨,这事容易得很,只需连顶枝带芽儿一块抹下来就是了。老人不信自己的耳朵,他让年轻人再说一遍。这回老人听准了,于是额头的经脉鼓起来,弯腰去抓一根木棍,几个年轻人撒腿就跑了。

世上有人出了这样的主意,世道不祥。

老人认定世道不祥。这好比为了把一头好发取走,硬要连头皮也剥去一样。人心坏了。如果老椿树有耳,它气也会气死了。老人觉得心头一阵绞疼,伸手扶住了老树。粗硬的树皮硌着他的皮肉,使他这一刻觉得自己有着一个巨大的依托。春天渐渐深入,田野油绿,老树茂盛,老人却久久不能将贩椿叶的那些话忘掉。

从那个春天以后,他一直警惕着那几个年轻人。他预感到这世上还有什么不祥的东西在不声不响地逼近——是什么,他还不知道。

他等待着。

一切都如同过去一般,日月升升落落,冬雪是白的,雨水可以湿透衣服,天阴了光亮就减弱。但老人总觉得有什么在逼近,那东西隐隐约约、闪闪烁烁,正在走向小院。

春天里椿树照例发芽,并且越长越大。他像以往那样将椿叶扎成一束束,然后交给安分无欺的买卖椿叶的人。老椿树的血脉正不停地奔流,就像远处的芦青河水。老人在心里祷告,那就是让那个东西远远地离开这个小土院。小土院一辈一辈过得不易哩。

也就是在这样的日月里,老人迎来了这个春天。这个春天从他的后脖颈那儿溜进来,接上再也没有停脚。她欢快异常地跑上石井台,蹦跳着,胡乱扯动了端坐树下的老人衣襟,又跳上了土墙,奔向田野。春天里的田野开始疯迷癫狂地舞蹈了,她的衣衫徐徐漫盖了整个世界。老人在好长时间里眼也不眨地盯着老椿树。

不知为什么,他又想起了那一年的深夜,那个持拐而行的老翁——那个椿树之魂。他的心一抖,站了起来。

老椿树啊,从父辈起就看守着的老椿树啊。

春天来了,老椿树啊,从父辈起就看守着的老椿树啊。

老人晒着太阳,倚住树干坐着。毛茸茸的椿芽儿快生出来吧,那香气才是真正的春天的气味。他每一个春天里都有些急躁,但都远不及现在这样。在头一个阳光下面,他就忍不住了。他还像个老人吗?

太阳往西斜下去,后来沉下去了。

暮色里,老人拖着沉重的两腿回屋。就在跨进门槛的那一刻,突然他又感到了有什么在逼近。那东西似乎就在小院的门口徘徊。他愤怒地转回身去张望,什么也没有。他揉了揉眼再看一遍,才进门安歇了。

第二天,第三天,老人都在树下度过。

春天在第四天已经相当明显了,连露裆的娃娃都能感觉得到。临近的白杨树生出了毛胡胡,树皮也在泛绿变润。老人去望老椿树的梢梢:他记得每年春天的这一刻,它的芽顶要胀大,要变色。因为再过不久毛叶儿就要从那儿生出来哩。可如今那儿什么变化也没有,芽顶上,一个冬天的灰尘还在。他长长叹了一声。

又是几天过去了。老人反而不怎么焦急了。他的老手抚摸着老椿树皮,说:"你是疲累了。你该多睡一会儿。春天里连人都害困哩。你和我一样,是个老家伙了。"他这样说着,有时还扳着手指把节气算来算去。令人不安的是,草芽开始萌发,柳树也在变色,连院外的渠水也发出了春天的声音。

有一个贩椿叶的人郁郁地走进来,他伸手拍了拍老椿树,又仰脸看了看它的梢头,大惊失色地跑走了。

不久,小土院里又来了第二个、第三个……好多的人。他们都围住椿树不停地议论,其中都议论到了一个可怕的字眼。老人觉得一下子衰弱到了极点,他几次想捡起木棍把这些混账东西赶走,但都感到双臂沉重得抬也抬不起。那些人围了一会儿,又咕咕哝哝地走了。老人盯着枯草颤抖的墙头,又好像看到了无数紫色的虫子蜂拥而至。他呼喊了一声什么,扑向了老椿树。

老人急急地用一把刀子去刮老树的厚皮。他刮得十分小心,一层又一层,生怕伤重了它。老皮去掉了,里面的嫩皮露出来了,是褐色、黄色。绿色呢?绿色什么时候消失了呢?是过去了的秋天或冬天吗?

原来悄悄逼近小土院的,是死亡的消息。

刀子一下子脱落在了地上。老人紧紧靠着老椿树,眯上了眼睛。无数的皱纹挤到了一起,他看上去像笑一样。

1987年9月—1988年6月于济南、龙口

问 母 亲

有一个问题一直使宁子烦恼。那就是他出生在 60 年代,因而无法亲睹更早一些时候的自然风貌。而据说那时这片土地是极其特别的。

他现在是一个挺不错的小伙子,长了一头稍微鬈曲的头发,一双通常人们所说的忧郁的眼睛。他在一座海滨城市读书,就是在那儿他常常想到出生的地方,想到家。快到放假的时候他就兴奋起来,那是因为就要见到母亲了。可是每当接近那片土地,他就一阵阵沮丧。

田野上长着庄稼,一小块一小块的,颜色不一,高矮不一,像打了各种布料的补丁。很多土地荒芜了,杂草丛生。那是因为下面正开采煤矿,土地下沉,已经没法耕种……汽车再往前,出现了沙丘。稀稀落落的杂树棵子分布在沙丘间,上面是快乐的麻雀。

他的家在沙丘前面,四周全是大同小异的荒地。那是一座孤零零的房子——原来它处在一片果林里,现在果林没有了,它只好和沙丘做伴了。

白发苍苍的母亲从园艺场退休了,没事了就在屋子前后种了几棵榆树。榆树黑油油的,像她的宁子的头发。

宁子待在屋子里,常常要问母亲。他问得最多的还是这片土地原来的模样。母亲告诉他这儿是一片樱桃树,那儿是柳树;他听迷了。他的脑海里全都是树,各种颜色的树,红的、紫红的、墨绿的,晚上他就睡在这色彩斑斓的树林里了。

可是呼啸的风沙常常在半夜把他吵醒。那时他大睁着眼坐在炕上,一声不响地凝望着漆黑的夜色。沙粒拍打窗户,发出一种奇怪的声音。他从这声音里就知道那沙粒是多么细小。后来他觉得屋顶上也爬满了沙粒。

有一次他半夜里醒来,正坐着出神,母亲从另一间屋里走来了。

宁子赶忙点了灯。母亲的满头白发在灯下泛出淡淡光亮。她衣服穿得非常齐整,显然早就醒了。她问:"睡不着吗?"宁子点点头。她坐在了炕上:"风沙太大了。白天倒好一些。这是海风,大概和海潮有关系……"

"妈妈……"

宁子弓着的身子挺直了。

母亲看着他。

他抿了抿嘴:"妈妈,反正睡不着,咱今夜说话吧!"

母亲笑了。她合在一起的手动了动,说:"好啊,说话吧——说什么呢?"

说什么?又一股沙末拍在了窗户上……"说说树林子的事吧。

不过这回得从头说起,这样我就听不糊涂了。我真想亲眼看看那时候才好……妈妈你说吧。"宁子不安地活动着。

"先说什么地方?"

"说房子的西面吧——你不是说原先贴墙这块儿全是葡萄蔓子吗?"

母亲抚了抚头发:"嗯。那时候葡萄园和果树林混在一块儿,这样果树通风透光,长得就好。葡萄架子搭得矮,就到你胳肢窝那儿。果园好大,我们的房子全包在里面。葡萄蔓子爬到窗户边上,开了窗子就能摘葡萄吃。一到了秋天,各种果子的香味顶鼻子。到了春天——那才叫春天哪,全家人一有空闲就跑到外面来——杏子花先开,接上是李子花。我们屋后有棵大李子树,我一辈子就看见这么一棵大李子树。它的树桩几个人也抱不过来,桩子长到一米多高就分叉了。每个杈子都比水桶粗,然后再分出细一点的杈子。一层一层分出来,这棵大树占了好大一片地方。你想想就是它开花了,小白花一球一球,到处都是它的香味。差不多世界上的蝴蝶和蜂子都飞到了这棵树上,它们热热闹闹的,我一辈子也忘不了……后来又开了苹果花、梨花。最好看的就是梨花。它们的花瓣儿比什么都白、都娇,花梗也长,不结梨也值了。接上又是桃花,桃花在果林里像火苗似的……"

宁子问:"果园外面的春天呢?"

"外面的春天太大太远了,望也望不到边。先是柳树条儿爆出小绒绒球儿,杨树长出毛胡胡,再是地上开出野花来。小蜥蜴在地上跑,刺猬也慢腾腾溜达。冬天积在树林子里的雪岭一点点化尽了,顺着下坡地哗啦哗啦流,流上好几里远。树林从一开春就有水滋润它们,枝枝桠桠绿葱葱的,树皮儿青了,光滑了,上面有一层香粉似的白霜。不多几天一片树林子全都长出小叶子,越长越大,林子的颜色也越变越绿。这时地上落满了毛胡胡,踩在上面软乎乎的。青草从枯枝败叶下面钻出来,地表上也是一片绿色。那是灌木和乔木混生地,野兽多,就在树棵子里窜来窜去。我看见的有鹰、野鸡、猞猁,还有狐狸。最多的是野兔,它们太多了,也就引来猎人。"

宁子见母亲停住了,就插话说:"林子里没有鹿和狼吗?人家说那时候什么都有。"

母亲摇摇头:"没有鹿。鹿是很早很早以前才有的,我记事的时候只听说有狼。可很少有人看见它,那些到林子里打柴、挖野菜蘑菇的,从来没受野物伤害。咱这儿的猎人说起来也好,守规矩。比如说春天,野兔怀仔,他们见了从来不开枪。林子太大了,人可不像如今这么多。那时林子就是林子,人就是人……"

宁子听到这儿笑了,说一句:"那当然了。"

"现在不行。现在人和林子混在一起,人比林子里的树还密呢。前几天我去一个集市买东西,那个集市就开在一个大河套里。河干了,两岸是树林子。我到那儿给吓了一跳。真不知道从哪里来了这么多人,人山人海,挤满了河套,又挤到林子里,树林让人给淹了。我在心里想:天哪,这么多人,占多少地方,人都没有立脚的地方,还哪里长树去。我算明白了一片又一片林子到底是怎么变没了的。它们是让人给挤开了……"母亲说到这儿叹一口气,用手抚了一下衣襟,好像上面有沙子似的。"那时你觉得林子没有边,林子里面什么都有。我从这屋子往西走,走出果园,再走进杂树林,回家来的时候衣襟里就兜满了东西。干蘑菇、枣子、野果、栗子,什么都有。只要用心找,什么都找得到。有一年入冬了,第一场雪都下过了,我到林子里还捡回了两串红果——它们的枝干让风吹折了,跌在地上,又让树叶子盖了好几层;雪化掉,叶子让风掀开一点,它们的红脸就露出来。你可不要以为果园里什么果子都有,不,这种红果子是野生的。香味浓得顶鼻子,谁见了都会抢到手里。我从来不敢在林子里走得太远,因为它没有边儿,迷了路就是麻烦事。那些猎人有个好鼻子,闻闻味儿就知道走到了哪里。不过那时候猎人很少,遇到一个背枪的在林子里走可是稀罕事。人们瞧不起打猎的,谁家有个猎手,娶媳妇也就难了,人家会说:'他家里有个耍枪的。'女方听了这句话就不去他家了。"

宁子觉得这一切新鲜得很。他在这儿可从来没见什么猎人,因为没有树木了,野物也就少得可怜。只有麻雀还算不少,不过谁打它们呢?他想早生十几年就好了,那样就可以跟上母亲到林子里。天哪,那可算是个什么地方啊,棒极了。他的脸颊热乎乎,一双眼睛用力地望着母亲,听下去。

母亲微笑着,像不好意思似的。"说起来也怪,我们这些女人就喜欢下雨,喜欢不大不小的雨下两天三天,那才称心如意。到了雨天就合伙往林子深处钻,也忘了迷路的事。树枝上滴着雨,水汽蒙蒙,到处湿漉漉、滑溜溜,青草也绊人。我们一辈女人头发上全是水珠,衣服上挂满草籽,疯了一样在树隙里窜。不知跌了多少跤,爬起来就笑。大家还放开嗓子喊,把一群群鸟儿吓得落下又飞起,"嘎嘎"大叫。雨水滋润出又白又嫩的蘑菇,它们长胖了,草叶就挡不住了。我们每次去林子里都要用衣襟兜出一些蘑菇来。在树丛里遇上一片干干净净的白沙可不容易,大家赶紧坐下,掏出面饼吃起来。一路上也采了不少甜的酸的果子,就把它们夹到面饼里当馅子。有的果子不酸不甜的,带一股药味儿,可我们还是喜欢吃。有一种豆子大的紫果儿长在藤子上,长得密密麻麻,采了藤子放在手里一揉,果子就落满了两只手。这种果子能把嘴角染得乌紫。不过它可真甜,有个奇怪的名儿,叫'小孩拳'……"

这个名字在宁子听来可真棒。他咂了咂嘴:"为什么叫那个名字?一定是有什么原因的。"

"什么原因?"母亲把手握起来给他看看,说,"那果子的模样就像小孩子握紧的拳头。"

"哎呀……"宁子兴奋地咂着嘴。

母亲继续说下去:"林子里的鸟儿太多了,长尾巴喜鹊、花喜鹊、黄鹂、画眉、山鸡、蓝点颏、雀鹰、布谷鸟,多得说不完。它们一天到晚吵闹,呼地飞起来飞过去。说起来也许没人信,那些鸟儿还会逗弄着人玩儿。果园里一个穿花衣服的小姑娘,有一次让一群灰喜鹊给气哭了。它们成一大群落在树枝上,喳喳叫个不停,拉出长腔儿。小姑娘用沙子扬它们,它们就跳一跳,落到另一棵树上。小姑娘骂它们,它们就扇动翅膀大叫。小姑娘走开,它们就追上吵。就这样,小姑娘后来给气哭了……还有一个人,这个人我也见过,前几年刚刚去世。他想穿过一条小路去海边,半路上遇见了一只狼躺在那儿。他知道狼吃兔子,从来不伤人,可还是不敢往前走。那只狼啊,也真是个懒东西。它躺着,睁开一只眼望望那个人,又闭上了。那个人说:'我要过去。'狼又睁了睁眼,懒得动。那人就握起拳头吓了吓它,它才打个哈欠,爬起来走了。"

宁子问:"这就是我们屋子西边的林子吗?那么东边呢?再说说东边吧。"

"东边,靠近我们家的还是果园。出了果园,就是一片杨树林。这片林子没有西边林子那么多杂树,一棵一棵利利落落的。人如果蹲在树下,能望到老远。这些树都笔直笔直,比着劲儿往上长。你进了这片林子,就能听见呼呼呜呜声,那是树响。树多了自己会响。我还记得树皮上有很多记号,那都是采药材的人划上去的。他们怕迷路。这儿的药材挖也挖不完,干这事的又不多。那时干什么的都不像如今这么多,都是三三两两的。他不声不响地在林子里走,谁也不搅闹。如今呢?一听说哪里有什么,"呼啦"一声人山人海就拥过去了。人一过,地上什么也没有了,干干净净。前年传说海上生了什么花蛤儿,几天工夫就把海围起来。我去海上看过,黑鸦鸦一片,问一问,全是来挖花蛤的。三天工夫花蛤就被挖完了,如今海里再不会有像样的花蛤了。去年沙丘地上生出一些沙参,不知怎么让人发现了,一传十,十传百,两天工夫满沙滩上全是挖沙参的人,也不知从哪儿来的。一天多的时间沙参被人挖光了,大沙滩上什么都没有了,连青草也被踩死了……很早以前东边的杨树林子可不是这样。那里面真静,走上一天也遇不到一个人。做伴的就是杨树,是这片林子,你说话、挖药材,看你听你的只是一边的树。那时候林子就是林子,人就是人。如今倒好,人站在沙滩上像林子一样……"

"妈妈!"宁子蹲起来,叫了一声。他喘息着,脖子有些红涨。"可人是动物啊,他到底不能进行光合作用——我是说人没有叶绿素。人群黑鸦鸦一片,只是像林子而已。真正的林子没有了,没有了,妈妈!……"

母亲的两只手在一起拧着,再没说话。她心里知道那林子到底是怎么没有的,可她不愿提它。还是说说原来的树林子吧——"刚才说到了哪里?杨树。对,刚才说了杨树林子。我还没说树底下的野瓜呢。那儿到了夏天、秋天,一定是藏下了许多的瓜。有西瓜、黄瓜、花皮脆甜瓜……也不知是哪儿吹来的种子,什么瓜都全了。我知道那些野生的瓜最爱藏在什么地方,每次都能找到两三个。如果哪块白砂长了旺草,草棵又在树根下变稀了,那么树下准生了一株什么瓜。青草和瓜秧一块儿长在肥沃地方,后来瓜秧长壮了,打败了青草。不信过去看看,一棵瓜秧上结了两个西瓜。要摘下大的,留下小的。那西瓜个头大,像脸盆口那么大。我一口气把大西瓜抱回家,满脸是汗。我该怎么夸这个瓜呢?我说不出来……"

"它一定很甜,很甜很甜。"

母亲点点头,又摇摇头。"它给打开来,香气就一下溢满屋子。没办法,有人老远走过来,刚从窗下走过,就闻到瓜味,跨进门来要瓜吃。它脆得很,如果摔在地上,就能跌成一小块一小块。唉,反正如今再也没有那样的瓜了。那是林子里结出的甜果,是大树林子安安静静生出来的。没有大树林子,怎么也不会有这样的西瓜。如今人们可以种上十亩西瓜,可以挑选出最大最好看的,可只要吃一口就知道了,全不是那么回事。真正的瓜是自然而然地生出来的,它跟树林子、跟野花做邻居。瓜秧旁边就是千层菊、是草籽,你能说它们的香气熏不透瓜吗?早晨和夜晚,大树上滴下露水珠像小雨一样洗着瓜秧。大树林子绿荫看不到边。风是凉的,凉气老深老深。要不这瓜打开来能透着凉意?那是树林子蓄在里面的。反正是这么个理儿:没有了那片林子,就没有那样的瓜。如今的瓜别说不甜,就是甜,那也像是甜在舌尖上,甜不到肚里。瓜瓤儿软蔫蔫、热乎乎,放到冰上冰、水里泡,只顶一会儿事,离开冰和水又热了、蔫了。它的内里不是凉的。它会凉吗?太阳晒,热砂子烙,种瓜的人一天好几次去调弄瓜秧。人身上的热燥全都顺着秧儿传到瓜上了,那瓜长成了也是个热瓜。说到这儿你该明白了,孩子。如今不会有那样的瓜了,不会有了……"

宁子默不做声看着跳动的灯苗。他像刚刚吃了一口没有成熟的瓜,满口苦涩。他想如果不听母亲的这番话,一辈子也不会知道如今的瓜到底缺少的是什么。那片茂盛的、无边无际的杨树林!它消失在哪里?它怎么会从这片土地上走开?是人把它赶开的吗?人怎么会有这么大的力量呢?他紧紧地皱着眉头,两只手揪紧了衣服。"让我吃到那样的瓜吧,让我伸手摸一摸……"他自语着,后来竟被自己心底泛起的奢望吓了一跳。额上有一层汗珠渗出来,他一动不动地看着母亲的白发。

"有时我们到林子里去,最担心的事就是迷路。杨树林子让人迷失方向再容易不过了。因为它们长得又高又大,走到哪儿都一样;再说它挡住了太阳和月亮、星星,人在林子里连个透亮的地方都看不到。有时候也怪,刚刚还清醒着,低头摘一个野枣,抬起头就不知道东西南北了。刚刚迷路那会儿不急,我们几个人还笑。可慢慢就急了。我们就念叨给四周的树木听:大树林子啊,俺可知道你是个好心眼的人。你不会撇下俺,让俺受饥受渴。你是闷得慌,想留住人儿多玩一会儿,你不是坏心。看看吧,来林子里的人也太少了,你多少天不见一个人影,躁得慌。其实俺在这儿多待上十天半月也没啥,反正你不会饿着俺。到处是瓜呀果呀,吃也吃不完。不过大树林子啊,你知道俺都是有家有口的人,俺这会儿要回去奶孩子……大伙儿这么一念叨,有时还真的就清醒了,一睁眼就认出了东南西北。这是真的。"

宁子完全相信这会是真的,尽管他没有理由。

"你看,树木从来不欺负人。树木长成了一片又一片,望不到边,它跟人还是相处得挺好的。我就琢磨:这世上就该着树比人多才好,树多成林,人要走进林子里。反过来,树走进人群里,人比树多,世道也就不会好。你一路上会看到不少村庄,一座房子连着一座,街道上只有星星点点的树。那是怎么了?那是树走进了人群里。反正我一想起很早以前的大杨树林子,就觉得如今的事情是给翻过来了。今天的人像过去的树一样多,过去的树像今天的人一样密。这一翻我就不自在了,胸口堵得慌,晚上做噩梦,睡不着。我想出门走一走,怕葡萄藤绊脚,腿抬得老高跨出门去,可一出门脚就给沙子陷住了。我这才想起林子没有了,我老糊涂了……"

母亲没有糊涂。她把四周的林子记那么清楚,怎么会是个糊涂人。宁子又说:"妈妈,您再说说我们屋子南边吧,原来讲好了要一边一边挨着说嘛,妈妈!"

"挨着说,"母亲像吃东西一样蠕动了一下嘴巴,说下去,"穿过果园往南不远就是榆树林子了。也有别的树,不过还是榆树多。我们这会儿屋前屋后栽着的榆树,就是那片林子留下的根苗。要入林子,先得过一道水渠。这渠其实是通了芦青河上一道汊子,所以它长流水,没干过。河涨水它涨水,河里的鱼顺着渠水跑了来。这条渠可是林子里最宝贵的一条水龙,人恋它,满地野物也恋它。待在渠岸上看半天,会看到喜鹊、山鸡、野猫、狐狸都来喝水。渠水清得见底,钓鱼时,不用鱼漂,可以清清楚楚看到鱼怎么张嘴啃饵。水浅的时候,就有人下去洗澡,会摸鱼的顺便摸几条鱼。渠上有独木桥,我记得是一棵老柳树卧在上面。那棵老柳树让人踩了多少年,雨后还从缝隙里生出白蘑菇来。到林子里去干什么?要干的事可多了。哪里有榆树林子,哪里就能过好日子。开春,到林子里采榆钱——你不要以为那一定是缺粮食。榆钱蒸熟了,那清香气让人忘不了。这儿的人每年都要吃上榆钱,这样才算过了一个像样的春天。还有榆树根,从上面剥下根肉晒干,用石臼捣成细面——做面条的时候撒上一层,那面条就一根一根滑溜溜的,还有一股香味儿。女人最喜欢它的还是用来浆衣服。衣料洗好了,再用掺了榆根粉的水揉一遍,晾干,用棒槌敲出来。这会儿你再看那衣料吧,又亮又挺,穿都不舍得穿呢。"

母亲讲到这儿满脸微笑,她好像又亲手整过那样的衣料了。

"你看现在的布料花花样样,做成西服、中山装,都好看得不得了。其实他们是没见过早时候调弄过的衣料,那是没法儿比的……说这些干什么。还讲林子吧。那片榆树林子里黑乌乌的,野物很多。狐狸最爱藏在这里边。狐狸不是害人的东西,不像传说那么坏。不错,它们聪明,爱学着人做事情,可那也不是使坏心眼。打个比喻吧,听说果园里有个年轻女人,孩子生下来了,她学南方人,用摇篮把孩子吊起来。有一天她上厕所去,回来篮子里就没有了孩子。她急呀哭呀到处找,找到园子边上。护园子的老头告诉她,刚才有个狐狸抱着孩子跳上了独木桥,一晃一晃进了榆树林子。他真想开枪打,可又怕伤了孩子——'你那孩子又白又胖……'护林老头这么说。那个女人听了,一下子瘫在渠边上。"

宁子愣愣地盯着母亲,赶紧问:"后来呢?"

"后来她叫上好多人,进榆树林子找孩子。她哭成了泪人。可林子黑乌乌的,凉气透过衣服,没边没沿的。大伙儿都骂该死的狐狸,骂该死的林子,也不管有没有道理。哪儿找去?也看见过几个狐狸,不过它们都没有抱孩子。年轻媳妇问打猎的人:'狐狸是不是吃肉的动物?'人家回答她是。她说什么都完了,什么指望都没有了。一连找了三天三夜,不知迷了多少次路,结果什么也没找到。大伙又回到了果园里。再后来又过去了三个月,年轻媳妇有一天听到有小孩哭的声音,跑到摇篮那儿一看,她的孩子躺在里边,只不过比原来大了也胖了……不错,是她的孩子。全园的人都赶来看这个奇迹。人们从小孩子身上闻到了一股狐臊味儿,还从他的头发上发现不少狐狸毛。这回大伙更信着狐狸抱走了孩子,并且相信人家狐狸又送还了。年轻媳妇说：'就该着让咱孩儿遇上个好心狐狸啊。'园里上岁数的老人说，这一定是那个狐狸妈妈突然失了仔儿，奶子胀得慌，一急，就来偷个孩子喂上了。它的奶子不胀了，也就还了孩子。大伙都觉得这理儿说得通，从那儿以后，没有一个人再打狐狸。那片榆树林也让人觉得亲了。那个小媳妇后来站在渠边上嚷道：'你呀，你是个好心的狐狸，不过你差点没把俺吓死啊！……'就是这么个故事。"

宁子大气也不出一声。他仿佛看到了那个野物的善良的面容，看到了它怎样操劳……他伏在了窗子上。外面黑漆漆一片，风沙呼叫着。一股沙末扬在窗子上，如果不是玻璃阻隔，那么此刻他的双眼也就给迷上了。他相信就是这些不知疲倦的飞沙，覆盖了一个又一个美丽而又逼真的故事。那时候故事就在身边，就在林子里。

"榆树林子往南到底有多远，谁也不知道。我们反正记住了它是南边的林子，颜色发黑。我们跟它叫黑林子。那里边生了很多野眉豆、野菜豆，它们的秧儿就顺着树杈杈爬上去。走进林子，一会儿就能摘下一萝豆角。还有野西红柿，那种柿子模样奇怪，像小枣子那么大，一棵结上上百颗。这样的西红柿就像我说过的瓜一样，又脆又凉，鲜味儿顶鼻子。那时候园里做活的人很少自己种菜吃，都是到黑林子里去采。土豆、山芋，什么东西都有。那时都觉得小日子挺富足的，没觉得缺什么。那时的野花满地都是，黑林子里更多。这世上如果连野花都找不到地方开了，那这世头也就太可怜了。你想想如今有个好看的野花留下几颗籽，它们到哪里落脚？落到大沙滩上？那儿一阵风沙就把它卷走了。落到远处的田埂上？种地的人一锄头就把它收拾了。房前屋后都有用场，没有它们的地盘。它们的好去处还是在林子里，在大树底下。那儿太阳不毒，风也不凶，大雨来了，先让树枝遮一遮。黑林子里蓝花红花，金的银的，什么都有。有一种花是黑的，粉绒绒的，谁见了都爱。我每次进黑林子都要采一大捧花回来，我的屋子里天天都有鲜花。孩子，相信妈妈的话吧，我们得想法给野花找个落脚的地方……"

屋子里沉寂了半响。这会儿只有窗外的风沙声了。宁子声音涩涩地说："我们，动手在屋子前面建个花圃……"

母亲摇摇头："不行。我试过，风沙把花瓣儿都打残了……再说，哪有那么大的花圃？你可知道有多少种野花？那是办不到的。"她垂着头，使灯光照到了银白的头顶。她好像在看着自己的一双皮肤松弛的手。这样停了一会儿，她说道：

"接上说我们屋子的北面吧——只剩下这一边了。往北走，是高高低低的沙岭，沙岭上生了林子。这一边和别处不一样，就是果园和别的林子界线不那么明显。你往前走，会看见榆树和槐树，也会看见杏树和桃树。直走到五六里、七八里外，才算见到清一色的大柳树林子。这才是最迷惑人的地方，是人们去得最勤的一片林子。别处有的，差不多柳树林里都有了。这儿动物又多又杂，猎人也多一些。果园里背枪那些老头儿差不多都是好猎手，不过他们是些守规矩的好人。他们都知道不守规矩的人没有好结果。这儿的柳树没人伐，自生自灭，有的老柳树中间枯了，积了泥土，泥土中又生出了新的柳树来。鸟儿最愿结伙到柳树林里来,它们一块儿落在树上,一些干枯的细小枝条都给压折了,我们那会儿就到树下捡这些干树枝,用它烧饭最好不过了。清早,到柳树林里去吧,大伙在那儿碰面,捡树枝,哈哈笑一阵,一天里再也不会心烦。柳树底下有一种野葱和野蒜,见了就顺手拔起来;柳树腰上还生一种圆圆的黄色东西,其实就是一种蘑菇,我们叫它'柳树黄'。'柳树黄'最喜欢野葱野蒜,合到一起蒸出来,上面会浮一层黄澄澄的油。那才是美味。这种种好东西捡也捡不完,因为林子太大了。哪怕一大群人一块儿进了林子,散开以后就看不见了。事情就怕翻过来——我说过我怕翻过来,像现在这样就是翻过来了。一大片树散在人山人海里,看上去才有几棵树呀……人们在柳树林里做什么,如果不小心让什么划破了手,就要赶紧拔一株刺刺菜,把里面的绿汁滴到伤口上,血立刻就停了。要是伤口太大,那就得取树根草叶间的一种干粉菌子——它像小乒乓球那么圆,生在那儿,你揪起来。如果它成熟了,轻轻一挤就出来一些灰色粉面,敷到伤口上,就不疼不痒,几天就长好了。林子里什么都为人准备好了,只要寻找,就会合心合意。"

宁子想起一件事情,怕母亲忘了,就提醒说:"不是过去有一个'黑湖'吗?人们都说它就离我们不远呢。"

母亲点点头:"它就在柳林里边。如今想想有点怪,当时可没人说怪。比如说它从来不干不涨,老是那么深——它可是在沙滩上啊,水该渗掉的。它一直那么旺。更怪的是它的水那么黑,又是透明的,见底见沙,鱼在里面游。那些鱼全是黑的,最大的半尺长,从来没人去逮。这个湖最里边不知有多么深,因为没人到湖里去。湖里有一个兽,有一回站在当心被人看见了,就没有人敢下水。谁也不知道那是个什么兽,有人说是红的,赤红赤红;有人说是黑的,就像湖水一样。那个黑湖其实不算大,就像一个水库。不过大伙儿都叫它湖。人们去林子里常见那个湖。后来林子没有了,垦荒的人要整平土地,那个湖一夜之间就干了。它干了,其实是渗掉了,染黑了方圆十几里的泥沙。你现在往北走,还能见到那一大片黑颜色。这就是告诉后人,以前这儿真有个黑湖。"

宁子见过那片黑沙。他觉得奇怪的是,就是用墨汁染成的,这些年的风雨也该洗净了啊!这真是一种不能估测的天然的力量,永远让人费解。这个谜要藏到多久?

妈妈说下去:"我就爱瞎琢磨。我老想:等到那一天老柳树林子再长起来的时候,黑湖又会生出来了。没有它,林子里的百兽到哪儿喝水去?那是它们自己的井啊。它们离开了,井就塌了。说来也怪,柳树林里最多的一种鸟不是别的,是乌鸦!它们多得像云彩,飞起来遮住太阳。是乌鸦染黑了湖水,还是湖水渍黑了它们的翅膀,没人知道。反正大家说:'没有办法的事,一块地方出产一种东西。'这儿的人没有去打乌鸦的,他们觉得这是柳林自己的鸟儿。后来有一个好吃懒做的人开起了烧锅,他到了半夜三更就背个口袋进柳树林去。他的烧锅不是牛肉、驴肉,而是乌鸦肉。这是无本生利的一桩买卖,他越做越起劲。你知道他怎么逮乌鸦?他在它们睡熟了的时候赤脚摸上树去,顺着枝杈往前摸。乌鸦都一个个蹲在那儿睡觉,一棵树上几十只。他怕惊动它们,知道惊动了一只,好几棵树上的都会飞走。他的手摸到乌鸦,就猛劲捏住它的脖子,拧两下掖到腰带上。乌鸦来不及吭声就给挂了一腰带,他再把这些死鸦装到口袋里背走。烧锅就开在柳林边上,黑色的乌鸦羽毛被南风吹到林子里,像盛开的一些黑花。这样过了半年多,报应来了。那个人夜里不知被谁杀死,躺在烧锅边上,脖子给拧折了,就像他拧乌鸦那样……"

宁子长长地舒了一口气。

"再后来,柳树林里真的开满了一种黑茸茸的花朵,人们都说这是乌鸦的灵魂。这样的花在东边的杨树林里也有,不过不像这儿那样成片地开。我那时把这些黑花摘一大束捧回来,插在窗台的瓶里。你不知道这种花有多么香,那气味有点像丁香花,也有点像菊花……乌鸦在柳树林里"嘎嘎"叫着,再也不安静了。这样一直到柳林没有了,黑湖没有了,乌鸦也无影无踪了……孩子,我讲完了。我把四周的林子都讲了一遍,不知你听明白了没有。"

"可是,"宁子干咳了一声,"这么多的林子到底是怎么给弄光了的呢?像变戏法似的……"

母亲摇着头:"林子太大了,它是一点点被啄光了的。这些三天三夜也说不完,你自己会明白的。你问的只不过是过去的林子,你问这房子的四周是什么样儿……那是让人迷路的大林子啊,数不清的野物。一万种鸟,一万种花草和浆果。到了秋天,林子里的红叶树像火苗一样烧起来。芦青河顺着渠汊流进林子深处,半夜里会听见水'噜噜'响……"

一阵又一阵风沙拍着窗户。风随着夜色奔跑,在冰凉的沙野里嘶叫。一股股沙末从窗子缝隙里蹿进来,迷了母亲的眼睛。母亲揉着眼,拉上窗帘,扑打着衣襟。

宁子一声不吭地坐着,后来扑在母亲怀里。他久久地伏着,像睡着了一样。母亲抚摸着他的鬈发、粗壮的肩膀和手臂。后来她捧着孩子的脸看着,发现儿子眼眶里嵌满了泪水。母亲吃惊地端量着儿子。他说:

"妈妈,我恨……"

"恨什么?"

"不知道。但是我恨!……"

1987 年 9 月

我弥留之际

在最后的时刻,谁如果能压抑自己的微笑,他大概就会是一位哲人。

等待那个时刻的到来,本应该像等待一个节日。因为这个节日太隆重了,所以我们愿意把它推迟再推迟;推迟到一个与它的隆重和辉煌足以匹配的美丽时刻。但无论怎么说,它还是要到来。那种挣扎的不安和搏斗的快感,使渐渐舒展的四肢感到一阵酸疼。

朋友的面孔越来越模糊。那些平常的面孔,在岁月中一闪而过的笑脸,更是了无踪迹。漫长的、无法跨越的时间,第一次压缩成短短的一厘米。它像小时候用过的塑料小尺一样短,然而刻度分明。

我觉得就要消失在黑夜里了。这让我想起十七岁的荒原,它在太阳沉落的那一刻。那时候我也曾期待,期待一个混混沌沌苍苍茫茫、一个难以辨识的大场景。

而今我自己真的走进这个场景里了。我只是没法压抑微笑。我已经两鬓斑白,可始终没有成熟起来。我还是那么稚嫩和热情。

我终究不是一个哲人。可能上天或多或少误解了我,给我不适当地增添了皱纹和白发。它忽略了我的心灵还是那么稚嫩鲜红,没有一点疤痕,甚至像刚刚凋谢了花瓣的果实,正期待着另一场生长哩。它开放过、凋谢过,然后像任何一种果实那样,积蓄自己的汁水和糖分,并为这一切感到自豪和快慰。

所以微笑就挂在了我的嘴角。

我觉得一切都太短暂又太漫长。一扇门轻轻合上,像被荒原的风吹动了一样;另一边的喧闹被这薄薄一层纱隔住,留下的只是越来越小的空间。

这个时刻我后悔吗?骄傲吗?回答不上来。我曾经苦苦寻觅过,梦想去荒原的另一端,去神秘莫测的天际——高原……那一趟奔波会是多么辛苦。我全身都因为这一趟长旅而绷紧。

我好像走在了薄薄的纸片上,就像具有了神奇的能力,薄纸担起了我的体重,小心翼翼地往前挪动,愈走愈远。这在别人看来像是游戏,我却使用了生命的全部精神。我屏住呼吸,把身体的重量凝到虚无的一点……

就在这个时刻,我听到了父亲和母亲的声音。他们突然变得比我年轻了;他们站在永生的路边向我注视,充满期待。他们有些自信,而这自信是来自他们自己,而并非来自他们创造的生命。

他们抓住我的手,询问行程,检查背囊。我陷入一种回忆。但我没有做声,只把这一切装进脑海。我看见另一个"我"跟我争吵,最好的朋友也一一走来,跟我纠缠,严厉质问着。这种严厉使我阵阵战栗。

我记起了与他们有个约定。可是我像一个背信弃义的人,只待在半路,呷着自己酿成的甜酒。我没有赴约。

他们说我毁了他们的一生,因为他们为了这次约定把全部的期望和热情都投进去了。他们等得好苦,等得头发花白,秋风扫地,树叶枯萎。夏天里刚刚结出的果实却像老人的脸一样起了皱褶。他们口渴得很,但他们不愿去摘一串葡萄。无限的悲伤和失望,使他们麻木痴呆,竟然忘记摘取这么好的果实。他们这种自戕式的举动简直就是对一个背叛者的最好惩罚。

在这最后的时刻里,他们合伙对我进行了一次审判。我能说什么呢?我紧紧握住他们的手。这一刻,我的举动倒真像是面对了一些老友。是的,我半途背弃了他们,因为我在寻找中发现了崭新的期待。这种期待源于十七岁,或者更早的年纪。

她简直就是和我们那块土地上漂亮的山药架一同萌生出来的。我曾经用自己的青春为她起誓,要一生追随她。她就这样不期而遇地出现在我面前。她让我没法不停下匆匆脚步。

打那儿以后,她一直陪伴了我。我们永远处于人生的彻夜长谈,彼此把心底的全部隐秘都交出来了。我们都获得了无私的赠与。一种敞开心扉的舒畅,一种酣畅淋漓的快慰,一切的一切都得到了生命的谅解。

我觉得她在最后的时刻里扯起我的手,抚摸着,在指尖上亲吻。她像使用了催眠术,让我在似睡非睡的状态下回忆十七岁的经历。她问:

"记起来了吗?它是什么?"

我跟着她的食指划出的记忆曲线往前移动。我缓缓吐出:

"我记住了一支指向天空的猎枪,一个千疮百孔的小土屋,一只刺猬,一头脖子上戴着彩色布条的马驹,还有一只狗。"

"还有呢?"

"不记得了。"

一会儿那些朋友又逼上来,隔开了我们俩。他们拍着我的肩膀,不让我睡去。他们拍打得好重啊,简直像在撕扯我。他们说:"你不是一个沉得住气的人吗?你不是号称自己是一个很能忍耐、很有涵养的人吗?那你何必急匆匆逃离?我们要和你进行一次最后的讨论。"

我说:"你们难道没有看到我因为过分疲劳而变得安详起来了吗?你们看,我这时候多么像一个老人。你们看,我脸上的微笑多么宽容。我成了一个心地和善,再也没有偏激的老人了。"

他们当中一个知道底细的人冷笑着,用手指弹一下我的脑壳。只一下就把什么击穿了似的,四周的人轰一下笑了。我也笑了。他们说:"无论怎么,你得和我们再讨论一次,不然我们就拽住你的手脚,不让你走开。"

没有办法,那就讨论吧。他们七嘴八舌,谈的都是老问题,我就用说过无数次的话来回答。当这场争论进行到一半时,他们发现中了我的诡计:我在拖延时间。

这一次我笑得多么开心。

但我的笑声越来越小,越来越小,直到轻轻合上了眼睛。

当他们都随之沉入一片灰暗中时,那个执拗的、循循善诱的女声又响起来：

"你能够回忆的,还有些什么事情?"

我这时的头脑是清醒的,但我故意像发出声声梦呓：

"还有一点遗憾……"

"什么遗憾?"

"我感到遗憾的是,我寄给南方的最后一封信的最后一个字写错了。"

"为什么?"

"因为我想故作深奥,把已经熟练掌握了的简化字改成了繁体字。那个字掉了一横。"

她笑了。

"要严肃。这是我最后的遗憾。"

"还有呢?"

"还有,就是我曾经接受了欧洲一位夫人——查理夫人——三个粗瓷碟子。这三个碟子被我少不更事的女儿砸碎了一个。"

"还有呢?"她的口气里明显带上了嘲弄。

"我还想看一眼延安的窑洞。"

她哧哧地笑。

我接着说："枣园的灯火,井冈山的红旗……南泥湾的镢头……"

她终于忍不住了,哈哈大笑起来。

我也畅怀大笑了。这大概是我最后一次酣畅淋漓的笑声。这笑声首先振动了自己的心弦,使我在一阵快乐的弹拨中悄悄远离。

我像金蝉脱壳一样蹑手蹑脚地转到了帷幕的另一面,然后向着北方一阵迅跑。我跑得很快,我想我还赶得上最好的朋友一顿丰盛的晚餐。

他不在这座城市。他是在一片旷野里,居所简陋,一切都很简单。他对于时间,对于生活,都有自己奇特的看法。这些看法简单明了,极其质朴,又似乎深奥。我在跟他的交往中,产生了奇怪的依恋。

我记忆当中,好像我们曾经试着改了时间,使用了什么"夏时制"。既然时间可以改动,那么我现在是否处于最后的时刻,就要另说另讲了。我心存迷惑,因为我一直认为时间是一种纯客观的东西,它们与我们好像是永不相交的两道铁轨,各沿着自己的方向延伸。我们没有任何能力去影响和改变它们。可是我记忆当中确实改过时间。我就在十分尴尬、迷惑的情况下,去问这个朋友。见面时他正用一把崩了牙的菜刀剁猪菜,两脚沾着泥巴,叉开腿,坐在湿漉漉的泥土上"吭吭"地剁着。我问他,他只用"嘭嘭"的刀声来回答。一会儿猪菜剁完了。他对我的问题想也不想,因为他觉得简单得很:

"时间嘛,就是一些闲工夫。"

"不错,然而……"

"闲工夫这个东西,"他点上一支喇叭烟,眯着眼睛,望着西边发红的太阳,"你看见了吗?都在它身上,"他用烟卷指一下落日,"闲工夫都藏在那个通红的圆球里边,它在天上拖拉着步子走,走到哪里,就把闲工夫带到哪里。我们有时候也追赶它,就为了得到一点时间。到了黑夜,它把闲工夫带到海里去了。那时候就不关我们这些人的事了。我们就躺下来睡觉。因为它把工夫给带走了。它带走了,有的人还起来做事,以为还能找到,结果就给累病了。人没有闲工夫是不能做事情的,对不对?"

我"唔唔"两声。

我生来第一次觉得与他没法对话。但我不想离开,只想着他告诉的一些原理。他是我小时候最亲密的伙伴。我们一块儿在荒原上逮鸟,捅马蜂窝,一块儿到海里游泳,赤脚在沙滩上奔波。他知道我的每一点隐秘。如今的他已经长了络腮胡子,儿女满堂。他的妻子最引人注目之处就是长了一个小豁牙,吃饭的时候总要在食物上留下豁牙的痕迹。他对我离开这么长时间感到费解:

"人嘛,怎么能离开老家这么些年?这样的人不好。"

"一个人长大了,就会有他自己过日子的办法。我和你不一样。我老待在这块地方,像你一样垒一个小泥屋,受不了。"

他有些生气,盯我一眼:"你干那些事,我就受不了。"

"我干了什么?我干了坏事吗?"

他哼一声:"不算是坏事,也不能算是好事吧。"

"我到底干了什么?"

"干了什么?你待在城里。"

"对呀,我要上班。"

"当然啦,手不闲着就好。你有你的道理,以为那是你做出的活计。对不对?"

我高兴地戳一下他的膝盖:"这就对了,那是我干出的活嘛。"

"嗯。不过,咱把活儿比比看,"他指指圈里的一头猪,"你上的班和我刚刚喂肥的这头猪,哪个更好?"

"这个就不能讲了。"

"你不能讲,我讲讲看。我这头猪,刚刚买来的时候才一尺长。它一走路就摔跤,卖猪的人想赚我便宜,非卖给我不可。人家都说这头猪活不到明天,卖猪的人偏要说能活。当然啦,给他点钱,他就会卖给我。我也就把它买回来。我用羊奶喂它,还让老伴给它揉肚子。后来,不光活过了明天,还胖起来,毛色油亮,在土末里撒欢儿呢。我把这么一头快死的猪养成现在这么大,这么胖。有时候,晚上,我蹲在猪圈里半夜不睡,给它挠痒痒,捉身上的小虫。它听到我的声音就凑到跟前来,拱我的手,舔我。它差不多像狗儿一样机灵。你能这样上班,也就成了。"

"我使的是另一股劲儿。"

"就是啊,我们都费了劲。都费了劲的东西,就可以比一比喽。怎么不能比?你是怕我比,是吧?是不是?"

我只得说:"是。"

我们很愉快。晚饭时,他让豁牙老伴为我们蒸榆树钱儿饭。饭很粗,但是甜丝丝的。不过这种饭吃一两次也就足够了。

远逝的或迫近的交谈搅得我不能安宁。我知道自己已经没有多少闲工夫了。在这最后的时刻里,突然进来了一个白色的影子。

他是个非常高大的人,有一双神圣的眼睛。他伸长右手的食指放在我眼前。我看清了这根手指,洁白无瑕,柔软而又坚硬,指甲修得特别漂亮。这是一只中性的手。我注视着这只手:

"你要干什么?"

"我要给你调理一下。"

他刚说过这句话,我就闻到了一股浓浓的来苏水味儿。一个声音在我心里响起来:

"他是一个医生。"

"是的,你说对了,我是一个医生。"

这个奇怪的人竟然能够听到我心中的声音。我相信这是一个不同凡响的人。或许,他能够用这双神奇的手改变我的一切:

"你要给我动手术吗?"

"是的。"

"为什么?"

"道理很简单。我想再给你一些时间,让你做更多的事情。"

我万分恐惧地睁大眼睛,坚决阻止说:"不。我不需要时间了。我已经浪费了许多闲工夫。谢谢你的好意。"

"难道你不留恋吗?"

"一点儿也不。"

"你一心要离开阳光,离开朋友,离开你迷恋了一辈子的这一切吗?"

我点点头。

"那好吧。我不得不遗憾地告诉你,你放弃了的这段时间——我是指你重新开始的这一场生活将会更好,更有意思,它好过于你原来的生活几十倍:它们所给予的一切乐趣。"

我仍然摇头。

白色的影子沮丧地垂下了头:"那好吧。我第一次遇到一个不可挽留的人。"

　　他拖过盖在我身上的一个白布单,一直拉上去,蒙住我的头颅。与此同时,我却看到了一片碧绿的原野——它是我梦中的高原吗？正向我围拢过来,我好像只一下就给簇拥在一片绿色之上。我与这一切结成了一体。我的呼吸马上变得深长阔大,各种草木的清香涌入肺腑。

1988 年写,2002 年改

四 哥 的 腿

人们都叫他"拐子四哥"。

当他从远处一拐一拐走来时,竟显得如此潇洒。我每隔一段时间见不到这个一拐一拐的人心里就不好受。他身上似乎有一股神秘的力量作用于我。我那时甚至不能够想象我的视野里可以没有这个一拐一拐的身影。

刚认识时他的左腿就瘸了。那时他穿得十分邋遢,大概从来没有整洁过。但你如果仔细端量起这个五十岁左右的人,又会觉得他的那双眼还是相当好看的。你很容易就可以想到,当年他也许是个很好的小伙子。如果你知道他的腿是从不足二十岁的时候就出了毛病,又会为他惋惜。关于这条腿的故事讲也讲不完。

我和他在一块儿走着,不由自主左腿也要稍微拐上那么一点儿,这好像也是很自然的。他曾经给我讲述这条腿的秘密,说:"你知道吗?我这条腿其实并不短多少。主要是胯关节那儿一个圆圆的像轴承一样的东西碎掉了,是跌碎的。"他说着拍拍胯关节:"人就是机器,身上有发动机,有输油管,也有轴承。"他抚摸着自己的关节,"这个地方是一个很大的轴承。弄不好也是人身上最大的一个轴承,它碎了——你想我怎么走路?"

"你不是一拐一拐地走吗?"

"嘿嘿,"他摇摇头,"不是。他们把我拉到了医院里,那个戴白帽的老医生看了看说:'换个轴承',我吓了一跳。真的'换了个轴承'——轴承是不锈钢做的。"他用手比量出一个圆圈说,"这么大的一块不锈钢,刻得非常光滑。就这样他们给我镶了个轴承。我现在走一下,那个轴承就在里面转动一下。不过呀,"他又一次拍拍腿,"做成的轴承到底不如人天生长成的好呀。你看,我这条腿就歪了。不过还幸亏后来镶了那么个玩艺儿,要不就动弹不了。"

四哥拖拉着这条腿不知走了多远。他那一次在医院里躺了好几个月,吃着胡萝卜和海带,据说都是最有营养的东西,吃得他头昏眼花。这样他就在医院里度过了最可爱的二十岁生日。当时他还在东北的一处兵工厂里工作,因为这条腿搞成了这个样子,也就回到了他的出生地来。

四哥好像并不因此而惧怕走路。他可以沿着芦青河拐上很远很远,一直往前,穿过大片荒滩。他在这渺无人烟的旷野里哼着古古怪怪的调子,四处游荡。他像在寻找什么早已遗失的东西。他乐于扯上我的手,在这片野地里一起行走。

很早以前,也就是他和我最要好的那几年里,他正在权衡一件极其重要的事情——在这片荒野的另一端——他用手指着告诉我:就是太阳落山的那儿,有一个三十五六岁的姑娘,她像地瓜面捏成的那么黑;胖胖的,全身都有些圆,见了人就会嘻嘻笑……他

向我描述过这些之后,又说:

"不过那是个好人,过日子是没有比的。"

我问:"你怎么知道?"

"看上几眼就明白。我跟她倒也合得来,只不过我呀……"说到这里他抬起眼睛望着东方,停了老长时间才长叹一声,"不过我这个人早年干过兵工厂,心路远了。不然的话,这还不是我的好媳妇?"他久久踌躇,不知如何是好。

他是一个了不起的光棍。四周没人不知道四哥拐着一条瘸腿,一个人过着艰难的生活。他享受津贴,但仍愿四处找点零活干,还到荒野上挖一点药材,寻一点野果。他喜欢这种特殊的生活方式。我差不多就是因为跟着他才认识了无数莫名其妙的植物,能够辨别一些看来相似但实际上属于完全不同科属的植物叶子。

我还从他那儿听到了一些奇奇怪怪的故事,一个从来也没有见过的神奇世界。

有一天他把我领到荒滩上。我们一路上都没有说多少话。当我们往前走去,可以看到一片很亮的平静的海水时,他才坐下来告诉我:"你知道那个女人的名字吗?"我说不知道。他说:"她叫响铃。你说多么古怪的一个名字!"他说着用手按住了我的肩膀,使劲往怀里拉着说:"我就和她脸对脸坐了一天。哎哟,那个家伙身上热力烤人。我把她拉到跟前,按住了她。我叫着'响铃',她说'唉',我说你真不是个东西,她说'唉'。我说我恨不能揍你一顿,她又说'唉'。你看就这么一个老老实实的女人!"

"那一天我们算好起来了。回来的路上就像掉了一个魂,又像喝醉了酒,东摇西晃。这条腿不知怎么疼起来,站也站不稳。我觉得我在一步一步走向一个最害怕去的地方了。我想逃脱这个结果,也知道这是能做到的。可我还是一步步陷进去哩,完哩。"他摇着头,用手拍打前额:"我就这样和响铃过完下半辈子吧!"

他用手敲了敲我的喉咙那儿说:"你这小子啊,这个地方就要大起来了,你说话的声音就会'嗡嗡'响,像我一样。那时候你的劲头就大起来,满世界欢跑,这片野地都圈不住你的蹄子了,你能跑到好远好远的地方去。不过你可不要像我一样再跑回来,听明白了吗?小子!"

他说着话,我觉得他声音里有一种很欢乐的东西。我有点害臊,低着头。可是当我抬起头来时,我看到四哥的眼睛里有一种闪闪发亮的东西……

那次谈话不久,就传出了四哥要成家的消息。我问过他,他未置可否。

我们在一起时,他就把那条左腿费力伸平,像敲一个不属于他的肢体、一件陌生的东西一样,很平静地用拳头一下一下地擂。我知道那时他的腿有些胀痛,有些不舒服。每当天气要变的时候,首先是这条左腿向他发出信号。他曾经描述过那种信号:就像一个不安分的婆娘一样,日夜吱吱叫唤,又痛苦又悲哀的声音吵得你恨不能把它狠揍一顿。"'吱吱吱','吱吱吱',就是这声音,你看吧,没有几天就要下雨了。"我从来没听见他的左腿叫唤,那大概需要一只专门的耳朵。

这一天他又给我讲了那条腿。于是关于那条腿又有了更新的故事。我也惊奇,以前怎么就没有问他一句,这腿到底是怎么摔碎了"轴承"。他说——我在兵工厂里——那时候刚刚解放不久。厂长是个了不起的大官,我就是他的警卫员。我十六七岁哩,长得比谁都好。我腰上有枪,一个装在皮套里的小盒子枪。厂长走到哪里,我就跟到哪里,那股帅劲你琢磨去吧。厂里所有的人,男的女的,老的少的,没有不喜欢我的。他们都愿意把我揽到怀里去玩一会儿。可我的手老是握着手枪,我知道这是武器,谁也不许碰它一下。

我们厂长不怎么跟我说话,他很严肃,我就保卫这个严肃的人。当时我也不想和厂长弄明白多少事情,只知道我的任务就是不让坏人碰他,谁敢伤他,我那时会拔出皮套里的那支小手枪,毫不客气地先照着他的肚子打上一枪。你得先打他的肚子那儿,一枪打上去他也不会死。可是他就要痛得弯下腰来。如果他不该死,还可以把他救过来。如果他应该死,再从肚子那儿往上高出几尺,一扣扳机,他也就死了——死不死只是个尺寸问题……他说到这些的时候,完全沉浸在一种幸福之中,其他的一切都暂时忘却了。他说他那时没事了,就常常一个人到车间里去——车间好大,天车"呜隆呜隆"响,在你头上过来过去的。天车上面有一个人坐在驾驶室里,她一按开关,就有什么东西在空中的轨道上隆隆驶过去。我有一段时间眼睛老看天车。有一次我还想爬上去。开车的是一个二十五六岁的姑娘,她是全厂里最好看的一个人。看电影、看戏都是她和我在一块儿。整整一个夜晚,她都用手握着我的手。我有一段时间觉得身上到处都是她的气味——像杏子一样。我到任何地方都会闻到一股杏子那样的气味——直到现在我一闻到杏子,心里就一阵激动……

她开着天车。有一天我走过去,天车正隆隆地在头上跑。她在上面探头喊我一声,我就顺扶手梯跑上去了。驾驶室很小,只能容一人多一点,她硬把我塞到了驾驶室里。她差不多停止了工作,专门在驾驶室里跟我玩。她说我是她最好的一个朋友。她把我抱到膝盖上,还玩我皮套里的手枪。就是那一天我才觉得她是我长久盼望得到的一点什么……我把头埋在她的胸口那儿,她就一直抚摸我。后来她不停地吻我。我觉得她的脸、她的手到处都滚烫滚烫。

可就在这会儿,下面有谁呼喊起来。我们慌慌探头,见下面的水泥地板上正站着大胡子班长,他朝上嚷——天车停的不是地方。

她慌慌推我一下,去开动一个开关,这时天车又"隆隆"响起来。我等着天车重新停下来,可她再也没有让它停止。我见她脸上像擦了胭脂一样红,还冒着热气。这时我再也忍不住了,就吻起了她的脸。

那时我简直是疯了,什么也不顾地抱着她。后来她恼了——现在想起来简直让我不信,她哭了。以往她在我眼里是一个大人,无所不能,她完全可以教导我哩。我在她面前只是一个孩子。可她这会儿倒像个小孩子一样哭了。我吓得赶紧松了手,缩在一个角落里。

这一天我过得真不平凡,我的心老是怦怦跳。后来我跟厂长出去,厂长回头瞥我一眼,我就觉得有些慌。其实厂长什么也不知道。

那个晚上,吃过晚饭后,她又来约我出去玩。我们兵工厂设在一片没有多少人烟的荒滩上,就像我们这里一样。那时候好多人下班之后都三三两两地到这片荒滩上做点什么。他们有的用皮绳套捉野物,有的采什么果子。女同志喜欢一些花草,她们弄回去插在自己的住处。我采了很多花给开天车的姑娘……

我问她:"那一次在天车上没有生气吗?"

她当然生气,可是她越生气,我越高兴。我觉得我应该惹她生气才是。过去我做得就不够。四哥说到这儿狡猾地哈哈大笑。

我听得不太明白,不过也没有再问。

他又接着告诉:她穿了一件黄衣服,就像杏子刚刚转熟的那种颜色,一种黄绿色。兵工厂里的人都穿这种有点像军装似的工作服。你知道我们是兵工厂,干活的人也该多少像个兵才是。也许就是这个原因吧,所有的人都羡慕我的枪。我的枪给任何人玩都舍不得,惟独可以给她——开天车的姑娘。有一次我差点犯了错误,把枪放在她那儿超过了一天一夜。不过这个谁也不知道,因为我腰上的小皮枪套子还在,里面空不空别人又看不出来。

可巧就巧在厂长偏偏就在这一天来了兴致,要和我一块儿到原野上打点野物。他伸手跟我要枪,说:来,让我们去试试吧。这种情况一年里也没有几回,可偏偏就在这个时候让我遇上了!那真是倒霉透了,我的脸当时一定不是个颜色。我发觉厂长的眼睛一直盯着我,好在我急中生智,说坏了,我给枪擦油,把它忘在宿舍里了。厂长瞪我一眼。我赶紧往回跑。

我拐过几幢房子,没有回自己的宿舍,直接进了车间。我跑上天车,进了驾驶室。她在那儿若无其事地开车呢。我跟她要枪,她就从很深的一个衣服口袋里掏出来。你瞧她工作的时候还带着它呢。她把枪还给我,还吻了我一下。

往下跑的时候,由于性子太急,突然在铁梯的扶手那儿绊了一下。我从半空中掉了下来。我的身子先侧着往下摔,然后又被什么东西碰了一下才落在水泥地上。地上满是一些三角铁、槽钢等等。

当时我昏过去,身上不知什么地方肯定流出了血。人们大概一下子把我围了起来。天车声像打雷一样轰响。

我醒过来,第一眼看到的就是她站在旁边,脸色发白,嘴唇抖着。她好像一直就这样沉着脸。不一会儿,我们厂长也赶过来了。他怒冲冲地喊,嘴里不知骂着什么。我被人抬到了医院。你看我的腿就是这样摔坏了"轴承"。不过它是在半空中碰碎了还是落到地上才摔碎的,我到现在也不知道。

就这样,我在那儿住了好长时间,再也没有背上我的小手枪。那一次打猎没有打成,倒是我一辈子后悔的事儿……

"开天车的姑娘呢?"

四哥摇摇头:"看不见她了,大概还是开她的天车。什么错都是我自己的,我也没讲我的手枪留在她那儿,没讲我是去取手枪——她当然也不会讲。"

"人们总会问你为什么摔下来的呀。"

"是啊,她这样讲——说我常到天车上乱缠磨人,她都烦了。

这是我们厂长跟我说的。她的这几句话差不多让我记上一辈子。我伤好之后再也没去'缠磨'她,就这么一个人回来了。我到现在最忘不了的一个人就是开天车的那个姑娘。你看看我还是忘不了她。"

我听到这里有点愤愤不平。她是个少见的坏女人。"你摔得多惨,她一点也不牵挂你。你现在一瘸一瘸地走到这里,她还在那儿开天车。"

四哥抚摸了一下我的头发:"你还不知道男人心里想的是什么,你弄不明白……那一回,我被作为一次违章违纪的典型事例给处理了。所以我从那个最大的兵工厂回来,只带了一点钱,带了一点行李。那时候我的父亲还在,我就找他来了。是他把我送到东北,这时候我只得再回到他身边来。"

……

就在他跟我讲过这个故事不久,他真的结婚了。我没有去看他的新娘。我想他在新娘身边待不久的,他还会回到野地里来。

我估计得不错。一天黄昏,他又一瘸一瘸地来了。我第一眼就发现,迎面走来的四哥瘸得更厉害了。连我也差不多听到了吱吱扭扭的"轴承"活动的声音。他铁青着脸,好像发生了什么极不愉快的事情。我没敢打招呼。

他扯上我的手,我们非常默契地往前走去。我想问点什么,但不知从哪说起。他主动跟我讲起了新生活,说:"响铃真是个好女人,她如果不好,我在家里一天也待不住。你看我跟她一块儿待了这么多天才出来。响铃想不到我拖着一条腿,还这么能蹿——她是个好女人。"他说这话的时候一直铁青着脸。

不知怎么,我从他的口气里听出了一丝别的意味。我只是不明白。

"夜里我和胖乎乎的响铃在一块儿睡觉,觉得她身上一股地瓜干味儿。那本来是一股好气味,甜丝丝的。可是……"他说到这里,眼睛往一旁瞟了瞟,有些发狠地说:"在她那个小村里,谁都想欺侮她,村头是第一个想欺侮她的人。我恨我自己现在没有那支枪。"说完这话像又有些后悔,用手摸了一下左腿。这一摸,把脸上愤愤的神情全都摸掉了。他的脸有些红,有些潮湿。停了一会儿,他又说:

"夜里我让响铃的手摸在我胯关节上,告诉她这里面有个不锈钢做的'轴承',她还不信。我说,你不信,那好,你把耳朵对在上面,我活动的时候你听一听,里面是不'吱咯吱咯'的金属声。她真的把耳朵对上去了。我的腿一屈一伸、一屈一伸,问她听没听到,她说'唉',我用脚踹了她一下。她只会说'唉'。这个家伙高兴得两条眼眉都弯起来了,就那么迎着我笑,笑了一个晚上,又是一个白天。真是一个百依百顺的好媳妇。"

……

我与拐子四哥真是无话不谈。我在他身边度过了多么有趣的童年。当回忆这流逝的岁月之河,我仍能清晰地盯视它的一处处涟漪……我记得在他新婚不久,我还听到了关于四哥那条腿的完全不同的故事……

这天四哥很晚的时候才一拐一拐地离开。我不想回家,就往海边走去。海边上已经到处都是一片漆黑,打渔人点起了火把。由于上网的时间还早,一些人就立在火把下边抽烟,讲一些杂七杂八的故事。

有一个人讲起了四哥刚刚完成的婚事,然后又讲到了他的腿。这时我就留意起来。他问:"你们知道他的腿是怎么瘸的吗?"

大家都说不知道。

他说:"没有一个人知道,只有跟他一块出去闯荡的人、熟悉那个地方的人才会明白那是怎么回事。"

他说当年那块地方刚刚解放,有好多外国人——当然都是身高马大的外国人了。他们开进城来,我们这边就动员好多人去欢迎他们:描了眼眉,擦了腮红,扭着秧歌,敲着锣鼓欢迎他们进城。据说这些身大力不亏的外国人帮了咱们大忙。咱们该给他们些吃的,该唱歌给他们听。那一天四哥他们兵工厂的人也出来游行、扭秧歌。你别看这家伙现在这模样,年轻时候长得可不错。厂里缺女的,人家就把他打扮成小女孩的模样,描了眉眼,耳朵上还挂了两个红辣子。他的小身子细细,跳起来蛮像个女孩儿,模样也挺俊。外国大兵走过来,见到这么好的女孩儿,就抱起来亲。他在人家怀里一扭一扭,告诉自己不是女孩,可人家也听不明白。后来他到一个巷子里去方便,正好遇上两个外国人。两个外国人嘻嘻笑着,把他往巷子深处拖。他不停地嚷,不停地辩解,结果人家还是听不明白。到了巷子深处,大兵解了他的衣服,这才明白过来,差点给气昏过去……火把下的打渔人听到这里都哈哈大笑。

那人继续说下去——有一个长大胡子的兵火起来,一脚把四哥踢倒,越踢火气越大。他的火气又激起了四周几个大兵的火气,他们一齐用枪托砸起他来。四哥怕砸到要害部位,就滚动着身体躲闪。外国人性子躁,枪托也厉害啊,只几下就把他的胯关节给捣碎了。"你看看,他的腿就是这么瘸的。要不,现在上边一个月还给他这么多津贴吗?那也是因公弄瘸了一条腿啊!"

好多人都默默不语,他们觉得四哥的不幸来得太不是时候了——解放了,腿也完了。不过人们对那些大块头外国人倒也有几分理解,觉得他们发狠的枪托似乎也有几分道理,接着又是一阵叹息。

我听了这个故事,不知是真是假。我觉得他跟四哥讲的天车上的故事同样可信——一个是因为姑娘把腿弄成这个样子,一个是因为装扮姑娘把腿弄成这个样子。看来因为姑娘的缘故那是肯定的了……

那天,往回走的路上,我不知不觉学起了四哥走路的样子——故意用力拖着左腿,一直走了很远很远。

第二天,四哥又来找我。我长时间盯住他一瘸一瘸的左腿,觉得这步态漂亮极了。在任何时候我都不会忘记有这样的一条腿——它硬邦邦地从一旁扫来扫去,带动整个身子一晃一晃——那种逍遥自在、那种沉着、那种奇奇怪怪的神采,都是令人难以忘怀的……

我觉得那条腿至少算是一件艺术品。

1989 年

消逝在民间的人

我有过一个文友,他与中国古代一位哲学家同名,叫庄周。他写得不怎么样,不过长期以来都极为活跃,是个厉害的角色。没有谁能够制服他,我也不能制服他。他是个既不能成功也不能失败的人,每时每刻都让人觉得他有潜力。可是有一天他突然消失了。不仅是消失在铅印纸页上,而且是从我们的视野里全部消失了。我差不多整整一年没有见过他了。哪儿去了呢?一个奇怪的人。我问他身边的朋友,他们摇头;问他爱人,他爱人也一连说"不知道"。

庄周没有戴眼镜,也不像一个知识分子。他脸色蜡黄,下巴尖尖,还有一双不太可爱的眼睛。他的眼睛与一对极其秀美的眉毛形成了尖锐的对比。像一切天分极好的人一样,他的额头又沉又大。头上的毛发稀疏蓬乱,有时过长有时极短。和他在一起的时候,你可以发现他没有一刻安稳,双手不停地活动或走来走去。走路时垂着手,往外翻的手掌硬硬地与胳膊扳成一个直角,就像熨衣服那样来回移动。这一切举止都非常自然,毫不做作,所以说他很可爱。首先他是一个极富欣赏价值的人,其次他是一个非常有内涵的人。生活中有内涵的人可太少了。苍白的、面孔都差不多的人总是太多了。

他到底为什么离开了我们,大家都觉得这是一个谜。我回忆着一年前的情景——那时候我们还经常见面。有一天他说他觉得快没意思了!我说天才的臭毛病又来了。他说真没意思。再后来我说什么他都像没有听见一样,摇着头,摇着尖尖的下巴,摇出了泪水。我看到他偷偷地把眼角的泪抹去,站起来说:"我走了……"

他现在真的走了。

当时我还以为他怎么了呢。朋友们谈起来,都觉得他的这个行为多少有些让人厌恶,都承认他原来有魅力。可是魅力这个东西有时候是如此不经久的。看来仅仅有魅力还不行。生活中有比魅力更强大的一些力量在磨损着人们。还有些东西就像硫酸腐蚀着金属一样,慢慢腐蚀着人,使一张光洁动人的脸变得深皱无数、块块黑斑……我知道庄周这个人非常喜欢钱,这似乎与一个"天才"(他还常常自诩为"大师")是不相容的。他不应该有这样的嗜好。有一次我终于忍不住了,因为我们都喝了些酒,彼此都很激动——我说:

"老庄,你能不能离钱远一点?我总觉得你太喜欢钱了。这会妨碍你。"

他叹息着:"这个道理对一般人适用,不过我可不是一般的人。我认为更多的钱——我是指一大笔钱,就可以变成一种力量哩。你知道吗?一种力量哩。"

我说很多人都有这种力量。可是这种力量几乎从来也没有成全什么。

"不。"他说这句话的时候脸色铁青,两手一按桌子,站起来,在屋内急急地踱步。他说:"我恰恰相反,你相信我吧,我会做到。"

我再没有说什么。

那个夜晚我们俩似乎过得不是很愉快。剩下的一段时间里他又要喝酒,还掏出了很多花生米。那都是他从脏里脏气的一个帆布包的底层弄出来的,不知随他走了多少路,都有了异味。我们勉强地吃几粒花生米,消磨着剩下的半夜时光。这天晚上我们又谈了很多。他谈了他准备写的一首新诗,三言两语就谈完了。他把真正的激动和感慨都省略了、隐藏了。这种方法只有我们之间才经常使用。我了解它的背后有什么。后来他又谈到了"没意思"之类的话,思路照例是很模糊的。我也不得要领,我不知道他最终要说什么、干什么。他说要出去走走——我不知道他这样的人会到哪里去。一个爱艺术又爱钱的人会到哪里去呢?我告诉他,我与他不同的是,黄金的颜色吸引不住我。我不是用骄傲的口吻说这些的,我并不以为这是我的一个了不起的优点。我所强调的仅仅是我们的相同点和相异点。后来谈到可能去的地方,他说了一句很模糊也很有意思的话,他说:"我要到民间去哩。""民间"两个字冠冕堂皇——不过哪里才是"民间"?我苦笑着。一个多好的字眼。我不信有谁会到"民间"去。

那天到了最后我们俩还是很激动,也不感到多么疲劳。我们又谈到了文友之间的友谊,谈到了我们经常来往的一帮朋友……

他说:

"我现在很失望,太失望了。没办法,我们都得沿着好多人走过的那条路再走一遍。你看我们走了一条多么熟悉的路啊。"

我明白他的意思。不过这些话我都听得不太认真。因为我想到他下一步可能会用力搞钱。我觉得他最不让人喜欢的地方就是有些自私。我曾尖锐地指出过这一点,我说过分的自私可以毁掉你,你会因自私断送掉最后一个朋友等。

如今我多少怀着一点悲悼的心情去寻找他的踪影。

我只能从他的朋友那里感觉他留下的一点余温,好像我再也不可能看到他了,就像一个人死去了一样。如果我猛然在人群中遇到他,一定会大吃一惊。朋友议论着他,那口吻也像在谈论一个死去的人。

过去与他在一起厮磨和畅谈的朋友很多。这使我想起了野地里燃起的篝火:一根柴的火焰是燃不高的,很多木柴架在一起,火焰就能越燃越猛,越升越高,火苗可以蹿到半空——但我们都知道,这堆篝火迟早还是要熄灭……现在,他的朋友就好比是即将熄灭的一堆炭火了,虽然它还是灼热烤人。他们跟我谈起庄周了,一开始都没有多少话,好像都沉浸在深深的怀念之中。他们说:

"他走了,不过有时还会回来。回来又怎么样?心已经冷了。"

我觉得正是这样。朋友们的眼神彼此所传递出来的那种痛苦和损伤,使我深深地为之震动。我从来没有遇到任何一个人可以把他的一帮朋友团结得如此坚固。他比他们的亲人留下了更多可以依恋、可以回味的东西。虽然我没有遇到任何一个人可以像庄周那样,毫无顾忌地流露出一些令人厌恶的地方。这一切他的朋友是那样熟悉,就像熟悉自身的一块丑陋的伤疤一样。可奇怪的是,他们并没有因为这块伤疤而拒绝他。他们厌烦他,可这厌烦还抵不上喜欢的十分之一。他们对他的厌恶是巨大的,而对他的喜爱更为巨大。我觉得这帮朋友再不可能更多地聚拢到一起了,而一旦聚拢,就是因为思念庄周,他们要自动地回到一个地方来默默相视,重温过去的友谊……昨天的情景使他们忧伤。我离开了庄周身边的朋友们,就像刚刚离开了一个熊熊燃烧的火炉,我被烤得昏头昏脑。我,踉踉跄跄地往前走。我怎么也不明白,生活中还会发生这样的事情。

又停了大约半年,我因为参加一个会议到无锡去。会议开得非常紧张,与会的人差不多都没有时间出来玩。白天听报告,晚上讨论,会议快结束了,才剩下一点时间让我们随意走一走。有一个晚上,我一个人走向街头,来到一个大十字路口。这个地方很热闹,靠近人行道的一个角落,有人摆着大碗茶,有人卖冷饮,不断地听到高声吆喝。摆服装摊的人抖动着很漂亮的内裤、衬衫,招徕顾客。我有些渴,就坐下要了一杯冷饮。我一边喝,一边端量着夜市。这个地方真是热闹得可以,也混乱得可以。现在已经是夜间十一点钟了,好像一天的生活才刚刚开始。那么多的人走来走去。小车后边的红灯一闪一闪,像一个人在做着鬼脸。自行车铃声响着,摩托车在人流中穿行,驾车人甚至很巧妙地一边朝车旁边伸手把人群拨来拨去。骑摩托的人戴着护头盔。不知怎么我觉得护头盔很可怕……正这样端量的时候,我从花花绿绿的人群里发现了一个奇形怪状的人——我的目光不由自主地集中到这个人身上。这时候正是八月天,天气还很热,路上的人都穿着薄薄的夏装,顶多是穿了一件西服。可是走过来的这个人却穿了一件油渍麻花的破棉衣,腰上捆了一条蓝色的布条,头发满是灰土。他手里提着一捆脏东西,后背还背一个小布卷。他鼻子两侧挂着两片油灰,这时在一个卖大碗的地摊跟前蹲下,从衣服内层的口袋里掏出四五个钢镚,一下扔在地摊上,捧起茶水就喝,喝完了,胡乱抹一把嘴就站起来。他一直迎着我走来,当离我只有四五步的时候,我才突然认出他是庄周。我大吃一惊,手中的杯子一下掉在地上。我大喊着上前一步,用手抓住了他的肩膀,好像怕他要跑了一样。我说:"是你是你!"他好像并不奇怪在这儿遇到我,看着我说:

"可不是我怎么!"

这声音还是非常熟悉。不错,就是庄周。不到一年的时间,他成了这副样子。我说:

"你怎么到了这个地步哇?你得病了吗?"

他好像身上发痒,用手按紧棉衣胡乱地搓揉了几下,说:

"没病。我身体大概是最好的时候。"

"你怎么成了这副样子?"

"你问什么?就是这副样子。"

"你住在哪里呀?"

"哪里都住。"

"你晚上住在客房里吧?"

"不,我随便躺在哪里都行。你看我穿得很厚,冻不着。"

我说:"可是有蚊子啊!你不怕蚊子吗?"

"我什么都不怕了。"

原来他手里提的脏东西是一个四方纸盒。他退到一个角落里,扯着我蹲下来。他把纸盒盖儿打开,里边是半斤左右的米饭和一点豆角。他说:

"我要吃一点啦,哈!我饿了。"

他说着就用手抓着往嘴里边填。一会儿那团米饭全被他吃光了。他抹着嘴巴,把盒子一角的两三个豆角扔到嘴里,又抛下我,到茶摊上"咕咕"地喝了一大碗茶水。我不知说什么好。我没想到他变得这么快。我说:

"你说要走,我还以为你要到一个什么好地方去呢……"

他说:"好地方会找到的,不过还没得手——你以为我一直会这样过吗?"

我这时候高兴起来,用拳头捶了捶他的胸部:"我也知道你不是一个吃苦的家伙。"

他又撇撇嘴:"我什么苦都能吃。现在我是呀——"说着他挠了挠蓬乱的头发,从头发里抓出一个什么东西扔在地上。他说:"如今我是见饭就抓,见车就上。"说完他瞥了我一眼,突然问:

"想喝酒吗?"

他咂咂嘴。我知道他很馋,就领着他来到一个小酒馆里。那个小酒馆门前的霓虹灯一闪一闪,一侧画了一个金发女郎。酒馆很小,可是里面的招待都是很漂亮的姑娘。她们胸前都挂了一个小姐牌子。我说:

"'小姐',为我们来两杯加饭酒。"

庄周大大咧咧地点了几个菜,都很贵。这个家伙,我知道他要敲我一下。他已经吃过饭了,还能吃掉这么多菜吗?酒来了,他抢先喝下一大口。一会儿他的杯子就空了,而这时我的杯子刚喝了一半。我替他重新要了一大杯。他喝得高兴了,用手按住我的肩膀,拇指和食指使劲抠了抠我的肌肉说:

"怎么样?"

"什么怎么样?"

"我过的日子怎么样?"

"糟透了。"

"嗯,糟透了,你肯定要这样说。我早预料你会这样说。因为你们都是平庸的人哪……"

"我是平庸的人……"我像自语。

他笑了:"你不是平庸的人,我故意激你。你比他们好多了,当然不是平庸的人。我可知道你这个家伙多么厉害。不过呀,你看上去很平庸。你和我不一样,我看上去就不平庸。是不是?"

我不知道他所说的"平庸"的含义是什么。不过我多少有点同意他的话。这个家伙自称是个"天才",他有时真的一句话就可以把事物的本质揭示出来。我觉得他的可爱之处也在这里。我问他:

"你不想念那些朋友吗?"

他的脸色一下沉下来。他闭着眼睛,把额头靠在酒杯的边沿上,说:

"怎么不想?说实话,我连老婆都不想,可我想我的朋友。这才不大舒服。我给你讲过,我这个人不重友谊,这是哄你玩。我想念我的朋友……你知道有一种古怪的酒吗?这个酒的名字我忘了,是外国酒。一个好朋友给我带了一瓶,我喝过一次。哎呀,难喝极了。可是那个滋味会长久地留在你心里,去不掉。想朋友的滋味就像这种怪酒的滋味一样,我的好伙计。"

他说到这里又用手在我肩膀的肌肉上抠了一下。我觉得很疼。这时他抬起头来,眼睛望着屋角说:

"我得离开那个地方啊。你知道我受不了,那个地方让我过得发慌。那个地方讲义气的人太多了,这个'义气'也让我受不了,太'义气',所有这些'义气'都是虚假的。你信不信?我知道那个地方的人都挺看重自己,觉得自己死了该穿金缕玉衣……真牛气,都是贱货。你比他们好一些。伙计,你就这点比他们好,我服气的就是你这一点。哎呀,伙计,我永远也不会回去了,宁可饿死也不回去了。"

"那你到底要到哪里去?"

他又喝了一大口酒,说:

"我想找点快活日子过过,找点我自己的日子。"

"以前是谁的日子?"

"不知道。好像谁的日子都是,就不是我的日子。我受不了,老想哭一场,可又最瞧不起掉眼泪的人。一个男人不珍惜自己的眼泪,动不动就哭,有一个算一个,差不多都是些混蛋。"他嘲弄地看着我,问了一句,"我走了,你过得还好吧?你是个老虎啊。你瞒得了别人,瞒不了我。就剩下你这个老虎啦,我那些朋友都是一群小羊羔。"

我笑了:"你要吃掉朋友吗?"

"我早把他们吃掉啦。"

他的眼里射出两道狡黠的光。我觉得他又恢复了他的可怕的自私、他的贪婪。我又想起他是一个爱钱的人,这时就从衣兜里掏出了一沓票子。这沓票子中有十元的,也有一角的、五角的,大约有四五十块钱吧。我把这把票子塞到了他的怀里。他嫌我塞得不牢,又往衣服的夹层里捅了捅。我知道那里有一个内兜,里面装着一些乱七八糟的票子、一些钢镚。

"你是不能和我一块儿同行啊。你不知道我过得多么好的日子啊。你以后想起你没过这样的日子会后悔的。趁着身强力壮来吧,伙计。"

他又"咕咚咚"把半杯酒灌下去,打个手势出门去,走了。

我喊着他,他头也不回,一会儿就消逝在人流里了。

我结了账,叹了两声,回我的住所去了。

从无锡回来,我的心情很烦躁。有一段时间我什么也不愿干。我知道这烦躁是从庄周身上来的。我把自己关在了屋子里。我进入了真正的冥思苦想。我在想关于自己和庄周的一切,还有他的那些朋友。出于新的好奇,我把所有能找到的庄周的诗全部找来了。我看得眼睛生疼发胀。我极力想从字里行间里找出什么不平凡的东西——这些东西有时也真能找到。我想从中探索出一点奥秘。我发现这字里行间从来也没有流露出一点要走的意思,一点都没有。甚至也没有我原来所认为的那些才华。这使我觉得很奇怪。他怎么会突然走了呢?

不错,他不是一个平庸的人。

他及时地行动起来了。可他的诗中却没有充分显示出这种果决的力量。

我有点失望地研究了他所有的东西,好像对他才华的钦佩和惊讶只是在昨天了。我觉得这是一个不平庸的人写出的比较平庸的东西,如此而已。

……

后来,我又一次见到了庄周。那是在离我居住的这座城市不远的一个集市上,时间是冬天。

他的打扮和在无锡遇到那回不差上下。不过那件棉衣更烂了,手里提的东西却更多了。他的脚上是一双很大的棉靴,破败的棉絮从靴面上绽露出来,让人感到那棉靴是很暖和的。不错,他要走很远的路,需要一双很大很耐寒的棉靴。晚上,当他在什么洞里蜷曲的时候可以不冻脚。

这一天,我们俩的相逢一点都不愉快。他对我冷冰冰的,好像什么也不愿说了。奇怪的是,他一点也不想了解他那些朋友的近况。他也不想知道他告别的地方又有什么新消息……我问:"你真的一点也不思考过去的问题,不写诗了吗?"

他哈哈大笑——这是我这次遇到他之后第一次看到的笑容。他哈哈笑着:

"奇怪啊,你还问这个。现在可不兴这个了,谁还写这个?我们这儿没有写这个的。"

"我们"两个字让人觉得好奇怪。我问他"我们"指哪些人。他说：

"我们，"他把手朝人群一挥，"这就是我们！"

我怀疑地看着四周。这是一群穿着打扮相对来说比较整洁的人群。我不相信他可以融解到他们之间。因为人群中的大部分显然都过着一种有秩序的生活，而我的朋友却失去了这种秩序。我说：

"不，这不是'我们'。你应该说'你'。"

"不，我们、我们可再也不搞那玩艺儿了。你问问他们，他们搞那玩艺儿吗？世上，现在呀，"他把手拢在我的耳朵上，"世上就分两种人，你信不信？一种搞那玩艺儿，一种不搞那玩艺儿。我们都不搞那玩艺儿。你信不信？"

他大笑着，像获得了某种巨大的胜利，拖拉着那双巨大的残破的棉靴扬长而去，一摇三晃，像喝醉了酒。他走开老远，我还听到他那热情的、狂放的歌声。街上的人都不怎么看他，好像对他早已习以为常了。我从这点上判断，他在这个小城已经活动了很久。但我却是第一次看到他。

歌声消失了。我用目光去寻找，只看到一片模糊的人群，再也看不到他的影子了……

1989 年

逝去的人和岁月

有一年秋天,在那个海滨小城里发生了这样的事情:一个在人们眼中多少有点神秘的文雅绅士突然被捕了。

那时他们给他挂上了铁链,让他带着无法接受的巨大耻辱,把他从住处——那个全城数一数二的阔绰住宅里拖出来,押解着,沿海港路一直走到中心广场,那里正聚集了很多人。秋风扫下的一串串落叶在地上旋转。人们带着迷茫的神色望着这个可怕的情景,眼里的惊异和询问不断地交换着。

士兵的枪生了锈。然而刺刀却磨得闪闪有光。

那座大宅里走出两个女人,她们又被几支锈枪挡住了。从另一个角落里传出了很大的喧闹声,那是被惊吓了的市民发出的。

一座高大的、不知什么时候建起来的纪念碑下面摆上了鲜花。一队骑兵"嗒嗒"地策马而来,他们一直向南奔去。紧接着,押解那个绅士的几个士兵吆喝了一声,接着就粗野地骂起来,用枪杆去推搡围观的人。士兵中的一个大胡子甚至忙里偷闲,从腰上解下一个酒壶,"咕嘟咕嘟"灌了两口。他冲着那个绅士伸出食指,在他额头上戳了一下。只一下,坚硬的指甲就把那个男人的额头刺出了一道红伤。绅士咬着牙,往前走了。那些士兵嫌他走得太慢,不停地拽他的锁链和绳子。原来他们要追赶前面的骑兵——骑兵尽量让马走得慢一些。即便这样,后边这些人还是尽力加快步子。他们要出城,到更远的地方去。

这个秋天决定了多少人的命运,这个秋天抓走了不知多少人。

那个男人就是我的父亲。

那个秋天离我的出生时间整整还有十二年。家里只剩下母亲和外祖母了。母亲——我说过,当时她没有哭,她被士兵们挡回去,接着就在那个深宅大院里整理东西。她和外祖母一声不吭。

在这幢很大的、外祖父遗留下的庭院里,她们两个凄凄冷冷地站了一会儿,然后又把一些房子看了一遍,上了锁。最后,母亲打点好了几个包裹。她们要出门的时候,一直守在门口的人过来阻止。母亲愤愤地质问,可是那些人只是笑,并不答话。母亲要求带她见一位长官。那些士兵终于不敢怠慢,就让她先待一会儿,他们要去禀报。约半个钟头之后,有人就领母亲去了。士兵在前边引路,母亲神色坦然。他们出现在大街上令市民们好奇,好多人都盯着母亲和那个士兵看。母亲当年三十多岁,简直是这个城里美丽和端庄的象征。她每一次走出院子,都有许多人注视她。而这一次大家的目光却换成了另一副神色,那眼神里带上了更多的怜悯和仅有的一丝嘲讽。

母亲跟着那个士兵穿过海港路,再绕过广场的一角,来到了司令部大门外。卫兵交换了一下眼色,他们就进去了。

在长官的屋子里,他们开始了温和的谈话。后来就争吵起来,可是这种争吵也仅有一分多钟的时间。他们又归于温和的谈话。最后母亲与那个长官握手告别。

当母亲重新走出司令部大门的时候,长官亲自把母亲送出来。他很客气地询问了几句什么,母亲道了谢。就在士兵的陪伴下,母亲又回到了大宅。

她与长官究竟谈了些什么,她争取到了什么,赢得了什么许诺,后来都没有讲。只是从那一次回来之后,她就被应允离开这儿了——她的出生地,她生活过一段最美好时光的城市。

那一天,她们迎着凄凉的秋风,带着一些包裹和木箱,坐上了一辆木轮马车。

很多人都拥出来,像是为她们送行。年老的人"呜呜"地哭起来,有的人喊着母亲和外祖母的名字。甚至有人喊起了外祖父和父亲的名字。他们都记起了城里这两个体面端庄的绅士。但母亲和外祖母第一次这样麻木地面对着这些关切,她们扫过去的目光有些呆滞和生硬。

马车夫是一个上了年纪、满脸皱纹的男人,他用破毡帽把脸掩了,好像在做一件平生里最为耻辱的事情。他怀抱鞭子,抄着手,任两匹马往前走去。木轮车发出"辘辘"的声音。车子驶过那座纪念塔,又往前。母亲看到纪念塔基座上的鲜花全部枯萎了。外祖母回头看着,母亲的脸却一直向前。

就这样,他们直走了一天一夜,来到了一片荒芜的土地上。一条弯弯曲曲的路还在往前延伸。马车夫回头看母亲,母亲摇摇头。

那个男人继续吆喝牲口。前面的路越来越曲折、越细,坑洼也多了。外祖母被颠得有些不安。两边的林子越来越多、越密,再到后来,一群群乌鸦绕着人盘旋起来。母亲没有吭声,只用眼神示意马车继续向前。马车夫困惑地咳了一声,用鞭子打起辕马。就这样,马车走进了荒原深处,直到一片稀疏的林子后面出现了一个茅屋时,母亲才拍打起衣襟上的灰土。

一个护林的老人从茅屋走出来。老人好像认识外祖母和母亲。他的腰使劲弓着,用很久以前的礼节迎接了她们。母亲紧紧握着那双整日操劳、青筋突暴的手,向他问候。护林老人嘴唇哆嗦,不知在咕哝什么,从他慌恐的眼神可以看出,他被母亲和外祖母的样子给吓坏了。

马车夫领了一点钱,道过谢,就慌慌地回过车去,大声地吆喝起牲口。马车一溜烟地飞走了。

外祖母说,就这样,母亲从此再也没有离开茅屋。

她那天认认真真地裱糊了小窗,扫了尘土,把外祖母和她自己安顿在这间干净的屋子里。另一间屋子也被母亲收拾得干干净净,让那个护林的老人住。老人晚上不停地咳嗽,可是还要不断地抽老旱烟。头几个夜里,那个护林老人简直咳得没有合眼。母亲竟然带着自己的母亲来到这片荒滩来享受孤独,亲手打发一天一天的孤独寂寞。她不知道男人要走多长时间,也许是整个的下半辈子。就带着这种茫然和绝望的心情,她开始了没有尽头的等待。

很久以后,当我懂事的时候,我才明白这种等待是多么无望、多么艰难。

母亲开始磨练自己的一双手,眼望着这双手被磨得流血,磨得粗糙起来。她在小院向阳处松了土,种了白菜,又和护林老人一块儿,把屋子周围一些果树整好,除草修树,剪去枯朽的枝条,等待着春天的来临。

果树结出了果子,母亲和护林老人一块担上果子,到很远的地方去换取粮食。

护林老人有一杆很大的土枪,深秋时节就背在身上,整夜整夜地不睡,防着歹人和野兽。

母亲回忆起往事,脸上带着深深的感激。她说那个老人是天底下最好的人。从母亲嘴里我得知:他是外祖父上一辈人收养的一个孤儿。他在那里活得很好,长壮了,为了报答外祖父一家,就替这个家庭做了很多别人永远也做不好的事情。他是一个勤恳的人,一辈子没有婚娶。他很早就发了誓,要为这个家庭付出一切,他的整个生命都是这个家庭给的。但是外祖父这一代有了新的打算,他不想让一个人在这个院子里过一辈子,他觉得一个人就该有自己的财产、自己的家。外祖父总是叫那个老人"大哥",因为从年龄上讲他比那个老人要小几岁。他说:"大哥,你该有你自己的家业了。"那个老人一听,一下子跪下了,说:"老爷,我的命就是这个家给的,我离开这里就活不久了。"外祖父说:"这里还是你的家,你愿意什么时候回来就什么时候回来。不过,你现在该有自己的一份产业了。"那个人明白,外祖父是要给他一些钱,就连连地磕头,两手摆动着表示拒绝。可是外祖父接受的是崭新的教育,他从外面回来就打发掉了所有的使女和当差的人,决心一切自己动手,自立自尊。他要求每个人都独立生活。后来,他就给了这个老人一些钱,并且让他到远处去买一些土地,盖起自己的房子。可怜那个老人,哭着接受了这些钱,后来,就一个人流落到这片荒土上,买下了一小片杂树林子,盖了一个小茅屋。

我听了曾问:"外祖父不是给了他很多钱吗?他怎么过得这么寒酸?"

"那个人一直觉得自己不配拥有这么多钱,他把这些钱都藏在了一个瓦罐里,只拿出很少一点置办了产业。开始的时候他老想死,离开了你外祖父一家,他觉得活着一点意思也没有。他把钱看得像泥土一样。可是后来世道乱起来,他回了几次你外祖父家,好像明白了一点。这是个聪明的老人。他跟你外祖父讲,他要好好地在那片荒滩上过日子,有一天——也许那一天早晚会来的,他要把老爷接过去。你外祖父当时还不明白,今天看来,他的意思再清楚不过,就是说一旦有了什么不测,你外祖父说不定要在那里躲避呢,那是他给你外祖父留下的最后一个窝。可惜你外祖父没有听懂。再后来又是你的父亲——老人前些年去城里接他,竟被他骂出门去……"

我听到这里明白了:母亲接受了外祖父和父亲的教训,才毅然告别了那个小城。她再也没有留恋过去,她看上去生活得很好。外祖母操持家务,帮了母亲不少忙。林中老人那么慈祥,母亲任何事情都要请教他。生活上的一些小事,比如说,什么蘑菇有毒,什么野果子可采摘,那是绝对要得到老人的认可的。老人尽管腰弓了,十分瘦削,但身体很好,担着上百斤的粮食还能健步如飞。母亲就跟在他旁边。他们每一次都是兴冲冲地赶回小茅屋。

为了准备过冬,小茅屋要忙上一大阵子。那个老人把茅屋西边一溜槐木墩掘出来,用铁钻子和镢头一点一点把它们劈开。要知道槐木墩是非常难对付的。老人把木墩劈成玉米芯那么大,一块一块摆好,垛起来。外祖母平常依据过去的老经验,每年入冬以前烧一些木炭。在城里时她总请人到很远的林子里寻找上好的柞木,然后亲自动手做成木炭,留着冬天烤火用。她可以把木炭做得不老不嫩,这样点燃了没有一丝青烟。在这里她可以大显身手了,因为荒滩上到处都是柞木。外祖母做了很多木炭,埋在屋后的土里。后来我出生了,记得我们每年冬天都可以扫开白雪,挖开屋后的土层,这样立刻就看到像煤炭一样颜色的木炭了。外祖母把木炭掰成均匀的核桃大小,然后才把它封好。

冬天里,这个小茅屋的三个人围着火盆,煮着茶砖——这是外祖母保存起来的。她喝茶的时候愿意添一点糖,这是她跟外祖父在一起时养成的习惯。一家人喝着糖茶,母亲有时候高兴了,再讲一个故事。那个老人抽着烟斗,咳嗽着,他的烟斗很漂亮,当地人见了都十分惊奇。它的烟锅很大,与烟杆交成一个直角,是黑胶木直接旋成的,很亮。当地人如果知道这个烟斗的来历一定会更加惊异的。

那是外祖父给他的,当年由一个洋人送给外祖父,外祖父又送给了这个护林老人。开始的时候他舍不得用,老是放在上衣口袋里,一会儿拿出来抚摸一遍。外祖父死了以后,他才开始使用这个烟斗。他抽的烟都是自己在屋前种出来的,那是一种很有劲道的小叶子烟,烟棵长得很矮,烟叶都是墨绿色,成熟后晒干又变得焦黄。

母亲和外祖母一点也不讨厌他抽烟,烟味很香很香。当母亲实在无聊的时候,甚至讨来一点烟末用纸卷上吸一口。外祖母不安地看一眼女儿,但并不阻止她。后来,母亲居然也可以抽一点烟了。

我们的茅屋东边有一口砖井,那是护林老人请人做帮手,用了一年多的时间修成的。这口井水很甜,在最旱的年头里它也没有干涸过,成为当地的一大奇迹。人们都说这口井打到了最好的旺脉上。

母亲去提水的时候,外祖母总是跟在后面。因为母亲提水要用拴了绳子的桶放到深井里,然后伏在井边上往里看。她不会使桶翻倒灌水,她甩一下又甩一下,往往折腾到浑身是汗。尽管护林老人把那个水桶改成了小号的,但母亲做这活还是十分吃力。外祖母有一次看到母亲在井边上一直这么看着,并不动,就说:"你可不要寻思别的,啊?你可不要寻思那些吓人的事,你在这儿好好地过吧。"

母亲含着眼泪笑了,她知道外祖母的意思。她说:"妈妈,你想到哪里去了,我不会的。"

母亲非常坚强,她这种毅力也许是外祖母传给她的。外祖父死于非命,外祖母哭过之后,也就过起了自己的生活。那时候她把家务操持得有条不紊。她忍受着一切。她唯一的女儿却完全知道母亲在想些什么。就这样,她学得像外祖母一样坚韧、执拗。在这个小茅屋里,母女两个过着平静的生活。她们的操劳,由于远离了世人的注视,所以显得平淡而温馨。只有她们走出茅屋,到远处的村落去的时候,人们才感到这里多了什么新奇的事情。母亲讲:有一个夜晚,护林老人新养的一条狗没好声地吠,于是他们都起来了。有一个黑影在墙头上探了一下,护林老人毫不犹豫地迎着放了一枪。后来没有一点声音。他提了马灯出去找,发现墙头上有几点血迹。"打中啦!"护林老人喊。母亲害怕地看着。外祖母说:"你把枪口抬高一点多好。"护林老人恨恨地盯着那几点血迹,看了母亲一眼,这是他第一次用目光顶撞外祖父家的人。他提着马灯,气呼呼地沿着血迹往前走了几步,然后说:"伤得不重。"由于血迹滴得很疏、很淡,他料定那个人捂着伤口跑走了。从那以后再也没有发生类似的事情。那个夜晚,护林老人不断地抽自己的烟斗,狗再也没有叫一声。

我长到十几岁的时候,目睹的是父亲对母亲一次次的粗暴的呵斥。我曾经问过外祖母一个大胆的问题。我问:"父亲过去也这样吗?"

外祖母说:"不。"

我想不出当年的父亲是怎样的,于是就不厌其烦地询问着我们的过去……

我可以想象母亲在等待父亲的那些年里是多么艰难。那种无望的等待是真正令人难以忍受的一种煎熬。这种煎熬不知过了多少年,外祖母说父亲走后没有一点音讯,也没有一个人来转告什么。母亲刚刚开始的时候并没有想到要打听父亲什么。但是后来,也许是这里太寂寞,也许是有什么东西拨动了母亲心中的牵挂,她收拾了一点东西,要去看望父亲。外祖母让护林老人跟上,护林老人非要带上枪不可。外祖母说服不了他,也就只好让他在家里守着。外祖母和母亲一块上路了。

她们到城里那些长官那儿打听了父亲,那些长官含糊其辞。后来母亲和外祖母就自己往前赶路了。她们绕过了那座海滨城市,坐了驴车,后来又坐了一段烧木柴的汽车。

再后来也就到了一座有名的监狱。她们这一次累得浑身酸疼,朝行夜宿,不知走了多少路,翻过一道道的高山,差不多都瘦了一圈。不知过了多久,她们才从那儿转回茅屋。后来,我曾问过母亲看到父亲没有。她没有做声,外祖母也没有做声。我又一次问母亲。母亲说:"谁知道呢,也许看到了。"

我不明白她的话。

外祖母后来告诉我,那一次她们到了一个采矿场,四周都站满了持枪的人。原来那些开采露天矿的人就是些犯人。她们胳膊肘上挂着包袱,对监工的人说了父亲的姓名,那些人睬也不睬。她们就这么想象着这一些开矿的人里会有父亲。看了一会儿,母亲眼里流出泪水,外祖母也用衣襟擦眼睛。后来,她们就回来了。

这是母亲唯一的一次出远门去看父亲。外祖母说,回来之后,母亲亲手打浆子,用破布做成了布板,然后纳鞋底,做起了布鞋。外祖母是捻麻绳的好手,她没事了就捻麻绳。可是麻绳用完了,母亲请她再捻一些,她看了看做了半截的鞋子,没有动手。母亲于是自己抓起麻绺来,捻了一些粗细不一的麻绳。这些麻绳在纳鞋底的时候不断地折断,外祖母叹了一口气,又为她捻起了麻绳。母亲一连做了好多双男人穿的鞋子。外祖母知道这是给父亲做的。她从当中挑出一双略肥一些的给护林老人穿上。老人"嘿嘿"地笑着,高兴得不知怎样才好。这些鞋子做好之后,就用一个纸袋装了,捆起来放到阁栅上。

不知过了多少年,父亲回来了。听说他完全改变了模样,又高又瘦,说话十分尖刻。父亲用生硬的目光看着这个茅屋。他几乎在用命令的口吻说话,让母亲和外祖母跟他再回到那个海滨小城去,外祖母的拐杖捣着地,但是并没有说什么。母亲用沉默抵挡着父亲的暴怒。父亲只发过一阵火,后来就是长久的沉默了。再后来有了我,我懂事后看到的是一个执拗的、性情温和的父亲。他这种温和一直到我四五岁的时候才突然改变,好像长久压抑着的什么一下子爆发了。那时候,他开始没完没了地跟母亲吵。

我一天比一天地为母亲和外祖母感到难过——那是何等艰难的煎熬啊,她们过着比常人难上十倍的日子,等来的却是更加痛苦的折磨。父亲并没有把他的屈辱留在那片采矿场上,他回到了小茅屋。从此之后,他的阴影就长久地笼罩了这个地方。

我印象深刻的是父亲的脚。奇怪的是不知多少年过去了,我还能够记得起父亲的脚背是什么模样。

他的脚是细长的,好像从没经过沉重的劳动磨损过,脚背是粉红色的,有着很多竖着的、细小的皱纹,青青的脉管低低地伏在脚面上往前爬行,后来又往脚心里转去。那只脚很像被晒了整整一个秋天的红薯,让人感到缺乏水分,没有生气。这两只脚就穿着母亲做好的鞋子。我记得这种黑布鞋子他一连穿了好多年都没有穿完。

我记忆当中,父亲带回一种很重的毛病:心口疼。当这种病犯起来的时候,他就伏在地上,痛苦地呻吟、滚动,令人不忍看下去。可是他又拒绝任何人上来扶他、拉他,谁如果在这时候动他一下,他就会骂起来。他唯一采用的治病方法,就是找一个凸起的土坡,把腹部紧紧地挤压到上边。我现在也不明白那种剧痛是怎样造成的。它绝不是一般的疼痛,这种疾病到后来每隔几天就要犯一次。他犯病的时候脸色蜡黄,头上满是汗珠,十根手指全都插进了土里,一双脚像鱼的尾巴那样抖动不停。这个形象一直在我脑子里出现,直到父亲去世很久,我还常常做起噩梦,梦见父亲又害起了心口疼,躺在土坡上浑身抖动。

跟父亲绝对搞不到一块儿去的还有一个人,就是那个护林老人。父亲像一个主人似的,用轻微的但是不容更改的语气吩咐着老人,这大概深深地伤害了他。护林老人没有违抗他什么,总是按照他的命令行事,既小心翼翼又充满了敌视。父亲好像也察觉到了,有时竟然呵斥起他来。外祖母有一次终于忍不住了,把手里端着的一个葫芦瓢狠狠地摔在地上。父亲看了看碎裂的葫芦瓢,抬头望了外祖母一眼。外祖母在围裙上揩了两下手,到母亲屋里去了。父亲的脸色好多天都没有缓过来。

我记得母亲劝阻父亲说:

"他是我们家的恩人,再说,从年龄上看,他差不多是我们的长辈。"

父亲鼻子里哼了一声,不以为然。到现在我都不知道父亲为什么那么反感那个护林老人。

母亲后来分析:

"可能就是因为这个人改变了我们一家的生活。因为就是这个人在这里开辟了这个小窝,我们一家才在这里容身。不然的话,我们只能在那个小城等你的父亲了。他是一个厌恶穷乡僻壤的人,可是他就忘了,正是穷乡僻壤才救了这一家老小。"

我问:"我们如果在那个小城里等他呢?"

母亲摇头:"那样,他回来的时候就什么也看不到了。"

"怎么?"

"那个小城后来乱得很,我想,你的大爷(护林老人)估计得不错,他知道待在那个城里没有什么好结果。后来有人要烧掉你外祖父的院子,大火眼看就要着起来了,才传来一个部门的什么命令,把火扑灭了。听说有好几间房子的东西已经被搬空了。你想想,那时候如果我们在那里,还活得好吗?你父亲是个糊涂人,他忘了他在哪里跌倒了,忘了哪里使他蒙冤,那是个不祥的地方,他还是该学着做个乡下人。这里什么都是从头开始。"

母亲这样说着,垂下了眼帘。到后来我记住了母亲的那句话:"什么都是从头开始。"

父亲打着赤脚,穿着破旧的衣服,在茅屋旁边开了一片土地,十分勤劳地干起来。我知道,他劳动的技巧、他身上的勇气,都是从那片露天矿那儿带来的,他早已不怕沉重的劳动了,他已经安于命运了。这一点,我当时还没有想到它是多么了不起,只是觉得它是自然而然的。他好像因此有了更大的支配别人的理由,他让母亲,特别是让那个护林老人干这干那。我承认他那时候态度不算粗暴,但语气里总有一点命令的意味,那是不容更改的,是必须遵照执行的。

护林老人很快地衰老了。在我的记忆当中,他临近死亡的前两个年头,再清楚不过地显出了这种兆头:他已经活不久了。我看到,他的灰色眼珠里常常流露出一种恍恍惚惚的神色,那是就要进入另一个世界的人才有的。我知道他对于父亲不能容忍,但我从来没看到他的反抗。

有一天,那大概是我四五岁的时候,我走进了外祖母的屋子里。我一推门,一下子愣住了,我发现护林老人手里拄着那杆土枪,像拄着拐杖一样,哆哆嗦嗦地站在那儿。他见我进去像没有察觉,继续说下去:

"我是您府上的人,我是个下人,我生生死死都跟着老爷家。"

外祖母没有阻止他说下去。

"可是,还请您宽容我,我是实在看不上您的女婿,我不能和他待在一个屋子里。我如果有什么对不起府上人的地方,还请您老宽大我,我给您老跪下了。"

说着,他真的跪下来,磕了一个头。外祖母这时候才慌张起来,上去拉住他,给他拍打腿上的灰尘。他只说:"我得走了,我得走了。"

外祖母说:"你不能走,我们是一家子,一家子人怎么能分开哪?"

护林老人嘴唇哆嗦着,往后退着出了外祖母的门。

他走了之后,我看到外祖母气得脸色都变了。我知道,外祖母不是生护林老人的气,而是生父亲的气。

第二天,护林老人躺在自己的屋子里,没有出来做活。母亲以为他病了,就端了一点蘑菇汤给他喝。他像一个健康人那样吃了所有的饭菜,抹抹嘴巴又躺下了。这时候我们才知道没事,他可能是跟父亲怄气。可是,我们想错了。到后来他失踪的时候,我们才知道他原来是在积攒力气准备上路了。

他后来就失踪了。

全家人都慌了,连父亲也觉得是闯下了什么大祸。我们不顾一切地到处寻找这个善良的老人。父亲尽量伪装镇静,可是他完全明白,那个老人的出走与他有着直接的关系。外祖母用仇视的目光盯着父亲。母亲有些慌张,两手不断地在衣襟上搓着。我跟着三个人往外走。

我们想寻找到脚印,可是地上的茅草和丛林太多了,哪里找去呢?我们走啊走啊,一直走了很远。

后来,父亲跑回去领来了护林老人养的狗。那条狗自从老人失踪之后就没有安生过,一直狂吠暴跳。

后来,在这条狗的引领下,我们一直向着西南方奔去。这条狗迫不及待地往前赶,父亲紧紧地扯着它的锁链,好几次差一点被拽倒。我们跑啊跑啊,外祖母不得不坐下喘息,我们也只好等她一会儿。那条狗在远处呜呜地哭起来,父亲也在那儿蹲下了。我、母亲、外祖母赶紧赶了过去。接着外祖母叫了一声,也蹲了下来,母亲捂上了眼睛。

我看到,那个护林老人不知什么时候死去了,蜷着身子,在一丛苦草墩子旁边像睡着了一样。可是他的嘴半张着,他的眼睛、他脸上的肌肉已经清楚地告诉我们,他早已经死去了。他手里半松半紧地握着那支土枪,后背上还背着一个小小的行李卷。他要到哪里去呢?我心里马上涌出的是这个问题。

母亲说:"他肯定是走累了,躺下来歇息,可是他再也没有爬起来,他老了呀。"

外祖母哭出了声音。父亲的脸色蜡黄蜡黄,嘴唇变得发紫,他呜呜罗罗地说着什么,我一句也没有听明白。后来,他脱下了衣裳把老人包起来。我看见他在脱衣的那一刻,眼角有什么晶亮的东西。他把老人抱起来,往前挪了两步,又放下,重新抱紧了。他就像抱一个婴儿那样把老人抱着,一直抱回了茅屋里。

那一天黄昏,他奋力地在茅屋旁的一棵松树下挖了一个坑穴。接着又亲自动手,给老人用厚厚的木板钉了一个粗糙的然而是结实的棺材。他把老人埋葬了。

埋葬老人的时候,那条狗差一点扑进去。母亲紧紧搂住狗的脖子,全家人都含着泪水站在这儿,一齐给老人下跪。我站在那呆住了,被父亲狠狠地按了一下脖子。我也跪下了。老人的坟垒得很尖。

从那以后,我觉得永远失去了一个老爷爷,但是,他还在不远的地方注视着我们的茅屋。逢年过节,我们都要把好的东西摆一些在他的坟旁,跟他说话。我的外祖母一旦有了什么不顺心的事,

就坐到坟边哭一会儿,咕咕哝哝地诉说一会儿。有一次,她在坟边这样说道:

"你走了,你是因为他来了才走。这个人哪,他根本就不该回来。我们到底为了什么要在这儿苦等,为了什么?我也不知道,我也不知道……不知道为什么要等他回这个茅屋……"

1989 年 11 月

造　　船

　　芦青河入海口热闹得很。这里彻夜灯火通明,旌旗遮天;斧凿声"砰砰叭叭",像爆竹一样炸响。这是秦王新劈的一处造船场,齐地最好的工匠都汇聚到了这里。送饭的村妇排成长队,监工的武士握着宝剑。

　　这是公元前210年,秦王第二次东巡,自成山头来到莱山月主祠,拜过了月主,又亲临船场。许多人都不认识他,工匠们更不知道哪一个是威名赫赫的秦王。旌旗蔽日,从未见过的华丽车辆堵塞了大路……

　　船场上的人没日没夜地刨、凿、锯。一下要造这么多大船,所有工匠生来还是第一次经历。他们从林子里伐来了最大的柳、柞、松、杨,还采来了青冈和檀木。船的龙骨要打造得结实又美观。船缝里涂的油脂要选最好的原料熬制。

　　有的工匠受不了这份辛苦,半夜里逃跑,捉回来就被戴上了脚镣,锁链的末端干脆铆在了船体上。在大船下水之前,他们一步都不能离开了。

一个谣传在悄悄飞走:所有戴脚镣的人都要在大船下水时作为祭品抛到海里。这使工匠们惶惶不安。他们一天天消瘦,有的开始咯血。

又有人宣旨:秦王命工匠在这个冬天把三百艘楼船全部造好。

一俟海上的冰块融化,大王的船队就要出发。这支庞大的船队到底要开向哪里、去干什么,大多数工匠都蒙在鼓里。

有人不知从哪儿打听来消息:

这支船队要载上最好的弓弩手、五谷百工和面容娇好的童男童女,到海天迷茫的无限远处,寻访仙山蓬莱,采长生不老之药。

工匠头儿叫老七。他祖祖辈辈都打造渔船。老七祖父建造的渔船现在还出入惊涛骇浪。可是他的世家从未打造过战舰。

那是一年以前,有人把糊糊涂涂的老七带到一个地方,去见一个侍官。他们展开一些图形。老七不断地摇头。那都是从西边带来的船样子,是用于湖泊渠汊的平底船。老七又粗又老的大手捏起一个炭棒,把图纸重新描画了一遍。这些画在树皮上的图形一会儿就给涂得乱七八糟。侍官有些火,操着尖利的异地口音嚷个不停。老七听不懂他们的话,只顾自己画。后来他们就把老七涂好的图形抱走了。

几天之后传下旨意:就依照老七的图形打造楼船战舰。

开工的前一天,老七右臂上被拴了一条粗麻绳,有人牵着他,走了不知多远的路,来到一个巨大的帐篷。帐里坐了一个脸色蜡黄的老者,瘦骨嶙峋,说话有气无力,身上散发着一股铁锈味儿。他头上戴了一顶金黄色的圆帽,这使老七觉得甚为怪异。有人大

喝一声,老七虽然听不明白,但还是跪了,嘴里发出一声:

"大王……"

胳膊上的麻绳被狠狠一揪。老七知道喊错了。

老者声音放得很慢,显然怕老七听不清楚。那声音要多奇怪有多奇怪,简直像是从鱼嘴里发出来的:

"你绘之船图,经百工增减改定,就是如此式样了。大船二百,小船一百。三百只楼船——明白了?明年春天海冰融化,船队出海……"

老七像拜佛一样,不停地作揖。一边的武士忍不住笑。

老七被人从帐里牵出。老者又在里边发出一声闷叫,意思是让人用车把这个手艺超绝的工匠送到工场。外面的人响亮地应了一声,把他牵到一个蒙了毡子的大车旁。四匹马被一根横木连在一块儿,何等气派!他上了车子,不断歪头从窗口往下看,看下边转动不停的木轮。这些轮轴都是用特殊的木料制成的,光滑坚硬,车子跑得很顺畅。

他一路琢磨,总想不出车轴用了什么木头。他的手按到了脑袋上敲击。敲了两下,想起父亲曾经告诉:西山里有一种木质金黄的树,又硬又滑,用刨子刨光时,摸一摸就像打了蜡——肯定就是那种木头啦!

车子还没有驶进工厂,就有好多人围上来。他们端量着这乘大车,有的以为来了重臣,还有的以为来的就是秦王,赶紧匍匐在地。一些工匠手里并没有放下凿刀和斧子,伏在那儿让人害怕。武士用鞭子把他们赶开。车子驱向前方。

老七从车上下来,所有工匠都愣住了,手里的凿刀掉在地上。

从此以后,老七成了一个神圣不可侵犯的人。连平常一些工匠伙伴也不敢正眼看他,说话的时候要压低声音,迎面见了要低下头。他们轻手轻脚地走……

老七火气大了,不断地斥骂他们。他觉得这些老友不知为什么变得可恶至极:有几个看上去甚至有点獐头鼠目。不过他觉得他们干活时倒是肯卖力气。

有一天夜里,烘烤木料的火堆不小心烧着了一堆裁好的木料,结果十几艘船的用料半天工夫化为灰烬。那天正好吹着西北风,海浪和风声搅在一起,助着火威。所有人都慌慌地呼喊,拼命救火。武士们的宝剑在剑鞘里"刷刷"推拉,吓得人大气不敢出。

老七站在一个快要完工的船顶,喊着不要乱跑。这喊声十分见效,所有人不再四处跳蹿。老七赶紧让人分成几拨:一拨人把快要完工的船体移开,另一拨人用沙土往燃烧的木头上倒。这样折腾了半天,一场火才算止熄。

第二天秦兵传令:所有守夜的更夫都要严惩。那些更夫都是一些搬不动木头的老头,他们手持一个木梆,整夜围着工场游动。十来个老人这会儿都给锁链串到了一块儿,瑟瑟抖动,牵到一个最大的木船旁边。一个武士当着工匠们的面,把一个老人的脚砍了下来。鲜血像喷泉一样涌出。老者撕心裂肺长喊一声,倒下了。鲜血溅在了木船上。所有人都一声不吭,脸色蜡黄。

一群人迎着武士跪下了。这帮人当中就有老七。他昂起头,看见武士的刀又伸向第二个老人时,急忙大喊一声。刀停在半空。

老七乞求起来,武士就提着刀迎他走去。这会儿有人匆匆扯了一下武士的衣襟。那个人是秦王的侍臣。他们耳语一阵,武士就收了刀。侍臣对老更夫们说:

"今儿个饶了你们,不过也不能一点惩罚不给。"

他让武士把那些老更夫每人砍去了一根手指。

最先被砍去一根的那个老头已经昏死过去。武士刚刚离开,工匠们就围拢了他。

老更夫死了。他的儿女们号哭不止。很多人都随着他们哭起来。

那天傍晚,老七领人把老更夫埋在了芦青河入海口的沙滩上。他们把坟堆垒得很高。但过了一夜,海风又把坟堆吹平了。他们又重新垒一遍……

天凉了。武士们的催促像狼嗥一样。尽管不断有人被戴上脚镣,钉在船体上,但还是有工匠逃跑。最后所有逃跑的人都被抓回来,都要砍了扔进海里。

工场一角是熬制油蜡的地方。那里日夜烟火腾腾。熬蜡师傅双眼垂泪,又红又肿。烧火的是一些老婆婆。蜡汁在生铁大锅里滚动,鼓起的气泡破碎时,发出一声声闷响。她们在锅底下烧鱼。

有一种鱼身上长了糙皮,当炭火把皮烧焦时,一条鱼也正好熟了。老婆婆和熬油师傅一块分吃,鲜味直飘到做船的工匠那儿。他们盯过来,连武士们也不时往角落里望上一眼。有个老婆婆捧上一条鱼献给一个武士。武士接过来嗅了嗅,扔到地上。老婆婆跪下去捡鱼,被武士踩住了手。直到那脚松开,老婆婆才往后退着离开。武士把鱼拾起,剥去焦皮吃起来。

隆冬就要过去。河边上的柳树发出豆粒大的毛芽。河水响起"噜噜"声,冰块在夜间"嘎嘎"断裂。眼看春天就要来了。

三百艘楼船已到了最后阶段。已经完工的大船开始上蜡油。由于时间赶得紧,老七成了一个有功的人。侍臣把工场进展情况奏了秦王。秦王大喜,传旨开宴两天。

所有工匠,包括钉在船上的那些人,一块儿豪饮。

这一天真是喜庆,有人不停地吹响号角,"呜呜"的声音里有隐藏不住的欣喜。工匠们相信,再过不久他们就可以回到自己家里了。那时候这些船就要驶到远处去了。他们越想越痛快,不停地把甜酒灌下肚去。羊肉和牛肉不断送上,工匠们吃得肚腹滚圆。

有一个头戴四方黑帽、满脸灰尘的老者,拄着拐杖捋着白须,一步三蹭走到了船场。由于他的打扮和神态与所有人都不一样,也因为是个高兴的日子,武士们犹豫了一下,没有呵斥他。他笑嘻嘻地讨了一碗酒,问谁是这里的工匠头儿,他要敬上一碗。有人指指老七,他就走过去。

老七正坐在船底自饮自斟。老者与之攀谈,敬了一碗酒,老者大喝一口,说:

"秦王是个俗人。俗人就是贪婪东西的人。我今儿个就是来看看这个俗人又做下什么有趣的事儿……"

老七吓了一身冷汗,急忙伸手捂他的嘴巴,被老者轻轻拨开。他正正四方小帽,问:

"这些船有什么用?"

"陛下要差人到大海里去寻长生不老药哪。"

老者哈哈大笑:"他多大年纪了?就是寻得回,他又等得起吗?"

老七不语。老者又笑起来:

"这个山里人哪,不安安分分待在西山里,往东跑这么远,还领着一帮闹事的人……真是个俗人哪。俗人太贪了,注定没有下场。"

老七牙齿磕碰着碗沿儿,不敢搭腔。那个老者为了让老七静下来,就伸手捡起一块炭棒,在船底画了几个方块,又掐了一些草梗:

"咱老哥俩一边喝酒一边下棋,怎样?"

老七抖抖地放下酒碗,捏起草梗,和老人下起棋来。老人走一个子儿说:

"一天一地一盘棋。"

老七迎过一个子儿,老者又顶上一个子儿:

"你我下棋,若不用草梗,用刚造出这些大船做棋子,又会怎样?"

老七呆看着他。

老者捋捋胡须:"若用这些大船做棋子,你我就是秦王。"

老七的脸色又变得蜡黄。老者的手按按他的肩:

"秦王嬴政嘛,也没有什么,不过是个爱玩棋的人。跟你我这会儿一样……"

老者说着又顶过来俩子儿。老七凝神一看,这盘棋已经输了。

老者哈哈大笑,顺手抓起酒碗,把满满一碗酒仰脖儿灌下。

这会儿老七忽然听见船舷那儿有喘息之声。探头一看,见有人藏在那儿。老七抖抖地说:

"下面下面……下面有人听见了。"

"那又何妨!"

他让老七继续喝酒。老七慌得拿不起碗,老者已独自摆下了又一盘棋。

摆庆筵的日子正逢秦王第三次东巡。这天秦王宿在黄县城内。那个偷听的人正是一个赶来参加盛宴的老臣,他于是不敢稍息,急急乘车而去,禀报了大王:

"不好了,工场里混进了一个异人!他口吐狂言哪……"

秦王听了半晌不语。他在帐内踱了一会儿,最后喊一声:"备车!"更衣之后左右一阵惊讶:秦王换上了一件普普通通的粗布衣衫。

秦王乘快马直接来到船场。那两个下棋的人还在。秦王摆摆手,他身边的人就把老七赶到一边去了。

秦王坐在船底,对那个戴四方黑帽的老者说:

"我们俩下盘棋怎样?"

"吾之棋下遍天下。"

"那好。"

秦王两手并用,捏起几个草梗往上一扔。

"你用了古怪法儿下棋,也好。"

老者也一边两手一起抓着棋子往前掷,一边说:

"秦王这人不知天高地厚,白长了七尺之躯,不过是个婴孩耳。"

"你见过秦王吗?"

老人摇头:"没,我只看他做的事情,就明白是个婴孩而已。"

秦王手里的草梗给捏碎了,又从一边重新找一根添上。

"他至今还没长大。你该知道,小孩子自有小孩做事情的方法。比如高兴起来,就让很多人为他造船。他们喜欢玩一些从前没有玩过的东西。他觉得把这么多船弄到海上,漂漂悠悠,好玩。他不知道砍断了手足的滋味儿,因为他没有被人砍过,不知道一刀砍上去有多么疼。他由于无知才残暴。当他自己被砍中的那一天,他也就开始长大了。"

秦王轻轻咳两声:

"我来问你,如果一个人胸怀霸业,眼望天下,不也是个盖世的英雄吗?"

"他如果是个盖世的英雄,就能把繁荣撒满疆土。他没有这个力气,所占之地一片荒凉,民不聊生;可他还一再扩充疆界,这就像一个婴儿那样贪大了。这没有什么好结果,因为他的才力品行都不足以承担如此广大的天下。"

秦王用手猛地把棋盘扫乱。

老者眼中闪过一丝微笑,只轻轻用手点戳几下,棋局依旧恢复原序。他接着把一个草梗往前推动一下,督促对方:

"且下也。"

秦王站起又坐下,四处看了看,似乎在乞求什么人帮忙。可是武士们依照他原来的吩咐,都立在几尺之外——只要摆一下手,他们就会冲过来,把对面这个人杀掉。他忍了忍,低下头去看棋盘。那些草梗怎么也捏不住。因为这些草梗越来越小,他的指头又粗又大,还有些抖。

老者笑着替他拾起草梗,说:

"就像下棋,如果连一个草梗都捏不起,还能指望赢这一盘吗?人都会老,比如秦王,他要发兵征讨,建立不朽的功业;想到海上寻不老之仙药——这些东西世上原本就没有。他这些船没有一条能够回来;最后他将西行沙丘,倒地不起……"

秦王牙齿都咬出声音来。他再也坐不住,吆喝一声站起来。这时武士们一下围拢。秦王做个手势,一帮人扭住了老者。

老者正一正四方小帽,向秦王做一个鬼脸。秦王厌恶地吐一口:把这个蛊惑人心的东西就地杀掉,让他祭祭楼船。

话音刚落,武士们就把老者扭住了,轻轻一按,老人缩成了一个球。当把他拖到大船上时,四周的工匠都站在了船体上围观。

老者眯上了眼睛,接着唱起了一首歌;那首歌懒洋洋的,就像吃饱喝足的一只海鸥在太阳底下鸣叫,不过那词儿却是清晰可辨的。那歌唱道:

有一个不知趣之婴孩兮,
做一荒唐之游戏。
游戏还未做完兮,
自己倒在沙滩上。

后人怀念游戏兮,

千里来寻个荒凉。

君不见风沙四起兮,

再不识婴孩模样……

歌还未息,刀剑落下。鲜血溅出,染上了楼船。阳光下的楼船红得耀眼。

秦王站在近旁一条船的舵楼上,脸色铁青向这边望着。那喷溅而出的鲜血在船板上淋漓,很大一片都染成了红色时,突然冒出了刺鼻的气味。一会儿染血之处都蹿出了嫣红的火苗。这火苗像绸缎在风中吹动,微微起伏。

大家惊呼起来,火焰在喊声中陡然增大,一瞬间巨大的楼船"轰"一声塌了……

秦王命令,把那个与妖怪老人一块儿下棋的老七就地焚了。一堆干柴架起来,老七被拖到上边。就要点火时,有个老臣附在秦王耳边奏道:

"三百艘楼船在没完工之前,这人是万万杀不得的。"

秦王这才记起老七是个工匠头儿。于是他改令将其左足砍去,然后戴上铁铐钉在大船上……

春天来了,坚冰全部化掉。血迹斑斑的一艘艘大船推入河湾;随着一声声号子,大船驶进了入海口。所有钉在船上的匠人都给押到一条战舰上。他们知道:丧身鱼腹的时刻到了。

秦王站在一片遮天蔽日的旌旗下,目送船队远去。当这些船被一片海雾吞没时,他突然又想起了那个歌唱的老人,想起了前不久被他削去左足的超级工匠。他想让那个工匠活下来,可惜已经晚了。大海上一片迷茫,海天相接,什么也望不见了……

1989 年 12 月

射 鱼

  初秋的大海,恶浪翻卷,寒风阵阵。鸥鸟在灰暗的海空发出阵阵哀鸣。这些鸥鸟在海岸的巨石旁徘徊,偶尔停靠在风蚀崖上,只一瞬又赶紧离开。它们惶惶不可终日。

  在离石崖不远的一块黑青色的大石头上,站着几个打扮怪异的人。为首的一个身高一米八六,脸色铁青,双眼宛如牛眸,微微突起;他的鼻子从额上笔直垂下,鼻子两侧常有一道浓重的阴影。这就是从咸阳启程,一直巡行到东方的秦始皇。他站立之地是"成山头",也叫"天尽头"。

  他的黑色披风被海风一次次撩动起来。但他一动不动,坚如磐石。他的目光一直望着天色迷茫的远处,偶尔眯一下。身边一个骨瘦如柴的老臣手捧一个铜钵。那里面装了一点神丸。

  老臣瞅瞅天色,战战兢兢,"陛下……"

  秦始皇就像没有听见。他伸出手,朝着迷茫的远处轻轻击点三下,然后转身。

  老臣以为秦始皇要回去,立刻声色俱厉地朝一边喊了一声。

一顶大轿子被抬上来。由于脚下的石头磕磕绊绊,抬轿的人不能把轿子端平,它发出了"吱吱呀呀"的声音。骨瘦如柴的老臣咳一声,轿子停在大石一侧。秦始皇瞥了瞥轿子,背向一边。他看看身边的宫女。宫女长得细小极了,肌肤雪白,好像涂了什么膏脂。他垂下眼睑。

老臣把铜钵递给身边的一个人。他明白秦始皇要找个地方方便一下。皇上老了,解溲的次数越来越多。加上东海风气太冷,正好让他不能持久。

宫女小步上前,扶住始皇。始皇与宫女在一处,看去就像一块巨岩上依了一只小麻雀。他们转到石头另一侧。

这边的人屏息静气地期待着。几个轿夫跪在湿漉漉的石头上。天太冷了,他们全身都抖动起来。

一会儿秦始皇解了溲,从石头后面走出。他有些厌烦地甩甩袖子。一边的人都知道今天陛下情绪不佳。

秦始皇坐到轿子里。他们要回住处去了。路上秦始皇一句话不说,使劲绷着嘴唇。走到半路,他唤那个老臣。老臣赶紧跑上前去,不用吩咐,就双手捧上了铜钵。秦始皇伸出两个指头,捏出了其中一个棕色药丸,抿进嘴里。

这神丸都是一个人捏制的,其他人他还信不过呢。

初入齐地,一群方士头戴可笑的小帽,捧着制成的仙丹献给皇帝。秦始皇让两个宫女试服,其中一个刚刚吞下就满地乱滚。可惜已经搞不清是哪一个方士的仙丹。老臣命令:这群方士一个不剩全部杀掉。秦始皇没有做声。当武士把哭成一团的方士牵到一片河滩上,正准备动手时,秦始皇传下令去:一个不杀,全部放掉。

所有随员都惊讶得吐不出一口气。

秦始皇渴望得到一些真正的仙丸。如果把这些方士杀掉,那就没有一个人再敢来献药。他不仅把他们放掉,而且每人发放一块黄金、一卷锦帛。

也就是那次之后,来了一个叫徐市(福)的人。他带来了邹衍传下的仙丸。这个邹衍名声极大,秦始皇早在灭齐以前就知道这个宝贝。他本来一进齐国就想召见他,只是后来有人建议:还是免了吧,说这个人学问听得,药丸吃得,就是样子见不得——见了恶心。那是极不利于陛下健康的。秦始皇采纳了他的意见,作罢。

干瘦的老臣曾经试服过邹衍的药丸,一吞进喉咙,就觉得腥气大作,而且颗粒粗糙。他真怀疑在海边上往返来去的邹衍,这丸子是用鱼骨头搓成的。但他没有说……

从海边回到住处,秦始皇做了一个梦。

他梦见一只老虎驱赶一群怪兽,在一片荒原上到处奔跑。那只老虎外表看去很有威严,额上的"王"字清晰可辨。可是仔细端量起来,皮毛老旧,没有光泽。这是一只很老的虎。

不出所料,百兽在它的驱赶下,渐渐放慢脚步;有的甚至回头做个鬼脸。老虎气喘吁吁,最后卧在一片荒草地上歇息起来。

他从梦中醒来久久不悦。他穿了一件薄衣,刚出屋子,老臣就手捧一件披风迎上。老臣身边是三五个浓妆艳抹的宫女。老臣跪在地上:"陛下,这里比不得咸阳。东夷之地邪气太盛,陛下已经老了,还是多穿些衣服。"

老臣的话还没有说完,秦始皇嘴里发出"噢"的一声。这一声又闷又响。老臣一个后仰,差点跌倒。宫女赶忙去扶老臣。秦始皇极为恼怒,瞥了宫女一眼。

他转身往前踱去。老臣不敢起身,一直跪在那儿。老臣自从秦王即位以来,就服侍在鞍前马后。他甚至比嬴政王的年龄还要大。

秦始皇也许想到了什么,这时转过身,"嗯"了一声。老臣赶紧站起。

当他向前小步疾趋时,秦始皇若有所思,"你刚才是说我老了吧?朕这就与你兄弟比剑,你看如何?"

老臣全身强烈一抖。

他的兄弟年方四十,身强力壮,从西安一路随从,是宫廷里最得力的一个卫士。老臣连连磕头:"陛下!他怎么敢跟陛下比试剑术呢?"

秦始皇大笑,吩咐旁边的宫女前去通报:早饭之后,朕就在帐前空地上与一壮汉比剑,届时所有人都要前来观看。

香火缭绕,乐声齐鸣。秦始皇脱了长衣,手持宝剑,在文武百官的注视下走向空地。地上已铺好厚厚华毯。有人吆喝三声,一个英俊武官手持金色宝剑,迈上华毯。从这一刻开始,壮汉的脸色变得蜡黄,双脚不停颤抖。他的兄长,就是那个老臣,手捧铜钵立在一侧,目光呆滞,面无表情。

秦始皇拔剑出鞘,直指武士。强壮的武士不得不把剑擎起,像畏寒一样,胳膊肘抖个不停。秦始皇走近,厉声喝了一句。武士抖得更甚。两支剑交成一个十字。秦始皇声如霹雳。武士汗流如注。

武士嘴里吐出两个字："陛下……"

"我的悍巨，我的虎豹，举起你的剑来！"秦始皇吆喝一声，"叭叭"将剑砍击在对方刃上，火星迸溅。

武士似乎精神了一些，他渐渐敢于把秦始皇的剑拨来拨去。

秦始皇有几分欣喜，瘦瘦的腕子向上扬起，费力地把武士的剑挑开。但也仅仅是一瞬间，武士的胳膊肘又抖起来。秦始皇又喝了一声，武士全身都瘫软了，抖动着，像端一碗水，小心翼翼地把剑举平，迎着大王那柄耀眼的宝剑。

这时嬴政厌烦地猛力一劈，把武士宝剑扫落，接着又向前一步，刺穿了武士的心窝。

武士未及呼喊，就倒在了华毯上，鲜血像喷泉一样涌出。

文武百官一声不吭。老者的铜钵掉在地上。他用袍袖遮住捡起，像原来一样伫立一侧。

秦始皇手提沾了血的宝剑，"我还没有老吧！"边说边大步回帐。老臣尾随。

第二天秦始皇命随从跟他寻一个猎场。

在几个齐人的引导下，他们来到一片开阔的草地。不远处还是大海，秦始皇一看到大海就有些异样的感觉。秦国的版图就被这茫茫无边的海水做了标界。这也许就是土地的边沿，不过徐市（福）告诉他：大海深处还有三座仙山，叫蓬莱、方仗、瀛洲。三座仙山上长了长生不老之药……十天前，他命徐市（福）率一干人马前去寻找仙山,讨回仙药。连日期待使他何等寂寞。

荒原无边,荒草萋萋;丛林密布,虎啸狮鸣。他喊一声:"好一个猎场!"翻身跨上棕色大马。

一溜人跟在嬴政王后边。马蹄嗒嗒,扬起如云的烟尘。草中野兔惊慌四蹿。老臣把铜钵装在一个丝织的兜中,拴上马背。他不敢离开嬴政半步。

一只老虎哀号一声,从一蓬灌木中蹿出。它似乎无意与这班人马遭遇,但这时候已经来不及躲避。

嬴政王抖起弓箭,猛力射出。令人惊叹的是,弓箭正中虎嘴,老虎倒地而死,口中渗血如丝。所有人都喝起彩来。宫女们激动得流出了泪水。

老臣连连赞扬陛下箭法,说所有人中,陛下是最勇武最强壮最无敌的人。

嬴政王冷笑一声,"这还用说么!"

他命手下人把老虎抬上。他仔细看了虎毛,发现如梦中的老虎一模一样。毛色果然有些陈旧,他心中越发高兴。他杀死了一只衰老的虎,也就等于杀死了衰老。他忍不住哈哈大笑,但没有笑完就猛烈咳嗽起来。

老臣赶忙用拳头轻轻击打他的后背。宫女们递上来一块丝织手帕。咳声止息,他们才策马回帐。

这天徐市(福)求见。

嬴政王大喜过望。徐市(福)慌乱地跪在面前,诉说道:他被仙山的天神给挡了回来。一方面嫌他礼物微薄,另一方面嫌他人马太少。而且,若要接近仙山,已是绝不可能:有无数黑鳞赤目大鲛鱼兴风作浪,小船靠前即被掀翻,必得将大鲛射杀……

秦始皇马上传令:立即打造战船,配置弓箭手,尔后徐市(福)重返仙山。说完命其退下。

徐市(福)瘦瘦的身影刚刚消失,秦始皇就仰在龙椅上睡了。

老臣赶紧把披风盖上。只是一会儿,大王又做了一个梦:一些黑鳞赤目大鲛鱼无比疯狂,在海里翻腾。他吓了一身冷汗,转醒过来。

这时有人慌慌跑来,伏在老臣的耳边咕哝了几句。老臣脸色吓白了。嬴政王看在眼里,"唔"了一声。老臣话语迟滞。

"不准隐瞒!"

老臣吞吞吐吐。

秦始皇咳了一声。

老臣赶紧跪下:"陛下,琅琊那儿……"

"那里又怎么了?"秦始皇想起不久前刚刚在那儿刻过"颂德碑文",又迁来三万民众以示升平,如今又是如何?他急于想知道。

老臣慌乱中把地方记错,这时赶紧改口:"不不,是在沂山和泰山这围遭儿,从天上掉下了,掉下了,一块呀巨石!上面刻了一行大字、一片小字……"

"大字是什么?"

"是……是'皇帝死而地分'……"

秦始皇脸色铁青,一双手把坐垫上的锦帛都抓破了。

"小字又是什么?"

老臣记不下那么多字,就让一边的宫女捧上抄件,颤颤抖抖念道:

"'秦始皇这个人不怎么样哩。他贪婪土地,灭了中国,又灭齐国。四海通达,大道合一,实在贪婪哩。一个君王如果知趣,有多大本事就管起多大土地。你本无能治理这么大一片哩。所以说,秦始皇这个人不怎么样,起码是个不知趣的人哩。'就这,完了……"

秦始皇像被什么戳了一下,疼得脸色由青转黄。

他从龙椅上走下,腰一下弓了许多。步出帐子,看着浮云朵朵的天空,看着斜挂的太阳,连声长叹。有人跟来,他摆手将其斥退。他只想一个人走一会儿。嬴政王认为这根本不是什么"上天降落石块",而是歹人伪造。他们竟然如此藐视大王。

他大喊了一声,立刻有人围来。

"即刻启程,朕要亲眼看一看那块古怪的妖石。"

一班人马迅速汇拢,只一会儿,烟尘就覆盖了天空。

大队人马向前疾驰……

秦始皇仔细考察了那块石头,又让工匠劈下一块看看石质。他认定这是一块普普通通的石头。

他让人把那石块砸成齑粉,然后又将方圆十里的民众,全部聚集到齑粉周围,质问是谁刻下这些妖言。

没人招认。

他让手下人把这些百姓全部杀掉。

一时哀号动天,血流遍野。一切做完之后,秦始皇又带着所有人马直奔海边。

他领人穿过无边的草原,然后到达了大海。

他命令手下人备好弓箭,他要亲自射杀大鲛。一百二十个弓箭手,手持弓箭,由秦始皇亲自率领,沿海边策马巡行。

队伍直走了二十里,终于见到一条巨大的黑鳞赤目大鲛鱼。

所有弓箭手引而不发。

秦始皇奋力挽弓,射出了第一箭。此箭正中大鲛腹部。一股股红的血水随波翻涌。大鲛还在挣扎,一百二十个弓箭手一齐射出了箭镞。赤目大鲛死在了海里。

秦始皇把巨大的弓箭抛向大海,仰首大笑。

他的声音很快被海浪吞没了。

1990 年 3 月

王　血

人们步入荒原时,总会发现各种各样奇奇怪怪的事情。一些从未见过的动植物从他们眼前掠过,引起阵阵惊喜。但他们却极有可能忽略这样的情形:在一片茂长的茅草和灌木中间,有时会看到一个不规则的圆形,它寸草不生,是裸露出的一片黄土或沙粒,与四周的蓬勃形成了鲜明对比。

回忆一下,似乎多次见过这样的场景了,只是谁也没去多想什么。辽阔的荒原嘛,本来就是无奇不有,发生什么都是自然而然的。

但这毕竟是一片空白,它什么也不长,仔细想想有多么奇怪!每年的风沙搅起来时,草籽纷纷落下,为什么它就寸草不生呢?

听听那些荒原故事吧,它们或许会使人恍然大悟……

很早以前有一个大王,他和所剩无几的士兵被敌人追赶到一片荒野上来,最后就战死在这儿。士兵围在他的四周,一个一个倒下了。就是士兵的血使这片荒野的树木和茅草一代代生得如此繁茂。大王倒在中间,他的血渍过的这一片却寸草不生——王血有毒。

这故事如果是真的,那么这荒野从古至今不知有过多少次壮烈搏斗。

那个大王身高八尺,刚开始的时候没有盔甲,兵也是一些普普通通的人。后来队伍越来越大,兵也就服装齐整,他自己也穿上了盔甲。他们都使用矛枪,无比英勇,所向无敌,攻下了无数城池。每进一座城,他们就放手抢掠官家的财物;再后来,大王就立起了自己的城池,血红的旗帜迎风飘扬,上面书着大王的名字;左右再不敢直呼他的名字,都称他为"大王"。

大河的另一面,战鼓不绝,杀声震天,他的兵士正在和敌人做殊死搏斗。夜晚,他站在城墙上,望着远处红色的月光,误认为那是战火烧赤了天空。他说:

"好壮丽啊,山河壮丽。"

大王没有读多少书,他小时候跟父母在渠边上种地瓜。父亲用一根紫穗槐条子狠抽他的脊背。那时候他刚刚八九岁。父亲因为他偷食了瓦罐里的一块地瓜干——那是父亲用来充饥的。父亲在地里抡镢头,刨出了一些茅草根,很小的大王就负责把草根拣出来,扔到水沟里。

这片地瓜田已经种了好几代,奇怪的是越种面积越小。邻近的一个富户不断把土地往这边推拥。大王的父亲敢怒不敢言,有火气就向儿子撒。大王脊背上满是伤疤。他牙齿咬得"咯咯"响,一声不吭,两手像抓钩一样从土里抓出茅根。

那个富户土地越来越多,后来盖起了一座青砖大楼。大王十八岁了。

父亲冬闲时去打猎,打到了一张猞猁皮,儿子就把它捆在了赤裸的身上,又用猞猁头部做了一个帽子,虎气生生地顶在脑瓜上。

父亲不怎么打他了,因为有一次父亲举起树条又要抽他的时候,他用手指捅了父亲的额头一下,只一下就把父亲的额头戳出了血。父亲擦血时,他又用胳膊肘照准父亲的肚子猛地一顶。父亲一下弯了身子。

父亲已经七十岁了。大王说:

"我早晚要杀人,兴许第一个杀你。"

父亲一声不吭,他想起自己是一个老人了。他在儿子身后弓腰走着,像一个老仆人。

大王依然种着祖传下来的这块劣质土地。不同的是,他用一把镢头将那块土地不断地往外扩。

有一天,一群浑身抹了颜色的人把大王截在路口上,把他的衣服扒下来,然后每人上来揍了一顿。他身上紫一块青一块卧在那儿。他们临走时又把他翻过来,在他脸上解了溲。他咬着牙,一声不吭。当这些人散去时,他的四肢在地上屈着,屈着,腰慢慢弓起,最后一下站了起来。

他回到家里,命令父亲把仅有的一头小猪杀掉。父亲不杀,他狠狠地盯他。父亲就把尚未长成的一头猪仔杀了。

他喝了汤,身体很快就康复了。

康复后第一件事,就是跟父亲要来那把宰猪的刀子。他磨了半夜的刀,用它把自己的头发全部剃去,说:"好刀。"

他腰里插着这把刀,趁黑摸到了青砖楼房的顶部。他抓住上边一个人,问清了主人住在哪里,就摸进二层拐角的一个房间,毫不费力地把那人的头割了下来。他把头颅拎在手里下了楼,又使足力气把它摔在砖墙上。

他蘸着血在砖墙上写了一句粗话,迈着大步走回家去。

父亲一看他浑身是血,知道杀了人,吓得泣不成声。大王问:"从今反了。你是等着人宰,还是先让我宰?"

父亲双手颤抖,刚叫了几声,脸一紫就不动了。

大王发现他死了,说一声"孬",跺了跺脚,把溅在身上的血用灰土搓了一把,别上刀子上路了。

这一夜星光黯淡,风都是黑的,他一直往前闯。

后来他结交了一些拦路贼,又结交了一些无家可归的流兵,做起一面红色的旗帜。队伍拉起来了。大王的口号喊得震天响,所有人都知道来了专打抱不平的好汉。他们一半害怕一半钦佩,手端着最好的米面、最肥的猪肉献给大王。

大王好东西越吃越多,身子越长越壮,渐渐肌肉鼓胀,皮肤闪着亮光,两眼黑白分明。

为了增加威气,他用鸡蛋清把头发搓了,让其根根直立。人家都说:"大王怒发冲冠。"

大王只穿黄色的衣衫,他把这些像金子一样闪亮的衣服紧裹上身,下身则穿一条黑色皮裤,又用皮条胡乱缠了几道。

他的刀越用越大,后来非他不能取起。打仗的时候,他一声呼喊,山摇地动,所有人都没命地往前赶,有人跑得慢了,他就喝一声

"孬",甩起一脚踢去。没有一个人敢落在后头。猛虎一样的队伍无往不胜,大王的名声一直传到京城。

皇帝听说有人造反,发下重兵围剿。他轻而易举就把皇兵打败。

大王率领的反兵像野火一样不可收拾。

无数有文墨者投奔了大王,他们都是些机灵人,看准他可以成事。大王说:

"你们这些不中用的东西,来了也好。"

大王闲来喜欢哼歌,就让新投来的人编一些给他。这些人不知道大王喜欢听武歌还是文歌,就试着每样编了一点。有一个秀才以为大王是个有名的武士,一定爱听慷慨悲歌,于是献上一首。大王听了,一阵暴怒,命令人在他的额头刻上一个字。另一个见了,赶紧回去修改,后来就献上了一首情意绵绵的小歌。大王非常高兴,咧着嘴巴,从身上取了一块金子赐下。那人赶紧跪下磕头,大王怒喝一声:"去!"

有一次他们攻打一座城池,从中捉到了大量花枝招展的使女和仆人。大王手持一个墨碗,不时给瑟瑟抖动的女人额头蘸上一点墨汁。所有的人都有点惊讶,不知大王要干什么。后来大王说:

"所有蘸了黑点的人,都赏赐了。"

手下人听了,一齐上前,每人抢了一个去了。

这时那堆女人当中只剩下几个额头上没有蘸墨的了——原来她们如此鲜丽!大王说:

"你们好好服侍大王。"

其中的一个少女异常美丽,只是特别弱小。她的嘴唇哆嗦着,惊悸的目光瞥一眼大王,双膝跪下,头也不抬。大王伸手把她的下巴托起,说:

"好。"

"陛下……"

大王哈哈大笑。他第一次听人这样喊叫。其实这是小女子以前喊惯了。他把她抱起,又解开上衣,使小女子贴紧在他粗糙的肌肤上。他用衣服将其包起来,像抱一个很小的孩子一样往前一摇一晃走去,剩下的两三个女人跟在身后。

大王把小女子抱走之后,只让手下人去料理战事。军情危急时,他才扯着小女子一块儿走进帐篷。小女子就伏在他的胸膛上。他一边拍打着小女子,一边听着禀报。报告战况的人满脸虚汗,青筋鼓起,大王却无动于衷。

几天过去了。

半夜里,大王被城外的火光惊醒了。他听到震天的喊杀声,这才穿好衣服跑出来。他四处怒吼,可是被敌军围杀的兵士已经不听号令。眼见得冲天大火越烧越近,喊杀声也越来越近,大王这才跳上战马,把小女人扶到马背上,领着一帮兵士往北跑去。

他们翻过泰山,渡过黄河,再往北,直跑到了登州海角的一片平原上。

敌军穷追不舍,最后把他们紧紧围在了荒野。

大王把他的刀戟插在沙土上,一面旗帜立在一边。他让所有人都喊他陛下。四周的人跪下来,喊了一遍。小女人在他赤裸的

胸膛上依附着,泣声不住。大王问:

"你怕死吗?"

小女人说:

"我就像陛下身上的一根毛发,生来就是随了大王的。"

大王哈哈笑,命令左右端上酒来。他狂饮了两口,咂咂嘴,觉得这酒不是味道——人们在慌乱中胡乱取了一瓶劣酒。

喊声越来越近,大王命令勇士们奋力拼杀,以血祭土。勇士们往前冲,大王眼见他们像退潮的海浪一样涌荡,最后倒在沙土上。血泛着泡沫染红了绿草白沙。小女子拔剑自刎。

大王仰天长啸,一双圆目瞪得老大,想用刀剑割断自己的喉咙,可是还没动手,就飞来一叉,叉在了他的胸膛上。一股浓浓的血喷出,他摇晃了两下就倒下去。

大王的血比所有人的血都稠、都多,汩汩流出,染过一片沙土……

但这还不是故事的结局。

当所有的尸体都被取走时,荒野上出现了一些衣衫褴褛的人。他们都是从很远的地方奔来的,都听说大王在这里归天了。他们好不容易寻到大王死去之地,用鼻子嗅,用手抠,每人都从那片沙土上挖走了一点。他们相信:王血是能够避邪的。

他们把那些土带回家,装在了一个很小的瓷瓶里,放在几案正中,用香火供奉。

也有人否定这个流传的故事,他们说:什么大王,那不过是在一个饥馑年头里,老族长领来一帮逃荒的人;也是翻过了泰山,渡过了黄河,最后在这片荒地上扎了根。他们到河里逮鱼,到海边上拣鱼虾,在野地里采野果嫩芽。就这样,这个大家族活了下来。

后来族长越来越老了。他是家族里最有威望的一个人,一声号令,所有人都必须遵守。所以他活着时,这个家族条理分明、纲纪清晰。家族里严格遵照婚配原则,每一个人都按辈分排列齐整,没有一个女子或男子敢于胡来。这个有着血缘关系的大家族繁衍很快,奇怪的是一代比一代矮小。就是说人的身个与辈分正好成正比:辈分越大,身个越高。所以当这一族人站在那儿时,你一眼就可以认出老族长。

老族长面色发黄,皮肤没有一点油性,像已经被熟皮子的人熟过了似的。他满面暮色,银须飘洒,戴着一顶毡帽,穿着一件鹿皮衣服,一天到晚不动声色。他的眼珠已经完全变黄,咳嗽声如同朽木断裂。所有人都知道他活不久了,但那些妄想胡作非为的年轻人还是盼望他即速死去。他们在一边试探观望,等待族长咽气的一天。

族长活得很艰难,但是活得很长久。在他七十岁的那一年,他为自己做了一副很好的寿材,自己也误认为用上它的时间不会太长了。可是令所有人都感到失望的是,那副寿材搁在一个草棚里,虽然遮挡着阳光风雨,也还是慢慢朽掉。族长依然健在。

人们彻底失望了,也就不再为他做寿材。族长后来身体糟到了不能再糟的地步,说话已经含混不清,全族里只有两三个人可以分辨他的语意。他只能吃族里两个最年长的老女人为他做的瓜叶稀饭,吃类似的流食。

有一次,有人为了尊敬他,做了一只团鱼。他们按照过去的老法,把团鱼血放在一个酒盅里,让族长饮下。族长饮了一口,觉得不能下咽,就原样不动地喷了那人一脸。从此之后,再也没人敢奉献补品了。

族长的食物越来越简单,越来越朴素。到后来他只吃一点柳芽和苦菜。

入冬之前,人们为了给族长准备一点食物,就采下了很多草芽和菜叶放在沙土上晒干。族长不沾一点荤腥,所以越来越瘦,形容枯槁,好像一阵风就能把他吹倒。没有人能够明白:族长正是因为坚持了严格的素食,才能活这么久。

就这样,族里那些年轻男女一次次失望,到后来彻底绝望了。至少有几十对男女要近亲婚配,他们都处在热恋之中,内火熊熊燃烧,他们扬言要杀掉老族长,还有的甚至配好了毒药。可是没有一个人敢于把这些付诸行动。族长轻轻咳嗽着,拄着一根柳木拐杖,在一个个小土房子跟前徘徊。那拐杖轻轻的捣地声,在所有人听来都好似雷鸣。大家匍匐在炕上一声不吭,等待着拐杖的敲击声远去。

家族继续繁衍,荒滩上已经形成了一片古怪的、建筑矮小的村落。老人们相继死去,年轻的长成壮年,少男少女们沾染了恶习,一个个面黄肌瘦。那些想违禁婚配的人再也得不到机会,等着皱纹爬上额头,银发掺进鬓角,终于放弃了最初的打算,抱定了独身的主意。

到这时节,族长自己至少已经换了六次老婆,一个比一个年轻。与他一起过了六十年的那位夫人死去时,族里为她垒了一个很大的坟堆。再到后来,那些年轻的女人与族长同寝时,族里的人就不怀好意地互相注视。他们原以为族长很快会化为灰烬,等待着幸灾乐祸。可同样让他们失算的是,族长依然如故,既没有再年轻,也没有再衰老,倒是那些年轻女人一个个很快衰老了。大家终于深深后悔,认为不该纵恿族长再娶了。

事情一旦开了头就不便终止,族长仍旧婚娶,并终于活了下来。但到后来,人们还是发现他离死亡只有一步之遥:他的牙齿慢慢脱落,仅剩下的几颗也在动摇。人们兴高采烈地说:"族长又掉了一颗牙。"

也就在牙齿开始脱落的那一年,族长开始吃起了流食。后来人们才明白,牙齿脱落只不过带来了一个改变饮食习惯的后果,其实并无伤大雅。

又是两个春天和冬天过去了,第三个春天来临时,族长觉得牙龈发痒。后来他惊讶地发现,又有新的牙齿从牙龈钻出,新牙像儿童的乳牙一样,既白又小,十分稀奇。他整夜摸着自己的牙齿,笑声像蛇蝎发出的声音。

族长重新长出牙齿的消息很快传遍了全族。这时的村落已经无比巨大,没有多少人还记得族长早年的故事。所以这些人只对族长怀着敬畏和惧怕,像对待神灵和上帝一样的心情。这时年纪最大的就是当年那些妄图违禁婚配的几个男女,他们如今已成了老太婆和白发老翁了。只有他们知道事情的严重性。

族长的规矩越来越多,已经使全族人无法平安度日。随着年龄的增长,他的怪癖也越来越多,比如下雨天要让全族人脱光了衣服站到雨地里淋浴,炎热的夏天,正午太阳底下,他要让最老的人和最小的人站在毒日头下,说是炼炼皮骨。有人不堪忍受,当场就被太阳晒死了。

有人在一块儿慢慢策划,策划出一个毒辣的计划。他们冒着巨大的危险,下定决心要干一件有利于全族的事。有人连夜磨着一把三环刀。

又是一个月过去了,机会没有到来。他们总觉得族长从世上离开时定有什么异兆。一天夜晚,月亮突然由黄变红,接着淅淅沥沥下起了雨,而月亮的颜色却没有被乌云遮住。这显然是一个兆头。

族人派出了一个最胆大的猫眼小伙,交给他磨得锋快的三环刀。授刀人嘱咐:必须看准了族长的脖颈,连砍三刀。因为这不是一般的人,他至少有三条命,一刀是砍不死的。要让头颅离开躯体至少五步之遥,然后才可以走开。年轻人依嘱行动,当夜就把族长砍死了。

族长一死,万众欢欣。但是每个人都不敢表露心中的兴奋。他们装作很悲哀的样子互相串门,只在阴暗的角落里交换着自己的喜悦。他们暗中送给那个行事的年轻人一些金钱,有的姑娘还去抚摸那个年轻人的脸和手。有人细细问起族长被砍死那一刻的情景。年轻人对此拥有无上的权威,一直沉默不语。到后来追问的人实在太多,年轻人还是不说。

几年之后,当年轻人娶走了这个族里最美丽的一个少女,又生

下第一个娃娃的时候,他才把那个场景向大家简单做了描述:

族长躺在那里呼呼喘气,声音均匀;他走过去,非常沉着地摸了摸族长的喉管,又摸了摸他脖子上的骨节……

"族长醒了吗?"

"族长照旧睡着。他的皮肤太老了,已经没有知觉。后来我不是砍,而是照准脖子像拉锯子一样拉了几下,把他的头锯下来了。"

"族长没挣扎呼喊吗?"

"没有。族长已经活得太久了,又是个很沉着的人。我像拉锯子那样锯他的头,锯到一半时他才醒来,睁开眼睛,眼珠里没有恨,也没有惊慌,更没有痛苦,就那么平平常常看了我一眼,然后又闭上眼睛睡了,打起了呼噜。"

所有的人都惊呼出一口气来。

"我就在他的呼噜声中把他的头割下来。只是在头离开脖颈的那一会儿,呼噜声才一下停住。"

"流了很多血吧?"

"没有。我割下族长的头才发现,原来族长的肉、骨头,早就风干了,没有一点水气,更不用说血了。你想一想,人给风干成这样,还会再老、还会死吗?"

一句话击中了要害,所有人都吐出一口气来。

人们给族长垒了一个很大的坟堆,它整整比族长第一位老婆的坟堆大出一倍。再后来,不知是谁传出一个话,说族长是一个长生不老的人,他的血肉烂在泥里,取一点泥土就可以保佑世上的人。

远远近近的人都到那个坟堆上去取土,不久那儿也就成了平地。而那坟址再也没有生出一点绿色来。

那个族没有了族长的管束,就常常争吵,一支人与另一支人打闹不息。后来竟然分化成几支队伍;再后来,他们从荒原直打到黄河边;几年后,他们又沿着来路打回老家去了。

现在那一族人不知有没有;如果有,也一定是些非常矮小的人种了。

……

两个故事都有些滑稽,并且差异甚大。只有一点是相同的,那就是:所有人都崇拜王血、供奉王血。

1990 年 3 月

蜂 巢

春天就要从这片荒野上消失,天气将一点点变得炎热。大片大片的槐花开放了,浓烈的香气覆盖了一切。放蜂人从四面八方汇拢而来,帆布帐篷在草地上一座连着一座,弯弯曲曲绕了几里路远。蜂群拥挤着,从帐篷间隙涌出,急不可待地扑到山一样的槐林上。

蜂箱砌起了一道城墙。

蜂群有时卷成一个筒状,往天上旋,像故意做什么游戏。它们翻过一片槐林,落到更远的槐林上了。

一个脸色发黑、又粗又矮的汉子提着一块爬满了蜜蜂的东西,那是巢脾。他伸出一根手指在密集的蜂子间轻轻推动,立刻刮去了一层。巢脾那种规则的六角形闪出了一片。

一个像他一样粗壮的女人正提着一桶蜜,摇摇晃晃地往一边走。她瞟了一眼脸色发黑的粗壮汉子,鼻子里吭了一声。她把蜜桶提到了帐篷里,只露出一半脸,喊着:

"老班!"

老班提着那个粘满了蜜蜂的巢脾往前走了一步。

女人朝他摆一下手,老班就把那个巢脾放到蜂箱里。

他拍拍手,从衣兜里摸出一个黑胶木烟斗叼上。

女人把一桶蜜倒在一个更大的桶里,坐在那儿揩手。老班走过去。女人问:

"你刚才干什么?"

"什么干什么?"

"就是刚才那一会。"

"喷,"老班大吸一口,"我在摆弄那个东西嘛。"

"……"

老班不出声地笑,紧咬烟斗,脸上立刻出现了一道下流的皱纹。他伸手在胖女人额头上抹了一下:

"我刚才琢磨了一下巢脾……一群蜂里就有一个王。看见了吧?那家伙天生就肥大,所有的蜜蜂都要围上它做事哩。王就是王。所有的蜂都必得围着王……"

肥女人有五十多岁了,皱纹不多,似乎有点浮肿。她的眼睛已经睁不圆,眼皮松得厉害。可是这双眼睛在十几年前还是很妩媚的。她咕哝着:"王……就是王,就是王……"

老班胖胖的食指在她脑壳上又抹了一下,转身到蜂箱跟前忙去了。他没有忘记把烟斗熄灭,装到了衣兜里。

胖女人像咀嚼什么东西一样磨动牙齿,看着外面的老班。她这样注视了一会儿,提着蜜桶走出帐篷。她的身影慢慢消失在一片槐林里。

槐林的另一面同样立着很多帐篷。一个穿着粉红色衣服的姑娘在那儿搅着什么,见了胖女人,赶忙放下手里的活计。胖女人从衣兜里掏出一把东西给了她:

"小芬子,吃了吧。"

"不!"

"我费了好大劲儿才从那个村子弄来,你吃了吧,管事。"

小芬子咬着牙关,摇头。

"那个……该死的东西!"

小芬子说:"你快别说了,这不关你的事。"

胖女人说:"你知道什么?我的话没有错。你用鼻子嗅嗅我身上的肉,你嗅啊!"她说着真解了衣怀,往小芬子跟前凑。

小芬子推开了她。

胖女人坐在那儿,手里抓紧了沙土。一会儿她脸上滚下了泪珠。小芬子重新搅起东西,忙起来了。

胖女人哀求什么,咕哝:

"没良心的东西啊,金明多么好,他死了,你就一点不难过……"

"难过又能怎么?难过也不能老哭啊。我哭了多少天,这还不够吗?"

胖女人紧盯着旁边那个帐篷。往常就从那个帐篷口走出一个十九岁的小伙子。他多瘦,多精神。队伍从江南一路往这边赶,一踏上这个半岛,两顶帐篷就常常挨到一块儿了。头儿老班有一天对金明说:

"我看你还是养好那群蜂子吧,你手头有多少蜜?还想喂别人……"

金明手里握了一把小刀,这把刀被他磨得雪亮。他听了并不搭理,只是"砰"地一下把刀甩到了前面的一棵树干上,然后过去费力地取下刀子。

老班走开了。

金明从衣兜里摸出一个铝制小烟斗。那个烟斗前边拉了一个奇怪的弯,而且烟杆很长。他叼在嘴里吸一口,舒舒服服喷出一口烟。

小芬子坐在一边,一直看他们。老班喘着粗气从她跟前走过。

小芬子像是自语说:

"多准……甩到哪儿是哪儿。"

老班身后留下了一串又深又大的脚印。

"像一头老野猪……"她又说。

前不久的夜里,还有一头野猪摸到她的帐篷里,用力压在她的身上,呼呼喘。小芬子推不动它。它獠牙弯弯,硌她的胸部。"大约就是这对獠牙的缘故,这片荒滩上放蜂子的人都怕它了……"她在最后的那一会儿直想哭。它一声吼叫,那些前来劫蜜的人就被吓得魂不附体。

老班也许亲手杀过人啊。有人说几年前他还年轻,曾一口气杀了三个劫蜜的野人。后来他带着一伙放蜂人远逃他乡,官府也没法追究。

野猪常在半夜钻到一些帐篷里,奇怪的是大伙都睁一只眼闭一只眼。日子过到今天,出了个金明,他才第一回把野猪从她的帐篷里赶跑。

小芬子真快活。

可是就在她夸过他的刀法不久,有一天金明正在割蜜,突然蜂群反了!先是几十只蜂子勇猛地扑过来,接着又是一大群。金明慌慌喊叫,拼命扑打。只一会儿,他的脸就肿得变了形。

小芬子吓得掩口,傻了。

整整一大群蜂子都粘到了金明身上。

小芬子想起用一件衣服扑打,奇怪的是蜂子死也不顾地蜇起金明,对小芬子不理不睬。金明躺着,后来又站起,简直就像一个蜜蜂做成的躯体。

小芬子扔了衣服,捂上了眼睛。一会儿她听见了沉重的呼叫声,像是从土底下发出。人倒下了。

金明死得好可怕,整个身子像发酵的面粉一样鼓胀,青一块紫一块,有的地方还流出了黑血。他当天就被放蜂人埋掉了。

小芬子哭得死去活来。

老班卡着腰站在一边。后来他走近了,一只肥大的手在小芬子头顶轻轻敲了三下,又迈着沉重的步子消失在槐林里……

胖女人数叨着小芬子。那会儿小芬子不愿说出心中的隐秘。

金明刚死,野猪又在帐篷里钻来钻去了。

一天半夜,老班正在月光下走,突然林子里跳出了一个人,她揪住老班胸口的衣服,死劲拧着往怀里拉。老班想动手,发现是那个胖女人,就"哼"了一声。胖女人手一抖,松了。

"野猪……"

老班吐了一口。

"我求求你了。"胖女人跪在地上,"别人我不管,我跟你说过,她有九成是你自己的孩子……"

老班又吐了一口:"呸!我还不知道你那心眼吗?"胖女人绝望地哭起来。老班嫌脏似的用袖口揩掉她落在胸前的泪水:"你那会儿来往的人多了,想蒙我……"

老班用最腌臜的字眼骂着胖女人,伸腿把她蹬到一边,回自己的帐篷去了。

胖女人整整哭了一宿。

第二天,月亮好亮,胖女人在星月的照耀下往槐林深处走去。槐花的香味熏得她老想呕吐。她偎偎在一棵槐树上歇了歇,又往前走。有一片很齐整的茅草地,她在上面躺了下来。肥胖的身躯压在了一条蛇的身上,蛇蜷动了一下跑走了。胖女人睁眼望着星星,想起了一个人。那个人是她以前的男人,一个身材弯曲、不像样子的老头儿,外号叫"老锅腰"。老锅腰带着一伙人放蜂子,已经十几个年头了。后来老班来了,教会她怎样恨老锅腰。老锅腰发狠揍她,他揍人真是一把好手。他有几个坚硬的指甲,就用这指甲去掐她的肉,把她弄得血迹斑斑。她几乎没有办法战胜老锅腰。还是老班帮了她。

"你看看我怎么整治他吧。你让他跑开,还是让他死呢?"

"把他赶开,再也不见……"

"那中。"

老班斜披了一件衣服,喝了一碗米酒,摇摇晃晃去找老锅腰。老锅腰当时正弄蜂巢,见了老班眼也不睁。

老班说:"你从今天以后,离开这一伙,重入新伙去吧。简单收拾收拾,到明天日头出来的那会儿,别再让俺看到。"

老锅腰像被烟呛了,大咳起来,说:

"那么你就等日头出来再看吧。"

"你是个好伙计。"老班说。

第二天早晨,老班掀开了老锅腰的帐篷——老家伙牢牢地压住了胖女人。老班大喝了一声,胖女人抬起头来。这时老班才看清:她的四肢都被老锅腰用绳索捆起来了。老锅腰歪着头笑起来。老班走了。

第二天他塞给胖女人一个小瓶子,里面装了一种药膏。

胖女人回到家里,在黑暗中把药膏抹在了老锅腰的衣服上。

老锅腰一觉醒来,穿上衣服到蜂箱那儿割蜜去了。刚站在那儿没有多会儿,就有一群蜂子围上了他,它们发疯一样往他的脸上蜇去。老锅腰在地上滚动,像球一样旋转。那群蜜蜂越聚越多,慢慢把老锅腰全部遮住,就像一层落叶遮住了黑色泥土一样。老锅腰的号叫声由大到小,渐渐像线一样细了。

他最后死的时候,腰也挺直了。他本来瘦骨嶙峋,可是最后也胖起来了。人们都害怕看到这样的身体,于是很快把他埋在了沙滩上。

大约有两个蜂群因为歼灭老锅腰而全部毁掉了。

胖女人一直用手捂上了眼睛。她的手掌慢慢往下滑动,当手

掌从嘴巴上离开,就咕哝出一句:

"真是报应……"

她坐在草地上,惊恐地问远处的夜色:"她真是我的孩子吗?是,是……"她问着,又一下躺倒了……

这个夜晚剩下的一点时间,胖女人就在草地上躺着。露水打湿了她的衣服,她一动不动。

就在这同一个夜晚,老班奇怪地失眠了。他躺在那个最大的帐篷里,用力伸展四肢。这个夜晚好像在等待什么。他等待着一个奇妙的想法。这个想法实际上早就有了,但奇怪的是它老要从他的脑袋里飞出来,像蜜蜂一样蜷成筒状,飞到老远老远的槐林那边。那真是一个妙极了的想法,这样美妙的主意他一辈子也没有太多。他想那个胖女人病得好重,该是从根医治的时候了……那时候嘛,先好好亲她、抚摸她、夸夸她,然后悄悄给她抹上一点儿,她那件又脏又破、油迹斑斑的衣服也要……老班一笑就露出黑色的獠牙。

这片草地上就有,但不易找到。那是一种植物茎叶,还要再配上一种紫色的花朵。

老班这个晚上一直琢磨的,就是那种植物,那种紫色的花朵。他决意在天一放亮时就到林子深处去。这样想着,他迷迷糊糊睡了一会。

胖女人在黎明时分被冻醒。她睁开眼,突然看到不远处有一个人笨模笨样在寻什么,一颗心"咚咚"跳起来。她马上钻进了更密的一丛茅草中。

老班在寻什么呢？

她在茅草的空隙里把老班看得一清二楚。这个粗壮的、结实的汉子啊，不知不觉间已经完全衰老了。这家伙如今有七十岁了。他可远比一般人强壮，腰背不弓不弯，气色也好。他身材粗壮，像一头健壮的老猪。他的头发白了多半，眼睛也略有昏花，瞧这会儿不得不使劲低头，辨认着地上的一切。

"老天爷，千万别让他先找到那种草哇。"

老班刚刚转过，胖女人赶紧爬起来。她想起的第一件事就是要赶在前边找到那种植物——还有那紫色的花朵。

她跟跟跄跄往前跑，伸长的脖子像羊。

她突然跳了起来。她差不多毫不费力就看到了那种植物——旁边就是一些紫色的花朵。

"天意天意！"她把它们紧攥在手里，忘情地呼叫。

天上有几只老鸦一叫，嘴巴里的几根枝条松落下来，打在她的头上。她来不及抚摸一下打散的头发就一扭一扭往帐篷里跑——一边跑一边把东西塞进嘴里，咀嚼不停。

她把嚼成的黏糊糊的东西吐在手心里，紧紧握起拳头。她在帐篷角落找出了一个小瓷钵，把掌心里的东西抹到里面，然后又严藏起来。

那个男人大喘着从林子里钻出来，头上粘满了衰败的槐花。胖女人一眼就看出这个男人脸上有了死相。"不错，他活不久了。"

老班走过来问：

"你咕哝什么？"

"我呀做了一个梦,梦见有一群乌鸦落在你头上。"

"胡诌!"

"落在你头上,那不是一个吉兆。"

老班干笑两声,露出一对獠牙。他眯起眼,嘴唇努得很长,乜斜着胖女人。胖女人在围裙上擦擦手,抓起老班的左手:

"给你看看手相吧。"

老班让她看。在他的印象里,这个女人至少给放蜂人看准了两次。一次她说有个放蜂人将有一次劫难,结果不久之后的一个大风天里,有人把他的蜂箱点着了火,熏死了好几群蜂子。还有一次她说一个结实的壮年汉子有凶相,两天之后那人就在海里淹死了……这会儿老班半信半疑让她看起来。胖女人把脸上的一点灰土揩了揩,两眼快要抵到他的手上,说:

"你的寿限到了,看看这里横着来了两道,寿线断了。"

老班像狮子一样吼:

"断在哪时哪刻?"

胖女人仰起脸,眯着眼睛:

"日头升到枝梢那会儿……"

老班像咽下一口什么东西,喉咙里发出"咕咚"一声。

他们两人睡得很好。

太阳出来了,老班穿起衣服往外走,他要到远处一个蜂群那儿去看看。胖女人擦擦眼角,去叫上小芬子,说要一块儿去看点什么。小芬子像被什么线牵着一样,跟着胖女人就走。一会儿她们就看到了前面的老班——他正摇晃着身子朝一片蜂箱那儿走。

蜂箱前面的蜜蜂围成一团。

胖女人伸手指了指东方。小芬子一看,太阳正像一个巨大的火球悬在枝梢上。胖女人嗓子撕裂一般大喊一声。小芬子一转脸,马上掩了嘴巴:一群蜜蜂追逐着老班,老班两手在头上拼命扑打,可是那些蜜蜂纷纷粘上了他的脸。

老班的号叫啊。

那些蜜蜂像听到了什么号令一样,一群群扑到了老班身上。

她们两个站在不远处,都看到了老班粗壮的身子密密糊了一层蜜蜂——老班先是四肢绷紧了站着,接着发出一声沉闷的叹息,倒在了地上。

他在地上作了一个很规范的"大"字。

蜜蜂仍把老班严严遮住。

两个女人在一边流着泪水,不停地呼叫。一些放蜂人听到了喊声,都放下手里的活计往这边奔跑。

大家都看到了老班的结局。

这是蜜蜂毁掉的第三个人了,第四个是谁呢?

他们互相看着,极力想从对方脸上看出什么异样的痕迹来。可是他们看不出。

1990 年 3 月

绿　　桨

　　行子出海回来，晒得浑身黑红。他已经离开这道海岸两个多月了。他们的船队每年春天都要在远处的那个海岛上度过很长时间。岛的北边就是公海，船队有时要跑很远。收购船就在船队之间穿行，他们可以及时地把鱼出手。整个春天到初夏这段时间，是船队最红火的日子。每个人都很累，累得咧嘴笑。行子却要加上焦躁。每天他们都吃脊背发蓝的美味大鱼，后来终于吃腻了。

　　当大家都围在那条大船上喝酒时，他一个人偷偷溜回自己的小船。他到自己的舱铺躺会，俯下身子，在黑暗里默想一会儿事情。

　　海岸线被一层层海雾蒙住了。天晴时海雾淡了，可是海岸线似乎退得更远。从那个海岸望海岛，要用望远镜才行。海岸上，靠近入海口有一排简陋的房子，那就是渔队落脚的地方。小纹穿着绿色的裤子、红色的衣衫，在晾网架子间来回奔跑。她用一把紫色的小竹梭给网补漏，黑漆漆的辫子搭到腰部。有一个独眼人在架子间走着，他就是船队留下来守摊的"独眼王"。他在这一天里已经三次捏过小纹的辫子。小纹躲闪着。可是有一次小纹回铺子喝水，他竟拧着小纹细小的腰，把她按在渔铺里。最危急的时刻，小纹不得不把他的脖子那儿咬出血来。他放开了小纹。小纹红色的衣衫上沾了一小滴血珠，但小纹没有察觉。

灿烂的阳光下，一排排尼龙网闪着银光，小纹的脸也那么生气勃勃。独眼王长得无比强壮，他是在一次械斗中被另一个渔队的愣小子捣伤了一只眼。从那儿以后，他就不再出海。他的腿很粗很长，头颅长得像米斗，额头凸出很大。他看上去是一个绝顶聪明的人，但实际上很蠢。现在他已经四十岁了，还没有一个固定的女人。到海滩上买鱼的那些女鱼贩子，几乎都跟他有一手。有一次小纹看见独眼王把一个浑身赤裸的胖女人从渔铺里抱出来，抱到了离她只有几十步远的一片沙滩上。独眼王也没穿衣服。她把竹梭扔了，一口气跑到一边的林子里。

那儿是躲太阳的好地方。可是她跑到那儿时，有一个脸庞虚胖的老太太正坐在树下。她吓得赶紧把手指咬在嘴里。老太太满头银发，由于浮肿，脸显得很大。她有七十多岁了，看上去有超人的威严，是那一大把年龄和肃穆的面容合在一块儿给人的印象。老太太一直让小纹害怕，从看到她的第一眼起，小纹的心就"咚咚"跳。她躲闪着这个老人有一两年了，可是这次恰好让她给挨上了。

老太太说："坐。"

她拍了拍身边的沙土。

小纹颤颤抖抖走过去，尽量离老太太远一点坐了。

"织网了？"

"嗯。"

老太太不再说话。她摸索身边的拐杖,把它挪近一点,握在手里。小纹盯着那只没有皱纹的、肉鼓鼓的手,目不转睛。老太太抬起混浊的眼睛,看着远处的海、海边上搭起的那一片片渔网。

海里没有什么船,船都到远方捕鱼去了。这片海安静得很。这会儿大概正是独眼王和胖女人大模大样走回渔铺的时候……老太太问:

"独眼王在了?"

"嗯。"

"该去织网了……"

小纹吸一口凉气。她觉得这个老人有一些很奇怪的心思。她打量了一下老人的眼睛,觉得那目光极其冰冷。

行子在舱角蹲了一会儿,感到有点儿难受,就钻出舱门。小船在水里轻轻荡着,拴在那条大船跟前,他很容易就可以回到大船上。那边的人已经喝了很多酒,这会儿正谈着一些奇怪的故事。头儿出来了,迎着他解起溲来。行子真想抓起一个什么扔过去。他一低头,目光就落在一支绿桨上。桨沾了一些水沫,他拿起来,往船舷下边一点移了移。

那支桨光滑得很,一看就知道很旧了。与其他的桨不同,它上了绿漆。绿漆有些脱落,桨的把手缠了几道牛筋,而且上了桐油。这支桨是行子祖父传下来的,他一直带在船上,觉得它能带来好运。每一次,只要小船上岸,他从船上跳下来时总不忘把它挟下来。一个穿着绿裤红袄的迷人姑娘就坐在渔铺旁。她怕晒,头上戴着一个竹笠；有时竹笠掀在后肩上。行子远远地看到了她,几步就跑过去。那姑娘总是转到渔网后面,想藏下呢！行子一伸手,就用一片渔网把她包住了。小姑娘像条鱼一样被搅到网里,一动也不动。行子就不停地吻她。姑娘的脸一会儿就变得烫烫的,冒出热气,反过手来抱住行子又黑又红的硬脖子,在上面吻了一下。她对在行子的耳朵上问:

"逮到大鱼了吗?"

行子把她平托起来,连同那张网一起,搂紧在胸口那儿:

"这不是逮到了吗？一条美人鱼。"

姑娘不做声了。

行子把姑娘放下来,他们手扯着手坐在沙滩上。可是姑娘不停地往行子身后躲闪。真奇怪,他看了看,什么妨碍也没有啊,只是那支绿桨放在一边。

姑娘俯在他身后,浑身颤抖,像怕冷一样。

"你怕什么?"

"不知道,反正害怕。"

行子笑一笑,又捧起她的脸吻起来。

姑娘抖得更厉害。她瞥了一眼那支绿桨,用力挣脱出来。后来她飞一般向一旁跑去了……

那支绿桨这会儿静静地贴靠在船舷上。是的,年头久了,有的地方早已脱去绿漆,海水滋润着它一道道斑纹。可以看出它木质很好,脱漆处被海水洗得又白又净。当他的目光离开绿桨那一刻,不知怎么好像望到了一双冷冰冰的眼睛。他抬起头向南望去,已经望不到那一线海岸。但是他差不多可以看到那里的一切。海岸线后边有一片黑色的松林,一棵松树下坐着一个老人……大船上的头儿向这边喊:

"你这小子病了吗?"

接着又骂了一句粗话。

行子有些恼火,拾起甲板上的一个螺壳扔过去。

老太太的一头白发很密,她取下一件件头饰,在镜子前梳起来。镜子旁是一架老式座钟。钟罩上有一张发黄的男人照片。她每一次梳头都看他一会儿,直到看得那个男人朝她咧嘴一笑才离开。男人一笑,嘴里就喷出一股浓重的酒气。

他最后的那几年总是醉醺醺的。那时候村子里乱,渔行里的人跑的跑了,没跑的就给抓起来了。开办渔行的人都是村里的大户——老胡子的渔行最大,土地也最多。他娶了一个像鲜花似的女人,她成了全村里最受敬重的人,是真正好心眼的人。不光长得好,心眼也像面容一样好。她亲手救下好多快要饿死的人,还花钱把生了重病的人送到医院……那年她和老胡子都给抓起来了。那个喷着酒气的男人半夜回到家,对当时只有二十来岁的奶奶说:"他们都活不久了。"老奶奶当时一听就知道是指老胡子一家,没有吭声。她知道男人是那一伙人里最凶的一个,并且大事都是他一人做主。是他硬要把渔行里的男人和女人分开关押。有一天她从他身上闻到了一股女人的气味。那个夜晚她狠狠地用簪子捅了他一下,他号叫着从炕上跳下来,打了她几个耳光跑了。他一连多少天没有回来过夜。她后来对男人说:"你要做狠心人就做到底吧。"

这是一句难以琢磨的话,她像在谴责男人,又好像在给男人鼓劲儿。几天之后,男人他们把渔行主都推到了芦青河对岸的那片荒滩上。那里曾经埋过一些落水遇难的人,但是大风已经把坟头都吹平了。他们决定就在那里解决这些渔行主。他们干大事之前照例喝酒,其中的一个人握着全村仅有的一支三八大盖枪,退到老远卧下来,向那些人瞄准。这些人当中没有女人,女人们还关在一个地方,对于用什么办法解决她们,他们还犹豫不定。三八大盖响了,一个人倒下去;第二枪还没有响,另一个倒下去了,于是有人把他踢一脚拉起来。接着又响了一枪,那个人才真的倒下去。第三次扣动扳机,枪没有响,持枪人红着脸去抠枪膛、拉栓,可是再也打不响了。满身酒气的男人骂了几句,把打枪人推到一边,举起了随身带着的一支桨……

经过反复争执,他们后来决定把关押的女人全放了。放走的女人衣衫单薄,穿着不合身的衣服,有的还露出了一截腿。她们慌慌跑去,发现家里都被上了封条;后来她们就给指点着,回到了指定的一些小厢房。

醉醺醺的男人推开门走进来。她看到桨上沾了什么东西,就一下捂住了脸。男人把桨放在了院里。

这一天半夜起了风,风吹着门口的桃树,桃叶一片片被吹落了,又在格子窗前旋转。它们不停地旋转,像一些不该散去的魂灵。

女人在男人的怀抱里哆嗦,男人睡得昏昏沉沉。大约到了午夜三点,有个尖尖的声音在外面哭喊,女人赶紧把男人推醒。男人胡乱抓起一件衣服披上,冲进院里。那女人就在院墙外面哭喊、大骂。男人说:"孩子他妈,你出来。"

她就穿好衣服出去了。他让媳妇和外面女人对骂——他说他不能还口,污了自己,那样以后出海时就要倒霉。可是他的女人总也张不开口。门外的女人哭着骂着,终于把男人激起火来,他说:

"她这是咒我!她这是咒我!这个大胆的东西……"

男人"哗啦"一声拉开门栓,刚刚挥起拳头,就看见外面那个穿着黑色衣服的女人披头散发,伸开十指扑进来。男人狠狠地抡了一胳膊,女人一下子倒在一边。他呼呼喘气,盯着女人。再后来女人躺在地上一声不吭了。男人喷了一会儿鼻子,回身跨入了院门——就在他的一只脚还没有收回的时候,地上的那个女人突然一跃而起——院里的女人看得清清楚楚,她看见女人从衣袖里抖出一把刀子,就尖声喊了一句。男人一侧身,刀子从他喉咙边上斜刺过去,只划破了一点皮。男人在躲闪的那一刻右手已经摸到了门旁的那支桨,这会儿顺手抄起,横着一下把女人击倒了。他发狠地击打。

晚上,他让老婆和他一块儿把她抬走,女人不敢。男人想了想,咒骂着,把她拖走了。

半年之后,一切都过去了。嗜酒的男人成了一个最勇猛的渔夫。他出海当然要携上那支桨——它已经被他用水细心地洗过。可是水干了时,白白的木纹渗出了一层暗红,他就用玻璃片刮起来。桨给刮得光光滑滑的,可那种奇怪的颜色还是能够隐隐约约看出。

这一切她都看在眼里。后来她把刷窗户用的半瓶绿漆推到了男人手边。

就是那年秋天,半夜有人"啪啪"拍打门板。她开门一看,见和男人一块儿出海的一个老人,手里提着那支绿桨,浑身水淋淋的,两只眼有些浮肿。她明白男人出事了,没问什么,咬着牙接过绿桨,把它放在了院角……

行子到大船上,和大家一块儿喝起了酒。因为他来得晚,别人就往他嘴里灌酒。行子烦躁地用手推开他们,一个人豪饮起来。好多人为他喝彩。行子喝足了酒,又捏住一条大鱼用力啃,一会儿就把整条鱼啃光了。一边的人又喝彩。他吃足了喝饱了,把嘴一抹,跳回了小船。

半夜,四处一片鼾声,大海上没有一点波澜。有一条小船解了索子,没有发动机器,只用一支桨轻轻拨水。小船无声无息划向海面——直到划出很远,机器才"砰砰"响起来。小船轻快地向着南岸驶去。夜色黑得像墨,小船近岸时又停了机器,桨又在水里拨。

行子跳下船。渔铺里面有混浊的咳嗽声。一个高大的身影扑过来,厉声喝道:"谁?"

行子没有答话,他听出是独眼王。

独眼王伸出老拳,照准行子的脸就打。行子用右胳膊肘在他的鼻子那儿蹭了一下,独眼王"哎哟"一声,捂住了"哗哗"流血的鼻子。这时行子又照准他的胯部踢了一脚。独眼王号着躺在地上。

行子理也不理,一个人向南去了。

小纹睡在厢房里。她觉得门板上有什么东西在不停地拨动着,开始以为那是风吹的,后来门一下子推开。她惊叫一声坐起来,一个男人的大手捂住了她的嘴。她刚要咬这只手,突然又觉得一股海腥味是那么熟悉,她抬起眼睛,在朦胧的夜色里一下就认出那张熟悉的面孔。她的身子立刻软了。

行子把手里的小刀放进衣兜里。原来他刚才就是用这把小刀别开门栓的。

他们对着耳朵说话,不停地亲吻。行子把她抱起来,又一次次地放下。小纹在他满是腥味的胸脯上伏着,像一条小鱼。行子把小纹仅有的一点衣服也脱去了,小纹用力地反抗。行子说:

"我是偷偷跑回来的。"

小纹像没有听见,用牙齿去咬他。行子终于生气了,躺在了地上。他躺了一会儿,小纹心疼了。她去拉他的手,他不做声。后来她又去抱他的脖子,只轻轻一下,地上的男人就跃到了炕上……剩下的半夜,行子就搂着她睡着了。

他们不知不觉就被窗上的阳光照亮了身子。小纹不知什么时候已经穿上了很多衣服。行子大睁着眼睛看着她,又伸手解衣服。小纹说:"不行!"她很拗的样子,终于使行子失望起来。行子咬咬嘴唇,用力把臂膀抖了抖,握着拳头,伸了个懒腰。

外面有人喊小纹吃饭,小纹对在行子的耳边说了几句什么就跑出去。

她胡乱吃了几口饭,又跑回了小厢房里,衣兜里揣了两块红薯。行子狼吞虎咽吃起来。又停了一会儿,屋里的人都出去了,小纹这才敢放开声音说话。

"他们都出去做活了,就剩咱俩了。"

行子看了一会儿小纹,伸手在她后背那儿耐心捏了一会儿说:"你胖了。"

小纹不吭声地笑。他们接下去商量了一件很庄严的事情……

老奶奶梳理好头发,安歇了一会儿。上午时分,外面有了阳光,她就像往常那样搬一个马扎,拄着拐杖晒起了太阳。阳光照射着她浮肿的脸,又反射出淡淡的光亮。她似乎看见有一个很小的女人在那些网架子里奔跑着,一下子给网扣绊倒了,接着那网像章鱼的触角似的,一下子把姑娘给收拢在里面。姑娘挣扎着,可是那些网扣越收越紧,后来她只剩了一个头、两只手和两只脚。姑娘的四肢挣脱着、挣脱着,慢慢流出血来。

老人睁开眼,灰色的眼珠里有什么在闪动。可是一睁眼就看见了孙子穿着一件背心,露着赤红的胳膊,胳膊里挽着那个姑娘的手。小纹怯怯地站在那儿,像刚刚哭过,两眼有点红肿。他们叫了一声"奶奶"。

老人在这叫声里哆嗦了一下。她用力睁大了眼睛怀疑是一个梦境。因为她清楚地记得,孙子已经到海里去了。她使劲摇了摇头,问:

"你俩从哪儿来?"

行子大着声音:"奶奶,是我。"

"过来,过来。"

行子走过去。她伸手捏了捏他的胳膊,有一股滚烫的热流从行子的指尖传递过来。老人点点头,又伸手去捏小纹的手。小纹吓得往后退一步。

行子用责备的目光看看她。

她重新走近了。老奶奶摸过了她光滑的头发、脸,又摸了摸她圆圆的肩膀。这样摸着,老人闭上了眼睛。她觉得就像摸在另一个熟悉的女人身上,那个女人活活就像眼前的小纹。她一双手抖起来。后来她就把手缩回,缩到了衣袖里。

行子说:"奶奶,我是回来让您答应这门亲事的。"

老奶奶一声不吭。

"奶奶要答应了,我们立刻就……"

老奶奶还是闭着眼睛。小纹这会儿不知怎么抖得厉害,颤着嗓子叫了一句:"老奶奶……"

老奶奶低下头,把脸埋在膝盖里。她常常用这个姿势晒太阳,一直晒上半天。那时候她全身都被太阳照耀着,只有脸沉浸在一片黑暗里——这更有利于回忆往事……她觉得自己是个苦命的人,过早地死了男人,后来又死了儿子;儿子死后媳妇就改嫁了,她一个人拉扯着孙儿过活。真是报应啊……她用力低着头。

"奶奶……"

两个年轻人哀求的声音她全然没有听见。太阳照着一个雪白的头颅,这头颅远远看去像是一个丝棉绒球。

行子站了一会儿,就领着小纹离开了。

当脚步声远去的时候,那个白色的绒球才抬起来、抬起来。她灰色的眼珠像锥子一样刺向屋角——那里就放着那支湿漉漉的、绿色的桨。

1990 年 3 月

夜　海

当星月映在一片波澜不惊的大海里,微风把夜色从遥远的地平线上收拢来时,我一个人正待在这片大海中,孤零零的。海潮声从四面八方围拢来,压迫着我。我的呼吸,我发出的任何声响,都一丝不留地消融在无边的水上。遥远的海岸也化入水色。

两手抱紧身体,尽量不使自己颤抖。实际上我还是有些颤抖。

不知怎么来到了大海中间。我曾经那样渴望见到这个世界的奇迹,可是当置身其间,又感到了难以摆脱的恐怖。今夜没有任何一个人来与我共同承担这种境遇。我一动不动地站在了这儿。

一层细小的水沫徐徐推过来,闪亮的荧光灼伤了我的眼。当再一次睁开眼睛时,又看见无数银亮的小光点在水中抖动。

星星越来越密,越来越亮。它们把大海变得像星空一样阔大和深邃,渺茫得不可测知。

第一次见到海的时候才四五岁,或者更小——我不知道。反正从很早以前我就对那片神秘的大水渴念起来,至今面对着它也无法除消那种惊讶的感觉。

我无论走到哪里,都像身处大海。我孤零零一个人,永远是一个人。

小时候,我在海滩上奔跑。一片草原被风吹动,就像大海的波浪。我觉得自己马上就要见到海了。后来,大约是一个没有月亮的深夜,有人把我领到了海上。他举着我闯过了急流和深沟,来到了一片浅滩。那时水刚刚达到我的膝盖那儿,并且十分温暖。那是一个夏末或初秋。他把我一个人搁在浅滩上,像故意要吓唬我一样,自己潜到更深的地方去了。我开始还在等待,后来就着急起来。我真怕他甩开我逃走了。先是喊,再是哭。最后大气也不敢出了。

我跷着脚站在那儿,生怕海水漫过来,漫到喉咙那儿。

我一个人不知呆了多久。那时候想的什么已经不记得了。但那种深深的惊恐、被灾难、死亡、被不可测知的什么给攫住的感觉,到现在还十分新鲜。当然,后来他还是出现了,笑着把我领出了这片海洋……

一个初秋,我已经是两鬓染霜的父亲了。我把自己的小女儿带到了海边——这是一座美丽的海滨城市,有著名的海滨浴场。我嫌人多嘈杂,当夜深人静、大海空无一人的时候,才牵着她的手从住处走出。我们住得离海很近。我们都赤着脚,让脚上沾满细小的沙粒。

远处的灯塔一闪一闪。女儿一到了海边就默不做声了。她脱下衣服,把它们堆在一块儿。她把小短裤提了提,像一个常常到浴场上来的人一样,先撩着海水把身上洗了一遍。

我看着她,一阵温暖,也有些惊讶。她刚刚五岁,从没来过海水浴场。

我牵着她的手又往里走了几步,试试水温,试探着深浅往前。水深了,一只手借着水的浮力把她抱起来,另一只手往前划水。我们就像在偷渡似的,一声不吭。

她在我怀中微笑着,笑得不安而又甘甜。夜色使她的脸格外温柔,她在水中吻了吻我硬硬的胡楂,然后又认真地对付起漫到嘴角的海水,把渗进嘴里的咸味海水吐出来。

我们游过了深水,来到了浅滩上。

我把女儿扶正,发现浅浅的水流刚达到她膝盖那儿。

海中布满了星星,但是没有月亮。我让她在浅滩上自己玩一会儿,我要到深水里去游。她点头同意了;但我游开没有多远,她就开始呼唤。我赶紧往回游。可是就在这段极短的时间内,我听见女儿哭了。我有些自责,不顾一切地飞快游动。

终于到了浅滩上,我跑起来,把水"啪啪"踏飞了,赶到小女儿身边——她两脚跷着,两手高高伸出,一下子扑在我怀里。

我们上岸了。我一直紧紧抱着她。

我给她穿好衣服,觉得她在我怀里一直抖着。我不知这是被风吹的还是什么别的原因。后来我们又在岸上坐了一会儿。女儿看着远处的灯塔,问:

"灯塔怎么在海里边?"

"那里有一个礁石,它在礁石上。"

"礁石是从海里长出来的吗?"

我点点头:"就像一棵树,从海里长出来。"

"礁石树根很深很长吗?"

"礁石没有树根……"

小女儿睁大了眼睛:"没有根怎么长出来?"

"……"没法回答。

我想告诉她:礁石是岩层突出的一块,而大海就像陆地一样,有山、有平原;山尖高出水面的是明礁,低于水面的为暗礁——灯塔立在海中大山的山巅上……可是这样讲似乎也不能让她搞得太明白。

她又问:"天上有多少星星,海里就有多少星星吗?"

天上的星星是否全部映在海里,我也不太清楚。我含混地点点头。

"那么,"女儿的小手碰到了我右边的耳朵,"那么你说,海水深处也会有星星吗?"

这当然不会有。我摇摇头。

"海水有多深?"

"很深。多深搞不清楚——要多深有多深……"

"就像从这里到星星那么深吗?"

她的手指了一下天空。

"……大概没有那么深。"

"那么星星,"她思索着,"那么星星也在上边的一片海里啦?"

"上边的一片海"当然是指"天空"。我点点头。

"那么上面的海怎么不会流下来?"

我想了想,费力地回答:"我们脚踏的地方也是一颗星星。海水就在这颗星星上。如果天空的星星上有人,那么他看我们脚踏的地方只是一个亮点……"

女儿张大嘴巴,惊讶得说不出话来。她抬头看一天繁星,紧紧偎到我的怀中,我们再也不谈这些没完没了的问题了。这些问题太大,大得没法回答。我们只看磷光闪动的大海。

海潮在不知不觉间涨起来,海面再也不像刚才那样平稳,波浪在脚下渐渐加大了力度。

哗啦……哗啦……

有一条飞鱼荡起来又落下去。

我们左侧是一片探进海里的礁石,当潮水涨满时,那片礁石就完全沉没了。趁着潮还没有涨满,我想到那上面坐一会儿——那样,当月亮从东方升起来时,就可以面对着它……她同意了,于是我们就到了礁石上。我们的脚下,是石缝里积留的海水,里面有小蟹子和小鱼在游动。礁石的顶部已经被海风吹干了。

小女儿坐在我的腿上。从这儿往东望去,可以望见遥远的东边有一行灯光——海岸冷餐馆的霓虹灯。那儿彻夜不眠。海风正把隐隐约约的鼓声和歌声吹送过来。灯光很微弱,却能在海水里连成一道细小的光线。好像这鼓声就从这水面上滑过来,冰冷冰冷。而歌声却是滚烫的。那歌是一个嘶哑的嗓子喊出来的,热烈而又迷狂。我想会有人在这歌声里暴躁狂舞吧。我仿佛看到滑腻的地板上有破碎的酒杯,餐厅的一角歪着醉汉……

好像是前一年的这时候,我们三两个好朋友一块儿到这里游泳。我们中间有一个漂亮的女孩,她长得娇小,样子很神气。因为是从草原上来的,她第一次看见大海。我们把她一个人领到落潮的浅滩上,然后就游开了。可是我们刚刚转身她就喊起来。回头一看,就看到了我们难以相信的事情:

那个姑娘在浅滩上竟然站都站不住。

而她四处的水那么平稳,没有一点波浪。

可是她站不住。

她像立在一个平衡木上,左右摇动,伸开了两手,随时都要倒下去,惊慌地呼叫。

我们不得不把她扶住。后来我们松开了手,她也能站稳——原来有我们在身边,她就没事儿了。我们都觉得奇怪。

她说:"你们可别走。你们一走,我就倒在水里啦。"

"这是怎么回事?你害怕吗?"

"嗯……也不是害怕,海太大了,我老要发晕。"

"你看着海水发晕吗?"

"我看着海水,水里有一片星星;扬起脸来,天空又一片星星,到处都一样,像是一个圆的,我在中间……到处都是海水,是星星……"

那个姑娘有十八九岁。她曾经在无边的草原和沙漠上奔跑过,那里就像这片大海一样:平坦,无边无际。可她毕竟是第一次看见大海。

那个夜晚,上岸后有一个朋友提议,到那个昼夜服务的海边餐馆喝啤酒——小姑娘到柜台上买了啤酒端过来,然后又转到柜台那儿结账。我们几个男子汉坐在屋角的一个桌子旁,高兴地看她。她的背影留在我们眼里,那弱不禁风的身影老要让人可怜。

她交了钱,剩下的钱票夹在手里,然后熟练地掖到红色小挎包里。我们中间有一个人笑了,说:

"像个女会计。"

那天晚上我们喝得很痛快。小姑娘是从草原上来的,第一次吃到这么多海鲜,十分高兴。她把海贝的壳剥下来,不舍得扔,又装到了小包里。我们中间的一个胖子就恶作剧地把剥下的一大把贝壳塞到了她的包里——没有多会儿,那个包就鼓胀起来。这时候姑娘才意识到她装得太多了,于是又翻开包往外掏。大家都笑起来。

不知喝了多长时间,好像没有察觉时间在飞快流逝。我们已经喝得太多了。胖子三十多岁,酒量大极了。没有多会儿,他一个人就喝掉了五六瓶啤酒,又喝了半瓶干白葡萄酒。他的脸红了,眼神有些奇怪,还在不停地往杯里斟酒。我不得不出来阻止了。他说:

"不。这是我多少天来最痛快的一次。你不能拦我。"

他又喝了几口,竟然像个孩子那样哭了。他嘴巴咧开老大,有点让人发笑。小姑娘惊讶地看看胖子,又看看我们。我问:

"你怎么了,胖子?"

胖子还是哭。我两手按在他肩膀上摇动:

"你怎么啦,胖子? 你把一场酒给搅了。大家都挺高兴。别哭了。你怎么了? 你是个小孩子吗?"

胖子越哭越厉害,嘴巴还是那么可笑地咧着。

他哭得好伤心。

我们这伙人没有一个不知道胖子。他很好,他没有什么不好,一切都很顺心嘛。我们只好不去管他。我对小姑娘说:

"来,我们不要再管他了,他大概醉了,一个人哭一会儿就好了。"

胖子伏在桌上,认真地哭了一会儿。

后来他抬起了头,一双眼睛已经有些红肿。他抱住我的胳膊,把头靠在我身上无声地流泪。我不自觉地把手放在他胖胖的头顶上,拍了拍。谁知这一下他哭得更厉害了,又发出了声音。

他哽咽着:

"你知道吗?你们知道吗?我第一次这么痛快地过了一个夜晚。我真痛快。我是高兴得哭,我真高兴。往常都是我一个人,白天黑夜都是我一个人,没人和我说一句话,没人和我讨论问题,连吵嘴都没人找我……"

身边的一个朋友对在我耳朵上小声说:

"胖子醉了,糊涂了。"

我也陷入了茫然。因为胖子有一个很幸福的家庭,他的妻子又能干,是歌舞团退下来的,现在当会计,对他很好。他还有兄弟姐妹。最重要的是,还有我们这么多朋友。我们整天在一块儿玩,他怎么能说是一个人呢?这家伙真是喝得太多了。

一个朋友禁不住伸出指头弹了一下他的脑壳。胖子无比恼怒地狠盯了他一眼。那个朋友胆怯地把手缩回来。

胖子俯在我的身旁,摇着头,泪水纵横。他的哭声引来了好多人往这边看。我们只得尽快结束喝酒。

我们扶着胖子跟跟跄跄来到海岸上。

海风凉凉的,让人十分舒服。脚下的沙热乎乎的。那个小姑娘默默跟在胖子身边,也想去扶他一把。胖子把手搭到了小姑娘的肩膀上,可姑娘太小了,连他一只胳膊也承担不下。我见小姑娘被压得摇摇晃晃,就过去把胖子的手扳开。

胖子生气地站住了。我们拉他,他也不走。后来他就坐在了原地。我们叫他,他一声不吭。

他躺在沙滩上,大口呕吐,直到把吃下的东西都吐出来。

那个地方都没法待了,我们不得不把胖子抬到另一边去。一路上他挣扎着,用粗腿蹬我们,暴躁无比。这个家伙在我们文友当中是和善、老实得出了名的,今天倒一反常态。这当然是酒精的罪过。

我们把他放在一片干净的沙滩上,让他静躺在那儿。他大概也舒服多了,闭着眼,不说一句话。挺好的一个夜晚,就让胖子这么给搅了。

这样待了一会儿,他突然提议说,让我们都离开一点,他要一个人和那个小姑娘谈几句话……我有些恼怒了,说:

"毛病!"

胖子的手搭在我肩膀上,揉了两下,央求似的说:

"你们走开一点好吗?我们会正正经经谈话的。"

这又不像醉话,而且这声音里的乞求味儿让人难受。我朝几个人摆了一下头,我们就离开了。

但大家还是有点不放心,只待在不远的地方。这样我们都多少能够听到他谈些什么。

月亮慢慢升起来了。

月光下,我们看见那个小姑娘听话地坐在胖子身边。她肯定是个好心的姑娘。胖子喝醉了,她多么迁就他啊。

我们亲眼看见胖子把手伸出来,一下握住了小姑娘的两只手;接着是诉苦:

"我真是个不幸的人哪。谁像我这样也活不下去……可我还是咬着牙关活下来了……"

小姑娘好奇地问:"怎么了呢?"

胖子的声音更加悲凄:"我的父亲、母亲,所有的亲人,认识的,不认识的,他们把我一个人送到了大海里边,让我一个人在黑漆漆的海里待着,然后他们就坐船走了……没有人理我,我一个人在海上,一个夜晚一个夜晚地熬。没有人和我说话。我再也受不了啦。你知道海水到了半夜里有多么凉吗……月亮升起来,我眼瞅着月亮从海里血淋淋地钻出来,让海水慢慢把一身血迹洗净,洗得又白又大。它升上去,也是一个人,在天上走完这一圈儿再……我觉得什么都是一个人……我在海上哭没有意思。谁听我哭呢?谁听我说话呢?半夜里,我想握住一个人的手,就像握住你的手。这只手真热,脉搏会跳,它有手指甲。手指甲,滑溜溜的手指甲……"

我们都听得清清楚楚,在心里发笑。不过又多少有点吃惊。这个家伙一定在抚摸姑娘的手指甲了。

我们又听见小姑娘问：

"你的爱人呢？她不和你到海上啊？她也怕海吗？"

胖子摇摇头："她在什么地方，那时我还不知道呢。我想在海上和她一起，就不会害怕的。可是她从来不到海上，都是我一个人。不一定什么时候，我就会无影无踪，那时候他们再也看不见我了。可是，好像没有人担心这个……我就这么过下来。我故意想把这些忘掉。后来真忘掉了。不过今天我看到你一个人在海里，站都站不稳，惊慌失措，一下子全都想起来了……你知道我多么不幸……"

那个小姑娘若无其事地点头。

胖子说："你真好啊。你是我看到的最好的人。你不是一个小姑娘，你比我大——你懂无限的事情……"

我们当中有人笑出声来。可胖子像没有听见，还在说：

"你比我们这一些人都大。你也是大海。不过你是一片亮晶晶的海，不凉，也不让人害怕。你真好。我要告诉你的就是这些。好啦，你能把我的那伙狗蛋朋友叫回来吗？"

"能的。"

小姑娘喊：

"喂——回来吧，他叫你们啦——"

就这样，我们又回去了。

那个夜晚，胖子奇奇怪怪的幻觉，他那些编造的故事，不知怎么让我久久不忘……

……

这个夜晚,我抱着自己的小女儿坐在礁石上,嗅着让人舒适的潮汐气味,不知怎么一阵阵惆怅。我说:

"你以后要学会一个人在海上不害怕……"

"一个人晚上到海里边吗?"

"是的。一定要学会。"

"我学不会……"

"能的。"

"爸爸也学不会。你敢一个人到大海里面站着吗?"

我没有回答。

我想,我之所以能够游到大海深处,那是因为有我的小女儿站在浅滩上——如果她不在呢?

一个弱小的生命——哪怕再弱小,毕竟还是有一个生命在我的身边哪。

我没有勇气承认我的胆怯:"是的,我不敢"——但我没有回答女儿。

那种一个人孤零零站在漆黑的、闪着一片磷光的大海中的情景,我是一直躲闪着的……

1990 年 3 月

二　辑

背　　　叛
阳　　　光
酒　　　窖
狐　狸　和　酒
头发蓬乱的秘书
一个故事刚刚开始
怀念黑潭中的黑鱼
旧　时　景　物
唯　一　的　红　军
赶　走　灰　喜　鹊
鱼　的　故　事

背　叛

在平原上,谁都知道这里出了一个威名赫赫、功劳盖世的人物,他叫老鲁。

老鲁最早是一个土匪,杀富济贫,富有良心,总之是一个挺好的土匪。他有一次打家劫舍负了伤,肠子都出来了,后来让一个乡间医生用麻绳把肚子缝起来,竟然活了过来。那时他才十九岁。十九岁有过这样的经历,肯定是一条出色的汉子。在那个乡间医生家里养病时,他使医生的大女儿———一个叫小谷的姑娘怀上了。小谷比他还要大四岁。小谷很孝顺,因为要在家里侍候父亲,帮着他采药、搓制药丸等,所以耽搁了自己的婚事。他们两人之间的这种事,很难说谁负有更大责任。老中医丝毫没有责怪老鲁。他并且认为有这么一位女婿也并非什么坏事,只是需要好好调教他一番。老中医像慈父一样对待老鲁。

老鲁从小失去双亲,成为荒原上一个出了名的顽皮孩子。他身上的伤疤有一百多处,大大小小,令人惊骇。老医生让他好好做人,告诉要收他做女婿。老鲁当时很害怕,以为闯了大祸,于是一一应允。从那以后他一直藏在老医生家里,没有走得太远。他们正经结了婚,不久生下了一个男孩,取名小鲁。

老鲁跟着老中医识了几个字,穿着打扮也讲究了一点。可是小鲁长到一岁半的时候,老鲁就跑了。临走时他留下一个纸条:

"等我。"

他重新干上了土匪,再后来就加入了一个穷人的队伍。由于他打仗特别勇猛,是出了名的一个勇士,所以很快升了连长,又升了营长。

老鲁当了营长的第二年,战争艰苦起来。敌人在平原上往复征讨,日子特别难过,他们的队伍只得化整为零,约定了在一个时刻到山区聚首。

大家都隐名埋姓,不敢动作。老鲁也就在这个时候回到了一别数年的老中医家。他发现老医生早已过世,妻子领着小鲁过得挺好。

小鲁长得又瘦又高,一见面像有什么神灵指点一样,一眼认出了父亲,大声呼喊着扑到了怀里。老鲁的泪水"扑嗒扑嗒"往下滴。妻子头上已经有了白发,她老得真快。

老鲁那个晚上觉得妻子满嘴都是一股野蒜味。妻子打扮得像乡间老太太,大襟衣服上满是发亮的油灰。她夜里搂着这个四处奔波的男人,觉得无比幸福。那个夜晚她哭一会儿又笑一会儿。

接下去的日子里,老鲁没有地方闹腾。外面风声很紧,有人来抓老鲁这样的人,小谷把老鲁藏在了红薯窖里。艰难时世,全村人没有一个吃粮食的,大家都吃糠咽菜。小谷跑到很远的地方,卖了衣服、鞋子,换来一点点粮食熬成稀粥,稀粥里又掺了榆树叶子。她把香喷喷的菜叶饭送到红薯窖里。她自己和孩子就吃糠和榆叶。

敌人每天都来骚扰,小谷又累又怕,就病倒了。她发高烧,如果不是惦着红薯窖里有个人,早就死了。有时她爬到门口撸一些叶子,用水煮了,让小鲁送给父亲。老鲁不能一点太阳不见,她就让小鲁在门口看着,让老鲁出来晒一会儿太阳——小鲁大声乱唱时,她再让老鲁钻进红薯窖里。

就这样,他们熬过了那个最艰难的年头。

老鲁临走时哭了。他让小谷和小鲁好好等他:胜利了那一天,他再也不出去打仗了,要在家里把这个小屋好好收拾一番,买上牛,买上家具,过起日子来——把后半辈子过得热热乎乎、黏黏稠稠。

小谷哭,小鲁搂住了父亲的脖子。老鲁走时,那双见惯了鲜血和泪水的眼睛已经肿得像杏子。他把枪别在腰里,像猫一样四下里看,一下子蹿上墙头,消失在伸手不见五指的黑夜……

这一走就是很久。

小谷在村里迎来了胜利。这一次的胜利才是真正的胜利,因为到处都飘扬红旗。一些穿着灰衣服和黄衣服的人在街上来回走动,喊着口号。他们腰上扎的皮带锃亮锃亮。小谷很希望在他们中间看到老鲁,可是总也没有出现。

小鲁长成了一个小伙子,在村里搞了一个挺好的对象。可是小谷说:

"你们不能这样,要等你爹回来才能定下这门亲事。你爹不回,你就等着。"

小鲁带着双重的企盼,大睁着一双眼睛。

又一年过去了。一个冬天,老鲁回来了——村里人差不多都不认识他了。他个子好像更高了,身子挺得笔直,衣服是合体的新军装,上面的扣子闪闪发亮。他戴了一顶大盖帽,多少有点让人害怕。见了乡亲他一一点头,但并不说话,只是微笑。这种微笑不知怎么让人陌生。有人壮起胆子喊一声:"老鲁!"老鲁就停下来,轻轻一咳,手指在那人眼前晃动一下:

"请叫我'鲁中'同志。"

那人听了扭头就跑,跑开老远,对围在街口上的一帮人说:"了得!老鲁名儿都换了。"

"换成什么?"

"'鲁中同志'。"

后来满村都知道没有了"老鲁",有了个"鲁中同志"。

鲁中同志回到他家低矮的茅屋。小鲁一下子跳了起来,上来就抱父亲。鲁中说:

"你成长起来了。"拍拍他的肩膀,把他按下,让他到椅子上去坐。

小谷"呜呜"哭,抹着眼泪。这时的小谷是真正的老太婆了。鲁中看看她的头,又看看她的脚,好像生来第一遭发现小谷包了一双尖尖的小脚。他皱了皱眉头:"不要哭嘛!"小谷还是哭,哭着哭着就伏上他的胸膛,鼻涕、眼泪都沾在了他崭新的军衣上。鲁中叹息一声,轻轻把她推开,让她也坐在椅子上。

夜晚,小谷很精心地在炕上放好了大花被子,又把多少年来就准备好的一个双人枕头放在炕上。她拍打着枕头,生怕有什么灰尘染了男人。鲁中一直在旁边看着,最后说:

"请不要这样了。"

小谷听不明白,"哧哧"笑,往炕上推拥他。他又说:

"请不要这样。"

他说着,从柜子里找出一床旧被子,放到了一旁的门板上。小谷愣愣盯着他:

"你怎么啦?"

"这样有利于休息的。"

小谷哭起来,一边哭一边拍着膝盖。她的眼泪那么多。小鲁听到哭声,从门缝里看,看了一会儿,叫了一声"妈妈"。小谷这才察觉儿子在一边,哭着喊道:

"小鲁你回你屋里!回,回!"她"哐"一声把门闩上了。

鲁中叹着气,把门板撤了,把旧被子放起来。小谷抱住了男人,用力亲他。鲁中叹息不停,一件一件脱下衣服,钻进被子里。

这个夜晚小谷一刻也没有睡,一直抱着丈夫,抚摸着他身上大大小小的伤疤。她能记起一个个伤疤的准确位置、大小和形状。有一次她还点起灯,看丈夫身上有没有新的伤疤。

鲁中很勉强睡了一夜,说:

"我的工作担子很重,很忙的,身体也很糟的。"

小谷说:"俺不愿让你糟。"

"是的,是这样。"

他吃过早饭,细心地漱口,说他要离开了。

"轻易不回来,怎么走这么慌急?"

小鲁还有重要的事情没有汇报呢!他一下捉住了父亲的衣襟。父亲挣脱,他就用力地捉着。

鲁中说:"你干什么?"

"我不让你走。"

这时候鲁中才看到小鲁是一个多么强壮的小伙子,而且双眼里发出了十分严厉的光。鲁中拍了一下膝盖:

"这是纪律!探家有时间限制的——一边去……"

小鲁松了手。他抽着鼻子哭起来。鲁中犹豫了一下,坐在椅子上。他说:

"我到当地政府去一趟,一会儿就回来。"

小谷责备儿子一句,给丈夫衣服上打了打尘土。

鲁中一去就是两天,但还是回来了。回来时,他带了一份什么表格,把门关起来。他指点着表格说:

"你看见这个表格了吧?我们都要填写一下。"

小谷问:"填它有什么用?"

"填上,我们俩就算是那样了。"

"怎样了?"

"就算离开了——离婚……"

小谷"哎哟"一声捂住脸,接着又跺脚。

鲁中转身去看妻子时,妻子已经昏倒了。他朝门外喊了一声,没人回应。他去掐妻子的人中,小谷醒了。可是人中那儿却留下了一个发红的紫痕。她两只小脚像站不稳一样在地上戳来戳去,一时什么话也没有。她揪着衣襟,哇哇大哭。哭声引来了小鲁,小鲁使劲捶门,鲁中就开了门。

小鲁看了看表格,什么都明白了。他狠狠把门带上,走了。

一会儿好多人都围住了这个小茅屋。鲁中去掩门,被一个老人颤颤巍巍的拐杖给捅开了。老头子对鲁中说:

"老鲁,你烧得慌吗?"

鲁中轻轻咳一声,叫了一声"大伯",上前握住老人的手。老人把手抖开,又问:

"按辈分我是你二爷爷——回二爷爷的话,烧得慌吗?"

鲁中的脸色青一会儿紫一会儿,后来他想拨开人走掉。可惜人围得紧,鲁中像被困住的一头羊。

老头子的拐戳着他:"回你二爷爷话,回你二爷爷话。"

鲁中咳嗽一声,大声说:

"那好吧,当着这么些父老乡亲,二爷爷,我就把话回了:我可不是那种忘恩负义的人。"

"你还不是?啊呀!"

鲁中说:"我也不愿离开小谷,这是组织上同意了的。"

"你不发烧,组织会发烧?"二爷爷大喊。

鲁中的脸一下子红了,他急忙伸出两手向前推动着说:

"不,不,我们俩是从旧社会过来的,工作任务决定了的,我必须在那座城市里,我的工作很忙,桌上六部电话机。总之很忙——

她拉着孩子又不能跟了去……"

"你把她领走中不?"有人在后面破着嗓子喊。

鲁中说:"领不走的,这是一个工作、一个户口的关系……"

二爷爷说:"那你就回。你不是这方的人吗?"

鲁中说:"二爷爷是好意,不过这样说对我没有用。我是献身革命的人,一切以组织为准。我们都应该做一个坚定的革命同志。"

二爷爷破口骂起来:"狗日的东西,狗日的净说外国话哩。"

一群人"嗡嗡"笑,接着又愤愤地骂。鲁中紧了紧腰带,挠了挠头发,说:

"这个事情,眼前看起来蛮大,以后看起来小哩。乡亲们也许不理解我,等以后……"

他的话还没说完,就被屋里突然爆发的巨大哭声给打断了。大家回头一看,小鲁和母亲搂成一团,在炕上滚动,哭得不成人样了。鲁中慌慌地过去把他们扶起来,给他们拍去身上的灰尘,接着又一次关门,可又一次被那根颤巍巍的拐杖给捅开了。

鲁中瘫在了椅子上,一动不动。

就这样,他在家里又过了几天。人们再也没有听到哭声。后来鲁中就走了。

春天到了,小谷头上蒙了崭新的白手巾,又穿了干净的衣服,挂着拐杖,由小鲁领着,背上锅饼,往那座城市里去了。他们走走停停,一直走了十几天,总算到了。他们很快迷了路,打听来打听去,又费了多半天时间,才找到一个很大的门洞,门洞边上有卫兵站岗。他们通报了姓名,卫兵剧烈皱眉。后来还是小鲁记起了父亲的名字,说出了"鲁中同志"几个字。那个卫兵听了立刻严肃起来,赶紧向里摇了电话。一会儿一个胖胖的人走出来,把他们往外面领去——小谷和小鲁说,他们是找大院里的鲁中同志。胖胖的人说:"知道的,晓得的,先把你们领到一个招待所,一会儿鲁中同志就去的。"

他们被领到一个两人房间里。他们自己倒了热水,胖胖的人又给他们沏了茶。他们没有喝。等啊等啊,到了中午,有服务员给他们送来了四个馒头、一盘白菜炒粉条,其中还有很大的肉块。娘俩很香甜地吃起来。多么好的饭。

吃过了午饭,他们坐在干净的床上。

又坐了一会儿,有人敲门。小谷过去开门,可还没有走到跟前,门推开了,进来的是鲁中同志。

鲁中的样子又变了一点,比过去胖了,脸色也更好了。他叫了一声"小谷",亲热地伸出手来握手。小谷两只手抱住了他的腰,他就用另一只手推开她,把她的右手塞到自己的手里,拉着重重耸两下。

鲁中说:"小鲁同志,你也来了吗?"

小鲁鼻子里吭了一声。

鲁中回身跟后面一个警卫员模样的人说:"你回去吧,一个小时以后再来。"

警卫员打个敬礼,很利落地转身,甩着手臂走了。他回身将门关严了,又拧了一下,然后按一下小谷肩膀,让她坐在床上。小谷说：

"你莫非真的吃了良心？"

小鲁在母亲说这话时，锥子一样的目光盯着父亲。

鲁中咳了一声，咽了一口唾沫：

"怎么这样讲？我不是上次把很多道理当着乡亲们说完了吗？我不是跟你讲过，请你等待吗？"

"我等你一辈子，我要等死吗？"

小谷流出眼泪，儿子赶忙给母亲递过一个手帕。

鲁中看着老伴儿尖尖的一对小脚，不停地叹气。有人在外面擂门，那声音十分急促，鲁中于是去开门。他把门扇一拉，接着发出了"啊"的一声。一个女人用手背把鲁中轻轻拨开，然后一步闯进来。

进来的女人也是一个军人，好像刚刚从病房里出来，也许就是一个女护士或女医生，罩了白色的大褂，身上有一种药味。她刚刚有二十多岁，大大的眼睛、弯弯的眉毛，说起话来露出洁白的牙齿。

小鲁一看这个女军人就有些喜欢，不好意思看她。

女同志叫了一声"大娘"，又拍拍小鲁的肩膀：

"你是小鲁吗？"

小鲁不好意思跟她说话。

"大娘，我早就想去看你，现在直说了吧，我就是鲁中同志的爱人。"

小谷差一点没有昏倒。小鲁"啊"一声站起来。

女同志把小鲁按在床上，说："你们还不习惯，这样说吧，鲁中同志很早参加了革命,那都是因为一些历史原因才造成了这种状况。他们进城的同志大都已办理了手续。大娘,"她转过来看着小谷,"我不知对你说什么好。也许只有这种事情才是真正自私的,但是我们的结合是符合革命需要的。鲁中同志和我一起工作了很久,我们也就产生了……"

小谷没有让眼泪从眼眶里掉出来。她站起,使劲按着拐杖对鲁中说:"老鲁,我走了。"说着又揪一下小鲁:"孩子,咱走。"

鲁中要追上去,那个女同志在他耳朵上说了几句。他点点头。

鲁中从腰里掏出一个很大的皮包,打开来,让小谷和小鲁看到了里面的一小捆钱币和两块布料。

小谷说:"你留着吧,你办喜事的时候也要花钱。"

老鲁追上去,把皮包挂在小鲁脖子上。小鲁把它掀掉了,又吐上了一口唾沫。

小谷打了儿子一个耳光,然后回过头对鲁中说:

"鲁中,俺娘俩不要你给俺什么,你等有工夫了,回去撸些榆树叶子给俺娘俩做顿稀饭喝就成了。"

她在儿子的搀扶下一摇一摇走了。

鲁中像被钉住了一样立在那儿。

三天之后,鲁中在机关里正式和女护士结婚了。

女护士那天脱下了军装,穿上了连衣裙,满脸羞红,含着幸福的泪水与鲁中一块儿向前来祝贺的战友和首长们鞠躬。人们都看出鲁中同志年轻了,他们的幸福感染了周围所有的人。

一晃几年过去,鲁中这期间参加过几次重要会议。风云变幻,鲁中多少也受过一些挫折。

那个女护士却丝毫没有老,越活越年轻,也越活越端庄。一个偶然的机会,她结识了一位电影演员。这位男演员不知什么缘故被下放到一个农场劳动,由于表现很好,又被分配到这座城市的某机关工作。他去诊所看病时认识了女护士。女护士原来做过演员梦,只是由于各种各样的原因才脱离了原来的幻想。这位男演员的出现一下子又唤醒了她心中那个熄灭的希望。她第一眼就看出那个男演员有些面熟,后来终于想起看过的一部影片。这一天,整个夜晚她都不能抑制自己的激动。

老鲁那些日子到南方开会,她一点也不思念他。男演员像神话一样从银幕上走下来,走到了可以触摸的生活当中来了。女护士第二天给人打针的时候,竟然心不在焉注射错了。整个一天她都有些慌乱。她真盼那个男演员再生病、再来。

第二天,男演员真的出现了。交谈当中,她像看见了老朋友一样。不久他们就熟得很了。男演员不像电影上那么潇洒和开朗,在她看来还多少有点拘谨。他们交谈中女护士知道,男演员在农场劳动的那个时期,他的爱人——另一个挺漂亮的女演员——背叛了他。女护士心中一阵激动。

她主动去找男演员了,向他诉说了自己更年轻时的希望。为了证明这一切都是真的,她还从箱底翻出了一大批电影画报。

男演员似乎感到了什么,有意疏远她。但这时女护士还不足三十岁,那异常分明的、刚刚来临的一场恋爱很快地发生了。她有一次竟然捧来一束鲜花,男演员慌乱中没有接住,让鲜花和玻璃瓶一块儿摔在地上,溅起的玻璃碴把他的脚腕割破了——女护士于是又干起了她的本行——为他洗了伤口,为他细心上药和包扎……他们好起来了。

鲁中还在南方开会,女护士忍不住就给他写了一封信,明确表示:她嫁给他是因为尊重他的革命经历,尊重他那种为人民的献身精神。但今天随着年龄的增长,才知道这一切并不是爱情。她在生活中已经有了崭新的选择,而且这种选择不仅仅是一个计划,马上就要付诸实施,请鲁中同志——我以前所敬重的人,见信能够早回,以便结束我们这种比同志进了一步的关系。

鲁中正在开会,会议上他又一次遭到了批判。正在懊恼时,有人传给他一封信,打开一看,像被人劈脸打了一拳似的。他觉得一个更为现实的问题逼到了眼前,哆嗦着看了一会儿,觉得一切都不是真的。"哼,胡思乱想的娃娃。"

他把那封信塞到了衣兜里。会议照旧很紧张地开下去。到了会议结束的前夕,他的问题显得严重起来,他也多少有点慌乱。会议终于作出了一个决议,给他降职处分。他表示接受这个决议,但是整个归途上都忧心忡忡。同行几个遭到贬斥的高级干部和他在一块儿沉默,一块儿喝茶。还是鲁中有些火气,他喝着茶,"砰"地一下放了茶杯,拍了桌子,大声喊:

"我当土匪那几年也活得比这痛快,老子凭一杆枪打到今天这个样子,身上伤疤数也数不完……"

有个人轻轻咳了一声,像在提醒他什么。他立刻刹住了话头。

一进自家门他就觉得有些不对劲。因为家里凌乱得很,到处都是纸片和零散的衣物,好像被什么人洗劫了一样。这时他想起了衣兜里的那封信,急忙掏出来读了一遍。他这才从字里行间发现了事情的严重性——女护士迟迟没有接到他的信,就急不可耐地把东西收拾一下,搬到自己的宿舍里去了。

鲁中急匆匆找到女护士的宿舍。女护士完全换了一个人似的,伸出手来跟他握手,说:

"鲁中同志,你回来得好早哇。"

这显然是一句反话。鲁中气得手指她鼻子说:

"你……你这简直是……是背叛!"

女护士冷笑一声:

"你会为这句话后悔的——"

她在跟随鲁中同志生活的这些年里,已经学会了持重含蓄地表达自己的意见。鲁中的手哆嗦了一会儿,回头就走了。

他找到了那个男演员的单位,拍着桌子对那个长得挺漂亮的男演员说:

"我要通过一定组织程序,给你一个处分。"

可是那个男演员早已从有关渠道听到了那个会议上对鲁中的处分,就站起来说:"鲁中同志,你先好好正视一下自己的问题吧。"

鲁中给这句话顶得坐在了椅子上。他的手插进掺了白发的帽子间,一下一下抚摸,汗水流了下来。

男演员给他倒了一杯茶,然后自己也冲上一杯。他一边喝茶一边对鲁中说:

"鲁中同志,这事你是难以接受的,可是你慢慢会接受下来。

我也有过你这样的经历——那时我难以接受,可是后来已经没有工夫报怨,也只得接受了。随着时间的延长,你会谅解我并且谅解你的爱人。"

鲁中没有说话。那杯茶尽管泡得很浓,可他没有喝。他轻轻咳嗽一声,走了。

半年之后,他们办了离婚手续。

鲁中被降了几级,调到一个小一些的机关做领导。他好像一下衰老了,看上去像七十多岁的老头子。机关上的一个小勤务员有时候要极力逗他笑一笑,他总也笑不出来。

一个秋天他想起了什么,坐着火车一个人急急回到了老家。一进村子,好多人没有把他认出来。有的说:"这个挺体面的老头子有点面熟,他是谁呀?"

人们都说"不知道"。

有一些年轻人在更年轻的时候见过他,没有留下印象;而有些老头子已经两眼昏花看不准了。谁也想不到来的这个人就是鲁中同志,是当年的老鲁。

鲁中打听了一下,来到了一个刚刚盖起的新砖房门口。他已经从街道上的老头子们嘴里知道,他以前的老伴儿小谷现在还很硬朗,他的儿子小鲁已经跟当年热恋的那个姑娘结了婚,生了一个小孙子。老伴儿小谷现在就看孙子。当时他曾经问大街上的人:

"她没有改嫁吗?"

街上的人说:"哪能随便改嫁呢!"

他听了觉得脸上一阵发烧。

他叩了叩门板,一个漂亮的媳妇出来开门,她并不认识鲁中,只问:"你是谁呀?"

"我是鲁中……"

年轻媳妇慌退了两步,说:"你就是那个……人?"

"嗯。"

他点着头,摘下帽子,擦着脸上的汗水,跨进院里。他一眼就看到比当年还要精神的老伴儿坐在那儿,坐在一个马扎上,抱着一个白胖的娃娃。

小谷看见鲁中,手里的奶瓶一下掉在了地上。

娃娃哭起来,鲁中三步两步跨上前,把娃娃抢在手里,又捡起奶瓶,到一边的清水里洗了洗,给孩子衔在嘴上。

小家伙不顾一切地吮。

鲁中抚摸着小孩脑后新长出来的一溜黄黄的头发,对上去亲了一下。

小谷说:

"你的胡楂别扎了他。"

鲁中小心地把嘴巴抬起。小谷又说:

"鲁中同志,你……也老了。"

"老了……"

"你……没带家眷回来吗?"

鲁中咬咬牙关。

"你一个人来家里?"

鲁中点点头。

"那我去街上买点肉,"她跟媳妇说了一声,摸过一个马扎给鲁中坐了,自己拍拍衣襟就要往外走。鲁中拦住她,和她一块往外走。

小谷说:"你怎么这么晚才赶来家?误了车吧?"

"我想回来接你……"

"……"

"我已经跟她离了。"

小谷好像一点也不吃惊。

"你想不到吧?"

小谷说:"想得到。"

鲁中吃了一惊。

小谷说:"想不到的是你还能回来。"

"让我们重新到一块儿过吧!"

"我如今和儿子过得挺好。你刚看到了,我们盖了新房。还有,这个小院多么好,一家子热热闹闹的。你觉得这家里还缺什么?"

"不缺什么了。"

"一点不错,这个小院什么都不缺了。不过这个小院也不能没有我,没有我就缺了。"

鲁中爽朗地笑起来,笑出了眼泪。

小谷说:"你要领我去做不到,你要回来大约能行。不过这也得儿子答应——让我回头问问小鲁吧。"

鲁中久久没有做声。他问:"小鲁哪去了?"

"小鲁要到天黑才回来。"

"那好,那我就在街上溜达一会儿吧。让我看看野泊,看看村边上那些老地方——等你们商议好了的时候再来叫我——我们在哪里接头呢?"

小谷想了想,说:"你在村西的那棵老柳树下面等我吧,等商量好了,就去告诉你结果。"

老鲁没有做声。他们分手了。

天越来越黑。鲁中在原野上徘徊,看着一天的星斗,感到阵阵寒冷。夜露降下来了,他揉了揉军帽,觉得帽子上一片潮湿。他想起该到大柳树下去了。

他毫不费力就找到了那棵半枯的柳树。他的手掌贴在上面抚摸着。这时他好像想起在这棵柳树下面,他曾经打死过一个人。打死的是个什么人呢?不记得了。

他等待着。

一会儿,前面响起了一阵细碎的脚步声。他咬了咬牙,知道严肃的时刻来到了。

他不知将迎来一次什么样的裁决。

……

1990 年 3 月

阳　光

　　初春,或是冬天和深秋,只要天气稍微有些寒冷,人们就渴望暖融融的阳光。没有阳光就没有一切,没有人的精神,没有草叶的绿色。我闭上眼睛,就能想起小时候太阳将沙滩晒得暖融融的,我们在上面玩耍的情景。我们滚动着,让蓄满了热气的沙粒灌到衣领里,再沾上一身。白色的沙子可以把阳光反射过来,使我们感到无比惬意。阳光有无数的颜色,它可以像花朵一样,变成紫色,变成红色。我亲眼看到果子怎样吸来阳光的红色,花朵在阳光里欢笑;海边上大鱼跳出来也为了让阳光把身上的鱼鳞照亮。有一只野兔在沙子上翻着身体,晒着肚腹——它么一个精灵警觉的东西竟然没有发现我走近了它。这全是阳光造成的……我们在草地上捡到一个绿色的玻璃片、一个红色的玻璃片,都要对在眼上看——绿太阳啊红太阳。早晨,每一个草尖都挑了一滴晶莹的露珠,上面闪出红色、蓝色、绿色……各种各样的光。后来微风吹过,露珠甩掉了,可阳光还在草尖上奔跑。我那个时刻低下头,让两眼和一片草芒贴在一块儿,会觉得阳光就像无数根细小的触须一样,踏在草尖上"刷刷"往前跑动，不一会儿就跑遍整个原野……

母亲曾嘱咐我，平时要多站在泥屋前面晒晒太阳，她说这样会强壮。阳光把我的皮肤晒红了，后来又稍微有点黑。我慢慢长高了。由于我们这里到处是丛林，它们常常遮住太阳；再加上时不时遇上阴天雨天，所以阳光真稀罕。我到了十几岁的时候还一直认为阳光仅仅是白色的，它雪白雪白。

我后来长大了，一个人到外面闯荡。我永远忘不了夏天里那可以把东西晒焦的阳光——它使我的脊背起了水泡，让我在山野上没法躲藏，四处奔跑，汗水从头上浇下，流过面颊，流过胸部，把我整个洗了一遍。我渴，渴极了。那时候阳光是让人恐惧的，我亲眼看见一些动物蹲在树荫里张大嘴巴喘息，发出哀求。只有在冬天，我的衣服单薄，就选择了黑色布料，听说这样可以吸收更多的阳光，让我周身温暖。那时候我一边走一边想唱歌。我的歌声非常难听，我只让自己听这歌。我把小时候见过的一切、把后来在山路上见过的一切，都唱在歌里。阳光照着我的嘴巴，我的歌一串串顺着光线飞泻。我看出阳光确实是有颜色的，它从松树空隙里射过，闪着一道绿色；它从柞树间射过，闪着棕红……

山里的孩子吃着草叶和糠末，顶多吃一点红薯片。可是他们都黑乎乎、油亮亮，十分健壮。山区少女长了好看的眼睛，头发乌黑，面色也发黑，可是那种黑红的颜色透着无法比拟的美。我想起了在泥屋前面晒过的阳光，我知道是什么使山里孩子这么健康。这里的阳光比别处的阳光更温厚，也更有营养。

阳光还要让人一点一点觉悟。一天中午，我走过了很远很远的路,穿过一片片丛林,来到了海边,一眼看到了一群赤身裸体拉网的人。他们的身子被阳光炙着,早已成了乌黑的颜色——那是真正的黑颜色,跟墨差不多。那时我心中一动,突然想:阳光可以把一切都炙成炭,黑色的炭!

我想起晒过的无数次阳光——它原来在人体内默默点燃,就是它在使人成熟、使人强壮——最后又是它使人变成炭……我是在一瞬间,由一溜乌黑的人影想起了这个道理。

我注意观察起来。我发现,一根小草从发出嫩芽那一天起,就在抵挡着阳光。开始的时候,它在阳光的照射下散发出水汽,让其包笼着自己,使阳光不至于炙到它娇嫩的赤裸的躯体;但后来它还是慢慢老壮,颜色再也不是那种浅绿色,而是墨绿色了;再后来它黄了梢头——这正是太阳炙成的。它一点一点失去了水分,全部失去,变为干草。

冬天里,阳光与寒冷一起,将一地绿色全部扫尽。雪落雪化,天阴天晴,地上的草和树叶都变得乌黑。它们很快被风切碎,散落在田野里,整个冬天的土地都被一片黑灰色的糠末所覆盖,而它们以前都是活生生、水灵灵的绿色。这是被整整一年的太阳烤成的。

秋天的果子被太阳晒红了,红得像火焰;阳光接着炙它。先是烤熟了果肉,再烤内部的种子,使它们子粒乌黑;不用多久,整个果子都要烤成一个焦球,悬在枝干上。

如果在原野上点一堆火,红色的火一会儿就把草叶和树枝、木柴烧成了黑色的炭,这是一个很快的、毫不掩饰的过程。它不像阳光那么有耐性,那么缓慢。只有阳光才会用多半年的时间,甚至是几十年的时间,把一种物质烤成汁水,把它烤死,变成黑色的炭。它对待万物的态度是不一样的。烤果子,顶多烤上几个月就成了;烤茅草,要烤上多半年;炙海边的人,由于太急躁,人的表皮都发黑暴皮,有时像破棉絮一样被揭下来。人的胸膛里有一颗心脏,它一刻不停地把脉管的血推动到周身旋转。血脉的网络抵挡着阳光,使热力不能够透到里面,于是人才活下来。当他们躲开阳光一段时间,就会轻轻地、不动声色地把表层的那层炭抹掉。太阳还能在一个中午把人的皮肤揭下一层,它是想一层一层把人炙熟,但它一时总也达不到目的。

人每天都要暴露在阳光里,阳光也有耐性,就每天照射他。他从娃娃变成小伙子或姑娘,又变成满脸胡须、满头白发的老人。阳光花费了几十年的工夫,终于把他们烘烤得皮肤干枯、满是皱纹,肌肉贴紧在骨骼上。他们走路开始摇摇晃晃,就像一个等待采摘、悬在树梢上的果子一样。阳光还要耐心地烘烤,直到他们真的变成炭……

那是一个残冬。荒原上刮着干燥的风,不知怎么,有一个地方有一片一望无边的炭迹。我知道这是有人扔下了火种烧成的。可是这片炭迹却让我更多地想到了阳光的力量。我想这是阳光在人不注意的那一刻,偷偷地、用最快的速度在这片荒原上烙了一下……当然,这片痕迹是火烧成的,它与阳光烤成的毕竟不一样。可是我却一下子想到了阳光,想到了那种缓慢的、残忍的力量。什么东西都被阳光炙着,我没有看到任何东西最终会躲过阳光。

芦青河的下游,最后的一湾水也快被晒干了。太阳还是热辣辣地悬在空中。后来,河底全露出来了,一条河死亡了。无数的沙石晒得干枯泛白——这是另一种炭的颜色。鱼很快死亡,它们被炙着,一会儿就变得又松又脆,不久就像杨树叶一样被风"哗哗"吹跑了。

阳光真厉害啊。

那一个雨夜,她坐在我的自行车后座上,怀抱着手风琴。我蹬着自行车,顶着淅淅沥沥的雨水。那个夜晚我觉得道路两旁的田野被雨水击打着,散发出了迷人的气味。我身上全部被雨淋透了,奇怪的是一点也不感到冷。秋天的雨水很凉啊。那个夜晚我一点也不觉得天阴发黑,只觉得四处都那么明亮清澈。大概这是因为我和她在一起的缘故。

她不怎么说话,但常常微笑。我知道她在后边抱着手风琴常常微笑。她使我想起了阳光照在衣服上的那种感觉。她好像就是阳光。没有她,我那段倒霉的少年时光就真的是凄凉一片了。因为她透泄了一束阳光,才使我不感到委屈。我没有过多地抱怨那段日子。后来我离开了平原,到南部山区——我想她会等我归来的。我流浪的目的是为了归来,我想永远和她在一起。

走的时候找她告别,可是没有找到。行程紧迫,我不得不怀着她留给我的温馨上路。

在山区我一遍遍想起了她,有一次实在遏制不住,就跑回了小平原。怀抱手风琴的姑娘哪去了呢?她长得很快,似乎一下子就蹿高了,而且她也比过去变白了,变漂亮了,只是脸上没有了那种微笑……

那一次归来，我终于知道有一个皮肤黝黑、又高又瘦的家伙缠上了她。她似乎无力拒绝。她甚至给那个小伙子织了一件白线背心。这种背心由网扣组成，是不能抵挡太阳的。那个小伙子穿上这种背心，很快就会被阳光晒花了皮肤。

最后他们生活在了一块儿。我那时正度过一生里最艰难的岁月。我常常饥一顿饱一顿，身上衣衫单薄，实在冻得受不了，就到山崖前晒一会儿太阳。

我心中那不可遏制的思念和嫉妒掺和在一起，真想学一个好汉用刀子把谁宰了。可是我没有理由。

不知不觉，我跨过了一道道山峦，走过了最坎坷的一段路，穿过一片片丛林和荒野。走着走着，我的腿脚粗壮起来，身上有了力气。我是给阳光晒得结实了、健壮了。

一晃几十年过去了，我再一次回到平原上，马上想到的是要去看看她，看看她过的日子。我听说她在一片葡萄园里，我赶了过去。

迎接我的是她的男人。我简直不能相信一个人可以变得这么快——他高高的个子已经弓起来了，再也不能挺拔站立；他瘦得简直十分可笑，令人惊讶，眼睛僵僵的，深陷在眼眶里。他的皮肤像擦了一层黑油。再清楚不过的是他真的衰老了，牙齿脱落一半，嘴巴瘪着，说起话来发音不清。他真诚欢迎我，激动地抱住了我的身子摇晃。

我怜悯地握住了他的手。

按理说他这样年龄不该老成这样。可是我明白，他与我不同，他这些年里身边一直有一道阳光——他注定会比别人更早地变成一块炭。想到这里,我转过身,眯着眼看了看火辣辣的太阳。

阳光这会儿也不放松,它强烈注视着我们。这会儿我感到了什么,赶紧扯起他的手躲进了小屋子。

葡萄园当心的小屋子被收拾得干干净净,很像一个标准的农家。又瘦又老的男人招呼了一声,她出来了。

我回避都来不及。

她让我同样吃了一惊。因为她像男人变得差不多一样厉害,粉红色的脸庞如今已经变成了黝黑色,简直成了一个干瘪老太婆。她脸上没有一丝光泽,往日的美目被松拉的眼皮包裹,只能睁开一条缝。她丑了,枯干了。她怎么变得这样快啊?我握起了她的手。她似乎把过去的一切全忘掉了,只顾客气地迎接我这个"客人",嘴里说个不停。

她已经是一个碎嘴的、爱叨叨的老太婆了。

她的牙齿同样脱落了不少,发音像男人一样含混。她说自己老了,不行了……显然,这里的太阳更野性一点,她给烤得多厉害。我扯着她的手,另一只手又搂住她的男人。我们三个一块儿走出泥屋。在门口,我们不得不顶着天上热辣辣的太阳。她说:

"晒得慌,咱还是进屋吧!"

我扳住他俩的肩头,耽搁了片刻,才转身回到屋里。我们在屋里坐了一会儿,又出去看他们的葡萄园。

葡萄收过了,藤蔓上还留着一些焦干的穗子。我问:

"怎么不把它摘掉?"

男人笑笑:"不行了,这些晚茬葡萄糖度太低,没人要了。"

我说:"酒场也太苛了,他们光挑好葡萄,你们种葡萄的怎么办?"

"没办法,种葡萄的多了,种葡萄的人就要受气。"

他跟我讲了很多种葡萄的艰难。他说他和妻子种这片葡萄,差不多天天要在园里忙,给葡萄剪枝、打杈,还要给它打药、松土。早晨差不多一睁眼就干,直到太阳落山,他们一直要在这园子里,两手不停地忙。我这时急急插了一句:

"你们不能戴一顶斗笠吗?"

女人笑了:"戴什么斗笠,那样做活要碍事的,风一吹,斗笠就在头上拧啊拧啊,还不如让太阳晒着呢,晒长了也就不觉得怎么了。"

"我如果让太阳晒一会儿,皮肤就要起水泡……"

男人笑了,拍着手:"我们不碍事,夏天的太阳也不怕。不过我们两个都晒黑了——比你刚看见我们的那些年黑多了吧?"

我没有做声。岂止是黑多了——他们自己没有察觉,他们已经变成了炭。

他们没有察觉到这一点,只以为是皮肤改变了颜色。实际上我心里完全清楚:他们正在迅速地变成一块炭……

阳光啊!

1990 年

酒　窖

1

　　经过不知多少代的开垦和经营,我们这里已经成了世界上最大的葡萄园之一。这片一望无际的绿园显然包含了一个地方的荣誉和尊严。我有时想,这么多的葡萄难道都酿成了酒?秋天,一辆辆马车、汽车都载满了葡萄,驶向了榨汁厂。原野上,那贮存葡萄汁的一个个大金属罐子在阳光下闪闪发亮,像巨人般耸立。

　　这一片大葡萄园,赖以存在的基础就是当地那个葡萄酒酿造公司。这个公司已经有几百年的历史了,它拥有全国最大的地下酒窖。我从得知了这个酒窖之后,就一直想亲眼看一看。有一天我甚至梦见自己走入了一个很大的地下洞穴,洞穴里排满了一个个椭圆形的大柞木桶;头上滴着水珠,地下是坚硬的泥土,一个个盛了葡萄汁的柞木桶被枕木垫起来。我沿着洞穴走着,不知走了多远,随着灯光越来越黯淡,寒冷和潮湿也阵阵袭来……我知道这是一处地下酒窖,美酒就是在这儿悄悄地、隐秘地贮藏着,发生一些微妙的变化。甘甜的葡萄汁在这里贮藏上许多许多年之后,再变成那些诱人的酒浆,贴上精致的商标,被轮船或火车运向四面八方。那么大一片葡萄园就应该配有这样一处地下酒窖,它们地上地下互相呼应和衬托:一个在阳光的照射下生机盎然,一个在地下隐秘的角落里默默酝酿……

那个梦境其实是有根据的,我好像在哪儿见过这样的酒窖。想着想着,终于记起是在东北的长白山下。那儿的一个小城也是著名的葡萄酒产地。那一次去长白山,途中好客的主人邀请我们参观当地名胜,其中一项就是地下酒窖。就是那样的一处地下洞穴,里面摆满了硕大的木桶;地下通道是旋转的、弯曲的,主人说如果拉直了算,有十公里长呢。葡萄汁都是用野葡萄榨成的,长白山周围大大小小的丘陵和山坳都生满了野葡萄,是一个天然的葡萄园。

那一天主人还领我们参观了酿造车间。在一个接待室,我们品尝了各种酒。这些酒有的紫红,有的棕黄,有的是深黑色。我们每种都喝了很少一点,脸上开始发烧。我们还看到了挂在墙上的题词——从元帅到总理,都留下了赞美的词句。这些墨迹都经主人精心装裱,装在玻璃框中,悬在醒目处。

那次参观留下了如此难忘的印象,它植入了梦中。

当年我们在山上行走,不时要撩开浓密的藤蔓,看到黑紫的葡萄。人们就是把这些散布在漫山遍野的颗粒采集起来,一点一点汇聚到巨大的木桶中,藏入地下酒窖。

我们这片茫茫的海滩平原既有无边的葡萄园,就该有更大的酒窖。这个酒窖的准确位置到底在哪儿,我当时并不知道。我曾发现过一些很小的、零散分布在民间的一些小酒窖……那一年我流浪到南山时,曾经遇到一个奇怪的老人,他就把几只木桶藏在红薯窖里,里面装的竟是甜甜的葡萄汁。他有自己独特的酿酒方法,据说那些葡萄汁有的甚至是他的老爷爷藏下的。这一家酿酒的历史也许值得好好追溯——他的老爷爷就在赫赫有名的那个酿酒公司做过职员,后来由于很不体面的一件事被赶出来了。他大概一回到家里就捣鼓起了那个事情。

山里老人用自酿的葡萄酒招待客人,毫不吝啬。我记得那种酒多少有点艾草味儿,而且十分强烈。它在当地十分有名。

类似的私人酒窖我还可以举出很多。但我不得不承认,我所见过的最大的酒窖,还是当年在长白山下的那个。

由于酒窖所在地之不同,它们装的葡萄汁也不同,酿出的酒也千差万别。长白山下那个小城的葡萄酒有一种药味。记得那次酒厂主人带着自豪的口吻,告诉我们这里是全国最大的葡萄酒基地时,我心里曾响起一个反抗的声音,一句话差点脱口而出:最大的葡萄园、最大的葡萄酒基地,应该在我们的那片平原上……但我容忍了他的话并客气地、感激地喝了他的酒。

后来我才知道,我并没有把事情搞得更确切,他的本意,是指拥有全国最大的野葡萄酒基地。

那个小城的夜晚让我难忘。那天晚上我一个人走上了街头。记得街巷上灯光很暗,我踉踉跄跄往前走,有些凉的初秋的风吹着胸脯。在一个路灯下,我看到了一个熟悉的面孔,心"扑通"跳了一下。我害怕地把脸转向一边。一会儿我侧过身子重新去看,一颗心才慢慢跳得平缓下来。

那不是她。只是那个侧影极其相似。

我松了一口气,可是额头上已经渗出了一层汗珠。尽管这样,我却再也没有平静下来。

第二天还是参观。我极力压抑着心里的一点什么,可是很不成功。我的思绪再也不能收拢。那个下午我说话很少,同行的朋友交谈着什么,我也不太注意。好不容易把一个下午度过了。我们每个人都得到了一小瓶很精致的酒。

很早以前,我在一片葡萄园里发现了她。我觉得她滚烫的额头、发辫和眼睛,浑身上下都散发着葡萄的气味。当我看到她在那儿欢快地跳跃、跟周围的人讲话,总是不知怎样才好。我们的学校也在一片葡萄园里,我的确是在葡萄树下发现了她。上课的时候,无论有多少人,我总能感到她的存在。她的那双有点深陷的眼睛多么明亮,它也许要照耀我的一生。我那时想得多么简单,甚至认为这会是命中注定的一种结局,而且世界上的任何力量都难以改变这个结局。

后来我离开了学校和葡萄园,去了很远的一座城市。可是那双明亮的眼睛仍然在照耀着我。有一天乘市内公共汽车去郊区,在拥挤的乘客中一转脸,突然又发现了那双眼睛。我的心"咚咚"跳,双手颤抖,茫然若失地抓着车上的横梁,几次都抓空了。当我再一次回头看去的时候,发现她正若无其事地盯着车窗外。错了,不是她。

自那一天开始,一座偌大的城市化为了一片藤蔓,我需要不断地撩开一些披挂才能往前。

在长白山之夜,我也许根本就没有想过她。因为我完全被一路上的新奇所吸引,被崭新的事物唤起兴趣。可就在那个夜晚我蓦然回首——她又站在了路灯下……那个晚上我一个人走了很远,但没有迷路。

回到住处觉得有点头疼,并不知道那是一次感冒的前兆。第二天早晨开始发烧,我吃了一点药,坚持上路。半路上病得很厉害,有人听见我迷迷糊糊地说起了梦话,说了酒窖和葡萄园,还有一个陌生的名字……

长白山下的小城之夜距今已经三十几年了,这期间经历了多少事情,既平平淡淡又惊心动魄。关于与她的那个"结局",实在是非常遥远了。

那不是我一个人的错误,类似的遗失可以属于生活中的每一个人。当我想起这一点的时候,才多少有些原谅,原谅生活和命运。我不知道该责备什么,正像我不知道该感谢什么一样。我没法忘记的只是源于葡萄园中的那双眼睛,明亮的眸子。

我偶尔回到那片葡萄园,可是如何寻觅昨天的足迹?葡萄园中那条坑坑洼洼的石子路还在,它还在。一次次归来,是因为梦中的酒窖对我产生了诱惑——与此同时,她也出现在梦中了。

我们好像一起走在葡萄园里。当我们俩很近地在一片薰风里迈着不紧不慢的步子,一言不发地往前走的时候;当我们的手不得不紧紧地握在一起,依偎在那儿的时候,无法抗拒的辛酸也袭上心头。她的质地很厚的、做工特别讲究的暗黄色长裙挨在了我的身上。我在冰凉的葡萄架石桩上抵紧了后背,吻了她长长的眼睫毛、她有些消瘦的面颊……谁也没有询问共同的过去。我们带着过来人的宽宥和温厚互相抚摸着，平静而又热烈。我们都闭着眼睛，在黑夜里感受着那种奇怪的磁力，那种无所不在的引力和准确无误的抵达。它到底是怎样发生的？这世上究竟有没有一种我们所无法理解的东西在永远左右着你我他？它能够测知我们到底走向哪里、我们最终的归宿？这种感觉，这种超乎理性和逻辑的陌生之物，环绕着我们，不愿离去。它似乎真的存在，在那儿指引我们。

她像一个很好的母亲那样微笑着，我像一个很好的父亲那样沉默着。我们在那个夜晚都恰好是五十周岁生日的前后。我们当时用自己成熟的步伐丈量了大片的葡萄园。最后，也许是不经意间，她问了一句：

"你参观过酒窖吗？"

"什么酒窖？"

"就是我们这儿的葡萄酒城，那个大公司的酒窖呀，还有什么酒窖？"

我摇摇头。

2

小时候在葡萄园里劳动，跟随母亲在绿色的世界里进进出出。当时的葡萄园还是一小块一小块的，后来才连成了一大片一大片。葡萄园之外就是没有人工痕迹的荒原，我不敢一个人深入内部，总是走一会儿就折回。我常常拿着捡到的鸟蛋和蘑菇、一些奇奇怪怪的花朵归来。母亲在葡萄园里劳动，像别人一样熟练，做得又快又好,两只手慢慢磨出了老茧。葡萄园的人都同情她,因为在他们眼里,来自远城的母亲是不该做这种粗活的。

在我眼里没有比母亲更漂亮的人了,而且她永远年轻。

多少年之后,当我离开了母亲,不得不独自远行时,只靠藏在深处的怀念安慰自己。这样有十几年。

有一天我一个人徒步走回了那片荒原。那是一个傍晚,秋天的气息弥漫了大地。天气不太冷,狗的叫声在远处淡下去。我轻手轻脚往前,像怕惊动了母亲。这么多年了,这里的一切竟没有多少变化。我沿着小时候熟悉的路径往前。终于看到了我们的篱笆。推开了柴门,走向院子当心……母亲没有发现她的儿子。她坐在东间屋里,安详地坐在昏暗处,什么也没有做,两手合在一起。她比记忆中的要矮小和瘦削,头发差不多全白了。我站了足足有四五分钟,一声不吭。泪水在鼻子两侧流动。

……

母亲想站得直一些,但我看出她的两腿有些抖。我扶住了母亲。我把脸伏在她的肩上。

母亲没有问什么,需要询问的太多了。她一声不吭地把手按在我的后背上。

母亲原来这么瘦小。

从那时以后,我走得再远,也要频频回返,要站在母亲的视野里。

母亲越来越衰老了。她的眼睛再也看不清书上的字了,却能够用平淡的口吻谈论周围的一切。她的话很少,然而总是让我难以忘记,给我永远的警策。她常常问我过得怎么样,我告诉她:我像她一样不停地劳作和奔波,也不停地阅读。我能够在最绝望的日子里寻找下去。说过这些话之后,我的脸上一阵羞愧,轻轻地背过身去。我不敢迎视母亲的目光。

当我走出家门,重新开始了遥远的行程时,脑际又一次飘过葡萄园里那淡淡的清香,想起了第一次看见的那个姑娘、那片连同她一块儿毁掉了的废墟、我的惆怅和张望。在数不清的日子里,我从未忘记日落黄昏下那片破碎的砖石瓦砾。荒野上像幻景一样出现的那片青色屋顶,总是在遥远的天际闪动。我甚至想起了苦行的玄奘,想起了他向西的奔波以及那些脍炙人口的故事。

不久之后,我来到了莱茵河畔的乌珀塔尔,在欧洲这片出现了众多思想巨人的土地上,竟然有人在这里做一件耐人寻味的事情。

那一天我们得到消息,乌珀塔尔将有一个有趣的仪式——一个叫"自由思想者协会"的组织将要接纳一批新会员。于是我们一大清早就好奇地赶去了。尽管我们走得很早,到乌珀塔尔已经是当地时间上午九点了。我们走进会场时,会议已经开始了。台上装饰了鲜花和旗帜,有人讲话,接着是乐队奏乐、给新会员献花。合唱队唱起了歌,并再次向新会员祝贺。祝贺者讲话的大意是:你们从现在起成了自由思想者了,成了独立的人,但不要忘记自己的责任,等等。

介绍者说,自由思想者协会现在已经发展到四万多人。"入会的条件是什么呢?"我问他们。对方告诉:加入这个协会的唯一条件,就是放弃任何信仰,年龄要在十四岁以上。协会成员以工人和职员为主,还有少量知识分子。

一位长者对新入会的会员——一个小男孩说:"要理解父母,他们对你的管束都是以爱为前提的,明白吗?"

那个漂亮的男孩严肃地倾听,庄严地点头。

从自由思想者协会入会仪式上出来,我们又到巴门参观恩格斯纪念馆。在他的家乡,他受到了格外的尊重。纪念馆是恩格斯祖父的旧居改成的。我在留名薄上签名时,一个欧洲人用手指着说:"东方人的字,就像一朵一朵的小花。"

纪念馆的人指引我们参观了一个地下酒窖。看来恩格斯的祖父是一个喜欢喝酒的人。这个酒窖很大,当我踩着石头阶梯走下去的时候,一股湿气扑面而来。我想起了长白山下的小城,那个巨大的酒窖。这儿也有一些很大的柞木桶,当然离长白山下的酒窖规模要差很多,但的确是一个名符其实的酒窖。通向酒窖的一个地下小厅是喝酒的场所,那儿摆着一个很长的木桌,挂了一排排的粗瓷酒杯。主人介绍说,当年很多朋友到这儿串门,恩格斯的祖父就是和大家坐在这个桌旁喝酒的。

我们都觉得有趣,都坐在长条木桌旁。

从纪念馆出来不远,就是恩格斯的出生地,可惜那座建筑已经毁于第二次世界大战了。原址上立了一块石碑,上面刻了这样一行字:

这里曾经诞生了这座城市的伟大儿子,科学社会主义的创始人之一。

离开乌珀塔尔,我们驱车沿着莱茵河回到波恩。一路沉浸在回忆中,想象那座酒窖里谈笑风生的老人和他的后代、他们与东方的关系。想起长白山下的酒窖和那个当时还没有发现的地方——

全国最大的葡萄酒窖之侧,那儿的一片大葡萄园。

列宁曾经用悲切的口吻谈到了恩格斯的去世,引用了涅克拉索夫纪念杜勃罗留波夫的诗句——"一盏多么明亮的智慧之灯熄灭了,一颗多么伟大的心停止跳动了",接着列宁写道:"一八九五年新历八月五日(七月二十四日)弗里德里希·恩格斯在伦敦与世长辞了。"

列宁说自己和马克思保留了黑格尔关于永恒的发展过程的思想,抛弃了那种偏执的唯心主义观点。他们转向实际生活之后看到,不能用精神的发展来解释自然界的发展,恰恰相反,要从自然界、从物质中找到对精神的解释。

另一个人出生在特利尔,这是卡尔·马克思。他小心翼翼地踏上黄色橡木地板,从第一展室直看到第二十三展室。卡尔·马克思于一八八三年三月十四日在伦敦逝世。

特利尔的马克思故居经过一年多的翻修和整建,于一九八三年三月重新开放。接待室里是一些陈旧的家具。遗憾的是,马克思家的用具原件没有保存下来。这些家具是从特利尔其他市民之家买来的。这儿有马克思的父亲从事律师职业时的办公室。不远处有一口水井,那儿有厨房。第十一展室是卡尔·马克思诞生的房间。马克思和恩格斯的生平展览部分就从这里开始。

第二十一展室介绍了马克思的共产主义理论,从在《共产党宣言》中的首次阐述,到一九一七年马克思主义、列宁主义和民主社会主义的发展历史。马克思和恩格斯的共同著作《共产党宣言》,占据了展室的主要部分。我看到了这本著作的第一版、早期译文和其他重要版本。一个展室陈列了马克思的主要著作《资本论》——一个玻璃柜里摆着《资本论》第一卷,十分珍贵的平装本。这里还有马克思和恩格斯签名赠给友人的书籍、他们的手稿和书信,马克思赠给父亲的一本诗集的手抄本、他搜集的一本民歌。

在莱茵河畔的日子,正是一个初秋。几乎所有的城市都有美丽的野栗子树,有血橡树。野栗子树开一串白花,血橡树叶子暗红如血。有的野栗子树开一串红花,那更美丽。

从莱茵河畔回来,第一件事就是回去看望母亲。母亲似乎已经等待了很久。当我远远看到了母亲的白发在风中拂动时,一颗心剧烈地跳动起来。母亲接过我扑满尘土的黄色挎包,问:

"你看到了什么?"

我说:"我看到了他们。"

我跟母亲描述了很多,特别是那两个人。"我走到了他们的出生地,用手摸过他们房间的墙壁。"

母亲没有做声,默默地倾听。

"我还看到了一个酒窖。那是他爷爷的。"

母亲抬起头来看着我:"那么说,那个老人也是爱喝酒的人了?"

我点点头:"也是个好客的老人,他有一个很大的长条桌,客人一去,他就跟他们喝起酒来。"

母亲笑了。

在这个晚上,我一个人在西间屋里,听到母亲安歇了,就轻轻地开了灯。睡不着,翻找起母亲堆在一角的书。取了一本赫鲁晓夫的《秘密报告》，读着他谴责斯大林的那些话……多少无辜的人被杀。赫鲁晓夫一一列举了他们的名字，一个很长很长的名单。开国元勋，声威显赫的将军，被列宁称为"党内最可爱的人"……都死在了斯大林时代。

合上了书，一阵窒息。做了一个又一个噩梦，不断从梦中惊醒。这个晚上我很想走到母亲身边，想让母亲像我小时候那样，让我依偎一会儿。我站在母亲的门外，听着里面均匀的呼吸声，站了一会儿又离开。

那个夜晚我回忆着过去的那个泥屋，回忆着泥屋四周一望无际的荒野，特别是，回忆起了父亲。他早已不在了，是他用一双大手养活了我们全家，把所有的力量都用尽了，然后倒下，死去。我们生活过的地方几乎没有留下一点痕迹。我们迁离了那里，小泥屋没有了。

天蒙蒙亮的时候，我再也不愿待在屋子里了，走出去，在灰暗的天色里踱步。四周还是一片沉睡，没有一点声音。我往前走，慢慢走到了郊外。郊外是一片葡萄园，我在葡萄园的石柱前驻足。葡萄已经全部收过了，架子上的葡萄叶被冰凉的风吹落，剩下的变得枯黄，很快就要脱落。似乎听到了芦青河的流水声，可这里离河毕竟远了一点。一些葡萄没有来得及被园子的主人摘下，这时就干结在架子上。这儿的葡萄太多了，葡萄榨汁厂也收不下这么多的葡萄，许多成熟的葡萄常常被遗忘。我取下一串干瘪的葡萄放在嘴里咀嚼，一丝甘甜和苦涩同时留在了舌尖上。我相信这些葡萄同样可以酿酒。

3

另一本书记叙了一个真实的故事：东方的一位胜者在新中国成立初期到了前苏联，去见斯大林。斯大林一见面就拉着对方的手，说："伟大，你真伟大！"一个深夜，客人被斯大林安排在一个长条桌的两边，喝起了葡萄酒。只有斯大林一个人喝了红葡萄酒和白葡萄酒（掺在一块儿）。客人当时觉得奇怪，悄悄问一个翻译："为什么只有斯大林一个人喝掺起来的酒？"翻译不明白，想问一下斯大林，客人把他制止了。那一天他们喝了很多葡萄酒。

我自然而然地注意了斯大林的著作，甚至粗粗地翻过了所有的译本。有一篇文章叫《不要忘记东方》，其中写道："帝国主义者一向把东方看做自己幸福的基础，东方各国的不可计量的资源、自然幅员，难道不是世界各国帝国主义者的纠纷的苹果吗？这其实也就说明为什么帝国主义者在欧洲作战和谈论西方的时候，从来没有不想到中国、印度、波斯、埃及和摩洛哥，因为问题其实是在东方。"他接着写道：

"但是，帝国主义者所需要的不仅仅是东方的幅员，他们还需要东方殖民地和半殖民地特多的听话的人力，他们需要东方各民族的随和的、廉价的劳动力。此外，他们需要东方各国的听话的年轻小伙子，从其中征募所谓有色军队，立即运回他们去对付自己的革命工人。正因为如此，他们把东方各国称为自己的取之不尽的后备力量。"

文章这样结束："因为必须彻底领会这个真理：谁要社会主义

胜利,谁就不能忘记东方。"

这是一个夜晚,我合上他的著作,久久寻思其中的含义,那个陌生的、冷峻的面容浮在我的面前。我不知道是恐惧还是怎么,站起来,蹑手蹑脚地从想象中的塑像走开,没有留下一点声音。他的目光看着东方,他的声音至今还让我感到惊讶。我记得在我生活过的这个城市里,在她的心脏部位,那里矗立了一个花岗岩石雕。我曾经怀着无比的敬仰走近了它——那是一个大学广场,冬青树被修剪得整整齐齐,我急于找到通向那个雕塑的甬道,后来就费力地翻过冬青树墙。我小心地抚摸一下那坚硬的花岗岩,发觉像冰一样凉,铁一样硬。

那一夜我翻出所有的书,把它们摆满了床头。这么多的书怎么可以在一个夜晚读完呢?我只是拂去了书上的灰尘。我不止一次地搬动这些书了,只为了不让它们陌生。是的,它们毕竟是我们人类当中一些非常能干的人写下来的,是他们的声音。我只需抚摸一下这些书页,手指触到这些坚硬的外壳,就能与之接通。它们的颜色、气味,都沾上了一方泥土的气息,摩擦也是枉然。

这一年春天,我应朋友之邀,来到了生活过多年的那个城市。我在那里读完了自己的大学。每逢走到这里,我就有一阵按捺不住的冲动。在这熟悉的建筑旁,在这一条条弯曲的马路上,我掷下了一段最好的年华。我觉得自己很可笑:明明不会饮酒也要豪饮,结果一次次沉醉不醒,戕害了身心,留下了笑柄。我记得一个脸色苍白、身材娇小的姑娘喝过酒,喘息着和我们一块儿讨论东方西方、一些至大的人物和问题,没有血色的嘴唇很快地闪动,被一些概念弄得惊慌失措。那时候我们大家一块儿讨论,那么认真,小伙子被她玩弄的那些概念给整得晕头转向,就没有一个想起去吻她一下。她喝了酒变得有些可爱了,两颊通红,也愿意笑了。

有人提出去参观"葡萄酒城",那个最大的酿酒公司。我怀着一点神秘感在他人陪伴下走了进去。我来得太晚了,我在葡萄园里生活了这么多年,流下了那么多汗水,却是第一次走到这个葡萄的归宿之地。主人请我们先到一个接待室,在这里,我们第一次看到了一件了不起的复制品——那是很久以前伟大的革命先行者孙中山的题词——他喝过了葡萄酒,写下了四个大字:"品重醴泉"。

我们端起主人递来的葡萄酒,开始品尝。

"当年的孙中山也到过地下酒窖吗?"

"他肯定到过。"

我们开始看酒窖。迈下一些台阶,一下就闻到了浓重的葡萄汁的香气,它掺杂在湿气和腐木气味中间。这里果然是一个偌大的场面,明亮的灯光下,一排又一排巨大的橡木桶卧在面前。在这个地下的酒之长城里,我不知怎么走才好,只想兴奋地奔跑,像童年那样在一个个橡木桶间捉捉迷藏。有时我蹲下来,像寻找一种流水的声音,似乎期待着酒的河流在前面奔涌。头上,一滴水从水泥顶板的缝隙里渗下,衣服上落下了斑痕。长白山下、莱茵河畔,所有的酒窖——大地上这么多的葡萄园,这么多的酒。只要活着就要酿造,不再停止;只要活着就要饮用,不再停止。是的,不可避免地沉醉一次。那一片一片的葡萄园,无边无际,足以让人感到惊讶——当年我们驱车在莱茵河畔疾驰的时候,有人曾指着高速公路两旁大片绿色的原野,问那是什么。我只稍稍瞥去一眼就答:"葡萄园。"车子往前疾驰,又出现了大片绿野,有人又问那是什么。我仍然不假思索地回答:"葡萄园。"一个叫查理的先生笑了,说:"这次您可说错了,那是啤酒花。"

这一天,结束参观地下酒窖之后,主人用最好的酒款待了我们。他搬出了四五种在国际博览会上得过金奖的酒给我们喝。忍不住好酒的诱惑,我们开怀畅饮。由于没有节制,我们真的有些醉了。这些酒太让人愉快和兴奋。我们高声歌唱,一时像孩子一样乐不可支。我们走到了街上,在一片繁星下挥舞双手歌唱起来。我们互相叫着名字,互相取笑,有时还要热烈地辩论。总之这个夜晚过得愉快极了。我们之间有那么多话要说,好像永远不知疲倦,再沉重的话题在我们嘴里也没了分量。

这个夜晚我们一直狂欢到凌晨三点。

第二天一早,我被人唤醒了。那时候我睡得很沉,因为我实在疲惫了。可是"砰砰"的敲门声不管不顾,一直把我们大家都吵醒了。

敲门的人是找我的。他把我引到一边,悄悄说出的是一个噩耗……

原来就在我们大家冲动地呼喊和狂欢的那个时刻,我的母亲却像往常那样,合上书,躺下……她再也没有醒来,就此结束了坎坷漫长的生活。

1990年4月写于龙口
2009年2月24日改写于济南

狐 狸 和 酒

在海滩大平原上,有一个人物是真正让人嫉妒的,他就是神奇的酿酒老人——照儿。照儿能用发霉的瓜干和红薯梗酿成一种棕色液体。它黏稠醇厚,伴着人们的口舌,直传到方圆几百里远。

照儿长得十分矮小,面呈灰色,双目无光。他的额头上满是褶皱,胳膊很长,两腿极短。他能够让人想起澳洲的袋鼠。他走路也像袋鼠,往前一蹦一蹦,双手得意地在膝盖那儿悠荡。

他到田野上去时,总不忘随身带一个紫穗槐编的大筐子,两手不停地往里面捡拾红薯梗和散落的瓜干碎屑。

他的老婆比他年轻十几岁。有人说这是他四十岁那年,用酒把南山的一个老人蒙骗了,才娶来了人家的女儿。女人长得不算好看,却出奇地讨人喜欢,人人都想用手动一动她,至少是跟她开句玩笑。

照儿每年把酒酿好之后,分盛几个大酒坛里,在厢房一溜儿摆开。这些酒越放味道越好。每年他就用这些酒换回一些粮食。但他从不用它卖钱。这些酒,用他的话说,主要是结交朋友用的。

在这个地方几乎家家酿酒,可是没有一户人家敢说他的酒比得上照儿家的。照儿家的酒好,这是没有争执的一个问题。至于他究竟用什么办法酿出了这么好的酒,却没法研究。

在人们的记忆中,似乎照儿的父亲就可以酿出好酒。他的爷爷呢,他的老爷爷呢,也都是酿酒的好手。显然美酒来自传统,来自一个特定的家世。他们的历史就是一辈一辈酿出来的。

这个地方有很多狐狸。在传说中,也许就在现实生活中,狐狸长到一定的年纪都成了酒鬼。它们挨门挨户地偷酒,还要评头品足、议论不休。海滩平原上有无边的丛林和茅草,狐狸可以藏身的地方太多了。所以偷饮美酒的狐狸也越来越多。它们往往把魂灵附在一些女人身上,说出它们的醉话。有一个老婆子喝醉了,在街上呼喊,说谁家的酒我都喝了,就是没有喝过照儿家的酒,照儿家的酒可馋死我了。人们当时就怀疑这个老婆婆是被狐狸缠住了,因为人们明明记得她喝过照儿家的酒。她说没喝,那是附到她身上的狐狸的意见。

照儿家的厢房总是挂着一把铁锁,任何人都不得进入,处处由照儿经管着。他年轻的老婆叫小雷,小雷身上也有一把钥匙,可是常年不用,已经锈迹斑斑。因为小雷一个人在厢房里活动的时候,照儿总是有些不痛快。照儿觉得那些狐狸们早晚要来对付他的酒,染上骚气。所以他心里十分警觉。有一天他到野外去打柴,一路走着,听见一边的树丛里有"吱吱"叫唤的声音。他料定那是一大窝狐狸,就从路旁捡起一个石块,猛地抛了过去。只听到长嘶一声,蹿出五六只,往四下里逃去。照儿哈哈大笑。

可就在那不久,他的女人病了。她躺在炕上手脚抽搐,不停地说着胡话,嚷着:"狠心的照儿打了老娘的脚背,老娘路都不能走,一瘸一拐的,你得给老娘一碗酒喝。"

照儿心里恨着狐狸,就不停地打小雷。小雷被打了一会儿,全身无力地蜷在那儿,大气也不敢出。照儿又有些心疼她,在一旁注视着,用一个湿手巾给她揩额头、手脚,揩全身。他这才发现下手太重了,小雷身上青一块紫一块。他就从厢房里取了一碗酒,把小雷唤醒,让她喝下去——小雷立刻眉开眼笑。照儿突然发现她那么好看,一笑两个眉梢弯曲着,眼角往上吊着。他忍不住,把她抱在怀里说:"你不该和狐狸交成一伙,你看我过日子容易吗?东跑西奔,还要酿酒养活你,你到现在连个孩子也没有。"

小雷听着,哈哈地笑起来,然后把手按在炕上,仍然一蹦一蹿的,照儿大叫一声说:"狐狸!"

小雷仍然"嘿嘿"地笑,朝他做着鬼脸。照儿心里想,怪不得她刚才那么好看,那是狐狸才能做出的妩媚啊!

他请了一个有法术的人。那个人进了门来,小雷立刻缩在屋角。照儿这回对那个判断更加自信了。小雷在屋角抖着,那个有法术的人声音很低,但是十分威严地问道:"你还敢不敢再来照儿家了?"

小雷说:"我不敢了。"

"好,那你走吧,如果再来,我就不客气了。"

小雷说:"我走,我走。"说完,一下子就躺倒了,接上去就是酣睡。

她一直睡了两天两夜。醒来的时候,小雷又像过去一样了,只是浑身没有一点力气。

照儿无比怜惜地握着她的手,一块儿到田野里去做活,说了无数温暖的话。他说:"你不知道你前些天是多么吓人哩。"

小雷什么也不记得了,只是觉得身上像刚刚卸下千斤的石块似的,又轻松又疲乏。她说:"我是病了,我大病了一场。"

打那以后,照儿再也不敢得罪狐狸了。他认为狐狸的报复心是非常可怕的。他故意把一坛酒放在厢房外边,故意把一坛酒打开盖子,还把厢房的锁打开。他想,这一坛酒喝空了,它们也就不来骚扰我了。

有一天,他听到了一阵鼾声。打开厢房的门一看,见一个银色的大狐狸喝醉了,躺在酒坛一边,口吐白沫。照儿扳起昏迷的狐狸脸看着,见它闭着眼睛,嘴角的白沫把胡须都弄脏了。他于是取来湿手巾,给它擦去嘴上的脏东西,又把它的脸抹得鲜亮,就轻手轻脚地退开了。

这一年春天,正是照儿家的酒开坛的时候。他的酒每年春天都吸引了无数的人。有的前来品尝,有的用粮食来换酒。每个春天,小雷都是照儿最好的帮手。他们俩把酒坛小心翼翼地抬到院子里,抹去上面的灰尘,用一个粗泥碗倒出一点,先由辈分最大的老人仰脖儿饮下去,喊一声"好酒",然后才开始给其他来客饮用。

可是这年春天,小雷还没有来得及和男人把酒坛搬出来,她就疯痴起来:不停地尖叫,那声音一下子变得无比陌生。邻居们听了都从墙头上探出惊恐的脸来。小雷变得难以辨认了,也更加妩媚了。她在院子里跳动着,又推开院门直向着街上、向着田野奔去。

照儿从来就是原野上奔跑的好手,他扔下手里的一切,追赶着小雷。可是他渐渐发觉,自己这一次远远不是老婆的对手。老婆今天突然跑得飞快飞快,难以接近。照儿长长的两只胳膊在身侧展开,平衡着矮小的身体,一摇一摇像个陀螺一样在地上旋转。他觉得小雷这一次疯痴不比往常,好像有更加不祥的预兆,在暗示着什么。他喊着:

"小雷!小雷!"

小雷只偶尔回身做个鬼脸,一直往前疯跑。奇怪的是她在野地里旋一个好看的圆弧,又折回来。而照儿就沿着她跑的轨迹往前追赶。村里好多人都跑出来,大家用手指点着那个疯女,议论纷纷。

那个有法术的人不知什么时候也赶来了。他喊住了照儿,走到他跟前指点着:"如果不是狐狸附身,她能跑这么快吗?"

照儿说:"我看也是。"

有法术的人往前走了几步,用霹雳一般的声音喊住了小雷。小雷哆哆嗦嗦。有法术的人也不搭理小雷,只转身往前走去。小雷却乖乖地跟上他,往家里走去。

到了屋里,照儿把小雷扶上炕头,让她平躺着。有法术的人坐在小雷跟前,用冷冷的目光盯住她。小雷两手挡在眼上,手一闪开,看见了面前这个阴冷的男人,就"呀"一声大叫,重新挡上眼睛。就这样躲躲闪闪,直到半个钟头,她才渐渐一声不吭了。

有法术的人问:"你是从哪里来的?"

小雷"嘿嘿"一笑:"我是从野地里来的。"

"你来干什么?"

"来喝酒。照儿的酒好,上次我一口气喝了两大碗,醉倒在厢房里。"

照儿痛苦地拍打膝盖:"没良心的东西,我为你准备了酒坛,打开房门,你喝醉了我还用湿手巾擦过你的脸。"

小雷说:"就是啊,我这回又喝醉了,你看看我满嘴酒气。"她说着,向照儿哈出一口气来。

照儿果然闻到了浓浓的酒香。有法术的人大喝一声:"放肆!"小雷这才停住嬉笑。有法术的人对照儿耳语了几句,照儿面有难色。停了一会儿,照儿终于两手抖着从衣柜里找出了一根缝衣针。他们动手给小雷脱下衣服。小雷挣扎着,死也不肯。有法术的人使个眼色,照儿就用膝盖压住了她。他们好费力地为她脱了上衣,又脱了下衣,脱得一丝不挂。

小雷颤抖着,一会儿用手捂住这儿,一会儿捂住那儿。天有些冷,她冻得抖动不停,不断地求饶。有法术的人手持银针,在小雷的身上到处寻找。有一个地方像是鼓起了气泡,在皮下缓缓游动,有法术的人眼疾手快地一把攥住,然后把针插上去。

小雷猛地大号了一声。有法术的人问:"你还敢不敢了?"小雷说:"再也不敢了,快放了我吧。"

"你到底从哪里来的?"

"从野地里。"

"什么地方?"

"从村边上那片树林子里,一棵老槐树下面,一个洞穴。"

"行啦,"有法术的人对照儿说,"你领上人去吧,我在这儿看着。"

照儿应声走了,他叫上邻居几个小伙子,找到了老槐树。果然有一个洞穴。挖开了洞穴,里面只有一团茅草、一半鸡翅膀。照儿像受了骗,回来了。有法术的人一看照儿的脸色就清楚了。他重新质问起小雷,小雷说:"我说实话,我在村东的枯井里。"照儿再没等待吩咐,领上几个人就去了。

他们到了村东,果然看到了一口枯井,可是里面是汪汪的水,根本不可能藏下什么。

有一个青年不放心,用双齿长柄抓钩在水里搅了一会儿,只搅上一截破烂的草绳。他们提着草绳回来了。有法术的人眯上眼睛对她说:"那你就不用打算我放开你了——你到底藏在哪里?"

小雷说:"我藏在野地里,我藏在树林里,你们去找吧,我就藏在树林子里。"

照儿有些失望地看了看有法术的人。有法术的人使个眼色,照儿也就领上那些小伙子到田野上去了。他们找啊,找啊,直找到太阳快要沉落的时候,才两手空空地回来。

当他们回来的时候,小雷身子底下流出了碗口大的一摊血。那个有法术的人心肠比铁还硬,他抄着手坐在一边,就这么看着小雷流血。

照儿一看到红色的黏稠的血液,再也忍不住了,泪水从两颊滚落下来。他叫着"雷儿,雷儿",两手要把她抱起来。可是小雷脸色蜡黄,一声不吭,鼻息已经十分微弱了。照儿哭着,伸手就要拔掉小雷身上的针。可是有法术的人阻止了他。照儿恼怒地用手把他推开,不顾一切地把针拔了出来,给她捂住了伤口,把她抱在怀里。

有法术的人说:"那你等着狐狸以后来糟蹋你们吧。"

照儿说:"我不怕。"

有法术的人快快地离开了。照儿把小雷抱在怀里,拍打、呼叫,小雷就是不吭。照儿"哇哇"地哭出声音来,像一个老太婆那样哭着,嘴角弯得很厉害,泪水从眼角流到嘴角那儿,又流进嘴里。他说:"小雷,我害死你啦,你就算是个狐狸,我也不再打你了,你回来吧,你回来吧,我再也不打你了。"

他这样号哭着,不知多少人围住了他们的屋子。一些老婆婆被这个场面感动了,伸出黑乎乎的手指去抹眼睛。老婆婆们的抽搐声又引发了一些男人的哭泣……

照儿忘记了小雷是赤身裸体的,就这么抱着她,让乡亲们看着他老婆洁白的、光润的肌肤。

一个老婆婆哭着,这时一睁眼看到了小雷身上一些青紫的印痕,就伸手指着:"这是你打的吗,照儿?"照儿点头承认:"我打的,可是我那会儿是打狐狸。"

老婆婆跺一下脚说:"该死的照儿呀,多好的老婆,你把她打成这样。你打狐狸,你能打得着吗?你的手打下去,狐狸就躲到了小雷的身后,你是打在了小雷身上,这个还不知道吗?"照儿恍然大悟地点点头:"我明白了,就像打孩子,一掌打下去,孩子躲到了妈妈的身后面,这个手也就打到了妈妈身上。"

老太太仍然跺着脚,"就是啊,就是啊,你能打着狐狸吗?"

照儿后悔不迭地拍打着老婆,等待她转醒过来。可她还是没有转醒。那些小伙子们也非常难受。刚刚不久他们还跟着照儿去找那个狐狸,这会儿都一声不响了。他们这样呆了一会儿,突然一双双眼睛都一块儿放出光来。因为他们亲眼看到小雷的鼻孔那儿活动了几下。他们认真地看着,有的还伸手到小雷的鼻孔那儿试试呼吸。这时不知是谁提议倒上两碗好酒,温热了给小雷喝下去。一碗热乎乎的酒顺着小雷的嘴巴灌下去。只灌了一碗,小雷就知道吞咽了,第二碗酒是她自己喝下去的。她喝了几口,竟然吐出几个清晰的字来:"好酒啊,我又一回喝到了照儿家的好酒!"

端酒碗的那个人手一抖,一碗酒都泼在身上。照儿沮丧地说一句:"还是狐狸!"

小伙子们重新端来了酒,给小雷喝起来。小雷酒量大无边,竟然一口气喝了四大碗。四碗酒下肚,她睁开了那双明亮的眼睛四下看着,见到自己赤裸的身子,脸红了,伸手抓到一个花布单罩到身上。

照儿觉得这双眼睛像多少天以前见过的那么美丽——眼角微微有些吊,眉毛往下弯着,好看极了。照儿把她抱起来,认真地用花布单缠了缠,像扛一个什么东西那样耸到肩上,扛到了屋子里的另一间去,把一伙人撇在外边。小雷的两脚在他身上蹬着,嚷叫着还要喝酒。照儿说:"喝不得了,喝不得了!你是醉哩。"

小雷说:"我不会醉,我不会醉。"

尽管这样,照儿还是把她锁到另一间屋里。他拍拍手走出来,让乡亲们回家。

　　大家离开了照儿家,可是并没有走远。他们都认为照儿家还会出什么事的。

　　果然,当照儿重新打开那间屋子的时候,小雷竟然从屋里跳了出来,照儿拦也拦不住。她的头发披散着,只穿了照儿给她硬裹上身子的一点衣服,在田野上奔跑起来。她赤着脚,头发被风吹得飘到了脑后,裤角在风中可笑地抖动。她一边跑一边疯唱。那歌词奇怪到了极点,没有一个人可以听清,但又都觉得十分好听,就像一串银钱被一根线绳提着不停地抖动,发出了清脆悦耳的声音。

　　她一边奔跑,一边回头向人们微笑。大家似乎都被这微笑引诱着、指引着,跟她往前跑。她跑啊,跑啊,直跑到海边。她在蓝色的大海边站了一瞬,又重新折回。她折回去的时候,迎着人们的脸喊了一句:"多好的酒啊,你们看这些酒。"她的手向着大海扬了一下,喊完,又重新向另一个方向跑去。有人对照儿说,她在找自己的"窝",兴许你老婆一开始就不是一个凡人哩。照儿对这句话也有些信了。他的眼睛红肿,两颊上的灰尘被泪水洗掉了,这时竟然像年轻人一样鲜红。他看着小雷渐渐消失的那一片树林,说:"狐狸都藏在里面,它们就在那里面进进出出……我后悔没有一杆枪!"

　　有人问:"有枪你敢打小雷吗?"

　　照儿一瞪眼,那人不说了。照儿说:"我有一杆枪,非把狐狸全打干净不可。那一天我用一块石头伤了它们的脚,从那会儿起,种下了祸根……"

有人不以为然地摇摇头:"真正的祸根是酒,你的酒太好了,引来了狐狸。"

照儿一声不吭。他一个人朝树林走去了。

大家看着他消失在林子里,都没有再往前移动。

照儿在林子里找了很长时间,没有发现小雷。他于是走回家去,从厢房里扛出了一个大酒坛。他把酒坛扛到丛林里,一边走,一边往地上洒酒。洒上了大半坛,然后把酒坛立在那儿,坐在坛边。他想酒香四溢的原野上很快就会出现一些奇异的景象。

他想得不错。只过了一会儿,就有大大小小的动物从林子里面跑出来。它们在地上嗅着,尖声号叫着。一会儿有更多的动物——其中很多照儿从来也没见过——它们身上长满了奇妙的斑纹!他还以为是自己的眼睛花了呢,揉一揉,再揉一揉,去辨认。这些陌生的无比漂亮的野物,原来都藏在这片林子里。它们从来也没有跟我们打过照面啊,它们在默默地过自己的生活!各种动物在林子的空隙里尽情地游戏了一番,就离去了。可是照儿似乎没有看到狐狸。

又停了一会儿,一个穿着破衣烂衫的人出现了——照儿一眼就认出她是小雷。她的衣衫都被林中的棘荆划破了。他喊叫着老婆,希望她能迎着他奔过来。可小雷站在远处,迟疑地往这边注视了一会儿,才慢慢地走过来。她刚走到他身边,就被照儿一把抓住。

小雷语气淡淡地说了一句:"你下手好狠。"

照儿不由得把手松开了。她指着地上问照儿:"这不是咱家的酒坛吗?"

照儿说:"是啊。"

"那你为什么扛到这儿来？我满鼻子都是酒味,莫不是酒泼在了地上？"

照儿高兴得快要哭出来,拍了拍她的肩膀说:"是呀,是呀!"

小雷说:"你真不会过日子,这是我们自家的酒,你怎么扛到这里来呢？走吧,我和你抬回家去。"

照儿迷惑地望着妻子,点点头说:"好好。"

他们把酒坛抬起来,艰难地一步步走回家去……

从那儿以后,照儿再也没有酿酒。

于是,我们海滩平原上最好的一种美酒,从此也就失传了。

1990 年

头发蓬乱的秘书

平原上来了一位中年人,背个大挎包,神情阴郁,头发乱蓬蓬的。尽管许多外地人来来往往,但有些过路人还是能给人留下较深的印象。那个中年人就多少令人觉得有点怪异。

他的嘴唇发乌,手指细长。有人注意到,他的中指与食指有一截染成了棕黄色。"肯定是个过足了烟瘾的家伙。"大家小声议论时,他正转手去挎包找东西。他的性子特急,那只细长的手还没有挨上就瑟瑟发抖。大家料定这只手抓出的会是一包烟——它出来了,竟然握着一个油渍渍的小本子、一支蓝杆儿圆珠笔。

他退远一点,倚坐在一棵树下"吭吭哧哧"写起来。

几个半大孩子围上去,看了一会儿又笑着跑开。有人问,那人记些什么?孩子们不识他潦草的字迹,就说没什么……所有人都离去了。那个中年人还在写。后来他从衣兜里摸出烟来,点上,深深地吸了一大口。

这个平原上没人记得以前见过这个人,他还算个陌生人。但这个人却熟悉这儿的一切,自认为是这儿的老熟人。最后人们才明白:这是他的出生地,不过他十几岁就离开了。如今这人比实际年龄更显苍老,也有点怪异。他很少说话,整天默默无声;可是说不定什么时候逮住哪个人聊起来,兴奋得双手飞动、口沫四溅。再比如他一天到晚安安静静待在一个地方,顶多去周围村落和工区转转,可是说不定什么时候背上挎包走了——有人从城里归来,说在某某街上又见到他了……

这个人显而易见更喜欢老人。老人没事了坐着马扎抽烟、晒太阳,正是一生里的清闲时光,他就凑过去。他说自己从几十年前就认得这些老人。他们听了大惊失色,抽出烟锅,"这是咋说?你是谁家娃儿?"当然,谁家的也不是,他早就没了亲人,一个人在外漂泊。不过他的确认得这些老人,能说出他们当年的模样、一些事迹。几个老人叹服了。

他的确有一些事情必须找老人谈谈,尽管这在他们看来往往微不足道。十几年前、二十几年前,靠近大海滩上的槐林、如山峦般开放的槐花、拥来的养蜂人……这些他一提起话头老人就知道,一拍膝盖说:"一点不差!"这工夫就是这个中年人最高兴的时刻了。他把乱发撩一下,笑着探出头颅,喉结显得很大。

"那时的灰喜鹊、星头啄木鸟、山鸡,一群一群啊!……"他的眉头扬起,看去像个滑稽演员。

老头子们把马扎提起,往前挪一下,大声说:"可不!还有山狸子、银狐——三喜妈妈哪年不让狐狸拖走些东西?老野鸡叫起来嗓子怪粗,它一天到晚喊孩子啊!……"

老人们议论起过去的事情也兴冲冲的,像喝了酒,满面红光。

他们说了一会儿才记起什么,问中年人:"你从哪儿来?到这搭干什么?"

"我住城里——很远的那座城;回来嘛,想老家了,看看老地方……"

"噢噢,也是。家口呢?"

"在城里,是外地人……"

"你住哪里?旅馆饭店?"

"就住小城根三喜妈妈家……"

三喜妈妈是个单身老太太,六十多岁了,唯一的儿子在外地工作;她在儿子家里住了半年,极不习惯,就重新回到自己这三间老屋。中年男子从十几岁时就认识她,但她也像别的老人一样,不认得他了。他们在一起谈了许多往事,引出了老人无数的回忆。他住西间屋里,平时为老人干点杂事,夜间陪老人说话;更多的时间他在做自己的事情,到外面转,回到小桌前不停地写……

老太太不识字,但她知道眼前这个男人在记一些很重要的什么,是个有大学问的人。她从不打扰他工作,只要见他伏在桌上,走路时就蹑手蹑脚。她烧水沏茶,把杯子一丝一丝推到他面前……她唯一担心的是他抽烟太凶,简直是一支接一支;还有,他夜间大概不怎么睡觉,早晨倒起得早,有时赶在她前头把鸡栏打开,给它们喂食。有一次她倚在门框上看他写字儿,被他一转身发现了。她走过去。

"看你写这些字儿,像描出的小花儿……你成天这么写呀、记呀,累不?"

"不累。这样写一会儿,心里反倒好受些。"

"邻居家那个男的也天天趴着写,听说是谁的'秘书'……你也是个'秘书'吧?"

中年男子像被难住了。他的头歪了歪,吸一口气,没说出什么。老太太发现面前这个脸色灰暗的男人左腮肌肉不如右腮发达,而且一焦急就要抽动。她有些可怜他了。中年男子这样怔了一会儿,"吭吭哧哧"说:"我也算、也算个'秘书'吧……"

"噢,你瞧我早琢磨就是。这下让大娘猜对了……邻居那个人是给市里头头脑脑当秘书的,听说要为他记些事儿,他要讲话啦,这边就得给他写出来。他也不停地抽烟,天天手里提个包,忙哩……"

"啊,这个……"他掏出烟,又放下。

"你是给哪个头头脑脑当着'秘书'来?"

"我……不是给哪一个。我是……怎么说呢?"

"跟大娘怎么说都行哩!"她双手合起,微笑着看他。

他抬头望了望窗子——一只漂亮的芦花大公鸡站在那儿往里观望,"我是给咱这一片平原做'秘书'的,嗯,对,就是这个理了——这片平原上的事儿,无论是过去、今天、看到的、想到的,只要有意思,只要是真事儿,我都想记下——这样讲大娘明白不?"

老太太想了又想,"噢,明白倒是明白一点儿。不过我琢磨,给一个人做'秘书'都累成那样,给这么大一片地方做'秘书',那还不要累死了呀!怪不得你这么瘦,夜夜不睡哩……"

老人叹息不止,眼眶里有泪花闪烁,"你想想吧,这么大的一片地方,陈芝麻烂谷子,记也记不完,这辈子苦了……我不明白这差事是自己找的还是……过去从没听说有干这差事的。"

"是自己找的。我生在这儿,也就喜欢这儿、牵挂这儿……每个地方都有自己的'秘书',这片平原由我来做也就正好,就这样我干上了……"

老太太抹着眼睛,"哎呀,看花容易绣花难哩,这么远来当'秘书',抛家舍业的,孩他娘埋怨不?"

"埋怨也是一阵儿,她明白这事儿非我干不可,也明白这是必须抓紧的事儿,就同意了。"

"哎哎,赶工夫我给你多讲讲过去,这样你就少跑些路了。你家老人在世时,你姥娘、俺俩可是一对知己。你记不记自家事儿?"

中年男子咬着牙关去摸烟。烟在手里乱抖,划了几次火柴都没有点着,"自家事儿也记,我们一家是跟平原贴在一起的,掰也掰不开……"

"就是呀!就是呀!我一闭眼就能看见你姥娘、你们家那座茅屋……听说你们家老宅可大着呢,就在城里,是一阵风把你们吹来的……老天爷啊,世事就是这样。"

他贪婪地吸烟。那红色烟头就快烧到手指了,他还是用力吸。

"邻居那个人忙一阵闲一阵,有时领导要讲话了,他就得一夜一夜写……还好,你不用写讲话,你只是记……"

他望着老人,烟蒂掉在地上。

"大娘说得不对吗?"

他咳着,找水杯,"我是说,这块平原有那么一天也会——讲话的。嗯嗯,是这样,它会的,嗯,是的,嗯!"

"你是说也要写'讲话稿'?"

"……是这个意思。"

老人倚在那儿笑了。

他也许因为写累了,也许需要寻找什么,常常背上挎包走出去。说不定走多远的路,所以他包里总是装着一个军用水壶、一块锅饼之类。他最常走的路线是顺着芦青河往北,一直走到大海滩,然后到一些村落、矿区……芦青河是他童年记忆中最大的一条河了,碧绿的水流可以淘洗一切;河两岸是丛林野花。如今它成了一条污浊不堪的河,颜色差不多像酱油,散发出刺鼻的硫磺味儿。他判定河里不会有一条鱼了。不过他还是沿着它往前——它是记忆的坐标啊。

小时候他常在河边徘徊——那是幸福和不幸福的故事。由于都知道他们一家是从城里被赶出来的、是被遗弃的人,所以小学校常常有人欺负他,他们给他取外号,把他的文具盒扔到地上,藏他的书包……老师睁一只眼闭一只眼,平时连正眼都懒得看他一下,只用眼角瞟他。他再也不想去上学了,有时背上书包走出家门,就直奔河边来了……

河水拐弯处有一个深深的水塘。它深不见底,里面有很多鱼。听说好几个捕鱼的人死在这儿。那时他真想站在岸上,一闭眼投进河里。只是在最后一刻他才改变主意。他想到了姥娘头上的银发、妈妈愁楚的脸……

那所小学就在河东岸两公里远的一片果园里,是园艺场子弟小学。比那所学校可爱十倍的是四周茂盛的果林。他特别喜欢看园艺工人手持喷雾器给果树喷药的情景,看水雾在阳光下闪出的七彩虹霓……现在这一切连个痕迹都没了,再看不到一棵果树,到处是矿区开采留下的洼地、一潭潭积水。

他曾去过那个小学旧址,看到了一些浸在水中的瓦砾……他不断地失眠。在这片原野上他总是难得瞌睡,简直夜夜大睁双眼。这儿有望不透的夜色,有让其不眨眼盯视的一切。

又看到长长的海岸了。因为芦青河的排泄,一大片海水是棕色的。这儿没有一条船,没有一只鸥鸟。而在过去,这儿多么热闹。那情景真是伸手可触!

河口两边都是搭起的渔铺,海中白帆远远近近,岸上人都认识自己关心的那张帆。无论是冬天还是夏天,渔铺旁都架着一口热气腾腾的大锅。从远方来的流浪人、陌生的外村人,都可以享受到一碗鱼汤。熬鱼汤的老人从来不歧视穷人。他混在一大群孩子中间,因为没有碗,就捡来一个巨大的贝壳代替……

今天要看到一座渔铺、一张白帆,就得往东一直走下去,离芦青河越远越好——他这一天真的起了拗性,一口气走了很远。没有旧时景物了,没有……一个头戴旅游帽的人从对面走来,问了问,他回答说,如今海里早没鱼了,打渔这个行当也就暂时没了。那个人还告诉说:往东再走十几里,就是有名的开发区,那四周树木都死了。

他望了望海滩,这才发现树木稀稀落落,已经死去或正在死去。就连沙滩上的草都不像往日那么密了,因为超量抽取地下水,海水倒灌已不可遏止,水中氯化物含量越来越高,海岸线十余华里的这么一大片都将失去植被。没有树林,也就绝少鸟雀。连一只麻雀都不见。

他记得小时候遇到过一个矮老头,胳膊肘上挂个篮子,不停地从草丛间拾取一些圆柱形的白色硬块,它光滑得很。问了问,那是一种大飞禽的粪便,是一种药材……他至今还感到新奇,想象着那种未曾谋面的大鸟和做趣事的老人。

一切都消逝了。

天不知不觉要黑了。借着仅有的一点天光,他坐下来写点什么……字迹模糊起来,他才不得不站起,开始往回走了。

月亮升起要到深夜。他要在漆黑的荒野上走很久。他不焦急,也不害怕。已经许久没有在夜色笼罩的荒地上赶路了。风凉凉的,一天星星变得密集。远处有什么鸣叫,孤单又凄凉。他相信那是荒原上所剩无几的鸟雀之一。他禁不住学了一声鸣叫。它没有应答。

他好几次想听听芦青河汩汩的水声,都没能如愿。那条河离他只一两公里远,这在过去是完全听得到水声的。他怀疑河水变浅,更担心自己耳朵不那么灵敏了。摸摸胡楂和变白的双鬓,用力咬咬嘴唇。时光过得真快,一转眼就是中年了。他常常把自己误解为一个青年,这是挺大的错误吗?他跳了一下,想寻找一下那种天然流畅的感觉,但感觉不太明显。

前面是一棵树。他加快步子走过去,两手贴在树干上。树热乎乎的,似乎有一种脉动,于是他判定它还活着。仰脸看看树冠,枝叶稀稀,在微风中活动。"你是一棵老合欢树吗?"问的声音很大。谛听了一会儿,点点头,"不错,是一棵老合欢树!"

他不是因为累,而是因为若有所思。他倚靠着大树站了足足有十几分钟。刚才突然想起一个问题:我们活着、奋斗着,究竟为了什么?啊呀,一个老问题。不过没有太好的回答,起码自己没有。今晚上得好好想了。转眼已是中年,这些年是怎么度过的?我幸福吗?这些也得好好想想。

有人不顾一切地干,所以把个平原弄坏了,把这儿的人也弄坏了。他们为了更有钱。更有钱也不幸福。这究竟为了什么?

这个问题简单又切近,他觉得应该记下来。他垫着合欢树干,摸黑记下来了……

回到住处已是深夜一点左右。老人在另一间屋里还没睡,大概是不放心吧。"有的人多么好啊,比起他们,我算得了什么!"他一边摘挎包一边想。

抽烟。坐在桌前想了一会儿,又摸出那个小本子看,发现许多字迹都重叠了。不过那意思仍然是分明的,"这就好……"

黎明之前他想睡了。睡前又想了一会儿城里的家。儿子的大脚指甲裂了一点儿——他在这上面打住,摊开被子睡了。躺下时听到几只鸡在窝里烦躁地活动。

大约是老太太的缘故,一条街上不少人知道他是个"秘书"。一个晚上,一位老实巴交的汉子不吭不响摸进来,掩上门就哭……原来老汉的儿子是冤死的,街上头儿护着凶手,官司打了两年,"帮帮俺吧,'秘书'!"他差一点陪着流泪。"这是我听到的又一起血泪冤仇。"

他的小本子上添了几行字,笔迹很重。他翻动那几页纸,突然记起一件事:城里一位好友、一位真正的艺术家、绘画天才,正是这个平原的人哪!那人遭受了多大折磨!在城里时他曾给许多人写信,为之呼吁——这回自己要去一趟了!他许久未见那位朋友,不过现在好像又面对着那双杏核似的眼睛了,"一位软弱的、像女孩似的男孩啊!"

白天,老太太在外间屋里迎接一位客人,是个女的,"俺找'秘书'……"他听得清楚,顺手把桌上的纸收起。门推开一道缝,一双新奇的目光扫来扫去。

她双脚并拢跳进来。二十五六岁,很成熟也很顽皮,笑眯眯看着他。"你笑什么?""我不过是觉得有意思。""没什么意思,一边玩去吧。""嘻嘻……""找大娘玩去吧。"姑娘在屋里转了一圈,四处看看,觉得挎包有趣,想去摸一摸。他赶紧拿开。她说:"你多么有意思啊!"

她走后大娘就进来了,"这娃儿大学毕业,分配了工作不愿去,在家闲溜;她闷得慌,除了看书就是串门,活泼性儿,人倒不坏哩……"

他觉得姑娘脸上有股熟悉的神气。想了想,记起了园艺场子弟小学的女同桌。她很漂亮,他曾暗暗喜欢过她,"可她一点也不知道!"

整整多半天他都在抽烟。

后来,一天之后,那个姑娘又来了。她捎了几本书。他接受了。

姑娘实在闷得慌,东扯西扯。这次他没有赶她。"有一些中年人真可爱,他们饱经沧桑……"她顺口说了一句。

他愤愤地瞟了她一眼。

一直到她离开,他再未说一句话。

这天晚上,他想起了以前读过的一本书,大概是契诃夫的吧,上面好像有类似的话:女人有时喜欢一些很怪的男人……他心里不知为什么有些悲哀,一直到了深夜还是这样。

睡不着,一次次爬起来吸烟。后来他一动不动地趴在窗户上看。这满天星星让他着迷。窗台有些凉,他就搬过棉被垫了,久久地趴在上面。

这个夜晚可真静,星星也密得不可思议。没有月亮,不过快了。他想起小时候在这样的夜晚就"咚咚"跑出,约上几个伙伴,到离家最近的那个小村玩,听一个胖婆忆苦……

后来他似乎听到了"噜噜"的水声——芦青河水的流动。"这不可能啊,这不会的。"他爬起,侧耳又听。若有若无,"肯定是幻觉嘛……"

他十根细长的手指插进乱发中,长时间咕咕哝哝。

月亮从东边缓缓升起,他一歪头看见了,"多么好啊,嗯,这真好!"

1990 年

一个故事刚刚开始

一个秋天,一个平平常常的黄昏,外祖母去世了。当时我正在读一本残旧的书,书上的字迹突然模糊起来。我听到母亲在隔壁喊了一声。她带着哭音喊起来,"你们快来呀,快来呀。"

屋里只有我一个人,父亲出门了。我赶紧跑过去。这时我看到外祖母闭着眼睛。

母亲慌乱地给她穿衣服、梳头发。我哭喊着外祖母,她一点反应都没有。母亲说:

"你外祖母没有了,你知道吗,孩子?"

我先是愣了一会儿,接着泪水一下子涌出。外祖母那李子花一样的白发乱得很,母亲梳了一下又一下,它好不容易又像往常一样了。母亲给外祖母洗了手和脚,让她平躺在床上。

……就这样,保护了我整个童年的外祖母,就在那个黄昏与全家分手了。这一幕我永远不能忘记。我们家里从此消逝了她的身影。整个小茅屋显得这样空旷:再没有了她拐杖捣地的声音,也没有了她缓缓行走的声音。一个人可以带走这么多东西,带走了一切温暖和安怡。

我放学回家,回到了一个空荡荡的、无比寒冷的房间里。这儿简直毫无意趣。母亲和父亲坐在那儿,有时互相看一眼。他们不说什么,好像他们是谁也不需要的人。屋里像冰一样。而那个长久烘烤着这个家的人已经到了别处,她永远离开了我们。

过去我觉得外祖母只是一个普普通通的人,一个老人,一个上了年纪的长辈。现在我才知道这想法多么错误。她可不是一般的长辈。她原来是幸福的全部……

最初的悲哀过去之后,母亲开始一遍又一遍讲着外祖母的事情,尽管支离破碎,可还是十分吸引人。父亲虽然一度与外祖母的关系不太融洽,但这会儿也怀念起来。他表示了极大的惋惜,自觉不自觉地进入了那种回忆的场景。好像一个故事才刚刚开始,这就是关于外祖母的。我觉得在这个小茅屋里,一种全面追溯的气氛突然降临了。

外祖母走过了怎样的道路,这是我最急于想知道的。她是一个多么不平凡的女人哪。她的不凡一直贯穿着她的一生,直到死亡的时刻,她都是不凡的。我原来以为她是一个普通的老人,那是多么大的误解啊。我真是太幼稚了。回想起来,首先是她的沉默,像谜一样的沉默,引发了我极大的好奇。直到我长大了,有了较强的分析能力时,还在破解着这个谜。这种追溯和破解就是从外祖母逝去的那个时刻开始的。

妈妈说外祖母刚走进那个赫赫有名的大院时,还是一个不足十岁的丫头。她长得很弱小,只能干一点轻活儿。她是在那个大院里一点一点长大的,可是个子始终没有长得太高。她没有留下照片,但妈妈说她那时是一个让人没法忘记的姑娘。外祖父从城里读书归来常常和她在一起,后来就再也分不开了。他们之间从一开始就没有主仆的隔阂。他们偷偷好起来,所以后来就引出了那段悲惨的故事。

"我记得懂事以后曾抚摸着外祖母头上的银发,看到了一个很大的伤疤。这是怎么回事?问她,她不答。后来,就是外祖母去世以后,母亲才从头至尾告诉:"那是你老姥娘干的。她知道你外祖母和外祖父好,就用捶布槌子打了她一下。老人大概想打死她。当时都以为她不能活了,血流了满身,几天还昏迷不醒。有人想把她埋了,草草了事。你外祖父一直搂着,哭个不停,给她把脸上的血一点一点洗净。他给她洗啊,抹啊,把脸擦得干干净净;到最后他才发觉,你外祖母鼻子里还有一点气儿。就这样他找来了医生……

"她头上带着一块伤,重新活动在这个大院里。她没有别的地方可去,父亲、母亲早已没了踪影,谁也说不明白她是谁家的孩子。有人说她是两个过路人寄养在这儿的,还有的说她是两个讨饭人留下的。反正你外祖母是一个无家可归的苦命女人……你外祖父知道,要在这个大院成亲是不可能了。他起了私奔的意,暗中做着准备。

"那天晚上是个刮大风的日子,没有月亮。你外祖父急匆匆包好了东西,从大院边角小门那儿,领着你外祖母就跑了。他们一口气跑了好远,藏下来,直到码头上开船的日子,才雇了马车到了龙口,连夜坐船逃到了海北。从那儿以后,你的外祖母就再也不想离开外祖父一步了。你外祖父是个有志气的人,他在海北城里学了医,又跟着自己的老师去了国外。这样你外祖母就不得不苦苦等他了。几年过去他学成归来了,那个高兴啊。他们想自己开家医院……这时老家没什么音讯,他们也无心打听;后来从一个来海北的老乡嘴里听说那个大院的主人去世了,这才领上你外祖母渡海回来。他们继承了产业,在当地小城开了一家医院。这是全城第一家能给人动手术的医院。

"你外祖父携外祖母回来时,许多人都出来看稀罕、欢迎他们。他俩穿着新式制服,从码头上一出来,人们就"喊喊嚓嚓"议论起来。他们第一次见到这样穿着打扮的人。那天你外祖父好神气,他站在高处,作了即兴讲演。他追述了这座小城的历史,追述了他的上一代与这座小城种种平常或不平常的关系,说得十分动情。小城的人既兴奋又奇怪,他们都模模糊糊感到一个不可思议的新时代到来了,而这一切正是由一对漂洋过海的夫妇带来的……

"他们估计得不错。从那儿以后小城里就热闹非凡,不少人跃跃欲试。不久就有了各种各样的政党和组织。你外祖父是一个最活跃的人。原来他不仅是个好医生,还是一个出色的活动家。你的外祖母开始为他担惊受怕了。有人在街上贴帖子,威胁你外祖父。你外祖母悄悄把帖子收起来,藏下,好像这样那些威胁就不存在了似的。她只是一遍又一遍叮嘱男人,要小心,要当心……你外祖父总是笑一笑。他好像什么都不怕。他主要时间用来行医,有时治病也不收费。那些好队伍最缺的就是医药,他千方百计援助他们。他交了很多生死朋友,他们都是你外祖父的知己,都仰慕他的人格。当时整个城里最有影响的一个人就是你外祖父。你外祖母不停地为这个大院操劳,因为男人已经顾不得这个家了。

"每年的春天,你外祖父都要组织一个剧团,上演一些新剧目。他还鼓励你外祖母扮一个角色,她死也不肯。后来在你外祖父的反复怂恿下,她才扮了一个丫鬟。一句台词也没有,只站在一个角落里,手拿一个摇扇,默默地站上五分钟。这就是你外祖母常常讲起的一段往事,好像很值得自豪。她对我说:'你看看,我天生就是一个鬟环的命,演戏也只能演一个鬟环。你爸说我演的丫鬟可好哩……'

"一个秋天的下午,你外祖父骑着马从外面归来时,遭到了埋伏。敌人暗杀了他。敌人是疯了,害怕了,下了这样的毒手。这是我们家最难挨的日子……你外祖母在男人遭难以后,在风声最紧的时候,像个男人一样撑起了这个家。她抹干眼泪,想的是怎么活下去,怎么拉扯一家人往下过。那天晚上,她把家里的金钱细软、值钱的东西,都包裹好,往墙外一个朋友家里扔,一直扔了半夜。天亮时分,果然有人来抄家了。那简直是一伙强盗。他们搬走了家里好多东西。那是你外祖父家里经受的第一次抄家。还好,你外祖母及时把一些东西转移了……日子太平下来,你外祖母又重新把它们取回来。她说这些东西可不是他们的!……"

母亲的述说总是让人神往。有时我听得也很紧张。尽管还不能完全理解,但我知道外祖父他们做的是高尚的、了不起的事业。我没有见过外祖父,就常常发挥我的想象力。我觉得那是一个时常沉思的、神情肃穆的人。母亲告诉我,自从外祖父遭了难之后,外祖母就像换了一个人一样。她在经过那次一般人不能经受的沉重打击之后,一下子沉默了。她弱小的身躯把一切都承担起来,抚养女儿,把一个大家庭搞得井井有条。她几乎再也没有了叹息的工夫,也不再流泪。她只是衰老得很快,慢慢有了白发,有了皱纹。她走路步子很碎,在院子里来来去去,很少停歇。在她跟男人一块儿生活的那些年里,见过的事情太多了。她知道比别人更多的秘密,可是从来不说。那些深夜,外祖父和他的朋友们连夜开会,很多重要事情都是这样决定的。后来,当外祖父遇害之后,敌人一次又一次来刺探、询问,外祖母总是把他们领到一个客厅里,给他们沏上一杯茶,用不紧不慢的声调解答着,巧妙地把他们领入迷宫。

外祖母只在海北读过女子学堂,没有多少高深的学问。

我曾在母亲面前嘲笑过外祖母,说她识的字大概还没有我多呢!这样说时,母亲看了我一眼,到一个老座钟罩子后面翻出了一些竹叶纸。那是一叠写得漂漂亮亮的楷书,"你知道这是谁写的吗?"我摇摇头。"这就是你外祖母写的。"

我一下子愣住了。我可怎么也想不到……后来我才知道,她不仅跟外祖父学写毛笔字,还学到了真正的知识。男人就是她最好的导师。所以在可怕的一天来到时,她能以自己的智慧、以顽强不屈的意志,应付外祖父遭难之后整个家庭所面临的一切烦琐和混乱……整个海滨城市的空气都是冰冷的,所有的眼睛都在注视这个庭院的生活。这个古老的大院究竟藏了怎样的秘密,是小城人十分关注的。院里的两个女人不怎么上街,偶尔出去,就招来很多好奇的目光。外祖母不卑不亢地和街上的人说话,她身上有一种特殊的力量——许多人都感觉到了。

我长大了才明白,正是外祖父视死如归的气概,深深地影响身边的外祖母,还有后来的母亲。再也没有比外祖父更值得让人钦佩和敬仰的了。这一段回忆,这一段幸福的珍藏,足以让她们抵挡未来生活中任何的困苦和不幸。

我还记得,外祖母有时长久地呆在一个地方,目光落在一张书桌、一本书上……反正那是外祖父遗留的一件东西。那种深情的、费解的目光啊!今天我才明白了,那等于注视对方的那双明亮的眼睛,等于与他交谈……这时候母亲从不走近她,也不与她说话;母亲让她在那儿坐着,一声不吭地呆上一两个小时。

到了外祖父的忌日,她就领上母亲往外走,走上很远很远,一直走到那座城市的西郊。当年那片染上外祖父鲜血的松林,已经长满了长长的茅草。她们在那儿烧纸,默默地站一会儿,无声地诉说。一年又一年,这成了一个固定不变的节目。

有一年她们来到那片松林,发现不知什么人先一步到来过,并放了一束鲜花。外祖母和母亲看着它,眼里涌出了泪水。她们很久很久没有哭了。

父亲是在寻找外祖父的时候结识了母亲的。那时父亲还那么年轻,他刚刚出现在这座城市里。外祖父和这个年轻人彻夜交谈。母亲后来和父亲好了,有些忐忑。因为她从外祖母的眼神里看出了一丝不安。问外祖母,她不做声。只是到了后来,外祖父遇难、女儿的事情也快要最后决定的时刻,外祖母才断断续续说出了自己的担心。她说那个年轻人没有什么不好,不过,她从他的眼睛里看到了什么……母亲赶紧问:"看到了什么?"外祖母说:"我也不知道。反正我觉得这个人不会给你幸福。"

外祖母说到这里,把女儿揽在怀里,拍打着,抚摸她的头发。接下去的谈话,母亲一辈子也不能忘记。

外祖母告诉母亲,自己这辈子跟上了一个最好的男人,他又勇敢又正直,是世上再也难以寻觅的好人了。她就是跟上这个男人以后,才知道过日子是怎么一回事,知道了世上有光亮,有明天,知道了一个人该去爱什么恨什么。可是这个男人还是扔下了她——他离开人世的方式永远没法让一个女人接受。这是她感到最痛苦的事情……外祖母接上说,她多么不愿耽搁女儿的婚事!所以她一直不敢说出心里的担心。可是她愿自己的女儿有多得多的幸福,绝不能让其经历和自己差不多的结局……母亲马上从她怀中挣脱了,大声喊着:

"你是说他也会像父亲一样,遭到……"

外祖母摇摇头,"我是害怕。我老觉得这个人将来要遭什么事儿。他不会顺顺利利陪你走下去,陪你走到底。我不过是担心……"

母亲闭了嘴巴。她知道外祖母的预感是非常正确的。因为外祖母在她很小的时候就曾经说过,她跟外祖父没过多久,就觉得男人说不定什么时候就会突然离开,再也不回来……这个担心一直陪伴着她,她战战兢兢,后来终于发生了那件可怕的事。

母亲一遍又一遍从头思索外祖母的话,甚至在一段时间里跟父亲断绝了来往。那时候的父亲英俊潇洒,像一个骑手突然出现在一片草原上,所有的目光都去注视他。他带着一股清新的气息闯进了这座城市,闯入了母亲的生活。

母亲压抑着炽烈的情感,仍在思索外祖母的话。这样事情拖延了足足一年。

母亲害了一场大病,咳个不停,脸色焦黄。一开始人们都以为她得了肺病,再后来经过诊断又否定了。这就更加让人担心。都以为她活不成了,城里人都说大院内的那个姑娘完了。软心肠的女人为母亲流泪。外祖母带着她四处求医。到后来什么名医也无计可施,外祖母长叹一声:"你找他去吧——把他叫到我们家里来吧。这是我们一家人的命啊。"

第二天父亲就来到了这个大院里。

母亲的病好了,脸上有了红晕,也有了微笑。

外祖母是这个家里沉默寡言的、对下一代人来说有点威严的一个长辈。她的慈善并没有因为沉默而减少一丝一毫。那时候父亲常随港上的轮船到外地去,回来时总是捎给外祖母一份礼物。外祖母都把它们放在一个箱子里。

母亲暂时忘却了外祖母的预言,但外祖母并没有把那一切扔到脑后去。后来,当父亲也遭了可怕的变故时,母亲哭个不停,外祖母却很少流泪。她镇定非常,最后用一句话使母亲止住了哭声:

"不用哭了,你跟上这个男人过日子,就得做好准备——你该早有这个心劲儿。"

母亲抬起了头。她吻了吻自己的母亲。

外祖母这时候脸上的皱纹一道连着一道,已经真正衰老了。她和母亲日夜商量事情,最后她们决定离开这个没有了男人的大院。

父亲是小城胜利后才被捕的。他为了胜利付出了一切,最后却蒙受了不白之冤……

也许就因为有了外祖母,母亲才会挺住。她们乘坐一辆马车来到了一片渺无人烟的荒野上,投奔了一位老人——他曾是大院里一位忠诚的男仆,前些年听从外祖父的劝告,离开了大院。他在荒原上垦了田地,搭了一座茅屋。她们就这样过起了清贫而孤单的生活。

我出生后就一直跟在外祖母身边。在我眼里,外祖母比母亲更亲;唯一使我不太满足的,就是她总是沉默,很少跟我讲故事。现在我才知道,她心中的故事不是太少,而是太多,太多太多了;她只深深地把它藏在那儿。她不愿因为什么而勾起那些辛酸沉重的回忆……

外祖母最后留给我的,是最清晰最鲜活的一个场景。我到现在还清晰地记得那个母亲大声惊呼的夜晚。那是外祖母离去的一刻。从此关于她的回忆也就开始了。我把从母亲和父亲那里断断续续了解到的一些情节,在脑海里衔接起来。我渐渐走近了一个弱小的、却是异常坚强的女人。她身上良好的禀赋不知会有多少遗传给母亲和外孙。我一遍又一遍追忆这样的形象：她坐在茅屋前的阳光里，拄着拐杖，向着南方遥望。那个方向正是我们离开的那座海滨小城的方向，她在那儿度过了一生中最美好和最辛酸的岁月。她在默默怀念那段时光。

父亲就是那时归来的。他在大山里服过了苦役，人已经变得完全陌生了。我害怕这个男人，总躲着他……

外祖母从此常常把我揽到怀里，嘴里咕咕哝哝说点什么。她夸奖我的头发，又夸我的皮肤和眼睛。她在夜间紧紧搂着我。我曾问起外祖母，那个曾经打伤她的捶衣槌是什么样子？外祖母用手比画，说那是一个红硬木做成的挺好的衣槌。她说在那个家里，所有器具都好得不能再好。那是个多么古老的家族啊！

随着时光的流逝，我慢慢长大了。今天回忆这一切，我才知道自己原来那么轻易地忽略了一些奇迹。外祖母实实在在经历了一些不平凡的岁月。她就是一个不平凡的人，她身上就滋生奇迹。她走过很远的路，弱小的身躯承担过一个家族的荣辱兴衰。她从出生到去世，多少困苦、多少没法忍受的东西，都一个人默默地咀嚼了。她抚养了孤独的女儿，照看了外孙，引导了他们往一个好的方向成长，并且用微薄的力量，开拓出自己的一份生活。在这片荒野上，她使一座小茅屋蓬蓬勃勃，富有信心；她使这座小茅屋冒出了浓郁的炊烟。如果说我们这座小茅屋还有个后来、还可以迎接伤痕累累的父亲归来，那么我知道，这主要是因为有了外祖母。

我后来去看过外祖母的坟。它在离我们小茅屋并不太远的一块沙地上。老远就能看到那儿生了一棵弯弯的松树，坟上长满了荒草和一丛发亮的什么——走近了,原来是一片长得蓬蓬勃勃的金盏草。

浓郁的香气扑面而来……

1990 年

怀念黑潭中的黑鱼

这片黑色的沙土，需要多少墨汁才染成！几十年过去了，它颜色如故。后来人不会知道，在几十平方公里的棕壤和沙滩之间，为什么会有这么一大片黑色的沙土？

我却清清楚楚记得，就在这个地方，在这儿，原来曾有过一个黑色的水潭。正是水潭毁掉的那一天，它才把四周的泥沙染黑。

多少年来，那片黑色的清水潭常常闯进我的梦境，闪动在我的眼前。我还记得小时候一整天在潭边徘徊，看潭中穿梭的黑鱼。它们有木炭条似的身体，晶亮晶亮的眼睛。这水太清了，所以它身上的片片鱼鳞都看得清楚。

这个水潭就在我们小茅屋西北的一座沙岭下边。它什么时候、如何生成？又为何没有在松松的沙土上渗掉？今天看这都是谜了。在这片无边的荒原上，类似的谜还有很多，只是没人探寻罢了。

水潭两边长了些野椿树，每到秋天，大霜把野椿树的叶梗染得通红。树叶慢慢脱落，有的落在潭里，有的落在岸边。我们捡椿叶玩,把它编成一顶帽子戴在头上,学各种动物啼鸣……

水潭边有一些枯朽的木桩,上面常常生出一些蘑菇。把刚生出的采走,不一定什么时候又有了新的。这真是一个有趣的地方,似乎对人有着神秘的吸引力……这儿沉寂荒凉,除了我和一两个小伙伴,几乎无人光顾……水潭右侧的沙岭有两个凸起,长满了荒草,有人说那是两座坟墓。有谁跑这么远来做两个坟墓?大家都很怀疑。

后来我就听到了关于黑潭的传说。这传说使这儿更加怪异和费解……多年之后,当我带着这个传说来寻找它的遗迹,只看到一片黑色的沙土时,有一种可怕的惆怅袭上心头。我的脚步变得沉重了。

是母亲把这传说告诉给我。我将来会把这个传说告诉孩子。我会领着他到这个地方来。

如果不太留意,就会觉得这儿不过是一座沙岭、一个发黑的水潭,它普普通通,不过是荒原一景。可是你如果在传说中追寻它的来由,又会大吃一惊……

它是一个神秘的水族留下的痕迹。

很久以前,在沙岭下住了一对年老的夫妇。他们以种田为生。由于土质不好,只能广种薄收。当时的水潭不是黑色,就像平平常常的水潭一样。他们从水潭里汲水浇地。整个水潭四周都种上了花生和菊芋等,略好一点的地就种上了玉米和小麦。两个老者省吃俭用,穿粗布衣服。他们没有儿女,是从很远的地方漂泊到这里的。他们的来路或许有点像我们家——我们也是漂流到此,也有一座孤寂的小屋……

两个老人过着淡泊的生活。有一天夜里,老头子做了一个奇怪的梦。他梦见有一个高高瘦瘦、眼睛鼓鼓的男人向他哀求一个事情。他流着泪水叙说:他们一大家子由于一个特别的缘故,被人从祖居地赶走了。眼下实在没个去处,就请求这块土地的主人,让他们全家在这儿安身。

老人梦中问:"我们这儿怎么让你安身呢?"

哭泣的男人指指那个水潭:"这地方就很好,这就足以让我们一大家子凑合着住了。您老如果答应,我们不会忘记您的。"

"这有什么,你们住就是了。"

那个男人感动得竟然跪下来,再三道谢。

他走的时候,不小心撒下了一串水珠。早上,老头子醒来,第一眼就发现炕下的水珠还没干。他指着水迹,跟老伴儿叙说那个奇怪的梦。老伴儿惊讶地拍了一下膝盖,说她也做了一个相似的梦。老头子急急扳住老伴儿肩膀:"你在梦中答应他了吗?"

"答应了。"

老头子舒了一口气。

他们穿过沙地,直奔水潭。他们一眼就看到水潭的颜色变了:里面有很多黑色的鱼,它们正愉快地戏水。老人想起那个水淋淋的老男人,一拍脑瓜:这是一个水族!他刚要转身,老伴儿指了指水潭边——

那里有一桌酒菜,旁边还摆了一沓钱币。

他们明白,这是新来的这个家族对他们的酬谢。于是他们就坐下来,在野椿树下吃过了饭,然后又取走钱币。

从此以后,他们就过着非常安逸的生活。每逢节日,梦中那个老者总是再一次出现,向他们千恩万谢;第二天,水潭边又会有一桌丰盛的酒筵。这样一晃就是一年。

有一天,一个出海的渔夫路过了水潭,一眼就发现了潭里的黑鱼。他对老人大喊大叫:"这么多的鱼,你们怎么不捉?"

老人摇头。

"我把这些鱼捉了,卖了,一半的钱交给你,怎么样?"

老头子还是拒绝了。

后来那个渔夫领了另外三个人来看了,他们一块儿对老人提出请求。老人还是没有同意。

就在这天夜里,那个浑身是水的男人又在梦中出现了,他哀求老人:"我们全家都感激你的好意,你没有答应他们。可是他们明天一早要进水潭,到时候还求你能帮我……"

老人答应了。

第二天,那个渔夫真的带来一帮人。他们带着水桶和捞斗,跳下潭去就要捉鱼。水流只达到他们胸部。可是那些鱼怎么也捉不住。它们灵活得很。捞斗伸下去,它们就很快闪开。

两个老人过来阻止,渔夫就劝导说:"这些鱼捉上来,一多半收入是你们的。到时候你们就可以把泥屋掀掉,盖一座又高又大的青砖瓦房。再说我们也不是一下把鱼捕光,还要留下一些哩,让它们再长,到时候还是你的。你有取不完的财源了!"

两个老人互相看看,都有些心动。渔夫又加紧劝说。他们终于点头同意了。

他们站在岸边,看一伙人捕鱼,夜间的许诺早抛到九霄云外了。

渔夫和手下人都使尽全身力气往外泼水。他们想把水潭掏干,可是尽管累得满头大汗,潭里的水却一点也没减少;只见那泼出来的水像墨一样黑,但却清澈得很。这些水泼到渠岸上,立刻染透一大片泥土。岸上的老人看着,这时候捋着胡须一笑。

"我这个水潭,你们才不摸底细。这样就是搞上一年,怕也搞不干的。"

渔夫问缘故,他就指了水潭一角,"那地方斜着下去有一水洞。那水洞通着地下水脉。不把那洞子堵上,就休想弄干它。"

渔夫立刻让所有人都脱下衣服。把衣服团成球了,再裹些草,潜水下去。果真有个水洞。他把它严严地堵实。

他们拼上劲儿泼水。眼见着水潭里的水一点点减少。半个钟头过去,潭中黑鱼像米饭一样浓稠,不断碰撞他们的腿,发出"吱吱"叫声。这些鱼又黑又亮,肥硕得很。渔夫提出一尾,看它在眼前挣扎,又抛给岸上的老人。

就在他们伸出捞斗往外捞鱼时,突然听到一阵"隆隆"的声音,像闷雷一样在地下抖动。渔夫呆住了。这样响了一会儿,突然"嗡隆"一声,从那个堵住的水洞喷射出一股水柱,把潭里的人全部击倒了。

他们"哇哇"叫着,面无血色,慌慌地从潭里爬出。

所有的人都呆看着潭里的水慢慢涨起,恢复到原来的样子。

几个人就这样怔了一会儿,又恐惧又绝望地离开了……

就在当天晚上,老人在梦中又一次见到了那个水淋淋的男人。他的衣服还像过去那样明亮和滑腻,站在那儿,鼓鼓的眼睛里再也没有一点儿温和的神情。他定定地注视老人:"你劝阻不了他们也就是了,你不该给他们出这么恶的主意。你是个没良心的人,你为了一点点好处,就要卖了我们整个家族,你不得好报。"

他说完就消失在夜色里。

老人出了一头冷汗,坐起来,见老伴儿已经在那儿发呆了。老伴儿说,她也梦见了那个水淋淋的老者。

第二天早晨,他们起来的第一件事,就是去看黑水潭。到了岸边,他们发现水潭里异常平静。潭里波澜不惊,没有几条鱼。再看看,岸上有一些水珠,还有一条小鱼干死在地上……他们就沿着这水迹走去,一直翻过了沙岭……这个水族在绝望和慌乱中连夜迁徙了。两个人向着它们迁徙的方向追了老远,什么也没看见,只有一地的水珠儿,偶尔还有遗落的几尾小鱼……

半年之后,两个老人衰弱下来,再不久就病倒了。后来他们一块儿死在了小屋里。有人发现他们,就把他们葬在水潭旁的沙岭上。

黑水潭里还有几尾小鱼,大概是那个家族遗留下来的。它们在这儿繁衍着,总算没有断根。

这个传说让我感到惊讶和惧怕。我再回头看这水潭时,就有点战战兢兢了。潭里那些黑色的小鱼变得无比神圣,我甚至不敢长久地凝视。它们如果有记忆的话,就会互相叙说以前的那场劫难。而它们到底由于什么缘故遗落在此,又会是一个不解的谜。

大概就是因为这个传说的缘故,我不记得有人来碰过这个水潭里的黑色小鱼,从没有人在这儿垂钓。也许这些小鱼是那个家族里最没出息的一个分支,因为它们好像总是长不大,也繁衍不多。它们在潭底游动,似乎活得很苦,很寂寞。我很少见它们在里面翻腾和蹿跳,而只是轻轻地游动,就像人蹑手蹑脚行走一样。

这以后再去看沙岭上的两个凸起的东西,就相信那是两个坟堆了,里面埋着两个背信弃义的人。

我曾经在母亲的指点下,沿着那个水族撤离的方向——据说是从两个坟尖之间穿过——往前寻找它们的踪迹。一路上荒草漫漫,丛林茂密。我只是在这条奇怪的路线上,看到了很多野花。它们香味扑鼻,三三两两盛开在一片绿色里。我甚至觉得那是一些很久以前遗落在草尖的鱼儿,是它们的魂灵变成的。花蕊就像鱼的眼睛,又圆又亮。我不敢去折这些野花。

这条路直指太阳沉落的方向,而那里正是浩瀚的海洋。我在心中得出结论:黑水潭里的鱼从那时加入了海洋……

剩下的一个问题就是,它们最初是从哪儿迁到黑水潭来的?那儿又有一种什么力量驱赶他们呢?那里也曾经发生过一次背叛吗?如果是那样,它们今天会彻底失望的……

看着这两个被荒草覆盖的坟尖,我心底泛出深深的厌恶和怜惜。这两人直到最后也难以洗掉自己的耻辱。这耻辱太大了。它不仅仅属于他们自己,而多少也属于前前后后、所有在荒原上居住过的人。

二十年后的秋末,我在旧地寻找那一片红色的野椿树。我渴望在一片银霜上踏着落叶走一会儿。凄冷的秋风吹乱了头发,挡住了眼睛,再也望不见那两个茅草覆盖的坟尖,望不见熟悉的丛林和草地——这里的一切都不复存在了,只有一大片发黑的沙土……

如果是其他人,他将永远也解不开这片黑土之谜。但我会永记它的来由。

我蹲在这片黑土上,细细地捻着土末。我渴望从土中分离出一点什么……

这片黑水潭里最后的一些小鱼归于何处,就不得而知了。但我对现代人的仁慈是从不抱奢望的。记得一次路过山区水库,那儿的人竟然使用黄色炸药捕鱼。"轰"一声闷响之后,无数的鱼翻起白色的鱼肚,浮在水面上。他们只需用一个浅浅的罩网,就把它们收到船舱里去了。

不过由于那个传说的缘故,由于两个坟尖在那儿耸立着,当年还没人敢染指黑水潭。今天,只要我们活着,那个故事就应该传下去,让那一点点恐惧存留心中。这样对谁都好。

这片失去了水潭的黑土能断绝一个故事吗?不,它只是暂时地掩埋了。

我在这儿徘徊,不忍离去。

黑水潭和黑鱼永远不会从我的心中消失。它们构成了我童年的一部分。那个远离我们的水族,不知现在如何。

我渴望在梦中与那个水淋淋的男人相会,这当然是非分之念。

我们已经永远不值得信任了，它再不屑于和我们交谈。它与我们已经毫无共同语言了。

那个清清的黑潭是大地的眸子。我相信在它闪闪发亮的日子，会清晰地看到人世间的一切。在它南边的丛林中有一座小茅屋，那儿也生活着一些漂泊者；他们常常到潭边来徘徊，来寻找……

我白发苍苍的母亲哪，黑水潭曾经多次映出过您的身影。尽管岁月无情地摧残了您的面容，但您还是那么美丽。您要为这个不幸的茅屋操劳，要等待远方那个人……

您是多么的不幸。您一次又一次到黑水潭边，您来寻找什么？

我，一个流浪归来的儿子，来寻找什么？寻找什么？

1990 年

旧 时 景 物

我想,应该趁着自己头脑还算清晰,尽快把小时候那座茅屋周围的景物记下来,这很重要。我到了老年需要回忆,或者我的孩子有兴趣了解这些事物,比如我在什么地方出生,那里有些什么,都该有个准确的记录。我觉得这是生活中不可荒废的、极其有意义的事情。

我们的茅屋在林子里,那是草地和丛林;林子里有一位老爷爷亲手开出的一块土地,有一些果树。茅屋东边是一条不知什么时候就已经存在的水渠,南北流向,总是有水。渠道两边生满了青苔、水草,当渠水旺盛时,它们就全部蒙进水里去了;水退下,水草又像老人的胡子一样露出来。好多大鱼就在水草底下藏匿。

记得有一次我发明了一个崭新的捉鱼方法:把柳条篓子对在水草上,然后像梳头发那样,用手指梳理两下水草,猛地一提篓子⋯⋯水从篓子缝隙"哗哗"筛掉,剩下的就是活蹦乱跳的几条鱼。这多有趣。我小时候用这种办法捉了很多鱼。

渠上有父亲做成的、由我们一家行走的小木桥。它实际上是两棵死去的柳树做成的。两棵树并在一起才一尺宽,所以我们走上去就要小心翼翼。母亲说,你们小孩子不能在上面走,一不小心就会跌进渠里。她坚决拒绝我到渠的另一边去玩,因为那里是更密的杂树林子。穿过那片杂树林子需要一两个钟头,然后会看到一片开阔的草地。父亲虽不提倡我过桥,但并不阻止。实际上我的脚一沾小桥总是一溜飞跑。我想,即便是独木桥也难不住我。我甚至可以手脚并用搂抱着柳木,像一只熊那样,把身体整个挪在桥下攀过水渠。

我曾顺着水渠往北走了很远,探索过它的终点:它原来在离海十几公里处往西北方流去,汇入了芦青河。

东边的杂树林子十分诱人。就在那儿,我采到了许多野生的小香瓜,甚至是西瓜。西瓜的个头一般都长不大,比人们专门种出来的要小一点。可是偶尔也能遇到一个大西瓜,让人惊喜得跳起来。我记得摘过一个脸盆那么大的瓜,差不多都抱不动了。林子里有许多野花,除了母亲之外,没有谁能叫得上它们的名字。这些花真是各种各样。有一种叫"卷丹"的花,橘红的花瓣开在一尺多高的花茎上。有时候整整一大片林中空地上都长满了这种花。我把花折下来,扎成一大束,像持一个火把一样,高举着穿过一片又一片林子。

小茅屋北边是一座白色的沙岗,它的半腰沙土洁净细润,连草都不生。这样的地方玩起来是最有趣的。沙岗顶部长满了荆棘,再往下就是稀稀落落的桃树和杏树——它们都没有嫁接,是野生的,所以结出来的果子个头又小,味道又怪异。每到了杏子发红的时候,我的采摘也就达到了高潮。那时候我的牙齿好,不怕酸,一天要试吃十几种野果。

茅屋西边是一些高大的杨树,它们伟岸笔直,是我至今为止见过的最漂亮的杨树了。它们长得不密,每棵之间的距离大约是十几米,中间就是稀稀落落的灌木。我记得有两三棵杨树上都筑了很大的喜鹊窝;树半腰的洞则是啄木鸟,还有别的什么鸟做成的巢。我约上几个伙伴,伏在灌木丛中,当看到进出窝巢的鸟儿叼着食物,就知道里面有小鸟了。那时我们要耐心地再等些日子,估计里面的小鸟快要羽翼丰满了,就爬上去掏取,养到我们的笼子里。这些小鸟给我的童年带来了无穷的乐趣、时喜时悲的心绪。我不记得顺利地把一只鸟养成,它们不是毁于老猫就是绝食而亡……

那棵最高的杨树上有一个大喜鹊窝,引人神往;但我们中间没有一个人能爬那么高。后来从远处那个村子里来了一个稍大的男孩,叫永利。他脸上长满了粉刺,个子不高,大约要比我们一伙大四五岁,浑身发黑,是个最能爬树的主儿。

一天中午,他就要和我们一块儿完成一件盛事了。在那棵大杨树底下,他脱了衣服,只穿着一条短裤和一件薄薄的背心,然后就往上爬。他像青蛙那样,双腿横着两边分开,脚板夹住树干一蹬一蹬往上挪蹭。我们在下边为他叫好;后来见他爬得太高了,必须仰脸去看时,又为他捏了一把汗。他很快就接近了树冠,那时候我们才松了一口气:树冠枝杈多,他可以扳着枝杈,像蹬梯子那样往上攀了。他终于站直了身子,头部和鸟窝差不多快碰到一块儿了。他用一只眼睛去瞄窝里的情景,我们想他肯定看到了一些漂亮无比的小喜鹊,因为这之前不止一次看到它们的母亲叼着食物往窝里飞;大概一会儿永利就会给我们取出一个个又跳又叫的、黑白花的小喜鹊了。

正这样想着,突然从一边的树上响起一阵粗哑的鸟叫,接着两只很大的喜鹊扑过来。我们马上想到这就是小喜鹊的父母。它们扑过去,令人吃惊地直冲着永利冲去。永利发出"哎哟哎哟"的声音,肯定被啄中了,他在扳着树杈往下撤。可是他必须一点一点滑下来——他的境遇特别糟糕,谁也帮不上他。那两只喜鹊竟然不顾一切地用长嘴去啄他的头发。他一只手护脸,另一只手紧紧搂着树干。好不容易从树冠那儿滑下一截。可是两只喜鹊并不放松,还是号叫着往前扑。我发现永利的什么地方被啄破了,哀号一声,再也顾不得那么多,两手一松,像蜘蛛那样顺着树干"刷"一下滑到树底。

我们赶紧围过去。他疼得仰倒在沙土上。

他的肚子上被树杈划开了又深又长的一道血口子:有一尺多长,通红通红,与他粗糙的、黑色的肚皮形成了鲜明的对比。我们吓得尖叫起来。他躺在那儿,闭着眼喊。我们想:他肯定会死的。

又过了一会儿他才睁开眼睛。我们扶住他。这时伤口浅的地方开始凝住了血,深的地方还在往外滴。他用背心捆上伤口,然后在我们的搀扶下一点一点往前走。

那天是母亲给他包扎了伤口,伤口上擦了许多草药做成的绿汁。

永利就这样受了伤。很久以后,直到他长得胡子很硬、有了一把年纪的时候,回忆起过去的事情,他还总是不顾周围有多少人围看,直接解了腰带,把衬衫卷起来,让大家看他肚脐上下那一道长长的、灿然发亮的伤疤。他抚摸着它,像抚摸着往事一样,脸上露出无比欣慰的神色。

茅屋南边是一片连一片的野榆树林。这些榆树长得都不太大,但是很密,里面藏了一些腌臜的动物。这些动物一般既丑陋,又有着一股奇怪的气味——这是父亲无意中提到的。他说得很对。有一次我从山药架下钻出来,要到榆树林里做点什么,刚走了一会儿,就遇到了一个面色发青、小嘴很短,好像是嬉皮笑脸的一个黄色动物。它的两眼睁得很圆,眼睛当然是蓝的,可是整个面容让我恶心。它一点也不怕我,迎着我,摇着很小的头颅,分明是在取笑我。我很想捡个石块投过去,但我不敢。我不知道它的底细。因为林子里的人一直认为,不同的动物是有不同的能力的,而且一种动物往往与周围其他动物结成了特殊的关系。我那时小心地往后退了两步,然后扭身就跑。

整个榆树林留给我无数的谜。我不知道它的深处是怎样的,因为一想起它黑乎乎的样子就感到可怕,从未深入。即便是冬天树叶落了时,榆树林也显得非常神秘。风吹起来,树梢"呼呼"转动,发出了奇怪的声响。野物在深夜里伴着这响声一齐歌唱,它们的歌声怪诞、沙哑,像是一些不安分的老人在那里诅咒和哭泣。

这就是小时候茅屋四周的情景。那时原野上还没有很多的葡萄园,到处差不多都没经过人手整治,都是自然而然的、混乱的、有趣的、丰富的。大约到了十几岁的时候,才发生了一件很大的事情。这事儿足以改变这里的一切:荒原上发现了煤矿。

　　大约是在我们茅屋东边两三里远的地方,就是那片杂树林子里,有人竖起了钻探井架。那是我第一次看到轰轰转动的机器。三角皮带特别好看,它们带动两个轮子飞转,这与我跟着父亲到远处看到的风车的情景有些相似。那些转动的齿轮也许比这个有趣,但我知道它们之间的力量是没法比的。这些转动的小皮带勾起了我很多新奇的联想。我那时看着在井架上排成一串的电灯,心里也有些奇怪的感觉。电灯有的染成了绿的,有的染成了红的,像一些不同的果子。我至今不知道他们为什么要这样做。

　　夜晚,那井架就是一个巨大的发光铁树,高高立在原野上。这里从来没有这么高的东西,也没有这么亮的东西,引得不少人拥向了井架。从此以后,我们这片荒原上就不能安静了。野物们也远远逃离,我相信它们生来第一次见到这么可怕的东西。"隆隆"的机器声日夜轰响,直传到很远很远。

　　我喜欢看那些钻井工人把水淋淋的铁管从地上那个神秘的小洞里抽上来。他们戴着皮手套,捋去水管上的泥浆,用胶皮靴把泥浆胡乱踏平,用手抚摸那些水管,然后再拧上螺旋,一根一根接得老长,再一次往地上的小洞里插去。他们能够弄出什么来呢?我等待着。这样等了很久,才见他们把一个粗一点的铁筒拉上来,那里面才是获取之物。慢慢打开,原来是一截截光滑的、像碗口粗的、各种颜色的泥块:绿的,灰的,黄的;可总也没有黑色的煤。

　　为盼那个神奇的"煤",我们不知等了多久;到后来听说"煤"就要出来了!那时我们高兴地守在旁边,饭都不想吃……

钻井工人都是操异地口音的外乡人。他们下班之后就四处转悠,很快搞来了猎枪,还结了一些大大小小的渔网。他们到沟渠河里去逮鱼,在林子打猎,几乎什么机会都不放过。荒原上的人从不打黄鼠狼,这不仅因为它的肉不能吃,而且还因为那是一种很有灵性的动物。可是这些异地人从来不管这些。他们打了很多黄鼠狼,还把毛皮悬在井架旁边。当地人都十分惊恐,他们知道离灾难大概不远了。

异地人把逮到的鱼晒起来,因为他们根本吃不了这么多鲜鱼。鱼被剖好、洗净,又用枝条在肚腹那儿撑开。不知晒了多少干鱼,他们把这些晒得"咔咔"响的干鱼装进一个帆布口袋里,用麻线缝好,让来来往往的卡车捎走。

我开始嫉恨他们了。他们打到的野物太多,捕的鱼也太多。有的鱼正在生长,就被他们杀掉了。这些鱼本来还可以长成很大,可是他们从来不管这些。这是我感到特别费解的。直到后来我才多少明白一点:这或许是因为他们不是出生在这儿的人,于是也就不需要考虑那么多,也就从来不会心疼。

事情很明显,他们才不必牵挂呢。井架撤掉之后,他们又远走他乡了。接踵而来的是开掘煤矿的那些人。这一下我们这儿就更热闹了。

从此整天都可以看到一些戴着头盔、穿着胶靴和破烂衣衫的人,在原野上走来走去。他们手里都拿着一个圆圆的矿灯。这模样让我们想起了士兵。

后来平展展的原野就出现了一道道地裂,所有被开采的地方,地面就要沉落。这里沉落一块,那里沉落一块,最后又慢慢形成一片片水洼。水洼长出了芦苇和蒲荻,滋生了很多奇怪的动植物。在刚开始那几年由于雨水很大,水洼连成一体,形成了一片片水荡。蒲草结成了蒲棒,在晚风中摇成无边的一片,也很壮观。冬天,一处处水洼都结了冰,没有蒲荻之处就可以滑冰。可是天旱的时候,这些水洼接连干涸,到处就留下了深深浅浅的洼地、土梁;一些深不可测的地裂真是可怕极了、难看极了。一些树木死掉了,很多野果子树被采净了果子,也在旱天里死去了。我们的荒原变得如此贫瘠。

在离我们茅屋大约一华里的地方,开始搞起了建筑。一排排低矮的工人宿舍盖起来。接着运煤的小铁轨也铺起来了。再往东,就是水渠东岸那片生满了野瓜和卷丹花的丛林里,如今辟成了一个大煤场。煤场另一侧,紧靠渠边,搞成了一个很大的煤矸石场地。他们把采煤之前挖出来的泥巴、岩石都倾倒在这儿。矸石山上的硫化物日夜在风中燃烧,整个原野就笼罩在这般硫磺味儿里了。烟雾飘荡,每到了刮东北风时,我们的小屋里就灌满了这种烟气。

从此以后,每天上学就必须要翻过那座矸石山。要小心翼翼跨过铁轨,躲闪开来的矿车。下大雪时,整个矸石山都被覆盖了,可燃烧的烟火却有增无减。

夜晚从蒙雪的山上翻过是很危险的事情,因为所有的通路都不见了,只有闪亮的铁轨。我不得不踏着它往前走,听到呼啸而来的矿车,再飞速地躲开。没有风,只有零零散散的雪花在飘落。我走近了小茅屋,轻轻敲开屋门,一股热烘烘的、熟悉的气息扑面而来。我喊一句:"妈妈!"

十几年过去了。一切面目全非……由于矿区不断扩建,这期间我们经历了不止一次搬迁,小茅屋被拆掉了。再后来,我就长期离开了荒原。

但每一次归来,我都要极力辨认旧时景物。

我寻找那条水渠。它当然连痕迹也没有了。后来我几乎完全是凭借感觉,才摸到了我们的茅屋所在的方位。这儿堆满了建筑中抛弃的瓦砾,这其中大概有几片属于拆掉的茅屋。我蹲在坯块砖石中抚摸着,眼睛一阵阵潮湿。小屋拆掉了,它留下来的地基竟是如此之小,小得令人吃惊。离它不远垒起了一道高墙,高墙的一角还有一个方方的东西,像是一座地堡的模样。我走过墙角时忍不住往里望了两眼,里面黑洞洞的,什么也看不见。

有一次,一个人向我介绍那座地堡模样的建筑,说那是一个停尸房。

原来高墙里面有一所小小的矿区医院。过去的煤场已经废弃,煤井也废弃了。这是当年草率设计的结果……

我长长地叹了一口气。幸亏我们搬走了,这个停尸房离我们的茅屋可是太近了啊。

这就是我所能记起的一些景物。

那个让人害怕的高墙拐角处的地堡模样的东西,是留在记忆中最后的一个建筑了。我后来再也没有到那里去。我想远远地躲开它。几十年以后,我相信那里的一切还要变化。到那时,我或别人,就会用今天的这份记录去对照一下。

那样将会发现许多有趣的、有意义的事情。

1990 年 4 月

唯一的红军

也许是我们这个地方过于人烟稀少了,方圆几十里只有一个红军。

我们大家都认识他,闭着眼睛就能想起他的容貌来;以至于认为所有的红军都是这个样子。他中等个子,表情肃穆,穿了一件黑色的衣裤。我好像记得,他的裤子永远只搭到膝盖那儿。他的鼻子在战斗中挨过一枪,后来修复了,结果成了一个横宽的鼻子。他的鼻子差不多有十公分宽。然而我们一点也不觉得他难看。他说话的时候鼻音很重,这就显得越发威严。他的头发没有脱落,但几乎全白了。他不抽烟,也不喝酒,生活极其严谨。虽然年岁很大,但走起路来腰一点不弓。那是真正的军人的步伐。

在我后来见到的所有军人中,没有一个比得上他更富有英雄气概。尽管在我的记忆中他从来不着军装,与农民的打扮没有什么两样。

有一天,我们的学校像过一个盛大的节日,因为到处都贴上了红色的标语,上面写了"向老红军致敬!"……

那一天我们都处在激动的期待中。老红军来了。他给我们讲了红军长征的故事,讲了怎样吃草根和皮带。我们宁可放弃一场电影,也不愿放弃这种机会。我们平常认为的草根,就是细细的、像头发一样的根须。我们一直纳闷,这种草根怎么吃啊?经他一讲,我们才明白,"草根"就是一些很粗的块茎,使人想起了山药。

　　老红军身上伤痕累累,但我们可以看到的只是他受伤的鼻子。他威严的眼睛望着我们,话语迟钝。他让我们好好学习,说我们都是未来的栋梁;他们当年艰苦卓绝的斗争,有很多伟大的目的,其中一条就是为了让我们像今天一样,安静地坐下读书。

　　主持会议的一个老师听到这里,泪水滚落下来。这一下引发了我们大家的泪水,大家都哭成了一片。

　　老红军坐在台上,认为我们没有必要这么哭。他高声地喊了几句,我们都睁着泪眼抬起头。他接着讲下去。他认为我们的建设还很不够,比如通向海滩的只是一条羊肠小道,将来如果发生了事情,那就不好办。即便不发生事情,也不利于生产。一辆车子也开不到海边上去,这怎么能行?他说到这里,把拳头在桌子上重重地捣了一下。

　　我们就是这样认识了当地唯一的红军。我们觉得幸福极了,好像也一下长大了。一个见过红军的人,一个聆听过他的声音的人,不可能是一个奶腥味十足的孩子。

　　那时候我们四处宣扬:通向大海的,不久将有一条平坦的大马路。其实我们什么也不知道,我们只是那天听老红军这样讲。我们认为他说过的话,肯定是没有错的。不久,四周的人真的被动员起来,他们担土推车,硬是铺起了一条土路,它向着大海延伸。

我们学校也出动了。老师带着同学,挑着筐子,大一些年龄的同学就推起了手推车。由于荒滩是沙土,所以我们要从很远的地方拉来黏土和石块。这是一次耗资巨大、旷日持久的工程,但我们都不气馁。肩膀压肿了,汗水浸透了衣衫,可我们没有一个想要停止。我们眼前闪动着的,是老红军的形象。

大约用了一年多的时间,一条宽阔的马路修成了。打那儿以后,人们到海滩去,可以骑自行车,可以用胶轮车运送小船和网具。总之,这条大路和老红军的名字连到了一起。

二十年后,这条路又铺上了柏油;海滨立起了一座座漂亮的建筑。那些水泥、钢材,一切的一切,都是从这条路上源源不断地输送过去。没有这条路,就没有海滨的一切。有人从那座小城到海上去玩,也可以坐上小车,来回一个多小时就能在海滩上兜一圈。如果没有这条马路呢?那时一切将是另外一副样子。

我们的荒原二十年前还是一张白纸,可今天已经被我们尽情地涂抹了一番。这幅图画,无论是漂亮还是拙劣,伸手往这幅画上画出第一道痕迹的,还应该说是我们的老红军。他不仅给我们画出了一条笔直的长线,而且他的精神将永久激励着我们。

当我们在荒滩上长途跋涉,皮肤上的汗水混同着草籽沾在身上,被蚊虫小咬和百刺毛虫叮得处处红肿的时候,当汗水渗到眼睛里,泪水不断涌流的时候,我们从来也没有停止脚步。

那时我们想到的只是长达一万里的跋涉。我们仿佛看到了天上的飞机,身边的弹雨。一个老人——就是那个老红军,好像一开始就是这么衰老,就是这么威严;他扛着一面旗帜,踉跄奔突。身边是青色大马,马上坐着另一个身材颀长的、消瘦的、奄奄一息的红军。他军帽上的五角星耀眼地亮,穿着破衣烂衫,满是损伤的皮肤从破碎的军装里裸露出来,有的地方淌着血。他几乎是横在马背上,由另一个人在一边照看。一些满面灰尘的女军人在四周奔跑。她们浑身都沾满了污泥,头发乱得像鸟窝。远处有人呐喊,像发生了什么严重事故。这边的队伍稀稀落落,队伍的另一端好像还发生了枪战……老红军命令身边的人快走,随手打了青马一掌。青马无精打采地瞥了一眼,步子稍微变快。枪声越来越密,呐喊和拼杀声越来越近。

老红军坐在地上。那些人带着满身的泥巴和伤痕急匆匆地走去。往前望去,他们和大青马已经离开二里之遥。一群满脸血痕的红军奔涌过来。老红军仍然坐在那里。他从腰上抽出驳壳枪,挥动一下,他们走得更快了。

当他们全部跑过时,他就卧下来,爬进了一团浓密的茅草里。

不知停了多长时间,又过来一帮穿着比较整齐的军人,他们就是追赶红军的匪兵。这群队伍往前跑着,刚刚跑了几百米,老红军就在他们背后开枪。他一个点射,骑在马上的一个人就跌下去了;接着又是一枪,又有人落马。

匪兵乱起来,马头相对,互相冲撞。但他们很快反应过来,回头把队伍拉成八字形往前逼近。

就在那一天,老红军突围的时候受伤了。他的鼻孔堵塞,不能够呼吸,大口大口地吐血。他以超人的毅力往前挣扎。后来他终于跑到了一个伤兵收容站,在一个婆婆妈妈的首长跟前昏了过去。

这一次老红军差点送命。他在一个多月的时间里,前后被五六拨人抬过,但他都从担架上滚落下来——他坚持挂一根柳棍往前挪动。当他实在落得很远的时候,首长就让人重新把他抬起。

有一天他昏死过去。因为伤口发炎,整个脸都肿起来。大家认为他没救了。

队伍启程的时候,他一个人偷偷钻入一片丛林。他想自己死在这儿。如果不是战友早就察觉了他的意图,两天前就收走了他的枪,一切也就简单了。他不愿给队伍带来连累,想等队伍走开后,再让自己静静地死去。

队伍就要启程了,首长喊破了嗓子,命令一个连四处搜索。有的女兵"呜呜"地哭起来。老红军躲在林子里,泪水一串串流下。他不记得以前这样哭过。听着战友呼喊的声音,心里好难受。

他们呼喊着,简直在哀求他出来。

革命队伍就要出发,时间一分一秒流逝,分分秒秒贵如黄金。他的心软了,从林子里爬出来。

他没有死去,而是成为队伍中一个专门品尝草根的人。他要把那些新采来的陌生草根一一咀嚼,试试有没有毒。他一次也没有遇到危险。当首长知道他主动承担了这个工作时,感动得不知怎样才好。他对首长说:"我已经是个废人了。"首长说:"不,队伍还需要你来打旗呢,你万万不能死去。"

老红军的眼睛闪烁出幸福的泪花。他直盼着举起那面红旗。那面血迹斑斑的红旗,如今在哪里飘扬?身边的人都是另一个团的。他向他们打听。他们极力地回忆,答应把他尽快送到原来的队伍中去。

老红军以超人的毅力挨下来。后来他的伤口好了。再后来,他追上了自己的队伍。

这就是我们知道的全部战斗历史。它在我们心中永远闪耀着光辉。没有人能把它从我们心中抹掉。二十年过去了,当有人谈到"红军"两个字时,我们眼前立刻会出现一面"哗哗"抖动的红旗,想起心目中的那个老人。他就是最严峻的历史,是一个浴血战斗的故事。他站在了这块平坦的土地上,正把自己的声音送给正在成长的后一代。

自从公路修起以后,荒原上就变得忙碌了。似乎人们再也不能容忍有了一条大动脉的荒原还在沉寂。于是一群群人拥到海上拉鱼,到荒原伐木、采药材、割草。荒原做出了无私的奉献,好像它是取之不尽的。那么多的木材,那么多的干草以及那么多的鱼产品,源源不断地从荒原中运出。

我们的学校又一次动员起来了。大家都投入了开发荒原的大潮之中。我们举着旗帜。这旗帜上就写着我们学校的名字,好像我们都在老红军的指挥下,迈入这伟大的战斗行列。

上级发出一个命令,让学校和周围的村庄一起,组成一个又一个垦荒队,把整个荒原都开发出来,建成一个粮食基地。沙滩上不但要刨去树木、除掉茅草,还要垫上厚厚的一层黑泥,改良出第一流的土壤,种植小麦和玉米。有的地方要办农场,还有的地方要种水果。

一声令下,人群在一个严寒的冬天,拉着帐篷,浩浩荡荡开往海滩。接着是放火烧荒,有了浓烈的烟味。只要北风刮起,烟味就更重。深夜,蹬上屋顶,就可以望见北方那一片红色的大火。火焰燎着星星,传来一阵奇怪的声音。有人说那是星星被燎疼了,星星在"吱吱"尖叫。

海滩上到处都是被烧掉的草皮,有的地方积了厚雪,火就熄灭了。于是当太阳出来时,大地像一个野兽换掉的皮毛一样斑斑点点。帐篷里满是散发着臭味的皮靴,肮脏的衣裤;行李卷上闪着油光,旁边是马灯、碗筷和熏黑了的水壶。整个海滩就像军营一样。到了夜晚,有的地方放起了鞭炮,还有的地方燃起了篝火。闭上眼睛,会误以为来到了战场。

我们脑子里都有一幅相同的战斗画面,仿佛又看到一个老人躺在火光下,烈火向他逼近;口腔里的血凝成一块,他就愤怒地吐出……枪声越来越近,突然他变为一匹红色的马,在一片火海中奔腾不停。火焰燎了它的鬃毛,它发出了哀痛的长嘶。它冲出了火阵,迎着一面熟悉的红旗冲去……

就在我们学校开上荒原的第二天,传来一个奇怪的消息:老红军跟上面的一个大人物吵起来。老红军怒拍膝盖,说痛恨自己没有了武器——如果有武器,非亲手把那个领导人干掉不可。

我们大家都惊奇地问:老红军为什么发火?嫌我们干得不快吗?

传递消息的人连连摇头:"恰恰相反。老红军说他让人们修这条马路,不是为了让人们踏着它进来糟蹋草原和树林的。他只是为了修一条通向原野和大海的马路。他让他们赶紧撤回,不准在海滩上点火,不准伐树。领导人不同意,他们就吵起来……"

我们一下给弄蒙了。这种雄壮的场面本应与老红军的形象连在一起呀,他怎么会反对?

正在我们恍惚时,又有一个消息传来:"以前的消息不对。荒滩上的红旗正是老红军让插的,这才是老红军的意思。他跟那个上级吵,是嫌那人没有派更多的人到荒滩上来……"

我们听了更加吃惊。因为我们终于再也闹不明白,到底怎样才是老红军的意思。

但我们听到那个消息不久,就在荒滩上发现了他的影子。

那是一个大雪天,我们从帐篷出来,一转脸,看到从马路斜坡上下来一个手持拐杖的人。我们都觉得他的身影有点熟悉。我们往前走了几步,看出他正是老红军!

他穿了一件破旧的老羊皮袄,黑色的毛皮在领口那儿翻着。他巨大的鼻孔喷出一团团白气,那气又在羊毛梢上凝成了白霜。他没有戴帽子,又白又短的头发楂儿跟黑色的羊毛形成了明显的对比。他的拐杖是用一个破旧的锹柄改成的。他穿着一个半长筒的皮靴。皮靴已经破碎,从破碎的洞洞里露出了一撮撮麦草。他正艰难地往帐篷边上走。他掀开一个帐篷的帘子,看了看里面酣睡的人,又往另一个帐篷走去……

我们跟在他的后面,悄悄地不吱一声。后来我们见他蹲在那儿,双手抖动,伸出手里的锹柄,轻轻地把那层雪幔拨开,露出了一片未燃的茅草。他伸手抚摸着,一直抚摸了五六分钟。后来他又用锹柄轻轻地覆上白雪。这样呆了一会儿,他又站起往前走。起风了,一股白雪撩开他的衣襟,冲进他的胸口那儿。他像没有看见,昂起头,四下遥望。更远的地方,透过雪雾可以望见另一片帐篷的影子。他长长叹了一声,往那儿走去。

巨大的脚印留在雪地上。我们伸出脚试了试,发现只有他的脚印三分之二大。

我们这时更加迷惑了,不知老红军是什么意思——他为什么来到荒原……

这之后,大约有一个多月的时间,我们的垦荒队差不多大获全胜了。视野之内,所有的茅草和树林全部被我们干掉了。新翻的土地上,无数的草根和树棵都被铁耙子拉出,汇到一起,晒得焦干之后又被烧成灰烬。

也就在我们欢庆胜利时,一个噩耗传来——老红军死了。

开始大家都不信,同学们互相眨着眼睛,愤恨地看着那个传递消息的人。

当天下午,所有帐篷的人都集中到一起,看着一辆吉普车从马路上疾驶而来。

车上跳下一个穿着黄色军大衣的领导。他主持召开了荒原大会。会上,他号召我们化悲痛为力量,沿着老红军指引的道路,把我们这里的事业进行到底。人们"呜呜"哭出了声音。哀恸的声音盖过了海潮……

再也没有红军了。他让我们开出了一条通向大海之路,我们就沿着这条路走向了阔大的原野,进而又改变了这片原野。可这到底是不是老红军的意愿呢？没人知道。

二十年后的今天，我怀着无比悲凉的心情，一次又一次踏上这条路，去寻找心中唯一的红军，去寻找红军遗落在荒原上的声音。

举目四望，苍苍茫茫。由于失去了茅草和树林，失去了一片绿洲，多年的北风掀起的黄沙彻底毁掉了良田，那一个个沙丘像巨大的坟墓一样，罗列在视野内。这里埋葬着老红军的愿望吗？埋葬着老红军的真正意图吗？

我大声地询问。

得不到回答……

1990 年 5 月

赶走灰喜鹊

失学了,一天到晚在荒原上游荡,像丢了魂。总要做点事情啊。不上学就要干点事情啊。

我常在一片葡萄园外边闲逛。这个园子可不算小,四周都围了栅栏。

我在园边走,不时往里看一眼。栅栏内,一个脸色发黑的人正提着裤子,看也不看我。他望望西北天咕哝:"你这小子成天瞎蹽,干脆到我这儿来吧。"

我以为他在逗人,没搭茬儿。这个人五十多岁,很老的样子,一说话就咳嗽:"咳,咳咳!你这小子,咳!我这里的活儿才简单,这么说吧,只要有副好嗓子就行。"

我听不明白,问:

"你让我干什么?"

"让你穷吆喝。"

"你逗谁?"

他走出栅栏,揪揪我的耳朵,坐在土埂上。他说自己叫"老

梁",说着又咳:

"葡萄熟了,咳,灰喜鹊妈的——就来了。一颗葡萄啄一个洞,咳,只吸那么一点甜汁……葡萄就是这么完的。你见灰喜鹊来了,就给我赶跑。咳!咳!"

说着两个巴掌在嘴边围个喇叭:

"哎——嗨——哎——嗨——"

我乐了。"这么简单——一天多少钱?"

"我以前雇别人干过,八角——八角钱怎么样?"

我心里高兴,嘴上嫌少:"八角五分吧。"

"就是八角。"

他说完背着手就走。

我僵了一会儿,跟上了。

灰喜鹊晚上不来,所以我只有白天才干。天一亮我就在葡萄园里走来走去,喊。开始的时候我到处找灰喜鹊,一着面儿就破嗓大喊。后来觉得这样真不轻松,也费眼,就简单些:每隔一段时间出来喊上两嗓子。

更多的时间是玩:吃葡萄,看螳螂怎样往葡萄架上爬,看小鸟怎样在葡萄叶间蹦跶。一般的鸟不伤葡萄,只吃虫子。益鸟。

我把灰喜鹊吓得扑棱棱满天乱窜。可怜的,再也吃不上葡萄了。它们的嘴巴真馋啊。它们太馋了。

天刚蒙蒙亮我就到园里来。灰喜鹊起得比我还早。我一大清早就亮开了嗓门。我刚刚十六岁,有一副脆生生的嗓子。我喊了一早晨,口渴了就吃一串葡萄。老梁和他们那一伙要等到太阳升起才钻出草铺子,一出来就甩下外衣,把葡萄笼搬来搬去的。他们干活头也不抬。他们这一下省心了,专门有人为他们轰鸟了。

有人问老梁:"把灰喜鹊用枪打了算了,省得轰了又来。"

老梁说:"不行。上边说了,咳,益鸟。它们只不过在葡萄熟的时候犯贱。再说枪子也伤葡萄啊。咳!"

太阳照到葡萄架上,阳光透过葡萄叶一束一束射到脸上。身上开始暖起来。园里充满了香气,香味直往鼻子里钻。各种鸟雀都叽叽喳喳唱歌了。它们可真能唱,乱唱。灰喜鹊就在葡萄园边的大树上栖着,一动不动。它们真精。有人说它们在心里打算盘,在那儿拨弄"小九九儿"。我能看见它们灰色闪亮的羽毛,看见圆圆的小头颅偶尔一转。它们在互相端量,在合计事儿。大概它们早晚也会知道:我只喊那么两嗓子,碍不着什么事的。

它们偶尔在树上一阵骚乱,从一棵树跳到另一棵树。那一齐展开的翅膀就像一片灰雾掠过树梢。它们眼瞅着这么红的葡萄,一嘟噜一嘟噜的,怎么能不馋?我也馋。我进园子之前常常馋得睡不着觉,何况是鸟儿。

想是这么想,还是没法儿让它们来一块儿吃葡萄。

老梁他们不停地忙。很怪,他们就不太吃葡萄。

当我起劲喊的时候,老梁就看我一眼。

我喊来喊去的样子多少有些让人发笑吧。有一次他走过来说:

"小子,你喊的时候要把腮帮子鼓大。"

我不解。

"这样,鼓大,劲儿就全在嘴上了。"

我觉得这可能不是好话,没有理睬。

"真的,你看着我。"

他双手拢住嘴巴,腮帮子鼓得老大,发出了响亮的"嗡嗡"声。那声音听起来又闷又沉,像牤牛。

"这声音传得才远。劲儿全在嘴巴上。你那样喊,劲儿用在这里哪——"他手戳喉头以下的地方,"咱俩一块儿喊上两天,你的嗓子哑了,我的嗓子还好好的呢。"

"那就让我哑。"

"八角钱呢。你靠嗓子吃饭,伙计。"

我心里一动,觉得老梁不错。

太阳把葡萄园映得一片暗红,一天的劳累就快结束了。黄昏时分灰喜鹊开始静下来。它们不来啄葡萄了。其实趁黑来啄谁也不管。我想那大概是因为它们眼神不济吧。它们飞到树林深处,几乎是贴着荒原飞的。太阳把最后一束光线收尽,我也踏着一片茅草往我们家的小屋走去。

夜晚的葡萄园不需要我。可是有时我在家待不下,要不由自主地走向它。我只想一个人到处走。

我顶着星星来到葡萄园。老远就听见老梁他们在笑。走进草铺,闻到一股浓浓的肉香味儿。老梁见了我,筷子敲着小瓷盆:

"你这小子最有口福,咳,来吃口野味儿。"

原来他们煮了一锅肉,几个人正围着喝酒。老梁让我喝了一口,我呛出了眼泪。老梁大笑。几个人你一口我一口,合用一个黄

色粗瓷缸。当瓷缸转到我这儿时,我偏要呷一口。不知转了多少圈,瓷缸里的酒光了。我全身燥热,脸烧得慌。老梁说:

"脸红了。"

其实老梁自己也红了,连喘出的气都是酒味儿。

"怎么样,八角钱挣得容易吧?"

我没做声。老梁说:"有人不让打灰喜鹊。要不是这样,咳,就没你这差事了,美差。"

老梁摸着胡须:"其实呢,话又说回来,念书有什么用?你去念书,咳,八角钱就没了。白天在园里吆吆喝喝,晚上再跟我们喝酒,这多好。"他把旁边的枪抄起,瞄着,说:找个像样的夜晚,他要领我们抓"特务"去,那些家伙呀,都是从海里来的!

"真有'特务'?"

"那东西可多啦,"老梁抚摸着枪托,"我这枪可是登了记的。它是武装哩。上级说那东西('特务')很多。到时候我要领上一伙人,咳,一左一右包抄上去。"

"他们从哪儿来?"

"从哪儿来?"老梁的嘴巴朝海上撇了撇,"水上来。那些家伙一人脚上绑一块胶皮,咳,'扑哒扑哒'就过来了。上级说只要是从海上来的东西,不用问,照准打就是——都是'特务'。"

"那么拉鱼的人呢?"

"拉鱼的人咱哪个不认识?听口音就行。咳,说话咕噜咕噜的,就是'特务'。咱当地人说话你还听不出来?再说他们脚上也没有黑胶皮呀!"

面前的老梁皱起眉头。

这个夜晚,离开老梁我没有马上回家,一个人在葡萄园里走了许久。葡萄遮住了星光,到处黑乎乎的。这夜真静。脚下是凉沙。我坐下,背倚在葡萄架上,一串葡萄像冰一样垂在我后脑那儿。转一下脸,葡萄穗儿就挨在了脸上。我抱住这串饱饱的葡萄,将它贴在眼睛和鼻子上;我嗅着,直到胸口那儿一阵阵灼热。

一直往前。出了葡萄园就是丛林和草地。夜晚的海潮声真大,还有远处传来的拉网号子。

我很少独自在夜间走这么远。都说林子里有狐狸,还有一些谁也叫不上名字的古怪东西。它们都能伤人。它们和人斗心眼儿也不是一年两年了。

但这个夜晚我想的只是另一种东西:"特务"。我此刻真想遇上那么一个人。我想看看他是什么模样——为什么要历尽辛苦,穿过层层海浪,脚绑黑胶皮到这片荒滩上来?这里究竟有什么在吸引他?他就不怕死吗?

我站在黑暗里,想得头疼。

我闭上眼睛,仰脸喊出了长长一声——

"哎——嗨——"

这突然放大的嗓门把我自己也吓了一跳。

回到家已是半夜。真想不到会着凉:黎明时分,我的嗓子疼起来。倒霉,没法去园子里赶灰喜鹊了。

我两天没有到葡萄园。这天一见老梁他就讥讽说:

"真不中用。动动嘴巴就能累病呀?"

我像驱赶灰喜鹊那样迎着他喊了两嗓子。他赶紧捂上耳朵躲开了……

不久之后的一个晚上,老梁果真兑现诺言,领上我,还有那个高颧骨、黄头发的人,一块儿去柳林里找"特务"了。

深夜,柳林里一点声音也没有。我们摸索着往前,全身发紧。老梁小声叮嘱:可千万不要弄出声音来啊。

月光朦朦胧胧。我们不时地蹲下,从树空里往前望。什么也看不见。可是老梁后来却看见前边有一个黑乎乎的巨影。他口吃一样说:

"……那是?"

"什么也……没有。"我想我看到的只是一棵笨模笨样的老树,树皮就要朽脱了。

他让我们蹲在原地,他自己凑得近一些。他一直往前摸去。后来,突然枪就响了。巨大的回响,满林子都是混乱,是嘎呀嘶叫。那个黄头发的人赶紧点亮了火把。

天哪,跑到跟前才知道,刚才看到的巨影原来是落了一树的大鸟儿,是灰喜鹊!这会儿它们惨极了,撒了一地的羽毛和血,叫着拧着……我蒙着,老梁说"快快",一边从腰上解下个口袋。地上有的鸟儿还在挣扎,老梁就拧它的脖子。

我那个晚上吃的原来是灰喜鹊!

我僵在那儿。地上的鸟儿都收拾进口袋里了。他们揪我,我不动。老梁把我按蹲下,说:"呆这儿别动,多停会儿,等它们落下稳了神儿,再……"

老梁大气也不出一声蹲下,伸手去衣兜里摸烟。那个黄毛小伙子像他一样闷着。

我身上的血涌着,腾一下站起。老梁又把我按下。我往上猛一跳,大喊了一声。我一声连一声喊:

"哎——嗨——哎——嗨——"

那声音可真大,林子里到处回响。灰喜鹊开始四处飞蹿。

我跑起来,一边跑一边喊。我不止一次跌倒,爬起来再跑。我不顾一切地喊啊……

老梁骂着追赶。我再一次跌倒时,他揪住了我,立刻捂紧我的嘴巴。我狠力挣脱。他的脏手像铁笼头一样罩在我的嘴上。

这只腥臭的手啊,我"咯嘣"一声咬了它一口。

"我的妈呀啊呀手……疼死我了手完了……"

他蹲在地上拧动,抱着手剧抖。

我拔腿就跑。我没命地跑。他缓过劲儿肯定会用枪打我。

我磕磕绊绊往前,憋住一口气跑出了丛林。

一出林子月亮立刻大了。我大喘着,一低头才看到身上有血:许多血。摸了摸,没有伤。是他的血。

老天,刚才我下口可真狠……

月亮天里,丛林里飞出一群群灰喜鹊。老天,它们都随我出来了。我敢说从来没有看到这么多的灰喜鹊:呼呼掠过头顶,简直把月亮都挡住了……

……

1990 年

鱼 的 故 事

父亲也被叫到海上拉鱼了。他大概做梦都不曾想过会做这么有趣的工作。他那张被山风吹糙了的脸总是挂满愁苦,现在接受了这个工作,满面微笑。他一穿上发下的油布衣服,背起拉网用的带横棍的细绳,就兴冲冲的。

我也觉得有趣。我沿着父亲的足迹穿过大片草地和丛林,去海上看那些拉大网的人。

海上没有浪,几个人把小船摇进去。随着小船往海里驶,船上的人就抛下一张大网。水面上留下一串白色网漂。小船兜一个圈子靠岸。剩下的事儿就是拽住大网往上拖,费劲地拖。这就是"拉大网"。

网一动,渔老大就呼喊起来,嗓门吓死人。父亲,所有的人,都在他的呼喊中一齐用力。

天并不热,可是拉网的人连一点衣服都不穿。只有父亲下身绑了一件汗衫。

拉网人把细绳搭到粗缏上,再把棍子横到屁股上,用绳扣拴住。老大喊号子,大家随号子"嗨呀嗨呀"叫,一边后退一边用力。

网里一定兜住了很多鱼,网有千斤重……

大网慢慢上来了,岸边的人全都狂呼起来。我这是第一次看到怎样从海里逮到这么多鱼,第一次看到这么多活蹦乱跳的鱼一齐离水,看到这一刹奇景。各种鱼都有,最大的有三尺多长,头颅简直像一头小猪。有一条鱼的眼睛睁得老大,转动着,一会儿盯盯这个,一会儿盯盯那个。我相信它懂事。

所有鱼都在海上老大的吆喝声中被网包抬起,倒在了不远的一片苇席上。席子旁早排好了长队,都是赶来买鱼的人。他们有的推车,有的担筐。鱼不值钱,买鱼的扔下一块钱就可以随便背鱼。

几个老头从渔铺里钻出,手拿网兜,把喜欢的黄花鱼挑出来。

拉鱼的人可以松闲一会儿了。大家都赤身裸体,谁看谁都一样。父亲笑了。他和他们差不多。人人身上都是黑红色,是太阳把他们弄得差不多了。他们坐在一起喝鱼汤。鱼汤这样做:拣最肥的鱼"当当"剁成几大块,扔到锅里就煮,什么佐料也不放,直接用海水煮。连盐也免了。

我们围看的几个孩子被熬汤的老头叫过去,每人舀了一大碗。我们端着碗跑开了。

拉网的人各自从角落里搬出一个酒瓶,一边吃鱼一边喝酒。大家都去敬海上老大。老大几乎尝遍了所有人的酒,一会儿就有些醉了,在海滩上蹒跚,唱起了难听的歌——越难听越有人为他叫好。父亲木着脸。

父亲没有酒。一个长络腮胡子的人从另一个人的手里夺下酒瓶让父亲喝一口。父亲看他一眼,接过酒瓶,先抿一口,然后一仰脖子喝一大口。他咳嗽,脸也红了。

后来我就常常看到父亲喝酒。他跟母亲要钱买酒,母亲不给就自己搞。他制了一个挺好的葫芦,弄到零酒就倒进去,然后用一个玉米芯塞住,夹在腋下。

父亲从海上回家时常常满嘴酒气。母亲很忧虑。他满不在乎。我觉得父亲这时变得不那么讨厌了。我也喜欢酒了。酒能让一个人变。父亲常要捎回一些鱼。那是海上老大对拉网人的犒劳。拉网人每人都有一个大网包,那里面装了鱼和器具,甚至是衣服。他们真辛苦,每天要拉好多网。有时候半夜还要拉一网。那就要在海上过夜。

我也钻过他们的渔铺。那是一个深陷地下的土坑,上面用海草搭了架子,架子上胡乱扔了一些玉米秸和废旧渔网。到处腥臭熏人。拉网的人像鱼一样挤在一块儿,拼命打鼾。有的人晚上起来解溲,没地方下脚,就踩着人的屁股走。好多人一边打鼾一边叫,互相伸手狠拧。我不知叫的人里面有没有父亲。

早晨要拉"黎明网",这网最重要。这时也是海上老大最精神的时候。他像赶牲口一样把渔铺里的人全部号醒,催他们快些快些。

小船蒙了一层霜。撒网的人用衣袖把甲板上的霜擦去,然后蹦上小船。有的胡乱上船,霜立刻在脚板下融化。他们嘴里发出"夫夫"声,喝酒抵挡寒冷。不停地喝,等到船往回返时,每个人都醉了。醉汉手脚分外灵快,像跳舞一样摇橹,往水里"刷啦刷啦"扔网。奇怪的醉歌飘到岸上,岸上就大声叫好。他们也不怕吓跑了鱼。鱼实在太多了。

岸上的人穿着棉衣,光着屁股。拴网绳了,喊号子了,领头喊的人两手伸得像大猩猩一样长,一举一举大喊。海上老大就高兴这样。号子里常要掺杂一些坏词儿。父亲也跟上喊,额头上冒着汗珠。

多少鱼啊。鱼多得让人骂起来了。

家里没有粮食吃。有时一个月吃不上一次玉米饼。玉米饼闪着金黄色,馋得人直流口水。母亲只吃糠窝窝,有时也让我们和她一块儿吃糠窝窝。父亲提回鱼来,一家人赶紧围上母亲飞快洗鱼,就用清水煮,放点盐。

吃鱼吃得嘴巴发酸,再好的鱼也比不上玉米饼啊。可是母亲说:"你们不做活,吃鱼就行。你爸要拼劲干活,让他吃玉米饼吧。"

父亲从来没推辞过。唯一的一块玉米饼被他三口两口吞下去。尽管肚子不饱,他也不愿端一碗鱼吃。

父亲在海上学会了做一种毒鱼。这种鱼身上全是蓝斑,肚子发黄。它样子就可怕。可是父亲学会了怎样对付它。这种鱼肉最鲜,可偏偏有毒,毒死的人数不完。母亲一见它就吓得叫起来,说我们无论如何也不能冒这个险。父亲把衣袖绾起,用一把小刀剖开鱼肚,然后分离出什么,把鱼头扔掉。用清水反复冲洗,又将鱼脊背上那两根白线抽掉,说:"没事了。"母亲喘着把鱼做好。

一种奇特的鲜味飘出。

真好吃。这才叫好吃。

父亲从酒葫芦里倒出一点酒,让我和母亲都尝了一小口。这天晚上愉快。碰巧父亲第二天用不着起早下海,不急睡。他还唱起了一首拉网的歌。母亲为他缝补衣衫。这晚上我胆子大了,伏到父亲背上。脊背热得像炕。

父亲唱过了,摇摇晃晃走到院里。我跟他走出。月亮真亮,没有多少星星,天瓦蓝瓦蓝。整个野地里听不到一点人声。这时我才想起:我们这座孤零零的小屋盖在了荒野上。丛林里,猫头鹰一声一声叫。对我们,它可不算坏鸟。父亲手按胸膛凝望远方。他准在想什么。

这晚上,我从他身上闻到了鱼腥味。

这一天父亲从海上回来,天还没黑,人喝得烂醉。他一头栽到了屋里,肩上的网兜空着。原来那网兜斜扣在肩上,就这么拖拉着回来了。母亲说:

"你顺着他的来路,去把鱼和衣服找回。"

我挎着筐子出去。出门不远就是一条小鱼。这条鱼还一动一动。每走几步都会发现一条鱼。它们都藏在草里。我能听到一种"吱吱"的声音。我也怪了,能听见鱼叫。它们藏在哪我都知道。扒开茅草,里面准有一条鱼在动。

我往前走,两脚在茅草里卷,鱼儿碰到我的脚就顺势往上一挑,在半空里把它捉住。只一会儿我就把父亲丢掉的鱼全捡回了。一件脏衣服也被我找到了。

父亲常把海上的欢乐带回,又差点全部抵消。这次父亲又捎回几条毒鱼,扔在地上就睡去了。母亲仿照父亲上次那样把鱼剖开,从头全做一遍。还是鲜气逼人。美吃一顿。

一个多钟头过去,我有点晕。真的晕了。接着我看见父亲全身抖动,手指像按在一根琴弦上,又颤又挪,嘴里吐出了白沫。母亲比我们好一点,脸也黄了。她抱紧我和父亲,说:"我不是故意。我不是。你知道我不是故意的——你信吧?"

父亲嘴唇变青。他咬着牙点头。

母亲让我看住他,要去请医生。

父亲摇着头。

这里离最近的村落也有几十里路,我们去哪儿请呢?母亲明白来不及了。这时我觉得手脚都一阵抽疼,想站起,一挪步子就跌倒。我咬着牙爬几步。母亲摇晃过来,我们扶在一起。母亲说:"到外面采一点木槿叶,采一点解毒草。"

我往外连爬带跑。草地上全是一样的草稞,根本分辨不出有什么不同。这些草稞像是向我伸来,抚摸我。我低下头,它们就摸我的眼睛、头发。一会儿又像火焰一样烧我的脸。我叫了一声。妈妈跟来了,拍打我:"不要紧,不要紧,慢慢找。你睁大眼看。"

母亲已经采到了一株解毒草,她先嚼碎一些,吐在我嘴里。我们继续找。原野在眼前变成一片紫色,又变幻出更奇怪的颜色。整个原野都有一层紫幔,下面像有一万条蛇在拱动。它不停地抖、舞,升上来。一道紫幔升到我的腰部、颈部,眼看就要把我覆盖了。我沉在紫色布幔下边,挣着,两手去揪幔子边缘。我像溺水的人那样喊,手脚勒住了。我不能挣脱。我想起了妈妈,睁大眼找。四周一个人也没有。我喊,不知喊了多久,才听到一阵脚步声。

我躺在小茅屋里,旁边是父亲。母亲坐在那儿,旁边的碗里是捣成稀汁的解毒草。她说:"孩子,你说胡话……"

我觉得好了。

吃毒鱼后一个多月的晚上,外面起了大风。风很大,搅弄得整个荒滩不得安宁,各种大声使我害怕。我睡着了,接着就梦见一条小鱼。好俊的小鱼。它打扮得像一个小姑娘一样走进了茅屋。母亲把她抱到怀里,给她梳理透明的头发。真漂亮,除了有两个鱼鳍,到处和人一样。我扯着她的手在院里玩,一起逮蝉。母亲对她特别好,给她玉米饼吃;母亲让她住在屋里。

后来我才知道,母亲想让她做我的媳妇。我不好意思。不过,幸福啊。

她说她要走了,但是还会常来小屋。

我说:"你不要走了,你的家在哪里?"

"在大海里。"

我想起了,她是一条小美人鱼。看来平时人们传来传去的话一点也不假啊。

走前她告诉:她的爷爷、奶奶、哥哥、弟弟,所有的亲戚都给海上老大逮来了。他们死得惨。她让我求求岸上人,求求他们住手吧。如果他们做得到,她就可以嫁到岸上来。

我哀求母亲答应她的话,哀求母亲去找海上老大,和父亲一起。母亲答应了。

小鱼姑娘又来了。她哭着,告诉我:他们还在捕鱼,海里那么多姐妹再也看不到了。她实在是没有办法了,所以刚才路过渔铺的时候,给好多睡觉的拉网人腿上、胳膊上都扎了红头绳:"我把他们扎住了,他们就不能下海了。"

梦做到这儿就醒了。我觉得像失掉了一个真正的朋友,竟然哭了。

父亲睡得正香,被哭声惊醒,推我一下。母亲赶紧把我抱到怀里,问怎么了。我就说出了这个梦。母亲没有做声,看了父亲一眼,哄我睡下。

天亮后父亲要到海上去,母亲让他小心一点。她把我的梦告诉了他,说:"孩子梦见好多拉网人都给扎上了红头绳。"

父亲瞥了母亲一眼,走了。

后来我才知道:那天父亲把我的梦告诉了海上老大,老大只是一笑。

那天傍晚风息涛平,老大就让小船出海。想不到一场风暴突来,出海的五个人就在人们的眼皮底下跌进了狂浪。他们无一生还。

父亲跑回来嘴唇都紫了,双手抖着跟母亲讲了风暴。

母亲一句话也没说,只直眼盯着我。

这就是鱼的故事。我再也忘不掉,一直没忘。尽管许多人说那只是一次巧合……

1990 年

三 辑

割　　烟
武　　痴
仙　　女
烧 花 生
许　　蒂
晚霞中的散步
山　　洞
书　　房
面 对 星 辰
一个人的战争
老　　人
致 不 孝 之 子

割　烟

父亲试着种烟。这个地方黄烟有名。父亲想试一试。

他在四周围了山药架的地上种烟。架子等于是篱笆。种烟需要特异的技术,不过这对他来说不难。像开始种山药一样,像干别的一样,对他来说都不难。无论干什么,他超过一般人所需要的时间,大约是一年。

他可不仅是能吃苦,而且舍得花力气。他有别人没有的内力。父亲有内力。世上有些男人没有内力,我总觉得不像"父亲"。

我知道他这股劲儿是从哪里来的。他在露天采矿场上熬了十年。

烟棵长得又高又黑,长到齐腰高,可以藏人了。烟垄被一把小木铲拍得又光又亮。我钻到烟棵里玩,如果不小心碰折了烟叶,就得把它藏到土里。可是父亲能从断去的叶梗那儿看出什么:哪一片叶子除掉或留下,都记在心里。这真怪。怪得恨人。

父亲曾经对母亲说:种烟最难是割烟。割烟就是给烟棵除顶。由于除顶的时间和方法不同,长出的顶叶数量和质量就不同。每一株的顶叶烟只有三片,宝贵啊。

母亲在旁边看父亲割烟。他不知从哪找来一根筷子粗细的钢条,一边磨成了锥子形,另一边锻成小斜刀。真锋利。他交替使用它的两端,一眨眼把一棵烟割成。

父亲夜里汲水浇烟,我在烟垄那儿看水,烟垄涨满就呼喊一声。湿漉漉的夜晚,蚂蚱跳起来撞脸。蝈蝈在山药架下唱,我一学它们,它们就长时间不做声了。蝈蝈是又小又拗的动物,只愿独唱。我一个人待在沙土上想很多事情。那些夜晚啊,真适合想事情。

父亲在山药架旁还种了一些南瓜。南瓜泼辣,不怕荒草,什么都不怕。它们这辈子结出了多少又大又甜的瓜。它们的力气大得吓人,结这么多瓜当然需要力气。有些大瓜蛾在花上伸出一根长针,不停地旋。我逮住了它的"探针":竟可以延长许多,变成一根细绳。我捉住这细绳,看上去就像放风筝。不忍心,一松手让它飞走。

我们有一只狗,它和我同心同德。把它自己留在小茅屋它就叫个不停。它也想到烟田里玩。后来它不知怎么就挣脱了脖扣,顺着烟垄跑过来。我装着没看见,抄手闭眼。只一会儿湿漉漉、暖烘烘的嘴巴就触在了脸上。它浑身乱拧,尾巴拍打我的膝盖。"虎儿你好生坐着。"它就在我身边坐下。我教训它一番。我愿偷偷教训它。一教训它就安静。虎儿忍了一会儿,一头扎进了周围的灌木丛。

一群鸟雀惊叫蹿起,后来又有其他野物发出惊叫声。虎儿在灌木丛里闹腾一会儿,顶着一身花草香味奔出。它浑身粘满鬼针草,我一根一根摘去。

虎儿总是昂着那个锃亮的鼻头。我捧起它的脸。一张好看的脸。脸上的毛很洁净,一尘不染。是一张好看的花脸,眼睛是双的,睫毛浓黑;耳朵耷下,很松。它温和、乐观。由于年龄的关系,它还顽皮。我把它揽在身边。它的一颗心"咚咚"跳。我给虎儿号脉,真的在它前爪那儿找到了跳脉。跳得很快很快,不得了啊。

黄烟很快成熟了,最劳累的夜晚来了。

不是把烟叶一支一支剥下,而是要把烟棵齐根儿砍下,然后再收到一个地方,用刀子把烟叶连带一节烟骨剜下。时间必须抓紧,不能耽搁,因为烟叶怕闷。

我们每人都有一把刀子。母亲也像父亲一样,面对一个木头垫板割烟。

那些夜晚几乎不能睡觉。为了省油,全家合用一盏油灯。"哧哧"割烟。父亲总是起身去抱烟棵。烟秸在我们四周垛了很高。割啊割啊,实在疲倦了,抬头一看,东方露出鱼肚白。父亲说:"睡觉。"

我左手指有几个疤,是被割烟刀碰的。当时犯困,烟秸一滚,刀子就滑到了手指上。通红的血一流,母亲就发出尖叫。是她的叫声让我害怕。

虎儿在这个季节总是睡在烟田里,伴主人一块儿值勤。我晚上跟父亲睡搭起的草铺,铺外晾了烟叶。那些赶海的人路过这儿随手就捎上一些。我们一年的收获啊。赶海的人都是一些有大烟瘾的人,他们一个人一年可以抽掉一大口袋烟末。父亲说:这是他们在海滩上抵挡湿气的一个方法。

那些夜晚父亲总在铺前拢一堆火,不紧不慢烤一个烟叶。烟叶发出好闻的香味。我很难一个人睡去,坐在铺子里,看着父亲坐在火边的身影。就是那时候我看见他的头发白了一半,一双大脚赤裸着,上面是黑一块绿一块的颜色。他搓烟叶了,从衣服口袋里掏一片纸捻喇叭烟。他敢用手直接捏起一块发红的火炭对在烟上。吸第一口烟时闭眼,一只手拄地,伸开两腿。他舒坦了。

我裹着被子从铺子里跳出,父亲呵斥一声。我不退缩,他再不管。我蹲在火边烤烟叶,烤好了就递给他。

父亲一夜要抽多少烟。

有一个晚上我睡过去,醒来已是下半夜。一旁的被窝是空的,抬头一看,他还在火堆旁坐着。他的头上全是露水,身上披了一件老棉袄,虎儿就在对面。

下半夜,我们被虎儿的剧烈叫声惊醒。四周静悄悄,没有一点声音。虎儿向晾烟的架子号,脊背的毛都竖起来。父亲取过一根长竹竿,伸到架子里面拨着垂挂的烟叶。这样拨了一会儿,竹竿另一端有了分量。父亲的手抖着往外抽,好不容易才抽出来。原来竹竿的另一端被人握紧了,这时随着竹竿走出,嘻嘻笑。

父亲对在那人脸上看了看,赔笑。我也从火光里认出钻来的人是"起儿"。

起儿三十多岁,满脸早有了皱纹。他穿了一件脏臭的灰衣服,头发上沾满草梗、泥巴。他今夜大概是想偷点烟走。起儿常年在荒滩上游动,主要靠两种营生维持生活:一是串门时随手取走一点东西,什么都拿,小锄子、小铁钉耙,有时还拿走晒在绳子上的一条裤子,拿走就到集上卖。再就是他会阉割,身上常带一把小刀,如果有人需要阉猪,他就把这活做了,然后讨酒要钱。起儿做得熟了,沾了两手的血,走到哪里都不洗。

他今晚当然不干这个,两只手不红。

父亲请他坐在火边,请他抽烟。虎儿盯他。起儿一连抽了四五支烟,说:

"这狗早晚招惹事情。"

父亲点点头。

起儿又说:

"都是没阉的病。一阉,也就成了一条好狗。"

父亲点点头。

"你不阉,它跑出去闹事,咬了村里人,你这样的人也担待得起?"

父亲看一眼虎儿。

起儿说:"我抽一会儿烟,今夜咱就做了罢。"

父亲嘴角牵动一下:"这……"

起儿一拍膝盖。

父亲点点头。起儿又卷一支烟。他闭一只眼看虎儿。虎儿拼出力量挣那条锁链。我站到虎儿身边。

起儿说:"你看,不阉哪行!"

父亲垂下眼睛看着自己的两手。起儿让他回院去取两把锄,两眼像狼一样盯他。父亲往院里走了。我破开嗓子喊了一声。他没听。我央求起儿不要不要……起儿嘻嘻笑。

父亲拿来了两把锄头。起儿也吸完了烟。他从衣兜里掏了一会,并没有那个阉猪刀。这会儿他一抬头,看见父亲的上衣口袋装了一把割烟刀,就一把夺过,对在火苗上看了看:"也中。"

父亲把锄头交给我一把。这是要用两把锄钩绞住它的脖子。我大号。起儿就把锄头取到手里:"咱俩来吧。"

锄钩套到虎儿的脖子上。虎儿身子歪下了。它哭,没有大哭。它在忍。

起儿一手扶着锄柄,然后蹁起左腿把锄柄夹住,闲出手扯起虎儿两条后腿。我跑到了黑影里。

虎儿有了长嘶。"砰"一声,锄钩断了。可是它没有逃开。那边是"嗯嗯"的用力声。

虎儿叫着。起儿大概在缝伤口。

我走过来。一眼看到虎儿腿拐了两下,围着拴它的那个柱子转圈,然后躺下舔伤口。

起儿把虎儿身上取下来的东西放进火里。烧了一会儿,拿在手里吹了吹,竟然吃起来。

父亲背过脸去。

起儿吃完了,又是抽烟。

露水真盛。不知离天亮还有多远。没有一点声音。突然起儿问了句:

"你家的猪阉了没有?"

"没有……"

起儿一拍膝盖："那不一块儿！"

我大着声音："我们的猪不阉！"

父亲也抬起头："我想留做种猪……"

起儿摇摇头："留种猪要上级批准的，你能留种猪？你这样的人也能留种猪？"

父亲不做声了。

起儿站起来，手提那个割烟刀往小院走去。父亲坐了片刻，跟上。

推开院门时母亲被惊醒了。父亲对她耳语几句。母亲没有做声，只是点起一盏桅灯，悬在了门框上。

起儿和父亲进了猪圈，把睡得正熟的小猪提起，又用绳子把它的四蹄捆了。起儿让把桅灯挪近一些，母亲把灯递给了父亲。

它号叫。

起儿提着灯，两手都是鲜血，割烟刀上也是。

起儿从猪圈里一蹦出就急急往外奔。他到了火边，把割下的东西投进火里……

阉完之后，他一直盯着父亲。他目不转睛。

我知道，他是跟父亲要钱。父亲咳了两声：

"我取钱去，我……"

父亲取来一些硬币。起儿在手里一个一个扒拉，从中拣出了一个一分的硬币扔给父亲："该多少是多少。"说完将硬币装进了兜里。

他打着响嗝,拖拉着鞋子走了。走了几步又回头,从架上取了几片烟叶……

虎儿一直闭着眼睛。

……

不久的一天,父亲不知用割烟刀干什么,一不小心,手给割了。他刀子使得熟极了,从没碰过手指。可是这次真惨,锋快的刀子一下捅进手掌,他"啊啊"叫两声,刀子掉在地上。我和母亲听到了一块儿跑去。父亲的脸蜡黄蜡黄。我看了一眼血手,吓得蒙了。一道大血口子,从手心到指根。浓血涌出。大口子像鱼嘴那样咧开。父亲用另一只手握住了手腕,可是血更多地向外流。母亲把布兜里的一个手巾撕破给父亲裹,又扯他的另一只手往前跑。

我们不顾一切,院门也没锁,一齐往前跑。

整个路上都洒了父亲的血。

……

接下去的日子父亲什么活也不能做。我觉得可怕极了,可唯有父亲没事人一样。他没有呻吟,更没有流泪。真不简单。我再次觉得父亲有内力。

停了没有几天,他竟然用闲着的一只手摆弄黄烟了。我不愿离开父亲,当他动手做活时,我就跑在前边。可是父亲还挂记着那把割烟刀——他那天把它掉在地上,慌乱中没有捡起。这会儿我们到处找,找不到了。

父亲的手整整过了两个多月才解了纱布。这中间他上了几次药。结了一个很大的疤,那五根手指要伸直时,它就阻止。东西抓不牢,是那个疤碍事。只有当他握起拳头的时候才好,那样什么毛病也没有了。

　　半年之后我们平整土地。父亲的铁锹插进地里,发出了"当格"一声。一锹土取出,父亲弯下腰去摸,一把掏出了那把割烟刀。

　　它已经锈了……

　　十多年后,剩了母亲一个人。她回城后还存有那把割烟刀。

　　有一天我收拾一些杂乱物品,打开了抽屉。我把一些过去的小东西集到一起。我打开一个座钟罩,一下发现了那把割烟刀。

　　它擦得锃亮,抹了油。

　　我双手捧起了它……

1990 年

武　痴

……我极力在记忆中搜索。我想起了庄周在出走前与我的一次长谈。

那一天庄周头发乱蓬蓬地找到我,进门就说:"我有一天会变痴,信不信?"他问得如此唐突。我打量着他,觉得他一切照旧。头发当然是很乱的,不过脸色看上去也没有什么不好。他穿了一件时髦衣服,裤子照例没有系得很妥帖……他挠着头又问了我一句。这时我才从他的眼角那儿看出微微的一丝狂怒,但这也不足为据。我只得附和说:

"大概会吧。"

他很严肃地说下去:"我如果停几年的话,肯定会变痴……不过痴与痴不一样,有的人是'文痴',变痴了以后老是沉默寡言、表情麻木,把一切都闷在心里。我则不同,我要痴就一定是'武痴'。"说着他拉了一个练功的架子,往前短促有力地来了一拳——"武痴那就不同了。那是很厉害的一个人,他狂放不羁,多言多语,敢说敢做,动辄开打——我会变成那样的一个人,信不信?"

我想他如果真的变痴的话,大概也只能是"武痴",于是就点了点头。

他高兴起来,手舞足蹈地在我屋子里翻找什么。他找出了最好的一份绿茶泡上,又找到半截香烟点燃了。他凑到我耳根上说:"非要把人逼痴了不可啊。你信不信?"

我没有做声。我想庄周这个人毛病太多,整天疯疯癫癫,也许并不需要谁去逼他,只要"正常"发展下去也就可以了。

他深吸了一口烟:"我现在是挺好的一个人。我写的东西也有人赞扬,混得也不错。说来说去我还是个能忍受的人,会装糊涂;不过有一天我痴起来的时候可就不管这些了。我才不需要他们照顾我。我要把假面具撕下来,整天喝酒,闹他个人仰马翻。我兴许会一下蹦到我最尊敬的那个人面前,用手指着他的鼻梁,让他大吃一惊。我要搅他个天昏地暗,让他们都知道我的厉害。我就不信所有人都这么一副好脾气,都这么能忍。那是他们没遇到一个'武痴'。到时候那些假模假样的人在大厅里开会,讨论什么文绉绉的事儿,还有什么狗屁司仪,我就"轰咚"一下把门踹开。我大步走到主席台上,对准麦克风就是一阵狂吼:'武痴来啦——'我保准他们会吓一跳。我接上去就一个一个揭他们的短处:给上司挠痒、十二岁了还尿裤子、作风正派但擅长意淫……我怕什么?我反正是痴了。我能把他们梦中的事情也讲出来,让他们从今无地自容。这些正人君子,这些平常就爱讲'滴水之恩涌泉相报'的人啊,这些满口仁义道德的家伙啊,没有一个是好玩艺儿。我闹完了扭头就走,跨出门来就是一阵疯跑——他们还没反应过来呢……"

我这时候插一句:"你往哪跑?精神病人对社会有极大破坏力,他们很快就把你抓起来。"

"哼,"庄周笑笑,"他们抓不到。'武痴'是随便能抓到的吗?一跳三尺,上房揭瓦,谁抓得到?飞檐走壁……"

他过分相信以后的身体机能了。我表示这一切都是不可能的。

他用力地梳理自己的头发,说:"别的人看不到这一天,我也不愿提前对他们预言。我相信你是个天才——我愿意对一个天才讲出我的所有隐秘,尽管这个天才会背叛我。"

我斜他一眼:"背叛?"

"差不多吧。"

庄周吸完了半截烟,利利落落地扔了烟蒂,喝一口浓茶说:"不过天才总归是可爱的呀,"他像一个老人一样地叹息,嗓音憋得很粗,"我对我身边的那些人讲,一百个庸才也抵不了一个天才,你们都是些平庸的人,我很讨厌你们。他们嘻嘻笑,以为我说的是醉话。他们不知道我真的讨厌他们。我老远地跑来找你,就为了告诉你一个预感——伙计,什么也没有'预感'这个东西来得准确。我预感自己到了四五十岁时,很可能就要痴起来。那时候任何人吃惊,你都不要觉得奇怪。因为我提前这么多年就告诉你了。我那样就会变成另一个人,在外面奔波一天,也许疲惫不堪:你知道痴人消耗体力最大。我老婆这个人——我现在估摸,她也许不会抛弃我。她会做好的给我吃,给我上上营养。'文痴'是节省体力的,你这个人将来如果痴了可能就是'文痴'。不过你消耗得会很少,你对那些不顺眼的人物打击力也很小——你这样的人痴了又有什么用？还不如镇静一些的好。生活就需要你这样的人蹲在角落里,默不做声地记录下一些什么。不过我对你有个小小的要求,我应该优先进入你的刀笔下面。你要把我弄得好看一些。我身上的线条不怎么样,看在老朋友份上,你把我的臀部描得小一些,把我的小腿画得长一些,那样我就好看了……"

他哈哈大笑,十分得意。

我说:"看来你还是痴不了,你很关心自己将来的形象——你都把整个肉体和灵魂抵押出去了,还在乎记录上的一点得失呀？"

庄周说:"这你就错了。我觉得'武痴'的形象比当今一切的完人、一切最漂亮的男人和女人都要英俊潇洒。"

说到这里,他把右手往上一扬。

我无意回答。

"那一天还不如早早来,不能这样过了。你就不觉得太憋闷了吗？我知道你是个忍耐的好手。行,就凭这一点,你也能应几招,过他两场。我不行。我这样大概会早早地完蛋——当我痴起来的时候,我可就是另一个人啦。那时候他们提防也晚了,一招一式无抵挡。这你可能不信。我有时候想,这算怎么个活法？我一个人的时候常常把门关上,一个人喝酒、抽烟,整个屋子里对面不见人。我吸了那么多烟。有时我在屋里关一天都不出去。说起来你不信,我除了喝水什么也不吃,什么也不干。我在想自己的事情:过去的事情,未来几十年的事情。我想得太累了。有时候家里人以为我出了什么事儿,他们用力地砸门。因为他们发现从门缝里往外冒烟。他们砸门,我不理他们。有时实在被吵得不行,就狠劲踢一下门板,说:'我还活着呢,去你妈的……'我连自己家的人都骂。他们会原谅我,他们多少知道我的心情。老婆有时问我:比起其他人来,你有什么不愉快?一切似乎都挺好啊。可我的憋闷可不是伪装的,不是想出来的。它非常具体哩,非常具体地罗列在我的面前……我不说你也知道都是些什么。没人听懂我的话,痛心疾首也没有用,所以还不如一个人在屋里呻吟,像一个可怜虫。呻吟完了走出来,还要像一个男子汉那样,把头发梳光,尽量穿着整齐,走上街头逢人便笑,礼貌地握手,然后道一声'你好'。就是这样的生活……我要跟好多可恨的人维持着友谊,而且维持得很好。那友谊简直越来越深啦。这样的友谊只能使人短命。这友谊由于特别漫长,你也不能说其中掺了什么假。我有时候就被这种毫无价值、毫无益处、肯定是伤身的破烂友谊所激动,满怀信心地往前走,怪可怜的。它时常被人利用。它是给猫头狗耳的安慰。它没有给我任何愉快。你可能认为我是个自私的人,我净以自己的得失来判断事物——才不是这样。我把我的所有友谊:跟这个世界上的人啦、草啦、天啦、树木啦、街道啦、机关啦、书记啦……一切的友谊都看成非常客观的东西,放到价值的天平上去衡量,然后就发现了它们的渺小。我与一些渺小的东西是经营不出伟大友谊的。我想在世界上寻找更大的东西,与它们去构筑崭新的友谊。"

我笑了:"你不是说我是一个'天才'吗?我们之间不可以有这种友谊吗?"

"你不要对我开玩笑。你明白我很重视你的友谊。但我还要从头来。简单点说我并不满足。说起来你不信,有一次我一口气喝了一斤白酒,醉得不省人事,头疼得都要裂开了。我在自己的小屋里吐得到处都是,沾了一身一脸。慌乱中我不知吃了什么脏东西,又恶心起来。那一天我把肚子里的东西都吐光了,虚得很,大概脸上没有一点血色吧。外面听到了什么不好的声音,硬是把门砸开了。那时我已经昏过去了。他们知道单纯是醉酒不可能把一个人整成这样。我把这几十年的窝囊气都借着酒力吐出来了。别看我把外表搞脏了,可内心里第一次这么干净。我醒来对他们说:'哎呀,好痛快。好痛快的一次。'老婆说:'痛快去吧。再有这么一次,你就完了。'我说:'我早就完了。告诉你吧,我身上有好多病,我都瞒了你。''神经病。'我老婆哼了一句离开了。是啊,我的病用爱克斯光机、B超扫描,什么异常都看不出来。我的病也不完全是神经性的。它确实很危险。我身上到处都潜伏着危机。我不愿夸张。我会早早地走完这一辈子。不过在接近终点那些年里,我会干得很漂亮。"

我说:"我知道,你是指你的'武痴'。你把希望寄托在这上面——真有意思,我第一次听人盼着自己变痴。"

他很认真:"所有的人——他只要是一个智者,那么就一定在向着痴人的方向发展。可惜大多数人都变成了'文痴'。他们变痴之前被教训得越来越老实,不敢蹬腿顿足,穿的衣服越来越多。他们就忘记了刚生下来那会儿赤身裸体,还露着那东西,哇哇大哭,搅得四邻不安。他们在母亲的肚子里面就踢腿挥拳。你看,一个人刚刚降生的时候倒是挺来劲儿，都是到后来才给管束得老老实实、服服帖帖了。实际上他不知道他在走向'文痴'。'武痴'，简单点说就是恢复原状。"

我被他说得多少有点难受。我不知道该怎么评价他，但有一点可以相信，他说的全是真话。这使我想起了另一次，我们在一个雪夜里散步的情景。我记得雪花稀稀落落地下着，脚下已经盖了薄薄的一层。我们俩走在渠边上，听着薄冰之下的水流发出很闷的声音。我们畅快地呼吸着冬天里清冽的空气，心情舒畅。庄周若有所悟地对我说："每逢走到开阔地方，只要是一眼望不到边的地方，我就会打一个激灵。我想起了我写的那些东西。我觉得它不像是一个人正经发出的真音儿，里边没有真正的怨怒悲苦，而是些小伤感。甚至连呕吐、连一次痛快的排泄都不够格。你这会儿四下里看看，从这无边的雪地上我们可以记住些什么？我们难道不可以为这片雪野表达出什么真东西吗？它们没有自己的音乐吗？"

他的话让我激动起来。我停下脚步看着庄周。我发现了他的眼睛里泪花闪闪。如果不是我的错觉的话，那么他那个夜晚真的哭了。

我一直记着那个场面。记得他当时还说："当我们离开拥挤的街巷，那么我们的思路确实就会发生变化。清晰的思路又会回来——它原来是大自然给的。我们一旦回到了密集的人群中，立刻就会被相互间的热浪烘烤得昏头昏脑，说一些昏话，这些昏话又准会博得一帮蠢人的喝彩……"

……

庄周把茶喝光了,在我的床铺上翻弄着几张画。那几张画有的非常怪异,它们是舶来品,也是这个城市里最时髦的艺术品。他远远近近地打量着,说:

"这些艺术家是正常的吗?"

我告诉他,据说它们的作者是这个世界上最好的艺术家。

"他们住在哪儿?"

"住在地球的另一边。"

"嗯,好。如果还来得及,我变成'武痴'的时候,首先要坐上飞机去找他们,我要把他们狠揍一顿。"

……

我打开了电视机,出现在屏幕上的是一个披头散发的歌唱家。她一边唱歌一边闭着眼睛,张大了嘴巴——我不知怎么想起了十几岁的时候见过的一条大鱼。她"啊啊"大唱,手舞足蹈,一边闭着眼睛一边剧烈颤抖,激动得无可救药。庄周把拳头擂在桌子上,问我:

"这是谁?"

"这你也该知道,她是我们这儿最走红的歌唱家。"

"嗯,好,我记住了。等我变成'武痴'那一天——她住在哪?"

我笑着告诉:"住在北京。"

"那好,我首先要坐车到北京去,狠揍她一顿。我要把她打得聪明些。让她明白:歌子唱得好赖不在于老闭眼睛。你睁开眼都看不清,还闭着眼。"

庄周看来并不是开玩笑,因为他气得脸都红了。我觉得这家伙现在就有点"武痴"了。我对他说:

"不要这么气盛,宽容一点,宽容一点。"

他大口呼吸,说:"开始宽容,"说着端起茶缸。水已经空了,我赶忙给他添上。他吹着热气慢慢吮,"宽容下来,宽容下来……"

我觉得奇怪的是,他本来是我们这一周遭第一个"先锋派"。他的艺术连我都不太懂。可是如今他与另一些相同倾向的艺术家竟如此格格不入。当然他与他们之间有着巨大的差异,不过差异到底在哪里还要好好琢磨。可能庄周以他超人的敏感一下子就捕捉到了那种差异,所以才不能容忍。

庄周这一天玩到很晚。他看来要在这儿吃饭了。我简直搞不到什么可吃的,这时就提议一块儿到街上去。他说:"我们还是出去吃吧。"

我去找点钱带上,他拍拍新毛衣里边的衬衣口袋说:

"这里面有大量的钱。我要请客。"

我就跟着他走了。拐出一个街角,我们来到一个响着"嗡咚嗡咚"音乐的小饭馆。饭馆里有两三个娇里娇气的女招待,她们胸前照例挂了小姐牌儿。只有一个男子满脸疤痕,站在柜台后面,手里捏着一个计算器。他胸前挂了先生牌儿。

庄周指着先生大喝一声:"关掉音乐!"

满脸疤痕的先生刚要发火,一抬头看清了庄周的凶气,立刻吩咐一旁的小姐:

"音乐停了。"

在音乐停住的一霎儿,庄周的食指在菜谱上点来点去。一个小姐就把我们引到一个角落里。一会儿菜上来了。好丰盛的一桌菜。我们喝起酒来。我不得不承认,这是我和庄周最愉快的一次聚会。我一改往日滴酒不沾的习惯,大口地喝着啤酒。他一开头就畅饮了两杯,情绪一下子提起来。他恢复了整个下午里最激动的那个时刻的情绪,引得满屋的人都往我们这边看。我不得不提醒他:

"小声点。"

他大口喝酒吃肉,说:"怕什么?你就是这点不好。太谨慎了。'一个谨小慎微的天才'——这样的天才有时也不可爱。"

他狠狠地顶撞了我几句,停了一会儿接上说:"没有人了解我们怎样安排生活——人和人不同,就在于安排生活的不同。有的人心眼儿就像小拇指甲那么大。他们就在那么大的空间里活。怪不得有人想出了那么多的阴谋诡计,他的烦躁没地方释放啊。他们就像一只蚂蚁,在自己的小洞穴里转来转去,憋急了碰到伙伴就咬。我觉得,我们这一周遭快成了蚂蚁洞了,我偏要从这个洞里爬出来。"

他像唱歌似的胡乱嚷嚷。一个小姐在一边笑了。庄周对在我耳朵上说:"你看,她耳朵上那个耳环,那是什么?你可不要以为那是玉石的。那不是值钱东西。"

"是什么?"

"塑料的。"他"哧哧"笑了,"像塑料耳环这种做假的事,这个年头可多了,你不要见怪。你如果见怪,你可就太幼稚了。越漂亮的打扮越让人生疑。你看我这个邋遢样子,我比他们要讲究得多。"

说着他把裤角一撸,露出了洁白的线袜,又拍拍新羊毛衫:

"怎么样?全是真正的好东西,不是展品。"

我笑了。

他很快喝得有七分醉了。他这时候讲了一个下乡的故事。他说:

"我们那时候和邻居的孩子一块儿,到了晚上就喝上酒——那都是些烈酒。喝上酒以后,我们就跑到村外去,高声大唱。我们邻居有一个傻二哥,干什么都不行,就是嗓门好。他唱的戏人人都说跟匣子里面不差分毫。我们最激动的时候,就唱得热血沸腾,豪气万丈。可是傻二哥说——他说话的时候就眯着眼,他的眼早年害过眼病,烂唧唧的——他眯着眼睛凑过来,说:'侄儿啊……'我说:'不对,是兄弟!'他说:'对,兄弟呀,你唱得不对呀。'我说:'怎么不对?''那拖音儿要发出嗯、嗯、嗯——'我默不做声。停了一会儿,我照着他的指点唱了一句——这一下果然好听多了。"

他说到这里哈哈大笑。

我也大笑起来。

这时不知不觉菜已经被吃得差不多了,好多瓶酒也被喝光了。他摇摇晃晃站起来,说:

"掌柜的,先生们,小姐们,算账了。"

一边看热闹的人朝我们盯着。那个满脸疤痕的先生也很高兴地领着几个小姐过来了。小姐掏出小本和一支笔,跟我们要290

块钱。我看着庄周。庄周把羊毛衫绾到胸口那儿,伸手到衬衣口袋里去摸钱。他两个手指夹出来一封信——口袋却是空的。大家哈哈笑起来。我说:"糟了,你没带钱吗?"

"我记得是带的啊。"

这时我看到满脸疤痕的先生真正地恼怒了。他盯着庄周说:

"你是哪里的?"

庄周看他一眼,对在我耳朵上说:"我要,'武痴'了。"

我不知他这是开玩笑,就用手按住了他的两个胳膊,一边对先生赔着不是,答应我回去取钱。但我又担心离开后庄周在这里耍酒疯闹事儿,十分为难。

这时候,那个满脸疤痕的先生果断地一挥手说:"不用商量了,我有办法。"说着就走了。

我发现他到一边拨电话去了。

我们被困在了那儿。停了没有一刻钟,一个民警跨进门来。

庄周朝我笑了笑说:

"坐下吧,伙计。"

……

那个晚上好尴尬,也好愉快。它让我历久不忘。

1991 年 3 月

仙　女

先得说一下这个环境。我虽然多次说过,但现在还得再说一遍。这是个临近大海的荒原,在十几年前或更早的时候,肯定比现在荒凉得多,也许没有人烟。到处是灌木林子,除了冬天之外,整个荒原总是浓绿一片。远处有高大的凸起,像山峦似的,那就是乔木林了。无论是乔木还是灌木,我相信都是野生的。它们从不需要照管。与它们天然一起的,就是那些数不清的动物了。它们也是野生的,也不需要照管。

需要照管的是我们自己以及我们后来弄出来的东西。比如新栽的果树,饲养的鸡、鸭、猪之类。

我们一家是从很远的城里迁来的。当时这片荒原很可怕,方圆几十里可能只有我们这一座茅屋,我们竟然也敢来。刚来时只有外祖母和母亲,坐了马车。我一生都佩服她们。我们的小茅屋四周是一片小果园,这肯定也是她们开出来的。我记事时小果园就换了主人,它已经属于后来出现在荒原上的一个园艺场。

因为国家发动人们改造荒原,栽了一棵又一棵果树,并且盖了一排排红砖房;几年以后又盖了一幢红砖楼。这一切相加,就是园艺场。我们家尽管离砖楼还有几里路,但也属于园艺场的界内了。

管理小果园的任务由园艺场工人承担,只两个人。他们在小果园东端搭了座平顶泥屋,住下了。

园艺场是很大的。但它比起整个的荒原,简直算不了什么。它被无边的树木所包围,我深知这一点。夜间,到处是野物的啼叫声,它们在撒欢或吵闹。它们的夜晚等于人的白天,高兴,不休息,要劳动。我因为它们而喜欢夜晚。

那两个工人一老一少,老的叫"贞子",长得瘦高,不到五十岁,可是脸上已经皱纹密布。他总是穿一条厚厚的蓝帆布裤子,夏天也是如此。他有一支枪,很大很大,筒子上堵了一块洁白的棉花。小的叫"小奇",个子只达到贞子胸口那儿,也不胖,成天沉默寡言,皱着眉头。他额上有一条又深又长的横纹,一对眼睛又大又圆,黑亮逼人。他只是不说话。

我对贞子有些惧怕。对小奇也有一点。但日子长了,我觉得小奇可以做个朋友。他与我毕竟接近一些。我太孤单了。我想跟他说点什么,可是母亲说:"他不说你也不说罢。"

我发现小奇跟在贞子后边,一声不吭。贞子背着枪,嘴里咬着一个拳头大的紫红色烟斗。这烟斗是他冬天休闲时,蹲在小泥屋灶坑跟前刻制的。小奇一声不吭,皱着眉头。可是偶尔,在大家毫无准备的时刻,他会突然放开嗓子大唱。

那是奇怪的、尖亮的歌声,谁也听不明白。啊,他的嗓子太响了,大概他的发音器官是铜做的。歌唱时,他的嘴巴张得又圆又大，像一个黑洞。我在光亮处迎着这嘴巴看过，什么也没有看到。这声音把我的全身都震动了，让我不知如何是好。

正唱着，猛地就止住了。

刚开始，大树上飞来一只又蓝又大的鸟，肥肥地蹲在那儿倾听；歌声的突然终止使它失望至极。它恢恢地飞走了。

贞子忙着手里的活儿，对一切毫不在意。他，还有小奇，都对我的存在不理不睬。

我对外祖母说了自己的苦恼。外祖母说："他们是大人，你别缠着他们，他们累。"

贞子和小奇每天为果树剪枝，修土埂水道，只有洒药的时候才格外忙一些。更多的时间是玩：去河里海里捉鱼，到林子里打猎。他们捉的鱼吃不了，就一串串晒在泥屋前的铁丝上。夜晚，他们在泥屋西边樱桃树旁的白沙上支起一口小铁锅，煮起了东西。锅里有花生、地瓜，有时甚至有鱼、苹果。他们什么都敢煮。

我对外祖母说过他们怎样煮东西，外祖母说："光棍汉就这样。"

有一天，半夜了，我突然听到有人叩门。一下一下，轻轻的，像是有些怯。我要起来开门，外祖母点点头。拉开门栓，我"啊"了一声。

站在门外的是小奇。他说借一点盐。

我多么高兴。我拿着盐就跟他跑开了。樱桃树旁的小锅子"咕咕"响。贞子操着手说："就缺盐了。锅开了，一找盐，没了！"

这天晚上，我们一起吃了煮好的东西。他们不让我离开，挽留我。啊,我第一次吃到了在野外煮出来的东西。它们有着奇怪的鲜味儿,让人不会忘记。

吃过了东西,天已经很晚很晚了,大约是下半夜两点吧。贞子开始讲故事,故事有头无尾,但很诱人。小奇不吭一声。我听到的故事大多无法复述,因为太简短太琐碎,有时三两句就完了。"一只乌鸦要过海,飞,飞,掉到了海里。""……穿黑衣裤的老人用枪打狐狸,狐狸说:我是你舅舅。他不信,开了枪。回头一看,舅舅真给打死了。"就是这么短小。

贞子的故事很难说就是讲给我听的,因为他卧在白沙子上,说话时眯着眼,谁也不理。

后来我问过小奇:"你们晚上总这样讲故事吗?"他摇头:"不。""那为什么一下讲那么多?"小奇把脸转向我:"为了你的盐。"

我心里一阵感激。我不太怕他们了。

有一次——大概是那个夜晚之后的十几天的上午,小奇的衣服被撕破了。那件半新的条绒衣服让花椒树的尖刺划开了一道大口子。他哭了。我跑回去告诉妈妈,妈妈就拿着针线出来,很快就给他缝好了。不久,贞子用镰刀削一根棍子,不小心把左手割了。血一流出来,他就抓一把细沙面往上敷。止不住。我跑回家拿来了药水和布条。

这就是我们一家帮他们的事情,都不太重要。可是他们对我们笑了。以前不笑,也不说过多的话。我知道这里面有个原因。

父亲在南山工地上。在很多人眼里,父亲是个非常可怕的人。

从此我可以更多地与他们在一起,度过长长的夜晚。秋天,园

309

子里各种水果都成熟的时候,我可以吃任何一棵树上的果子。

我从来没有在近处看贞子放枪。这是很大的遗憾。小奇见过,他说那支枪能打到很远很远,那是园艺场最有威力的一杆枪。"有了它我们什么也不怕。"小奇说。

夏天为了乘凉,贞子和小奇就爬到屋顶上歇息。有一个木梯,是贞子亲手做的。我也到屋顶上去,那儿有更多的风。由于离星星近了,它们很亮。

通常,他们要在吃过晚饭,到处一片漆黑时才爬上屋顶。可是有一天太阳还未落贞子就爬上去了,伏在那儿,死死地盯住北方。一连几天都是这样,贞子在那儿搂着枪,迎送黄昏。

小奇蹑手蹑脚走近我,对在我耳朵上说:"你能保证吗?"

我不知道保证什么,但还是肯定地点点头。

小奇于是告诉:已经很久了,贞子和他发现了一个秘密、一个非常奇怪的事情。有一天黄昏,贞子先爬上屋顶,躺在凉席上。他不过是随随便便往北看了一眼,一下子呆住了。天快黑了,不过树林、沙岗子,一切还看得清。就在北面那座沙岗的半腰上,有一个女孩骑着白马——雪白的马,女孩也穿着雪白的长裙子,头发披撒下来……

我身上有些发紧,一动不动地看他。

女孩顶多十四五岁,看不见脸,她的背向着这边。好像她要打马翻过沙岗,又好像故意站在半腰上看什么……贞子叔不敢转眼,也不敢回头叫我,不敢吸气了。第二天晚上、第三天晚上,我都和他在一块儿看。那个女孩再也没有出来。天黑了,我们还是看,因为白色的东西在夜间也看得清……第四天晚上,又挨到天乌黑,风也刮起来了。突然贞子叔伸手一指说:"看!我一抬头,天哪,就在北边沙岗那儿,有一道白光'刷'一下过来了……"

"肯定是她吗?"

"肯定。那时候她鞭打快马——贞子叔也这样说。快得像打闪……"

"你看到她的脸了吗?"

"没有。只是一道影子……"

我的心"扑扑"跳。我惋惜极了。我盼望那个女孩能回过脸来。她该让我们当中的一个看到她的模样。不知为什么,我想她大概就是那个仙女吧?

外祖母说过:每个地方都有自己的"仙女",不过人是看不见她的。

每天黄昏我都要登上屋顶。我卧在贞子和小奇旁边。这种聚精会神的等待显得太漫长了。贞子把枪放在一边,掏出那个大烟斗吸起来。他的眼睛一刻也没有转向别处。我不明白的是他为什么要把枪也抱到这儿?难道他想打"仙女"吗?要知道这是整个荒原上唯一的一个"仙女"啊!

一连多少天过去了。她没有出现。

有一天我在屋顶上睡了过去。不知睡了多久,醒来时发现贞子和小奇蹲在那儿,默默对看,浑身战抖。我问他们,他们什么也不说。

过了好长时间,贞子抖抖的手才去摸烟斗。他点火,怎么也点不着……小奇的嗓子哑了,这使我好费力才听清他在说什么:"刚才,就是你睡着的那会儿,骑马的女孩又出现了,还在沙岗半腰!"

"哎呀!真的?怎么不喊我起来?"

"我们呆了,忘了……她这一回转过脸来了,直直地看了我们一会儿。我们都给看蒙了。"

我身上发冷。我口吃起来:"她、她是什么样子的?"

"比画上画得还好看。她俊极了,俊得让人不敢正眼去看。她那对眼睛啊,黑亮黑亮;她那披在肩上的头发啊,有好几尺长。白马老老实实站着,缰绳牵在她手里。她点头笑了笑,轻轻一抖缰绳,白马就飞起来,一下蹿到了沙岗那一面。天黑了,留下一道白光……"

我吸了一口凉气,转脸去看贞子,"是吗,贞子叔?"

他使劲吸烟,点点头。后来他把双手擦在粗帆布裤子上,大概手上有很多汗水……

接下去的日子里,我们每天都在黄昏前的一刻爬上屋顶。可结果总是失望。我们再也没有看到女孩的影子……

我变得不怎么说话了。我总在想骑白马的女孩。贞子和小奇都是诚实的人,他们是绝对不会开玩笑的。

贞子和小奇从那以后就心事重重了。他们互相对视,有时一块儿转脸看我一眼,然后低头做事。

后来,我无数次地到沙岗那儿去——这样的机会总是很多——与外祖母去采药材、打野枣;入园艺场子弟小学后,与同学一起翻越沙岗到海边上……我总觉得有一双黑亮的眼睛在什么地方注视我。

当我盯着一个地方出神时,妈妈或外祖母会问我怎么了。我摇摇头。

我从未说过在我们身旁,有人真的见过这片荒原上的"仙女"。但我心里好不容易知道了,有关"仙女"一说,可不是传说,而是真实的存在。这个认识将跟从我一辈子,这对我非常重要。

仙女乘坐在白色的闪电上,总是不期而至。她是这片荒原上的精灵,与荒原同在、同生。她会照顾这里的人,特别是苦命的人吗?

我希望从妈妈或外祖母嘴里听到关于她的什么。我装作若无其事地听故事,心里却在紧张地捕捉她的行踪。我固执地认为每个人心里都装了一两个隐秘,不愿示人。妈妈和外祖母她们经历了多少事情,怎么会没有呢?但她们像我一样,只是将那个隐秘压在心头。

因为每个人心里都需要有点什么。

冬天来到时,园艺场总要歇工。这个季节是妈妈待在家里的日子。大雪纷飞时,我永远有说不出的高兴。大雪传来一个好消息,告诉我们小茅屋的人,把火炉生旺、大炕烧热吧,一家人围在一起,可以有许多许多悠闲的日子啦。雪"扑扑"落下来,除了几只麻雀在院里起落,到处都安静极了。

外祖母早就把埋在屋后的木炭掏出来,点燃了一个旺旺的火盆。火盆摆在炕桌上,整个屋子暖极了。木炭当初烧制得好,这时火盆不冒烟气,只散出香喷喷的热气。木炭是用柞木和柳木烧成的,是外祖母在平日烧饭时顺便烧成的,留给最冷的冬天。

妈妈找出一些软软的纸铺开,外祖母给她磨出一些颜料。冬天里要作画,这是我们家固定不变的节目。妈妈每在这时心情好极了。外祖母抄着手看着,有时还要注意一下身旁的我。我的心在愉快地跳动,注视着妈妈伸出的画笔。妈妈的手因为在果园里劳作不息,手指上已经有了茧子。可是她还是那么灵巧地握着笔在纸上活动,兰花、鸟、竹子和梅,都一点一点生出来了。

整个过程我都在旁边看。可是我一声不吭。我常常想、总在想的,是同一个问题。

我在想我的"仙女"……

1991年

烧 花 生

我们学校在荒原上垦出一大片土地,因为它藏在丛林里,所以只有我们这些垦荒人才知道我们的宝贝土地藏在什么地方。

新垦地不施肥就可以种上两茬好花生。这些花生是我们学校自己的财富。

那些垦荒的日子里我们快活极了。我们走出校园,走进荒地,兴奋得很。大家扛着镢头和铁锹,就像去一个陌生的国度里进行征讨一样。那时候可真有气势。

同学当中有专门负责宣传鼓动的人。他们把高音喇叭绑到树梢上,在树隙里支起扩音器。有人在劳动间隙采写稿子,及时表扬在垦荒中表现突出的人。

她是脱产记者,到各个垦荒点采访,同时又兼做广播员。她来得最勤的当然是我们这个垦荒点。她像一个真正的记者那样,手拿一个笔记本,看着我干活,不时地写上几笔。有时候她还问几句。我回答得很认真。

我要刨掉一棵小槐树。槐树根很韧。我找准了几个关键的筋脉,几镢头下去,槐树就给除掉了。她把这一切都飞快记在小本子上。

我从她身边走过的时候瞥了一眼,见她的小本子上画了一个漂亮小伙子。我装作没看见,又去干活了。她走了。

一会儿,扩音器里就响起她的声音。那是多么甜美的声音。她把我很好地描绘了一下:

"在那智慧的额头下,有一双坚定的眼睛……"

我觉得,我的目光一生都会坚定呢。

第一次种上的花生长得非常好。它不用我们浇水,也不用我们施肥。平原上旷无一人,花生棵很少丢失。总之这是一片非常省心的庄稼。我们在远远的校园里学习,它们就躲在这片丛林深处生长。我们只要等到秋天收获就是了。

最有意思的还是收获的季节。我们拔掉花生,摊在沙土上让太阳烤干;烤干之后,摘下花生果再拉到学校。整个晒花生的日子里都不敢大意。学校领导把我们分成几个小组,夜间住到海滩上看护花生。这才是我们真正的节日。由于夜间我们有这个工作,白天就可以不上课。那时候整个大海滩任人驰骋。

我和一个叫老安的同学,还有另外几个人,分成一个执勤小组。老安做了一支手枪,像真枪一样沉,要两只手才端得起。木头把上的粗大枪管据说是从一台小手炮上拆下来的,所以显得特别笨重。我敢说这支枪是最厉害的。老安把枪挂在屁股右侧,枪套是用老羊皮缝起来的,羊毛朝里。这样他的枪拔来拔去,就给磨得发亮。老安有枪,自然就成了我们几个人的头儿。

我们在花生地中央搭了一个高高的草铺,要抓着木梯才能爬到草铺上。我们把老安的手枪放在草铺角落,一旦发生情况,拾起枪就可以扣响扳机。那是一种焦虑、神奇和愉快的等待。我们都知道如果真的来了盗贼也不会朝他开枪,而顶多向天空打。我们也不知道在期待什么。有一次老安说:

"我们去打猎吧。"

我知道他急于让自己的武器派上用场。我们跟着他到树林里去,把真正的任务抛到了一边。

夜晚的林子磕磕绊绊,稍不小心就会跌倒,手脚和脸就会被荆棘刺破。我们都小心翼翼。前边不断有响动声,我们也搞不清是什么野物弄出来的。由于方向不明,也就不能放枪。大家手心里都出汗了。

老安为了应付紧急情况,总是把枪提在手里,手指就扣在扳机上。我一直记得这支枪结构之怪异:上面没有枪栓,没有撞针;在枪的后尾那儿,有一个鸡嗉一样的东西。老安指点着它对我说:

"最厉害的就是这里,你看到这个东西了吧?一扣扳机,这'鸡嗉'就往前叨一下,枪就响了。所以嘛,"他拍拍枪,"这枪就叫'鸡叨米'。"

我们几个笑起来。

大家发现,老安这些天已经捆上了腰带,还戴了一个旧军帽。那军帽的帽檐怎么也不能平整,它往上翻着,使老安本来就很大的脸显得奇大无比。老安长了一对杏眼,小而妩媚。他的脸总像被火烤过一样,呈现出一种肉红色。他的脸比较平坦,鼻子不挺,看上去很壮观。我们觉得老安不算好看,但是敦厚有余。我们都很信任他。有熟悉老安的同学告诉我们:他诞生在一个铁匠家里,全家人都喜欢摆弄铁器。说起来没人相信,这支"鸡叨米"就是老安十五岁时亲手做的,并且还用它打死了自家的一头猪。老安尽管没有捕杀到真正的猎物,但毕竟也在他手上损失了一个牲畜。我们觉得老安身上的血腥味多少令人崇敬。

这样的打猎夜晚我们不知经过了多少次。当我们从林子里两手空空回到我们的土地上时,发现花生棵并没有少。这也在预料之中,因为我们都知道没有谁会摸到这儿来盗窃花生。在人迹罕见的荒原上,如果真来一个盗贼,他也只能成为我们的朋友。我们会跟他一起欢度一个夜晚呢。我们准备了一支四节手电筒,它在我们眼里不亚于一个伟大的探照灯。我们把光柱射向天空,寻找最亮的星星和它对光。我们把它射向大海,相信它能够穿越邈远,让大海深处的轮船看到。我们每一次从林子里回来,都要在高高的草铺上喊一声"探照灯",然后让光柱在土地上一寸寸均匀地扫过。

有一次我们听见了"沙啦沙啦"的声音,手电照过去,发现了一只团绒绒的白色动物。它在光柱下愣着一动不动,嘴里还含着半棵花生。我们没有一个人想到"鸡叨米"。因为这个动物谁也不认得。它太漂亮了,毛色那么光洁,眼睛那么明亮。它的眼睛是蔚蓝色的,有着一层湿润的光泽。如果逮到它,大家都会争着饲养。它就这样和我们对视着,一会儿扭过头,跑向了林子。

这个夜晚我们高兴得很,好像它给我们带来了吉祥。我们跳下铺子,奔跑,在花生棵上翻跟头。老安的"鸡叨米"就放在铺子上。我们拢了一堆火,把半干的花生棵拢在上面烧,一会儿香喷喷的味道就直顶人的鼻子了。

不知是老安还是谁,发明了一个烧花生的办法:在火焰半熄的那一刻,赶紧把四周的沙土埋上去,这样烟火就全部熄掉了。老安瓮声瓮气地说:"焖一焖,焖一焖。"我们把沙土包住炭火,并且拍实,拍得特别光洁。停了十多分钟,我们就从一边扒开,随着扒随着把烧熟的花生捡出来。我们每个人都吃得很饱。

烧花生几乎成了我们每夜固定的节目。

有一天,我们点起的火焰终于引来了一个身背胶囊的渔民。他本来是走另一条路到海上去打鱼的,远远望见火光就趸过来。他和我们一块儿吃花生。他背囊里有酒,也就一边吃花生一边喝几口酒。

他走之后,有人提议我们派一个代表,用花生到远处的渔铺换一些鱼来。第二夜,由老安和我带着"鸡叨米"和一大包花生往远处摸索过去。走了五六里路才看见点点灯火,那就是渔铺了。到了那儿,我们想找到那个熟悉的渔民,可是哪里找得见。有一个戴着眼镜的老头在拨拉算盘,旁边就是成堆成岭的鱼虾。老安不好意思地看着他,不知怎么拍了拍屁股上的枪。老头这才发现了我们,瞥一眼枪,失声叫道:

"你们干什么?"

"你看,"我举起一包花生,"我们想用花生换两条鱼回去。"

老会计松一口气。他抓过花生四下看看,说:"挑两条大的吧。"

我和老安每人提了两条大鲅鱼,扭头就跑。

那个夜晚,我们在烧花生的同时还烤好了几条鱼。鱼儿冒着油,黄色的汁水和鲜味一齐往外扑。

学校的头儿偶尔也来看看。他是退役军人,三十来岁,长得好看,脸刮得十分光滑。他的那一对眉毛又细又长,像女人的眉毛。他来到花生地,先沿着土地四周走一圈,背着手弯腰看一看,连沙土上一个野兽的蹄印也不放过。他指点着那些痕迹:

"看见了吧?这是狼。海滩上有狼。"

我们都不信这里有狼,说这里有狐狸,但是没听说有狼。我们害怕他注意那一处处灰烬。可他还是在一处黑灰前蹲下了:

"晚上拢堆火,狼就不敢来了。"

我说:"顺便再烧点花生吃。半夜里饿呢。"

头儿一个一个看过了我们的脸:"怎么不行?自己动手,丰衣足食嘛。"

他说着抓起一堆干草,从衣兜里掏出一个很漂亮的打火机,"叭"一下点着了。他抓着花生棵往火上放。我们围拢过去。大家吃着烤花生。每个人的嘴都是黑的。头儿干净的小脸上也抹了黑灰,我们就觉得跟他更加亲近了。他感兴趣的当然是老安,把他的"鸡叨米"拿到手里。我们问他敢不敢放枪。

他说:"中国人民解放军不敢放枪吗?"

我们让他打一只野物看看。

他说:"那好,你们跟上我走吧。"

我们就跟他到林子里去了。

这一次他给我们打了一只兔子。我第一次听到老安的枪这么响。它的声音很闷,火舌喷出来是紫色的。原来枪筒里没有霰弹,装的只是一些粗砂粒。我们在给兔子剥皮的时候,发现穿进兔肉的都是一些粗砂粒。

头儿笑着说:"你这枪打不远的。"

他比画着枪筒告诉我们该放多少火药才安全。他说如果放多了,炸了膛,那也就完了。

"能给我们讲个打仗的故事吗?"我们当中有人这样要求。

头儿抿着黑乎乎的嘴唇:"我们这样的年纪赶不上打仗,赶不上那样的好时候了。不过,"他眨眨眼,"不过我们抓过一个女特务。"

大家立刻兴奋起来,一动不动盯着他。

"那时候我在连部,晚上也像你们一样要执勤。我和我的副手走到马圈那儿,看到一个黑影闪了一下,就赶紧跟过去。我们贴着墙往前挪动。马圈里射出一线灯光,一点声音也没有。我们就贴着墙壁站着。那个影子只要一活动就会通过那线光亮,那时候也就看得清了。停了一会儿那黑影真的闪在光亮里了,我们都给吓了一跳。因为她是个女人。我对副手小声咕哝一句:'逮到她!你从后边,从马圈的后窗那儿堵住。'他按我的命令跑开了。我小心地往前。我看到那个女人拐到里面去了。我想如果没有弄错的话,那么她一定是要往马料里投毒的。因为不久前我们刚听首长讲过,以前就有人在战马身上打主意,使队伍吃了败仗。我一点一点挪到那线光亮里,又赶紧闪到黑影中。我从门缝里望着。我看到在一个大青骡子旁边,那个女人俯在马槽里抠着什么。我要一个箭步扑上去把她逮到,事情也就结了。可我有些好奇,非要看清她在干什么不可。"

"那时你带枪了吧?"老安问。

他点点头:"我的手正扣在扳机上呢。我探着头,终于看清,她抠着草料里面的豆子,摸索着往嘴里填呢。我愣住了。但我还认为她是女特务,不过饿急了眼而已。我掏出枪来,吆喝一声。谁想她机灵得很。你想她们都是训练过的,这时一下跳进马槽里,又攀着槽沿滚动一下,爬到青骡子的肚腹下面。我还没弄清是怎么回事,她就跳上后窗跑了。我想也好,那里正支着一架网呢。窗外传来尖尖一声喊,副手把她逮住了。我也跳出窗外。我的副手正反扭着她的胳膊。我们把她押到连部,连夜审讯。女人有十七八岁,长得好看。一张口就是外地口音,这更让我们起了疑心。可她什么也说不清,还挤眉弄眼的。于是我们就把她简单地绑了绑,由我的副手和另一个战士押着交给上级去了。"

"后来呢?"

"后来?后来我们就换防了。到底是什么东西我也搞不清。不过我临走的时候受到了首长的表扬。"

大家呼呼喘气。本来期望更有意思的事在后面呢。大家都有点不满足,就"啪啦啪啦"剥着花生吃起来。

头儿走了,我们有点遗憾,觉得这儿的看护工作未免有点太平淡无奇了。这个夜晚我们互相讲着鬼怪故事,填补着什么。

这些故事几乎无一例外都是发生在身边的丛林里。大家把不知从哪里听来的故事移植到这片黑鸦鸦的无边无际的原野上了。

于是我们就被巨大的恐惧包围了。实在寂寞得很,就往空中打了一枪。那沉闷的响声震动了四野。一群鸟雀被惊得四下逃窜。也就在这天夜晚,我们听到了一阵哭泣声。老安和几个同学都紧靠在一块儿。不知是寒冷还是害怕,大家的身子竟然抖动起来。最后我提议带上手电筒,带上"鸡叨米",迎着哭声下去看看。

越往前走,哭泣的声音越遥远。我们停住脚步,那声音却在原来的地方。好像是女人的声音,尖尖细细,十分伤心。她哭的什么我们也听不清。我们只觉得她一边哭一边数叨着。

那个夜晚我们谁也没有睡着,篝火几乎燃了一夜。

第二天是星期天。接近中午的时候,那个广播员同学来了。

大家都高兴得不得了,用烧花生招待她,还到远处的渔铺里提来几条鱼。她说来看看我们。老安总用眼瞟她,使我不快。傍黑的时候她要走了,大家极力挽留。老安还说:"你就当我们的女特务吧。"她一愣,我们都笑了。老安掏出"鸡叨米"在她身边站着。我把他推开。

她无论如何要离开,我就去送她。我跟老安借"鸡叨米",他迟疑了一会儿,交给了我。

我陪着她穿越了大片草地,一点也不害怕。我一路都听见她轻轻的呼吸声。我很想对她讲点什么,可是脑子里一片空白。后来她问:

"你们在这儿过得有意思吧?"

"开始有意思,后来就没有了。"

她不断地回头张望,好像真的舍不得离开我们。

我回来的时候,老安他们已经睡着了。我把他们捅起来:"这时真有人偷花生你们也发现不了!"

老安说:"得了吧,你把枪带走,我们有什么办法。"

他说着一把夺过枪去,往屁股上的羊皮套子里猛地一插,"轰通"一声,枪走火了。所有的人都从草铺上跳起来。有一个还爬到了木梯上,又"咕噜噜"滚下来。

我们都蒙了。

老安发出了"哎哟哎哟"的声音。我打开手电一看,天哪,老安的半个裤管都打飞了,屁股右下方还流出了鲜血。幸亏砂子是垂直射下去的,没有打很深,只是豁开了几道口子;严重的是火药的烧伤:好大的一片皮肤都被烧得乌黑翻卷。大家吓得气也不敢出,只听着老安"哎哟哎哟"哭叫。

老安身边一块草荐也被打着了,这时火苗烧着了老安破碎的裤角,我赶紧把它踩灭了。

老安疼得在床上滚动,直滚了半夜才安稳下来。我们几个同学商量着要把他抬回学校去,老安死也不肯。他让我们把他的下身衣服脱下来,给他翻转着身子。他说停几天就会结疤的。我们照他说的办了。但脱下他的衣服我才发现,老安这个家伙也许会顶得住的:我们以前怎么就没有发现呢?他长了什么皮肤啊,又黑又糙,结实极了,简直像牛皮。

第二天那个老渔民来了。他见了老安的腿伤就说:"这是烫伤,得赶紧上点獾油。"

我们慌了。后来那个渔民找来了一小碗獾油,我们给老安擦上了。

老安再也不能下草铺了,一天到晚躺在上面,寂寞了就自己"哼呀"一声。我们从渔铺那儿讨来鱼,烤熟了给他吃,不断送花生到渔铺去。大约隔了一个多星期,老安的腿才结住了疤。他一拐一拐跟我们走回学校,一挨近校门口立刻装作若无其事的样子。

这一年我们学校收获了整整十大车花生。巨大的收获使每个人都兴奋起来。学校把花生卖掉,赚了一大笔钱。我们每个同学还分得了满满一篮花生。

第二年冬天,校头决定开垦更大的土地。于是我们的大队人马又开到荒滩上了。这一回我们使用了更简便的方法:放火烧荒。北风吹着火焰,一会儿就漫延开去。大火一直烧了一天。我生来第一次见到这么大的火焰,一颗心扑扑跳着。我亲眼见到那么多的野物惊慌逃窜。老安忘了带他的"鸡叨米"了,不然真可以乘机打到一个猎物。

大家都被冲腾的火焰惊呆了。晒了一个冬天的茅草焦干焦干;个别地方残留的雪迹也化为轻烟。不知为什么,这片荒原让人有点心疼了。我几乎听到了无处不在的呻吟。远处渔铺的人以为发生了什么大事,迎着烟火蜂拥过来。

这无边的烟火啊。

我想:大海就在前面,要想扑灭这一片火海,大概只有大海才能帮上忙了。

1991 年

许　蒂

在南部山区流浪的那些日子啊,极有可能是我最好的日子……

大概是秋天吧,像有了出头之日似的,我经人介绍来到了一家小小的橡胶厂。我给安排在锅炉房。进厂后,第一个认识的人是李龙。我在空闲时间常到隔壁找李龙说话。那里只有他和胖姑娘许蒂两人,他们是硫化车间的人。其他人都在乱糟糟的成型车间里干,只有这里干干净净的。

我那时不知道李龙和许蒂还有一手。听守大门的老头讲,李龙是个可怜人。他三岁没了父亲,母亲带着他改嫁。继父以前在东北,是一个开橡胶厂的小资本家,这就决定了李龙日后的生活。李龙跟继父学了手艺,也沾了许多霉气。继父携全家返乡后,常常被拉到一个地方去受折磨,李龙和母亲就要陪着流泪。继父去世不久,镇上要大办工业,有人就想起了李龙。

李龙每天骑一个很笨重的自行车来上班。自行车架是用几根粗铁管焊起来的,所以车子很沉,他蹬车要付出双倍的力气。

许蒂拜李龙为师。李龙手快,干什么都很利落。他做出的橡胶制品又好看又结实,令人称奇。许蒂不吱声,看在眼里记在心里。

晚上,成型车间的工人把该做的活儿一口气做好,就找地方睡觉去了。硫化车间这两个人却一直不得空闲。他们每隔二十分钟或半个小时就要摆弄一下机器,取出硫化完毕的成品。我一个人打过了瞌睡,就来他们这儿玩。

三个人的夜晚仍然漫长。有一天半夜,一只小猫突然跑进来,一进门就大叫。它皮毛脏臭,差不多只剩了一副骨架,一看就知道是个饿得半死的野猫。原来它是追赶一只青蛙的,扑向屋角,发出"呜呜"的声音。它就在我们三人的注视下把青蛙吃掉,然后抿着嘴,旁若无人地在暖呼呼的硫化机跟前躺下了。

自从这一刻开始,我们这个屋子又多了一个小生命。我们每天把干粮弄一点给小猫,小猫一边吃一边"呜呜"叫,它饿坏了。

我在这儿待得时间长了,李龙就说:"你可要好好看着锅炉,如果压力表的指针走过了,就要爆炸了。"

我害怕,时常跑回去看一眼。锅炉有一个安全阀,它一超过压力就发出"呜呜"的叫声,像小猫。我知道它不会出事。时间长了,我也会操作硫化机了。有时候李龙让我替他们照看一会儿,他们两人要到野外去偷东西。

他们去的时间很长,回来时拿着地瓜、花生,有时候还带回一串串葡萄。葡萄长在离这儿很远的地方,看来两人走了长长的路。他们脸上、衣服上都挂着水珠。许蒂总是气喘吁吁的,脸色赤红,说话时露出又白又大的牙齿。我把他们偷来的东西放到锅炉房烧上,香味飘出,他们就过来一块儿吃。

大约是小猫来到半月之后,有个叫"小易"的复员军人也常来玩了。他一进门就打着哈欠说:"回到地方觉就少了。"

小易最让人羡慕的是那身崭新的军装。他披着一件漂亮的军大衣。我们有时候不出声看他半天,主要是看他的大衣。他的大衣会让人走神。许蒂时不时抬头看一眼,然后长时间低头。小易大大方方跟她交谈,她也只是"嗯嗯"回应。许多天后,相互熟悉了,许蒂开始不停地问这问那。有一次小易脱下军大衣让许蒂披上。许蒂披上后显得特别威风,个子也显得高了。

小易好像不瞌睡,他每天晚上都来陪我们,给我们讲一些故事。

他说自己在南方一个很热的城市当兵,任班长。他们这个连是侦察连,每个人都佩带一把短枪。有一次他率领一个班到城郊山上剿匪……

李龙一愣:"什么时候了还有土匪?"

他瞪来一眼:"南方可不比这里,那里乱哪。那里什么东西都有。这股土匪还算小的呢。他们藏在山上誓死顽抗。上级命令我们两天之内把他们剿灭。当时上级就把这个任务交给咱班了。"

许蒂问:"土匪有枪吗?"

小易一翘嘴角:"枪?哼,人家一手提一支,双枪。"

我们三个都一声不吭。机器旁边那个瘦精精的小猫也昂头眯眼倾听。

小易说:"土匪头子两手打枪,打完了子弹,就在膝盖上蹭子弹。"

我们不明白膝盖怎么能蹭上子弹。小易把拇指和食指伸开,做成枪的样子,在膝盖上摩擦:

"一蹭一梭子,一蹭一梭子。战斗打激烈了,你想安子弹来不及呀。那个土匪可有了不起的功夫。我们这些战士差远了。我们这些战士用手上子弹还哆哆嗦嗦呢。那家伙光着膀子,领着一伙土匪和我们干。战斗从半下午打到深夜。我们这个班守住了下山的唯一通道。那帮土匪也不下山,我们就决心把他们困在山上。我想,他们总要喝水吧,他们总要吃饭吧。我们一定要坚守这个咽喉要道。这帮土匪大约待了一个星期,就是不下山。他们带了再多的干粮和水也早就用完了呀!恐怕其中有什么毛病。我决心单身进山,看看里面的蹊跷。我化装成一个老乡,提着菜篮子,装作到山上打野枣。我摸进山里一看,到处空空荡荡。罐头盒、蒜皮鱼刺扔得到处都是。我想,这股土匪还在这个地方改善生活呢。"

李龙和许蒂捂着嘴"哧哧"笑。小易脸色一沉:

"不能弄出声音。我慢慢往前摸索。我想他们的老窝大概离这里不远。谁知我把整个小山都搜查遍了,一个人影也不见。我知道事情不妙,就赶紧回去报告连部。连长是个小个子,他只有我一半高,是那种矮小的南方人。他人小,可是充满了智慧。他命令我迅速撤回队伍,说敌人肯定是藏在什么地方。'你们一撤,他们才会下山,我们在远处打他一个伏击。'我按命令把战士撤回来。结果撤离还不到三天,那些土匪真的就下山了。你想,他们是从地底钻出来的吗?我们朝他们开了火。结果我还是缺乏经验,枪打得早了点,他们重新逃回山上。我们乘势追击。那一仗战士们打得可真勇敢。有一个女战士,许蒂我告诉你,她长得活活像你。她是我的爱人,就在那次战斗中,牺牲了。"

小易说到这里双脚并立,摘下帽子,看着地皮默哀了五分钟。

我们都很难受,虽然急着听下文,但也不能追问。我们等小易戴上军帽,继续说下去:

"那个女战士牺牲了,当然,我们在小山上给她立了个碑。她成了先烈。那一次,我们打死和俘虏土匪二十多人。可是损失最大的是,那个土匪头子跑了。他从哪里跑的,至今还是一个谜。我们搜查了一个山洞,你们知道,过去他们就是藏在这个山洞里的。洞里还有大量的军需品。那个土匪头子就像化成了石头似的,你怎么也找不见。"

"到现在还没找见吗?"我问。

"没有。那家伙跑了。我心里到现在也不安,觉得没有完成任务。我请求辞职,我知道那个土匪头子总有一天还会拉起一个队伍来,还会威胁我们的国家。连长不批准我辞职,可我坚决要求解甲归田。我坚持了半年多,这不,上级总算批准了。"

他的故事令我们大开眼界。我突然觉得生活原来是如此不凡。

小易闲来没事,教给我们一些战斗的方法:"如果你们上夜班的时候,有敌人突然袭击,那么不要慌乱。敌人拿匕首逼上来,也不要害怕,一慌一怕就坏事。他的匕首顶什么?只不过是等于长出了一截胳膊,他的薄弱环节在哪里?在手腕和肩膀之间,你用棍子打他的胳膊呀。那时候匕首就会落在地上。如果是大股敌人包围上来,那么不要乱跑,先卧倒,然后争取机会从后窗那儿跳出去。敌人不熟悉地形,他们往往从正面进攻,你们就从后路撤出,这是最好的办法。"

他对许蒂特别叮嘱:"女同志是敌人最注意的对象,你要明白。当他们接近你的时候,你先不要反抗。当他们把你抱住的时候,你就要咬他们,用脚踢他们下边一点儿。他们身上致命的地方很多,你要寻找时机。举个例子,如果一个敌人面对着你,怎么办?这时你不要轻易动手哩,因为你不是他们的对手;也不要取武器,因为武器在你手里就变得无有大用。你最好先弯下腰来干点什么,总之要寻个机会把手按到地上。你看车间里到处是灰土,你随便抓把灰土往前一扬就能迷了敌人眼,这时候你就有了主动权,你揍他哪里不行?这可是了不起的窍门,有谁想到灰土、黄沙、泥巴这些满地都是的东西啊?没有。只有一个经验丰富的战士才会想到哩。"

我们顿开茅塞。

许蒂那双美丽的眼睛睁圆了,一直望着小易。我发现小易的脸色红扑扑的,原来也有一双美丽的眼睛,只可惜它多少有点油,好像嘲笑着所有的人。

李龙一个劲儿赞扬小易身上的军装:布料好,颜色好。

小易说:"这可不是一般的东西做的,永不褪色。连我们的腰带也是特制的,"他说着解下腰带给李龙捆上,顺手在皮带扣子那儿捻了两下,刹紧。李龙被勒疼了,"啊啊"叫着。

小易说:"你自己解开嘛。"

李龙越急越解不开,最后还是小易帮忙才把腰带松开。小易又用相同的办法给许蒂扎上。许蒂同样解不开。小易在一边笑。许蒂哀求说:"解开呀,解开呀。"小易把许蒂的身子扳过来,拍打几下,大拇指在扣子那儿活动两下,皮带就松开了。

许蒂觉得挺有意思,拿着他的皮带玩。

小易累了,就躺在车间的一块木板上睡着了。那个木板是做夜班的人偷偷安放的,他们如果实在困乏,就可以轮换在上面少寐一会儿。小易躺在那个小木板上显得格外高大。他睡得那么香。

小易睡足了觉,爬起来搓揉眼睛,提议到外面搞些东西来吃。于是还由我照看车间,他们三个跑到野外去了。他们每一次离去的时间都很长。当他们归来,李龙就要埋怨其他两个,说他们跑得太快,他赶也赶不上。有时候李龙自己回来了,许蒂和小易还没有影子,他只得重新返回去找人。

李龙告诉我:"他们让我在一边放哨,他们到园子深处偷葡萄。我听见狗咬声,就拍巴掌,说好了听见我拍手他们就赶紧回来。可是我的手拍疼了,他们一点声音也没有。再后来有人向这边跑过来了,听声音是护园子的人,我就赶紧逃了。他们不知藏在什么地方了。"

我发现许蒂不像过去那么爱笑了。小易有时候逗她说话,她也不吭声。

有一次,小易到锅炉房里找火点烟,吸了两口就说起了许蒂:

"你看多好,胖乎乎的。人又老实。"他两手抓着头发,像嫌冷似的活动着两腿。

大约是一个多月后,工厂负责人突然到我们厂宣布了一个决定:让小易接替李龙,李龙改到锅炉房上班。

宣布决定时李龙叫了一声,领导斜他一眼,他才不做声。

李龙来到锅炉房,整天闷声不响,交接班的时候也是默默的。

李龙上夜班,正好许蒂和小易上白班。当他转到白班时,晚上就不愿休息,常到车间里来转。

小易对李龙很不友好。李龙一跨进车间,他就阴着脸。小易把他那个解不开的皮带长时间扎在了许蒂腰上。许蒂就带着他的皮带在屋子里奔来奔去,做活。有时候她看看李龙,欲言又止。天冷的时候,许蒂就披着小易的军大衣。李龙的衣衫非常单薄,进了车间不断往手上哈气,弓着腰咳嗽。我让李龙到锅炉房里暖和,李龙看也不看我。

从小易到车间里工作后,那个瘦干干的猫就失踪了。我问许蒂,她说:有一天,小易不小心踩着了猫尾巴,猫叫了一声,把小易吓了一跳。他抓起猫就要扔到隔壁锅炉的火塘里,许蒂哭着求他,他才抡圆了胳膊,一下把猫扔到了屋外的一片豆子地里。小易说:"我如果有枪,早就把这家伙枪毙了。"

他在说小猫,眼睛却斜向李龙。

李龙颤抖着,像害了热病,脸色发青。他越来越瘦了。

许蒂晚上煮了花生,把自己的一份用小手绢包好,藏在锅炉房一角。我发现李龙来接班时,首先就到那儿取出许蒂留下的东西:

盘腿坐在地上,把小手绢解开,一颗一颗看着花生,看过一遍才剥开壳子吃起来。

一天晚上,我给锅炉上足了煤水,照例到车间里去坐。可是我发现车间的门和窗都紧紧关闭了。我敲了一会儿门,见没有声息就退回来。后来李龙也来了,也去敲门,回来瞪着眼睛问我:

"他们哪去了? 出去了吗?"

"没有。他们要出去也会告诉我照看车间的。"

"那么他们是在里面了。"

"大概在里面。我敲不开。"

李龙跑出锅炉房。我老远就听见他用拳头擂门。我跑过去。李龙一边擂门一边喊:

"许蒂你听不见吗? 我是李龙。开门。你们在干什么?"

里面一点声音也没有。

李龙发起火来,手和脚一块儿对付门板,门框的灰土都给震得往下掉。砸了一会儿,小易在里面突然喊一句:

"不准砸门!"

"你给我打开! 我要进去!"

"你是车间的人吗?"

"我要找许蒂!"

"许蒂不在。"

"你骗人!"

"谁骗你?"小易在里面骂一句,"你喊她,看她应你。"

李龙喊起来:"许蒂,许蒂。"他不停地喊。喊着喊着就"呜呜"

哭起来。他哭着喊着,"许蒂……你故意不理我。你在里边,是吧?你不开门也不要紧,你应一声。许蒂,你在里边,是吧?"

没有许蒂的声音。小易在里面哈哈笑了:

"怎么样?这回信了吧?"

李龙不叫了。他站在门口,像个乞丐一样哭着。我发现他的衣服是那么脏乱。他两手在裤子上摩擦着,正好碰到了一个破洞,结果裤子一下给撕开了。

就在这年深冬,锅炉因故障出事了。当时正好是李龙当班。锅炉发出一声沉闷的爆炸,方圆二三十里的村庄都听到了这声闷雷。锅炉房给炸得七零八落,上盖几乎全都掀翻了。李龙给埋在了瓦砾深处。

那一天恰好是小易和许蒂上班,灾难没有危及他们。他们从屋里跑出来的时候,事情已经结束了。

我就在那年冬天失业了。

1991 年

晚霞中的散步

　　这是海滩上一条光洁的沙路。四周没有一丝风。小鸟准备归巢——一天的劳碌赢得了安憩……我与她往前走去。

　　她穿了一件海蓝色上衣,两手插在衣兜里。我们往前走去,并没有谈多少话——几乎没谈什么,只是在晚霞铺洒的小路上走着……

　　路旁的松树长得油旺,它们枝条拢起,紧密向上,像一支支绿色火炬。这片带状松林东西绵延十里,经沙土路向南穿越,近海处又折向西部,过了芦青河,消逝在更远更远……

　　她的目光常常落在前方。一股松脂的气息像晚霞一样笼罩四野。她多么沉静,像这个秋天的黄昏……她白皙的皮肤、一尘不染的衣装,使你感到她的里里外外都极其洁净。实际上也正是如此。

　　——我得知她是从很远的那座城市来到这里的,她主动要求到这个海滨园艺场来工作。现在人们将我俩都看做是外乡人,虽然我的童年就在这里度过。我是在园艺场招待所认识她的,那时候我在园艺场住了一个星期——招待所离她的子弟小学不远,我们都在一个餐厅就餐……当时我们交谈得极少,但我觉得新的话题似乎触动了我心中某一点隐秘。我觉得她似曾相识,又一时想不出缘故,她中等个子,长得比较苗条,不太愿意笑,说话时从不急躁也不激动。她很热爱自己的工作,干得兴致勃勃。当时她对我的四处奔波不能理解,但还是很喜欢我的职业——一个四处行走、写歌的人。我只是觉得跟她在一块儿谈话十分愉快,十分充实。我们住得相距只有一百多米,甚至可以在晚间清晰地听到她弹响的风琴声。我们似乎不用相约——开饭很早,晚饭之后到广场上走一走,常常可以遇见她出现在食堂前面的那条小路上。我们彼此招一下手,也就一起走向了松林间的沙土小路……第几次到这个地方来记不得了,我认识她也只有一年的样子。

晚霞烧得那么红,它把我们都映红了。傍晚让人觉得舒服极了。看看前方,这条刚刚能驶过一辆马车的小路是那样干净、平坦。这里极少车辆,因为离这儿不远有一条宽大的公路。脚下的路好像专门留给了一些心境悠然的人,让一些疲惫的、希望得到安恬的人拥有。我们知道:嘈杂和喧闹不仅使人的两耳和眼睛难以适应,而且可以慢慢渗透到你的肌体和心灵深处,使你焦躁急切,以致无法一人独处……在这铺满霞光的沙土路上,我又一次感到:一个人难得有这样安静的时候、这样极其有意义的相伴和行走。我们的交谈更多的是无声的。无论是人、动物和植物,他们都有着自己的步伐和节奏、自己的气味和氛围。那节奏是看不见的,但却可以感到。我觉得她缓缓的步子里包含了自信和从容。它当然会给人以力量。在生活中,我大多数时间里脚步太匆忙、太紊乱了。

我需要寻找新的节奏。她会给我长久的启示。她的安静、恬然，她的若有若无的微笑，都深深地吸引了我。她正处在一生中最美好的青春时期，可是她没有过分的自得和骄傲，也没有一丝一毫的矫饰。她好像轻而易举地守住了什么，平静地投入了自然之中。我略有不解的就是，在她这样的年龄里，她是如何获得了如此的智慧和经验，由稚嫩走入成熟、由骚动走入沉静，赢得了一个从容不迫的青春？比起她我是多么衰老，我的皮肤失去了光泽，头发也在枯萎——看样子我也许可以做她的父亲。可我的一颗心有时偏偏像她一样年轻。眼下两颗心的跳动就合在了一个节拍上。如果我与她交谈起来，我相信会寻到共同的话题，直到探讨很深刻的道理。交谈是一种欲望，是一种诱惑，但我与她都忍住了。我们只是缓缓行走……这种氛围会长久地保持下去。这样当我远离此地时，我会想起这个姑娘和这条路。我会想起她只有二十多岁，晚霞使她通红；我会想起我们在一起的散步。在这片被严重地戕害了的原野上，竟然还有这样一片墨绿的松树林，这样一条可以入诗入画的小路。

我穿了一件棕红色的风衣。这件衣服是我偶然在一个边界小城买到的，那显然是异族人的制作。我当时不知怎么一下就喜欢上了它——它多少有点晚霞的颜色，我就在旅途上披着它抵挡风沙。它可以使我显得多一点活力和热情。我的一颗心早已变硬了，我在艰难的、过多的坎坷中，由急躁变得坦然，最后变得又残忍又善良，是未来那种令人厌恶的古怪老头……我难以激动，除非是面对一种我真正陌生的东西。这时我好像就回到了那种状态。我的目光有时不由自主要去看她的头发——我发现那是一头浓密的、优良的处女之丝。它柔软、光滑、乌亮,这会儿正被两根简单的橡皮筋整齐地勒成了两束。如果不带任何亵渎之意的话,它是可以、是允许让一位老者轻轻抚摸的。青春——陌生而神秘的物质,它的精气神采让老者枯瘦的手掌再感受一次吧,这样的机会在人的一生中并不会有很多的。它会顺着干硬僵直的手臂流入心灵,让老者泪眼迷离。眼下我权衡了一下:我脸上的胡须已经很硬了,尽管我经常修剪它,但一有疏忽它还是要长乱。我对着镜子注视面容,常常十分失望。过分的操劳和焦虑已经使我变得丑陋。也许只有一双特别的眼睛才会从这种丑陋中辨认出一点活力、一点勇气和一点刚毅。总之,这是一张令人沮丧的脸。我不是那种轻易冲动、幻想起来,做着不切实际梦的那种男人,我已经能够把握自己,使自己顺乎自然地行事。我的胡须这会儿并没有修理得很短,大概也并非"面目可憎"。记得有一次我在街上的一个橱窗前站了一会儿,从窗玻璃中又一次看到了我的形象——也许不太清晰的印象更能准确自然地显现出一个形象吧,我觉得那时候的我并不像镜子里那么刺目,他和善、庄重,像一个在旅途中被搞得十分疲惫、又不甘屈服的男人的形象。那种潇洒之气无论如何是没法完全遮掩的……这就是我在散步中引起的一点点回忆,它正给予我一种特殊的感受。

眼下我极力忍住了什么——我是指交谈的欲望——我不知她是否如此。我们往前走去,发现她那黑白分明的眼睛瞥过来一下——这双眼睛像电光一样照亮了我的全身。她扬起脸来,她在微笑吗？她向前方看了一会儿,然后又低下头去。小路上偶尔有小石子被她踢飞了,她就那么看着滚动的石子。我这时感到了一丝特别的温馨,就像一个长者那样心满意足。我亲眼看到了更年轻的一代人正健康成长,她正自信而又谦恭地侍奉自己的事业,肩负了自己的责任；她宽容又愉悦,她是个美丽稳重的姑娘。可惜对于她我还算不得一位长者,至多是一位兄长……我多么想让自己的孩子也长成她这样,像她这样美丽和端庄、这样谦逊；最重要的是要像她这样沉着。即便走在路上,我也能够感受到她那种温厚的情怀、她对生活所理解的深度。她懂的已经是太多了,在她这样的一个年龄、在她的皮肤还未受到风沙严重磨砺的时候,本来是不应该懂得那么多的。她们这一代人的早熟往往又伴着另一个方面的缺损,那就是呈现出一种畸形状态。值得庆幸的是,我面前的姑娘完全不是那样。她对生活各个方面所感知的深度,已经足以让我这个中年人深深地惊讶了。但我故意不让她察觉我的惊讶,我怕她因此而骄傲,虽然这是一种多虑。好像必定来临的一切忧郁、焦虑,一切矛盾的冲撞,在她那儿都将悄悄化解……这是一个谜。想到此,我又记起了流传在民间的神奇方法——有人可以用这种方式汲取不尽的力气——他们可以从绿色的原野、茂盛的丛林和激越的瀑布、从初升的旭日那儿,吮吸、采纳最宝贵的东西……眼前的姑娘大概就是这种自然力的孕育,是大地培植润化而成的。

  我常常忘记了怎么称呼她,我甚至记不准她的名字。她是偶然中出现的一个与众不同的形象。我准备将来让我的孩子和她结成最好的朋友,我希望看到所有美好的年轻人都和她结为朋友,让她感染越来越多的人,让她拥有世界上最广大的友情。想到这里我是多么幸福……我心里的愉悦随着这条道路的延长而延长。

这时我真的看到她美丽的面庞溢满了微笑,这时抄在衣兜里的两手往一块儿并拢一下,似乎要停住脚步似的。她扭一下身子看我一眼,但并未说话。我又一次被这目光所击中。我顺着她的目光去看原野。我在心里说:这儿的秋天很长,而且真正像一个秋天的样子。在我生活的那个地方,秋天总是十分匆忙,本来树木很好地展示着秋天,可是半夜里一场冷风、一场冷雨,树叶就落下了,太阳出来只照着满地落叶……

她好像凝神谛听的样子——

路边上一棵松树下,有一株肥大的蘑菇。它好像就在刚才的那一会儿才顶开了稀稀落落的松针钻出来。蘑菇黄黄的,像刚刚从烤箱里拿出来的面包那样的颜色。我与她差不多同时看见了。我刚想跨到路边采摘,又忍住了;我想让她亲手摘下——她跨开一步,把它取到了手里。接下去我们又发现了四五株类似的蘑菇,都给她采到了。我们折了一根柳条把蘑菇串起来,一路上提着它,闻着它淡淡的香气。

我不断去看这串蘑菇。它们美妙精致到不可思议——大自然呈现出的又一种完美……这使我想到,在缤纷的世界上,虽然一切都越来越不好把握了,但仍然会有什么让人欣喜的事物出现;它的出现往往又是猝不及防的,最重要的是我们能够及时地辨认——让我们认得它、懂得它,并将它永远记住。我眼下就处于了这种时刻,也负有了这种责任——我今后将把我在这个时刻里所感到的那种美好精神记载下来——它是重要的。我想告诉人们,在我们人类当中,原本就有不需要用语言来传递的那么一种永恒的内容,这种内容不仅仅是爱,不仅仅是美,它是什么呢?它仍然需要辨析……我只感到了一种少有的泰然和坦荡,自信润泽了冲动,温煦包容了焦躁……它既超越了形象又超越了心灵,让你觉得仅仅是热烈的爱慕已经远远不够了,还需要纸上的记录和心上的珍存……我相信我在这一刻里的确是变得年轻了。我觉得人必须经常经受这种时刻,然后才可以有美好的思索和回忆。而人的青春正是靠它们连缀而成的。

晚霞越来越红了,当它终于即将燃尽的那会儿,我们也就踏上了归途。至此她手里的蘑菇已经很多了。当我们分手时,她要把蘑菇给我——她刚刚想举起蘑菇,我就伸手接过了。我们俩已经可以配合得十分默契。

……

我离开了那片平原。让我怀念不止的就是我们两人在晚霞中的散步。当我把我的思念讲给孩子、爱人听的时候,他们都好奇地瞪大了眼睛。他们并不完全理解。

1991 年

山　洞

那一年初冬我结束了山区之行,乘火车返城的途中遇到了一位投机的旅伴。当他得知我去看过大山深处的水利工程时,立刻沉默起来。后来他就给我讲了自己弟弟的故事……

我弟弟那会儿刚满十五岁就要出工——他被派到大山里的一个水利工地去。我父亲就是在工地上累垮了身子,爬不起炕了。他儿子还要去接上——那时我正巧跑到东北去了,找了个差事,不然的话就该我进山了。我到现在一想起弟弟是替下了我,心里就难受得很。

那个工地已经搞了十几年,据说是一项很大的工程。弟弟他们这一帮人就负责凿穿一座山。在他去那儿之前,我们就听到了很多山里的吓人的事儿。那会儿山洞已经挖进了大山的当心,正是危险时候,不知有多少人在施工中被弄成了残废;有的干脆当场完了。那个山洞在我们眼里简直是一个死亡之谷。不过谁都知道,早晚总要有人把这座山挖穿,如果这一代人挖不穿,下一代人还得挖。

弟弟出工的那一年,我知道消息跑回来看了一次。弟弟已经准备出发了。他打好了小行李卷,表情肃穆,很有精神的样子。但我看出他瘦瘦的小脸有些发黄,他的身体发育不好,身材薄薄的——这像个开山的人吗?我原想进了工地后,也许那里的人会分配给他一些轻活,比如在伙房帮厨什么的……似乎他对即将来临的那一切并不在乎。母亲流着眼泪,父亲躺在炕上,瞪着一双毫无表情的眼睛,他好像对什么都麻木了。母亲"呜呜"恸哭,声音越来越大。我对妈妈说:

"他长大了,他是去劳动啊——孩子长大了总要离开……"我又对弟弟说:"到了那儿长点眼色,谁照顾你也不如自己照顾自己……"

弟弟说:"什么事也不会有,我机灵得像个猫。如果有石头飞过来我也能躲开,连子弹我都不怕。"

他很顽皮地笑着,满不在乎。

妈妈给弟弟包了一些煮熟的山药。这就是我们家里最好的食物了。

弟弟走了。接上去我们半年没有见面。我回了东北——我在一个煤窑打工,怕家里牵挂,我从来不讲干些什么。我只按时寄钱。因为担心弟弟,我就提前探家,带一些吃的用的进山去了。

我还是第一次到山区。大山远远看去是蓝色的,到了跟前才知道是一些杂色石头和泥土,上面生了一些荒草和树木。原来蓝色只是它的影子。

工地就在大山的夹隙里。到处是草棚、帐篷,一些刚刚掘出的石块和泥土堆得到处都是……弟弟他们在山坡上搭了帐篷。离他们不远处是一个很陡的山脚,那儿露出了一个黑色的洞口,不断有人用推车推出一些湿漉漉的石头。我们这些外来的人不允许到洞子里去。当时弟弟他们正上工,一个领头的让我在帐篷里等他。

天色已经很晚了。大约等了两个多小时,才有一伙人穿着破旧的棉衣,扎着腰,戴着柳条帽从里面晃晃荡荡地走出来。他们当中没有弟弟。钻出洞子的人好像很快活的样子,尽管全身都是石渣和泥土,有的人甚至还哼着歌。

在他们走出洞子的那一会儿,广播喇叭响起来了。有一个很甜美的声音在问候大家,接着是表扬"好人好事"。每一篇广播稿之间,都夹带了一首激昂的歌曲。就在这歌曲声中,我看到人们鱼贯而出。我的眼紧盯着洞口。

一会儿,一个瘦瘦的小伙子出现了。

我喊了一声蹦过去。他也看到了我,这时一下摘掉了柳条帽,露出了又长又乱的头发……半年不见,弟弟长得这么高了。他的颧骨凸出着,眼睛凹下去,鼻梁也显得高了。他的腿那么长,穿着高筒水靴费力地跑过来。

他两手架住了我的胳膊,一下跳起来。我发现他的额头左边一点有一道紫色的伤疤。我盯着伤疤,立刻不做声了。可见这是一次很重的创伤。我问:

"你怎么不告诉家里?"

"没有。没事儿,好啦……"

"当时这个伤口一定很大,骨头没事儿吧?"

"骨头没事儿。"

"那你怎么不回家养伤呢?"

"我怕妈妈看见。"

"当时伤得重?"

"当时昏过去了。后来醒过来,已经给包扎好了。半个月伤口长好了,我也重新上工地了。"

我的嗓子里有些哽咽,长时间没有说话。弟弟扶着我的胳膊,说:

"走,我们打饭去。今天晚上有好饭。"

我们一块儿回到了帐篷,坐到了他的铺位上。这个帐篷里大约有二十多个行李卷,他们都睡在地铺上。

弟弟敲着搪瓷碗出去领饭了。一会儿,他领来三个窝窝头、一碗白菜汤。白菜汤里边漂着几块肥肉。弟弟说:

"看到了吧?有肉!"

我和弟弟吃着窝窝头,喝着菜汤。我不想吃那两三块白肉。可弟弟总是用瓷匙把白肉赶到我这一边。没有办法,我还是吃了一块。

弟弟说:"我在这儿挺高兴的。就是累点。"

"……全家人都为你担心。"

"不算太危险,我不过伤了一点。"

我问他有没有更重的伤。他没有做声。

这天晚上,我和弟弟在山脚坐了一会儿。他告诉我:

"你今天晚上就睡在我旁边那个铺上。"

"那个铺为什么空着?那个探家了吗?"

"不。他现在反正不在。"

我们站起来,沿着山脚往上攀援。他说:"你看这个地方蛮好的。你看见山那一面有个小村子吗?老乡待我们很好。我们有时到村里玩,老乡常常摘些柿子给我们吃。你看,这边山上到处都是柿子,可甜了。"

我们又往前走。山下有一条小溪,里面的水很清。弟弟说:"你看,这里面还有鱼。我们捉了很多小鱼养在帐篷里。可惜这几天都死了。"

"你在这儿不想家吗?"

"怎么不想?谁都想。"

"……"

"……我非常想父亲。"

我沉默了。停了一会儿我问:

"为什么?"

"因为原来他就在这儿开山洞。"

他低下了头。我不做声了。不错,父亲就在这儿开山,在山里不止一次受了伤。他只是出工的人——当年在山里干活的还有服劳役的人,有的还戴着脚镣做活。他们抡着大锤,身子一动,脚下就发出"哗啦啦"的响声。有的犯人用锤子把自己的脚镣砸开,想要逃跑,刚逃了没有多远就被击毙了。有的民工也跑,也都被抓回来,挨一顿好揍。父亲那时幸亏没跑。我想他是跑不掉的。他是个聪明人,不会冒这个险。他不知凿下了多少石块,成了一个很能干的人。后来,他实在干不动了,这才提前回来。我不记得父亲讲他在山里开洞子的事儿,他从来不讲。

透过薄薄的夜色,我看到了连绵起伏的山岭。四处极安静,风也不响。在西面的低空,大概是太阳从那儿沉落的缘故吧,那里留着一小片暗红色的云。这会儿在山的另一面传来了一阵短促的音乐声。接着响起了我刚来时听过的那个动听的、给人以安慰的女广播员的声音。

弟弟的两眼明亮地看着响起音乐的方向。他说:"该回去了……她最后一次播音就要熄灯了。"

我没动。我说:"这儿倒有个很棒的广播员……"

弟弟的脸渗出了一层极小的汗珠。他搓着脸说:"她是个大学生呢!不知为什么到这儿来了。大家都喜欢她。"

我惊讶地看着弟弟。

"她常在帐篷附近忙活。有时给民工洗衣服,有时帮炊事员弄干菜。她对人真好,没人不说她好……"

"对你好吗?"

"当然。她对我最好,让我到她那儿玩。"

"她多大了?"

"二十六七岁。她爱人还是个海军。"

又走了一会儿,弟弟又补上一句:"有一回传说她要走了,她不在工地工作了,我都哭了……"

"这是真的吗?"

"后来我才知道,她是去探亲——看望那个海军。她走了二十多天,工地上的人都不高兴了……"

"为什么?"

"大家都听惯了她的声音,突然换上一个粗嗓子男人替她,听了心里好别扭……大伙儿都说'完了'……"

"什么'完了'?"

"不知道。反正我也觉得是'完了'……亏了她又回来了。"

那天晚上我就睡在弟弟旁边的铺上。天很冷,这被子硬得像铁板。我相信它被汗水浸过几次了。我极力想忘却这被子,但总也做不到。它透出的气味很难闻,我不知道这是一股什么臭味。到了后半夜实在熏得不行,真想换个地方。可是实在没有别的住处啊,我只得睡在这个铺上。

后来,我问了别人才知道,这个空铺子就是弟弟睡的。而弟弟睡的才是别人空下来的。他说那个空铺上原来睡的是一个六十多岁的老头儿。

"那个老头哪去了?"

他们互相使了个眼色,没有做声。我再三追问,他们才告诉我:"那个老头现在躺在医院里边挨呢。"一个"挨"字包含了多少痛苦的隐秘。后来我又问弟弟,他才告诉,那个老人被炸药崩伤了,只剩下了一口气。现在躺在医院里。活是活不成了,就是不知道什么时候死……

我责备地看了弟弟一眼。我想你们是邻铺啊,每天在一块儿,谈论这么大的事情就那么随随便便,好像一点不难过似的——但我发现所有人都是那么一律淡淡的语气。我明白了,这样的事情在这儿经常发生,他们大概已经习以为常了。

第三天上传来了坏消息,那个老头儿死了。

第四天工地上来了一帮人。奇怪的是他们都低着头,压抑着悲哀,好像连哭都不敢。工地的一位负责人长得黑乎乎的,很高兴,戴着一顶褪色的军帽,帽圈上总有一圈白色的盐碱——他朝来人咋咋唬唬,比画着,让他们这样、那样……来的人抬了一个担架。他们后来就用担架把老头子抬走了。

这些人给我心里留下了永远没法儿消除的阴影。我记得他们当中有一个老婆婆,有两个小女孩,还有一些很壮的男人,面孔陌生而呆滞。那个老婆婆一直流着鼻涕,她很瘦小,小脚走在乱石上,一步一绊,非常吃力。她的两个女儿,一个胖些,一个瘦些;最瘦小的那个不知怎么让我想起一个毛茸茸的、病歪歪的鸡。我想这个老婆婆就是老头子的老伴儿了,那两个小女孩很可能就是他两个晚生的女儿。那两个壮汉子呢?是亲戚,是邻居,还是他的儿子?这一伙人当中没有一个发火,也没有一声责备,他们就那么抬着一个僵僵的老人,一会儿就离去了。

后来我才知道,老头子的死因原来非常简单。

那一天炸药放好以后,点上导火索,大家就撤离了。导火索很长,人们有足够时间跑开。可是大家撤到半路,那个老头子突然想起他的一个錾子掉在那个炮区了——炮一响錾子就要盖在石块里,哪里找去?老人急火火地往回跑,大家都站在原地等他。按理说他完全跑得出来,可能是他把放錾子的地方记错了吧,一时找不到。眼看只剩下一分多钟的时间了,大家放开喉咙喊着。正喊着,看见老人一手握着錾子往这边跑过来。他跑到离大家几十米远的时候炮响了。一块石头飞到了他的后脑那儿。就这么简单。

老人的行李卷被他家的人取走了。这样,夜间弟弟就盖着一个破旧的棉大衣。天太冷,后来我们俩干脆合起来睡了。

夜间,我碰到了弟弟的身体,触到了一块块的伤疤。

这里比东北的煤窑工作条件险恶不知多少倍。我很想到山洞里边去看看。我知道这先要骗过工地的头儿。弟弟说:"还是算了吧。"

我坚持要进去看看。

同帐篷的几个工友为我想出了一个办法。他们找了一个破旧的柳条帽给我扣上,让我穿上一件旧衣服,扎上腰带,然后随着他们上工去。

洞子没有电灯,进去要举一个火把。这些蘸了煤油的火把燃烧起来,有一股呛鼻的气味。我们举着火把往里走,都默不做声。木头推车一辆一辆推进去,车筐里装满一些镐头和杂七杂八的工具。走了大约有十分钟,回头望一眼,洞子已经拐弯了,洞口那圆圆的一个亮点越来越偏,最后不见了。这洞子好深。

他们告诉我,这个洞子已经打了三年多,换过了不知多少拨人。他们也许是当中的一拨,他们之后还会有人接上干。我问弟弟:"你什么时候才能被换回去?"

弟弟小声说:"也许一年,也许一年也回不去。"

我不知说什么好。

弟弟声音放得更低:"你知道吧?被派来工地上的人,差不多都是有些'毛病'的。"

"什么毛病？"

"就像我们家这样的毛病。"

我们家说起来太惨了，冤枉得很——就因为父亲做过旧时邮电局的职员，后来又因为他脾气倔，就被人家赶到乡下。那个年头里好像谁都可以欺负我们……弟弟又告诉我：

"也有的是外地搬来的人。他们没有家族里的人护着，要一个出工，村上也就把他派来了。不过这样的人一般半年也就换回去了。我换不回去——我知道，可我也不急，在哪儿还不是一样干。这儿也挺好的。"

有人提着一盏很亮的桅灯急急地赶上来。弟弟赶紧离开我一点。他小声说：

"领工来了。"

赶上来的这个人长着络腮胡子，很瘦，像满身都是筋拧成的一样，浑身充满了横劲儿。他朝大家嚷：

"怎么走这么慢？什么时候才能走到头？"

接上就骂起来。骂了一会儿，他一个人赶到前头去了。我问弟弟：

"他是从哪儿来的？上级派来的吗？"

弟弟吐一口："就是我们当中的。他也是有毛病的一个人。"

"那怎么还让他领工？"

"他干起活来没命，哪里危险往哪里钻。他只有六根脚指头。"

我这时候往前望了望，见他一走路就摇晃，走得很快。我有点可怜他了。弟弟说：

"他有个外号，叫'贱骨头'。大家都这么叫他，有时候叫到当面。他干得特别带劲儿，还主动地管这个管那个，我们在洞里歇一会儿他就要向上报告。上边一看这是挺好的一条'狗'，就让他当了领工的。我们跟他干活累死了。"

这样说着话，一会儿就到了洞子的尽头。火把凑到一块儿，桅灯也悬挂起来。工作面终于看清楚了——我差不多给吓了一跳，如果不是亲眼所见，我怎么也不会相信。

面前是一个馒头状的、半圆形的巨大石坑。水滴沿着石缝"滴滴答答"地流。这些水像有颜色一样，流下来，被火把一照发出一种绿色。一股奇怪的臭味使人不能呼吸，也不敢睁大眼睛。没有处理得好的顶部斜刺出一块块长石，好像随时都能掉下来……后来我才知道，那种气味是闷在洞里的炮烟味儿、石缝里留下的粪便味儿，它们混合在一起的。

"贱骨头"吆喝一声，大家一起凿起石头来。

弟弟经过了半年的训练，已经十分熟练了。他让我扶着钢钎，他打锤。他能把锤子扬得很高，让它绝对准确地落在钢钎上。我真怕他砸了我的手。他从来没有砸伤过一个人的手……当炮眼打成以后，就要往里填黄色炸药了。这些浅黄色的炸药外号又叫"地瓜药"，爆炸力大得惊人。炸药崩碎石块，浓浓的炮烟还没有散尽，他们就要咳着往外推运石块——一人推，一人在前边拉。他们每天重复的工作就是这些。

最可怕的是哑炮。有一次事故，一下死了六个人，伤了三个，就是一个哑炮造成的。还有一次,就是在洞子拐弯的地方,一炮响过之后就涌出一股水流,这股水来势凶猛,一眨眼工夫好几个人被水头击倒了;他们想爬起来,后面的石头又砸在他们腿上——那一次也死了几个人;有两个人拣回一条命,也断了一条腿,成了残废。幸好那股水流冲的时间不长,只有十几分钟就过去了。不过那一次所有人都给吓坏了。他们以为这股水要把洞子淹了,那时候大家就全都没命了。水流过去之后,好几个人"呜呜"地哭起来。弟弟说他也哭了。他说:

"经过那一次,我什么都不怕了。我知道阎王爷不要咱……"

我望望根本没有任何护顶板的洞子问:"如果石头塌下来怎么办?"

"塌不下来,这儿是一色的石头——怕的是遇上酥石层。"

"遇上过吗?"

"遇上过,遇上过。"

"砸伤过人吗?"

他点点头。

我呼吸着洞里又腥又臭的空气,全身都有点发冷。我奇怪地发现,我比刚进来时习惯多了……

这天晚上,弟弟要领我去看广播员。他说:

"她要知道我们家里来人了不去看她会生气的。你去吧,她对人好。"

广播员住在一个更小的帐篷里,看得出这是她办公的地方,也是她的宿舍。里面有一张粗糙的木桌,桌面上用粉红花纸铺了一下,看上去很洁净。我眼前的女广播员没有弟弟说的那么大,她还显得很年轻、很美,也很丰满。那会儿她穿了一件灰色的制服,扎了毛刷刷辫。我想她大概穿了爱人的军装……她那么温和地看着我和我的弟弟。听了我弟弟的介绍之后,她很热情地给我倒水。我觉得她对人有一种特别的亲切。她说:

"你放心吧,我会照顾好你弟弟的。他在这些民工当中是最小的一个。我把他当成了我的弟弟。"停了一会儿又说,"我爱人有一次到工地看我,他也到山洞里去了一次,难受得很。他说这样的条件根本就不能施工……有什么办法,这实际上是个无底洞。你看这大山能凿得穿吗?"

我没有回答。

她摇摇头:

"我爱人在部队也是搞施工的,他说我们连方位都搞不清,这样很可能顺着山脉挖下去,那时候就是挖上一辈子也挖不穿……"

我问:"不是有人搞测量吗?"

广播员苦笑着:"他是从一个生产队调上来的,连自己的名字都不认识呢!"

我呆呆地望着她。

这一天我们又谈了一会儿就要离开了,因为她很忙。分手的时候我对她表示了深深的谢意——我和弟弟都会永远感谢她的。我让她自己多多保重……

……

从工地那儿离开,大约又是半年之后——一个秋天,我又从东北回来了。回来后的第一件事就是急匆匆地进山。我日夜放心不下的就是山洞里的弟弟……

记得那是一个下午,我赶到工地上天马上就要黑了。一踏上搭帐篷的地界,我就觉得有点异样——原来是广播喇叭的声音变了。没有音乐了。有的只是一个粗劣暴躁的嗓门,就像喝牛一样响……我好不容易等到了凿山洞的人休工。我在洞口一个一个辨认着,怎么也找不到弟弟——他们都有着相似的面孔,戴着同样的柳条帽,脸上布满了尘土和烟灰。最后是弟弟发现了我——他扑过来我还没有反应。当我仔细打量他时这才大吃一惊——仅仅半年的时间弟弟完全像换了一个人。他瘦得皮包骨头,两眼陷得更深了,没有一点神采。他摘下了柳条帽,我简直不敢去动他肮脏的长长的头发,我害怕这手一放上,那头发就会全部脱落。我哭着,也不顾好多人惊诧的神色,一下把他抱在了怀里。

弟弟像一捆秫秸那么轻。我抱着他久久不愿放开。弟弟说:
"快放开我,让人家笑话,哥哥。"

我流着泪水。泪水一滴滴打在他的脸上。后来弟弟挣脱出来,扯着我的手向一旁走去了……当我们离开人群稍远一点的时候,他才惊恐地四下望一望,"哇"地一下哭了起来。我赶忙安慰他,摇晃他的肩膀,问:"怎么了?你怎么?"

"那个广播员……没有了。"

"哪去了?"

"……她不该进山洞。遇到酥石层了,塌方把她埋了……"

……西边的太阳沉入山包的那一刻变成了紫黑色。它一点一点沉落下去……山里静得一根针落地都能听得见……

弟弟领我来到了小山包的另一面,我看到了一片排列齐整的小小的坟尖——这里面就有她的那一座。

我们采了很多金黄色的野菊花,放在了那个小小的坟尖上。

……

这就是那个可怕的秋天的故事……最可怕的还在后边——我从工地上归来不久就四处托人,想把弟弟从工地上换回来,我说他瘦得不成人形了。可是没人理我。大约又停了一个多月,水利工程指挥部派人来了。他们是为弟弟的事情来的。我瞒过了白发苍苍的母亲,一个人去了工地。弟弟被埋在洞子里。同他一个帐篷的民工告诉我:他死得太冤。塌方开始不凶,完全跑得出——可是他像呆了一样,就那样被埋在里面。民工还告诉,自从那个女广播员死了之后,他就常常这样发呆……

总而言之,弟弟没有了——他也被安葬在那片整齐的墓地上。

他那一年正好十八岁。

1991 年

书　房

这是一间尘封的书房。

我常常一个人走进去,在里面待上一两个钟头。随着年龄的增长,我去得越来越频繁了。这在别人看来多少有些奇怪。因为这是一间最阴暗、最没有趣味的书房。那里面光线暗淡,勉强看得清东西。而奇怪的是,我早已经习惯了这里的光线,竟然能够毫不费力地看清书架上的字迹。

我饶有趣味地翻着那些认识的和不认识的书页,得到了极大的满足。

在这所院落里,唯一称得上是古物的,也就是这间书房了,尽管它已经无人问津。可是,这个房间在当年却是整座院落的核心。

我坐在如同黑夜一般的安静中,信手将一张红木写字台上的尘土抹净(不知怎么,这张写字台上永远蒙着一层尘土)之后,就两手合起来,出一会儿神,这里安静得一根针掉在地上都可以听得非常清晰。我在这极大的沉寂中,得到了前所未有的安慰。

一本本书,纸页都发黄了。有的轻轻一戳就是一个洞。所以,我在翻书的时候小心得不能再小心了。我轻轻地掀着书页。有时候,我简直不是在看,而是用鼻孔在闻那种气味。一股好闻的霉味,钻进我的肺腑。我小心地一丝不苟地过滤着,从中辨别出那与众不同的一种气味。

一个穿着黑衣服的高大的男人,长得微胖,就用他的衣襟掀动了书架上的尘土。有时候这尘土迷住我的眼睛。他走过来,站在我旁边,伸出右手那根焦黄的食指,按在我正在阅读的书页上。我强忍住什么,没有抬头。但没有过一会儿我就忍不住,把书页合起来。我们互相看了两眼。我想问点什么,但嘴巴动了动,没有发出声音。他于是又离开了,消失在一个个高大的书架后面。

我站起来,沿着他走过的地方重新走了一遍。可是我再也找不见他。他总是这么突然地出现、缓缓地行走,然后再突然地消失。

这些奇奇怪怪的书籍有的是线装的,有的是硬壳绸缎封面的,有的还是手抄本。这些书,有的只画了一些简单的图画,几乎没有文字;而有的却用蝇头小楷写得密密麻麻。

我像要从中翻找我所需要的那几句谶语似的,不停地翻找。不知过了多长时间我才走出书房,头发上、衣服上全都沾满了灰土。家里人说我像一只土拨鼠似的,整天在土里滚动。我没有说话——只要有点机会,我还是要打开那间书房。

在这间屋子里,我与一个人进行着一场由来已久的秘密的谈话。没有任何人知道我们谈了些什么。他向我谈了他隐秘的历史。这是一段任何人都不知道的故事。这些故事都零零散散地隐藏在那些数不清的陈旧纸页当中。我一边翻动着,一边等待着那个人的重新出现。

我翻完了一本书,却不知所以然。脑子里一片空白,就像什么也没有读到一样。我把它拍打了两下,重新插到取书的地方。可是就在这时候,骨碌碌地滚过来一个东西。我拿到手里一看,是一个冰凉的红硬木健身球。擦去灰渍,露出了锃亮的球体,闪着银光。这是前人的指纹在几十年的时间里磨得无比光润的那种木球。我把这只木球放在了贴身的衣袋里。可没有多久,又觉得它像赋有生命似的,在胸口那儿扑扑跳动。我不得不把它取出来,放在写字台上。但这样放了一会儿,还是不安地把它塞到了书架的一个角落里。

我重新看书。一会儿从黑漆漆的屋角里射来了一对严厉的目光。我知道,他嫌我动他的球了。我这时仰起脸来,请求原谅地在心里念道:

"我又放回原处了。它挺好地待在那儿了。"

黑色屋角里那双犀利的目光在慢慢地淡下去,淡下去,最后消失了。

我在屋里轻手轻脚地走了几步。我的眼睛盯在一排排书脊上,寻找着。

我像是按住了脉搏似的,顺手就从那几本书的中间抽出了一副圆圆的小眼镜,又嫌烫一样赶紧插回原处。我搓着手,把尘土在裤子上揩净。

在书架的另一面挂了一柄镶了银的拂尘。我把它取在手里抚摸几下,拍打起架子上的灰尘。我不知多少次这样做过,但我知道是徒劳的。因为灰尘并没有从这间屋子里赶出去,它们只是扬在空中。当一切都安静下来的时候,它们又会重新落回原处。这是上百年前的尘土,我没有权利把它们从这间屋子里驱出去。这些尘土留着上一个世纪的记忆和气味。

夜晚,我不敢一个人到这间屋子里来。阴天或雨天我也不敢来。只是到了屋外阳光灿烂、一片明亮的时候,我才敢打开这间屋子。

一坐到这张写字台前,外面的世界就立刻被遗忘了。我只是那么静静地坐着,一会儿就会有一只冰凉的大手扶在我的肩膀上——我对这个动作太习以为常了,所以毫不惊讶,连头也不回,只保持原来的姿势坐着。

我淡淡地问下去:"那么你为什么要这样呢——我是说,你为什么非要逃走不可呢?"

"为什么?你从这间书房往外看,你可以看到几百米远。你的目光所能达到的地方,那才是这座院落的边缘。院内有很多富丽堂皇的建筑。这座书房只是它最不起眼的一个小屋。由于它比院里所有的建筑都古老,所以才保存了下来。这里有很多老爷和使女,有一个使女就是你的外祖母。"

"你和外祖母一开始就是在这里认识的吗?"

"不。你外祖母那时候陪着一个人进京,我在一所洋人的学校读书。她陪着老爷进京,我去看老爷,也就看见了她。从那第一眼起,我就决定要赶快回来。那时候我的医术已经学得不错了。我可以为害眼病的人做手术,我的洋文说得也不错。还没有结束学业,我就回来了。你知道吗?老姥娘用一个最好看的布锤把你外祖母的头打破了。我们两人都不吭声,只等着她把伤养好就逃开了。我们逃得很远。只带了很少的东西……"

"记得第一次逃出这个大院,跑在田野上,觉得到处新鲜极了。你外祖母一会儿就要捂一下眼睛。我开始还以为她要揉眼睛呢,以为她哭了。后来才知道她是嫌外边太亮!"

"我们跑啊,跑啊,迷了方向。后来跑到了一片草地上,那时候不知道草地一边连着大海。只是看见太阳刚刚出来,照着无边的茅草一片金黄。你外祖母捂上了眼睛,说:'哎呀,真大,真亮!'"

"你听,这就是她对我说的两句话。"

听到这里我身上痉挛了一下。背上大手的分量在渐渐减轻。回过头去,那个人已经没有了。我使劲咳了一声,好像要驱赶掉他的影子。

屋角里什么也没有。

我在书架上寻找着一本新书。我几乎每一天都能够发现一本以前没有抚摸过的书。我发现它的时候,就如获至宝地捧到写字台前。可是当我打开书页,又会发现它既陌生又平庸,几乎没有什么新鲜玩艺。不错,我也常常看不懂。可是我却知道这是些没有意思的玩艺儿。我又重新把它放回原处。

就是抱着这种奇怪的探险心理,我查遍了所有的书架。

这个书屋没有毁于水火和兵匪,就足以证明有什么神灵在暗暗庇护着它。

他再一次出现的时候也是无声无息的。我想,他刚刚离去的那一会儿是去喝茶了。因为这一次,他说话的时候,嗓音清晰多了。他不要我翻动刚才动过的那本书。他说那上边有他咳上的血。

"那本书你不能动。"他说,"那本书,你最好还是把它放起来。"

我心中蓦地响起了一个执拗的声音:"不……我要打开它,我要重新看一下!"

这样我就站起来,不顾他的阻拦,直迎着刚才取过的那本书走过去。我急急地拿到手里,翻动了几下,一下子呆坐在椅子上——那本书上有一片褐色的紫斑……这,也许就是很久以前的血迹了。

我不知是厌恶还是惊怕,把它推开老远老远。

停了一会儿我又站起来,远远地端量着它。

后来,我就把这本书放回了原处。

那个身穿黑色长衫的身影像是发出了快意的冷笑,倒背着手,到一边去了。他好像证明了什么似的,坐在了另一边的一个扶手硬木椅上。那个椅子至少被灰尘盖了一公分厚。奇怪的是他坐下去连拂打一下都没有。他说:

"我明明知道前边是什么,可我还是去了。"

"前边是什么?"

"前边是一个陷阱。"

我的心中忽地响了一声,像弹断了一根老弦。"又是陷阱!"我心里说。

"那个陷阱就在前边,"他接着说下去,"离我不远。那一天是一个挺好的秋天。庄稼都成熟了。该红的红了,该黄的黄了。我骑着我们家最好的一匹大马,去了。我接到命令去开一个会。我知道有人要在路上设埋伏,故意绕道而行。走了一会儿我又想,那埋伏既是为我而设,我就该迎它而去。于是我又把马折回来,走了旧路。很好,我一路走过去,马蹄踏着一溜印痕,"嗒嗒"地往前走。路两旁的庄稼地被太阳晒得暖烘烘的,热气直扑到我和马的身上。马走累了,我就到路边扯一点成熟的庄稼给它吃。接着再上路。"

"很好,我们就这么走过去,安然无恙。"

"那一天,我做了一次很长的讲演。有人在台下呼喊什么……"

他说到这里停顿了一下。

这时,我有机会想了一下,知道那是热烈的喝彩的声音。那种声音很耳熟。

他接上说:"他们在为我鼓掌。我自己也觉得把我平生要说的话全说出来了……大马在院子里嘶鸣。我知道它是唤我快些回去。你看它急急地催我上路——我该上路啦。我告别了那些人。走出会场的时候,最后看了他们一眼。"

"回来的路上,我知道那个埋伏再也绕不开了。它离我越来越近,越来越近。我的马也像是知道这一切,我看见它的蹄子起落得十分沉重。但它还是毅然地向前走去。"

"那一天,是太阳快要沉落下去的时候,到处一片红色。我骑在马上,老要四下里张望,记得我正好能够望见这片高秆农作物的梢头,看见太阳是怎样把它们一点一点染红的,看见我们四处的这片田野上,最后的时刻里是一副什么模样。"

"我把一切都看在眼里,记在心上,然后就眯着眼,任马颠簸。走了两个多时辰,我想离家大约已经不远了——我听见了一声很闷的手枪声。我拍拍红马的脖子,说:'时候到了。'

"但我没有下马。我不想对那些打埋伏的人讲这么多的礼数。我也没有给马加鞭。我连身子也没有挺起来——像一些英雄们惯于做的那样。我仍然垂着背,眯着眼睛,姿势一点没有变化地往前去了。"

听到这里,我的手心里出了很多汗。我问:

"接下去呢?"

"接下去,我就被他们杀死在高粱地里。我死得不算痛苦,可也不算轻松。我没有一下死过去。他们不是些好杀手。看来,有的是第一遭干这个。当我的血越流越多,染红了四周的泥土时,他们就叫着逃走了。"

"我身上带了很多钱,这是我的一点侥幸心理在作怪。我原来还认为可以用钱买下一点时间。从那以后我才算明白,金钱可以买到:高楼大厦、土地,甚至可以买到官职,可它就有一样东西买不来,那就是——时间。你看,这些人就不需要我的钱。他们逃开的时候,甚至都没有想到摸一下我的衣兜,就匆匆地跑开了。有人手上沾了我滚烫的血,他那是要快些赶到河沟里去洗干净。"

"我躺在那里。我知道,我的马也受伤了。可是,它还走得动。一阵'刷啦,刷啦'的响声,我的马离开了。我等的时间好长呵。我等着太阳落下去——尽管眼前的光线越来越暗,可太阳就是不落,它像定在了庄稼半腰,定在了那儿,等待一个人。"

"她真的来了。她就是你的外祖母。她长得本来就矮小,这时候浑身哆嗦着,缩成了一只小鸡似的。她鼻子里哼哼着,哭过了,也就不再哭了。没有眼泪,只有鼻涕。她伏在我的身上,但她说了什么,我一点也听不明白。她好像在说一些安慰的话。我也对她说了一些话。我的话,她听不明白,这从她的眼神中已经看出来了。"

"随她一块来的人把我扶到了马背上。那匹可怜的马受了伤,还要驮上我。也就在扶上马背的那一刻里,我闭上了眼睛。"

屋里的光线越来越暗。我的眼睛再也看不见书上的字迹了。后来,我就合上门走了出来。屋子外面到处都很明亮。可是不知怎,我觉得这天的太阳、天空,还有那半个没有沉下去的月亮,都是铅灰色。

我再一次进入书房,是一个挺好的洒满了露水的早晨。我坐在了那个人经常坐的红硬木椅子上,像要故意激怒他,等待他的出现。可是整整一天过去了,他没有到这间屋子里来,甚至连远远地瞥一眼都没有。我随便翻着几本书,熬着时间,然后一无所获地走了出去。

就这样,我在这间书房里走进走出,消磨着自己的青春。我们的交谈没有尽头,永远也不能完结。有一段时间,我极力想弄清楚外祖母的容貌。因为我没有见过她。我并且觉得这至关重要,因为她好像是我所理解的故事的主人公。但是那个身穿黑布长衫的人没法给我讲得更清,有时甚至还互相矛盾。我想从那些手抄本里寻找一点线索。因为我终于认出有一些字迹是那个人写下来的。可是这些话是真正的谶语。比如说它记载了他出逃的日子——可是另一处记载的那个中了埋伏的日子竟然与它相同,这就非常奇怪了。它还写到外祖母和他一路上经历的事情。外祖母却被他写成了一个爱唠唠叨叨的女人,可是在另一页里,外祖母又是一个腹富口俭的十分内秀的人。

我问他:"外祖母很矮小吗?"

他点点头:"他就到我的腰际这儿。"

我说:"那是因为你的个子太高大。"

他说:"不。那是因为你外祖母太矮了。不过她一点都不难看。她的头发有点稀疏,还有点黄。你看看,没有什么好的。可是我除了她谁也不会喜欢。她只看了我那么一眼就让我永远地记住了她。她那天穿了一件紫花衣服,围了一块乡下人才围的方格布做成的小围巾。她和我说话的时候,手就在衣襟上捏来捏去。她甚至不跟我说一句话。我真想用手揪揪你外祖母鼓鼓的额头上方那一绺黄色毛发……我是个安分守己的人,是她让我生出了这样的念头。"

他说到这里,像是有些疲倦了,咳嗽着,转到书架后边去了。我却刚刚精神起来。我想起那些手抄本,里面好像有关于这个记录。我打开来,从字里行间寻找着。这一次终于让我第一次看明白了,这密密麻麻的蝇头小楷到底写了些什么。我不知疲倦地一口气把它读完了。这是我在这个书屋里一年来第一次读懂的一本书。

我的耐性这么有趣地帮了我的忙。是的,我知道这里面到底记载了什么。它记下了外祖母一家的故事。我甚至怀疑,这个书房里所有被尘土封起的书页中都有关于他们的秘密。我这一辈子也许就要消磨在这上边了。

读过这个手抄本,我留下来的疑问不是减少了,而是增多了。比如,那些神秘的人为什么要去设下那个付出了沉重代价的埋伏?是为了外祖母吗?显然不是。这显然是一种政治目的。可是我的外祖父——那个不停地唠叨的人,为什么偏要说,他们是为她而设下了埋伏呢?

这场埋伏的代价真是太大了。后来,几乎所有的参加者都落难了。那个领头的好汉被下进大狱,受尽折磨而死。跟他而去的是四五个最标致的小伙子,他们本来都应该有自己的女人,自己的好生活。可是,这四五人当中至少有三人在一场战争中死去了。剩下的两个人,也可能是一个人,害了疯病,疯疯癫癫地流落他乡,最后又不明不白地死在一口枯井里。有人说那口枯井被冬天的大雪封得严严实实,他乞讨着,一步踏上去,也就落在井底,无人知晓地直过了一个冬天一个春天,直到夏天,浓烈的腐臭味才暴露了这个秘密。当然,这对于死者是一个陷阱。

他们为了什么设下那个埋伏?我相信,这个世上没有任何一个人可以搞得明白。首先是,他们跟这个书房的主人没有任何怨仇。他们当中的大部分人甚至不认识他。

我曾经设想过这一切都是出自嫉妒。嫉妒往往是大部分惨剧的真正起因。可后来我还是把它否定了。

他后来跟我的交谈渐渐变得枯燥无味了。没有任何的故事，没有任何的兴致，只是那么敷衍，好像故意与我消磨时光。然而令我不安的是，时光对于他是无限的，而对于我却是非常吝啬的。我在衰老，皮肤正在失去光泽；而他，倒像是越来越生气勃勃——他与我做的是一场多么残酷的游戏……他故意那么慢慢腾腾，把事情的真相隐瞒起来。我甚至觉得他也在给我设下一个埋伏。而我也像当年的他一样，明明知道这个埋伏，也还是直接迎着它走去。他做了一个陷阱，做得十分巧妙；而我明明知道这一切，还是不愿意躲闪。

我在这间灰暗的书房里整整花费了二十年的时光。我没法从这里逃脱出去。他的谈话漫不经心，辞不达意，而我却要用尽全身的力气，去聚精会神地倾听。我想从他的只言片语中寻找那些难以解答的疑问。可以辨明真相的机会似乎是太多了——这么多的书，这么多的亲笔记录，还有一个当事人的叙述。这些诱惑对于我来说真是太多了。可我慢慢就会发现，这些机会都是虚设的，不能够成立的。当我永远地从这个世界上消失了的时候，那么，我相信，还会有人到这个书房里接着挖掘这永远难以破解的谜。当然，接下去，等待他的还是失望。但是，这一切我们却不会懊悔。

当每天我用那柄上一个世纪遗留下来的拂尘把书架上的尘土赶开，从中挑拣到我所要的书籍的时候，一股难以言喻的幸福涌上心头。我安然地坐下来，像一个学者那样，将两手按在写字台的边缘上。我打开书籍，合情合理地开始了我又一天的工作。慢慢，我的眼睛昏花了，我立刻想起书架上的一副小眼镜，我取起它，戴起来。奇怪的是,这副眼镜就像老早在等待我使用一样,就像是为我配好的一样。我戴着这个眼镜,一切都看得更清了。

我的生活过得安逸而充实,没有太多的焦躁;我的寻找越来越纳入正轨。我的步骤十分清晰。我与他的交谈,就这么从容不迫地、一天接着一天地继续下去。

1991 年

面 对 星 辰

　　二十多年前,当我还在山区和平原上到处奔走的时候,她曾经为我悉心包扎过伤口。她有一口动听的异地口音,所以当地人都叫她"西莱子姑娘"。后来因为忙生活,当然也由于一些难以言说的原因,我们分手了。

　　二十多年来我们彼此离得很远,但我相信都没法把对方遗忘……今天,当我的双脚又踏上了这片原野的时候,心中立刻有一股热辣辣的东西在流淌。我费力地打听着西莱子姑娘,最后才得知她仍在这片荒原上的葡萄园里操劳,如今已经与她的丈夫分离了,带着她刚刚三岁的小女孩果果,在那片葡萄园里安了家。那里的一处很逼仄的屋子,就是她们母女长久的居所。

　　我在葡萄园四周徘徊。多少个夜晚我走到园边,听着护园狗的吠叫,但总没有勇气直走进去。我只在远远的地方注视着她的身影。由于距离太远了,我没法看得更清,我只能看见一个有些陌生又似乎特别熟悉的轮廓。我很想和她说点什么。我想面对面地看看岁月留在她脸上的痕迹……

初秋的风把一园果实都吹得紫红,我心里的某种东西好像也在成熟。那种注定要来临的难堪的相逢,那种尴尬的会见,搅得我心神不宁。

一天的星星出奇地亮、出奇地大,这秋夜的星空映着我的眼睛,无数神秘的闪亮与夜露一起垂落,沉入心底。

当年有多少话语和呼唤遗散在这无边的原野上,在这黝黑的丛林里。

这一天的星星大睁着询问的眼睛……好一个狂傲的流浪汉子,你能跑到哪里?你的足迹印遍山岭和平原、繁华的闹市,最终还是走向了这片故土。你长久牵挂的那个人是谁?你曾经邂逅的那个人是谁?你要和谁同床共枕直到白头?你有多少思慕,多少烦恼?在这秋天的夜晚里,在这海滨清冷的空气中,你到底想了些什么?你有多少难舍难分的东西?你身后留下的到底是什么?

我叹息着,轻轻往前挪动脚步。我相信她也在遥遥注视——她知道我来到了这里吗?她知道我在她的园边徘徊吗?

大约五年前,我听说她的父亲——一个海滨小城里的工程师得了不治之症,那是她唯一的亲人。她哭得死去活来。她那个丈夫就在不久之后背弃了她。她开始忍受双重的折磨……我知道了,我在遥遥注视。我真想即刻赶到她的身边——有一只娇柔的手轻轻拽住了我的衣襟,使我不能举步。黄色的尘土在空中翻卷,黄河的沙土搅得我睁不开眼睛。我只能在很远的地方向那片绿色平原眺望。

一天的星辰和露水一起垂落下来。它们离我越来越近,越来越近,就像一片大睁的眼睛。我在这低垂的星辰下徘徊不止。

又是一个夜晚,葡萄园的清风直面扑来,护园狗的吠声比往日更加烦躁不宁。我像倾听着一种长久的呼唤。我终于迎着这呼唤走进了园子。

微弱的星光下我看清了护园狗。它是一只浅黄色的、二尺多长的小狗,黑色的小脸膛上,一双眼睛被露水弄得湿漉漉。它昂着亮亮的小鼻子向我嗅着。奇怪的是它连一点声响也没有发出。我敲响了泥屋小门,里面传出轻轻的呼吸声。门"吱"一声打开了。

她站在门旁。

"西莱子姑娘……我早就来了……"

她点点头,冷冷地看着我。

我从她的身侧进到屋里,我想看一眼熟睡的孩子。她跟在我的身边,我俯到孩子身上看了看,见到了一个美丽的女孩。她正酣睡,身上搭了一块向日葵花瓣那样的金黄色毛巾。孩子的睫毛很黑很长,小鼻孔圆圆的。我想在她娇嫩的脸蛋上亲一下。我又撩开毛巾,看了看她的小手,盖上了。她在我身后说:

"叫果果。"

我重复了一声:"叫果果。"

这时有一股熟悉的气味飘进了我的鼻孔,我转身看了她一眼。她问:

"要看看我的葡萄园吗?"

"走吧,我们到外边走一走。"

我们走在园子里。她离我很近,但是我们没有碰着。我多想牵住她的手——就像当年那样,但我终于没有伸出手去。离小屋一百多米远的地方有一个露天小草铺子,上面有一架破烂的帐子,里面有一只枕头和一床毛巾被。显然她晚上要在这里过夜,看护葡萄。那时候她会把护园狗也牵过来。我问:

"一个人不害怕吗?"

她摇摇头:"我也惯了。放过好几枪——要不他们总在园子边上闹……我已经什么都不怕了。"

"你的枪在哪?"

"藏在铺子下边。"说着从铺子下一个隐蔽的角落里摸出了一支长枪。那枪被摩挲得油光光的,看出来她经常使用。

"你不怕把他们打伤吗?"

"不怕。我在这个世界上就是一个人了。我一个女人家,他们来欺负我,打伤他们又怎么?我打死他们!"

我身上战栗了一下。但与此同时,我突然就握住了她那滚烫滚烫的手。她推开了我。

我呆站了一会儿,又往前走去。这些葡萄树都看不太清,但我知道它们长得非常好。如果我没有记错的话,那么大概是这片原野上唯一像个样子的葡萄园了。这几年酒厂和葡萄榨汁厂早就饱和了,人们纷纷毁掉了葡萄园。再加上防风林一片片倒下,流沙又狂起来,每年开春和秋末都有葡萄树给陷到沙里。人们只在荒地上开出一小块好土,种上不用操心的什么花生啊、地瓜啊,聊以自慰。

西莱子姑娘的葡萄园管理得这么好,可以想象她付出了多么巨大的劳动。这片园子饱浸了她的汗水。我想在今天她也只有种葡萄了,她不可能有其他维持生计的选择。因为她一来到这片平原上就在葡萄树下奔波,她的千辛万苦和无数美好的记忆,都多少与这些葡萄树有关……种植业的失败,使往日那些经营果林的人像逃避瘟疫似的远远逃离。西莱子姑娘完全可以逃到小城里去,因为她这儿没有家了,她如今真的是被遗弃了。但她却迎面站在了风沙里,好像要故意在这里留下什么标记似的——这里竟然由一个好女人看管住了一片绿洲。

她摘下来一串葡萄,我一个颗粒一个颗粒往嘴里填着。清香和甘甜渗透了我的全身。我燃上了一支香烟。烟雾顺着被葡萄汁润湿的喉咙漫过,立刻泛出一股特别的香甜。我大口地吸着香烟。接着我说了一句蠢话:

"西莱子姑娘,我不知道这些年你把我忘了没有。"

"我这辈子只有一件事情没有做好,就是没把你一下子丢到脑后去。我是因为认识了你才过得这么糟。你没有给我带来什么好处,你该明白。"

我点点头。我想肯定是这样。

她又说:"有时候我真恨你。我想,世上谁能交给一个男人这样的权力?他怎么可以糟蹋了我全部的日子、糟蹋了我这一辈子?我早知道你来了,也想去找你,不过一次次我都把自己阻止了。我干吗要去?这个人糟蹋了我一辈子。我被他给毁了。我觉得世上没有谁会这样妨碍我——我跟这个人是什么关系呢?我现在什么都没有了,一个人拉扯孩子,当壮劳力,浑身的土洗都洗不净……

忘了你,忘了过去,说得多容易,做不到啊。我的心交给一个人就不会交给另一个人——不管他是谁。这就是我的千辛万苦开头处。可那个人到天边去了,他跑了,走了,走得干干净净。我常想,有一天如果我在半路上遇到他,像见到仇人一样抓破他的脸?向他开一枪?我不该这样吗?我不该这样吗?"

她肯定失去了理智,她的责备太重了。不过我也无言以对,因为她在受苦……她的手和头一块儿撞击着我的胸部。我沉沉的身躯竟然一动不动。她打了一会儿,手里的猎枪掉在了地上。她跺着脚,把头伏在了我的肩膀上。我用手抚摸她的脊背,轻轻拍打两下,把她扶起来。我说:"走吧,好好看看你的葡萄园。"

这片葡萄园确实太小了,我们只用了十几分钟就沿它转了一圈。葡萄树上老有什么滴滴答答在响,我想那是一些不安分的昆虫,或者是凝聚在叶片上的露滴。

我在园子里逗留到半夜,西莱子姑娘说:"你躺一会儿吧。你会很疲劳的。"说着让我躺在那个露天的小铺子里,她也回去休息了。

我一个人躺在那儿,倾听着外边"滴滴答答"的露水声。

平原上的夜,露水真盛啊。不知过了多久,我听到外面有轻轻的脚步声,我想大概她要在园子里边最后看一遍。我怎么也睡不着。天有些闷热,我就把帐子扯到一边去,这样我仰着脸,又和一天的繁星遥遥相对了。我大睁着眼睛看着天空。天真蓝啊,没有一丝一缕的云彩。我会记住这片繁星闪耀的夜空——我走了那么多地方,但不曾看见一片夜空比得上这里的明净和妩媚……这会儿脚步声仍然在响,好像近了一点。又过了一会儿,我身边放上了什么,用手一摸,原来是身上包裹了毛巾的果果。一股暖流从我心中流过,但我没有动。我佯装睡去。又一会儿,我听见护园狗"哼哼唧唧"的声音。原来它也给拴到了铺柱上。这会儿西莱子姑娘上了铺子,但她马上转过脸去歇息了。她好像一下子就睡过去,因为再也没有动一下。果果就睡在我们两人之间。我觉得时间过得飞快,这时候忍不住爬起来,在灰暗的光色下端量着她。她当然老了一点儿,但还是比我年轻。奇怪的是她差不多一点也没有胖。无法掩饰的怨艾留在她的眉梢上,好像再也驱除不掉。她穿了一件黑色和红色横条相间的连衣裙,苗条而丰满的形体凸现出来,看上去像一只漂亮的雌蜂。她的两只胳膊等于是雌蜂的两只小而灵巧的翅膀。我把她这对翅膀抬起来,合到一起。她还没有醒。我把果果小心翼翼地移开,挨到了她的身边。一种女人特有的气息团团环绕了我。我愿意一直这样睡去。后来她睁开了眼睛。她一直看着天空。她轻轻说:"我们睡不着,就让我们说话吧。让我们好好说一会儿。"她的手握住了我的手。有好长时间我们就这样仰躺着,面对星辰……

"你准备就一个人过下去吗?"

"……过下去。"

"我来到葡萄园,干扰了你的生活吗?"

"一点也没有。"

我说不上高兴还是失望。我听着她说下去。

"你想想,过日子总有好些想不到的事儿。什么下了一场糟糕的雨啦,葡萄得病啦,卖不出去啦,各种事儿都要发生。这些都要我去应付啊……"

我打断她的话:"那么你也在应付我了?"

"嗯。怎么不是呢?不过我应付你要用全身的力气,我差不多都快抵挡不住了。你比什么都难应付啊……"

说到这儿,她的右手从我的手掌中抽出,越过我的身子给果果盖了盖被子。

"果果长得很像我,白天你再好好看她,一定会喜欢。奇怪的是那个人离开我,一点也不想果果。好像果果身上一点也没有他的东西似的。果果长大的时候也许会像他一点儿。这说不定……"她这样说着,突然又转了话题:"我现在一个人管着这片园子倒也挺好。你呢?你能告诉我这些年是怎么过的吗?"

我不由自主地从一边摸出一支香烟。我刚刚划亮火柴,就被她夺走了。她说孩子在一边,别抽了。我说:

"这些年的日子怎么说呢?我走了不少地方。过得还算愉快。因为大家都说我过得还算愉快。我自己也就没有什么好说的了。不过我还是到处奔跑,怎么也不能在一个地方待下来。我也有个窝,我的小窝很温暖。可我还是要到处奔跑。你知道,我这个人好像是游荡惯了。我老像是在寻找什么丢失的东西,又像被什么催逼着赶路。我老想走啊走啊,脚底发热。我回忆了一下,好像从十几岁时就有这种感觉。不过那时要寻找的东西都是具体的,随着慢慢长大,具体的东西就从我的视野中消失了。我也不知到底要寻找什么。它是一个人吗?一个声音吗?一盏灯吗?一本书吗?

都不知道。它闪闪烁烁,像在远方向我呼唤似的,我前进一步,它就后退一步。有时我觉得它就在眼前,有时又觉得它一辈子也不能挨近。它这会儿就好像藏在你的葡萄园里,就好像藏在你的身上、你的魂灵里。我怎么也说不清……"

我的喉咙一阵发热,她的手按在我的眼睛上,我明显地感觉到有什么东西把她的手掌润湿了。我把她的手掰开。我说:"我非常害怕冬天,那时候很冷,我像你一样,要一个人想办法抵挡这些寒气。秋天很快过去了,接着就是冬天。冬天对谁都一样啊,它是非常寒冷的。"

她长时间悄无声息。我知道她在倾听,她不会睡过去。果果翻动着身子,呼唤了一声。那声音多么稚嫩,多么弱小,很快就消失在夜晚的园子里了。护园狗烦躁地在铺柱那儿磨着脊背,轻轻地哼着。黎明就要来了。我听见整个原野上一种躁动不安的声息,正沿着地平线向这儿移动。远处的海浪似乎随着星辰的隐退而变得愈加清晰。我仿佛看到在淡淡的星光下,海水起伏,波纹十分微小;一两个被海水蚀白了的船儿轻轻摇荡,船上斜搁了几支残橹。在雨声一样细碎的枝叶抖动声里,我感到了一点凉爽。这时我又一次俯起身来看着她的脸。我发现她微微闭着眼睛,两道睫毛那儿分别有一两个泪珠。她睁开了眼睛,说:"这个夜晚,我们俩一点也不困,谈了好多话。不过我们心里想的,肯定比谈出来的要多好多。"她把我的两只手端起来,合到一起拍打着。

天上的星辰开始模糊,天空出现了一抹淡淡的白光。我坐起来,注视着一旁的果果。这个娃娃嘴巴动着,发出了细碎的梦呓。

我把耳朵对在她的嘴上倾听,一切都含混不清。我什么也没有听懂。在她的梦里,有着她母亲和父亲童年的故事。这故事也包含了我——一个在原野上赤脚奔波的少年。我不知道这个夜晚会不会编织进孩子崭新的梦里。我多愿意在她的梦幻里充当一个角色。我吻了吻她嫩嫩的两腮。我把眼睛对在她的眼睛上,用眨动的睫毛去扫动她。孩子有些厌烦地伸出小手推了我的前额一下。她这一下推走了我好多的念头。我大睁着眼睛看了看四周,走下铺子。西莱子姑娘也坐起来。她注视着地上的猎枪——那杆枪已经被露水打湿了,冰凉的枪筒上凝满露珠。我把枪捡起来,倚放到铺柱上,吸了一口清新的空气。

天就要亮了。天上已落下了最后的一颗星星……

1991 年 5 月

一个人的战争

有一只离群鸟儿,尖叫着扎进树丛;几分钟后,不知是不是原来的那只鸟儿,跳出来,歌唱一会儿,落在草地上。绿草里有一个小虫子被它逮到了,它吞食了虫子,又向上飞了一会儿。它垂直起落了两三次,像在试验一种什么。最后它奋力拍动翅膀,向大海的方向飞去。

它消失了一会儿;后来不知是不是那只鸟儿,又从海边飞过来。它这一次在一根高高的槐树枝上落下了,歌声听起来有点怪异,它看到了什么?它为什么总是自己来来往往?

吕义躺在荒滩上,耳朵里爬进一个蚂蚁。他把蚂蚁弄出来,用沙土埋了。那只鸟儿被他盯过来盯过去。他身边有一个黑色的纸团,冒着热气。这会儿他看看太阳,从纸团中找出一只烧鸡。旁边还有一个酒瓶。他把嘴对在酒瓶上饮一口,又撕下一个鸡腿。饱餐一顿之后,头让树荫遮着,只余下身躯被太阳烤晒,睡起了午觉。

到太阳西斜时分,他爬起来。远处响起了枪声,他蹿上一棵大树。响枪的方向一会儿冒起了浓浓的黑烟,接着传来哭喊的声音。

对这一切吕义都习惯了。他从腰上飞快掏出一支驳壳枪。这支枪起码有八成新。他在手里掂了掂，漫无目的向前一甩。但他并没扣响扳机；后来他又飞快地把枪插到了衣服下面。动作之快，令人眼花缭乱。

　　天黑了，他紧了紧裹腿和鞋带，把黑色帽檐一下转到脑后，腰弓下，一溜小跑往南下去了。

　　自从吕义得到了一支驳壳枪——那完全是意外的收获——就再也待不住了：有一天他从杀猪铺出来，揩去一手血迹，对身后的烧锅老板说，他要给打麻将那伙人送一碗肉汤去。他常到烧锅那儿帮忙，烧锅在最后总要舀出一点肉汤给他，作为酬劳。于是他长得很壮，十八九岁脸上就有了横肉，有了发光的皮肤。那天他提着一个柳木饭盒，里面装了几碗肉汤。离烧锅有半里多路，拐过几条街巷，就是那个打麻将的去处。岗楼上的人也经常下来打麻将。他提着盒子进去，里面的人对他都熟。那个秃头秃脑的家伙这会儿可能干得很顺手，旁边放了一堆钱，还有一支闪亮的驳壳枪。吕义把肉汤给他们摆在一边，他们眼睛也不眨一眨。那个秃头秃脑的家伙瞥了一下吕义，吕义赶忙向他哈哈腰。后来他就站在一边等。一会儿他们把肉汤喝了，每人从脸前抓起一个硬币投给他。他把硬币装了，又到他们面前去收拾碗。他把空碗一个一个摆到柳木盒里。当他走到秃脑跟前的时候，不知怎么觉得该把那支枪和碗一块儿装进去。他很随便，几乎是脸不红心不跳地把碗和枪一块儿装进了盒子，竟没一个人察觉。他提着饭盒头也不回走出了麻将屋。当后脚一离开门槛，后面的门"咣"一声关上时，他就飞跑起来——刚跑了几步就取了枪,扔下那个盒子。他再也不回烧锅铺,不回杀猪的老屋了;他一直向北疯跑,直到蹿进那片荒滩的紫穗槐丛子,一颗心才算落定下来。

他擦着满额豆大的汗珠,端量着手里的枪,不知是福是祸。早就该有一支枪啦,不过他可没想到这么快就到了手。

吕义自从有了这支枪,就没让它安歇过。他设法搞来一大堆子弹,藏在荒滩上。日子久了,他又在荒滩上有了几个隐蔽的巢穴,它们都在一片树丛草窝里,风雨不透,隐秘得很。他过得似乎很自在,白天在荒滩玩,天一擦黑就蹿出去。他一个人非常利索,腰上扎皮带,腿上打裹腿,串村走户,谁见了都要慌忙接待。他跟这叫"慰劳"。都知道他是一个抗日战士,而且独来独往。他到了半夜,随便找一个炮楼,离得老远向上打枪。紧接着,炮楼里的人就乱了,狗也狂吠。当炮楼往外还击时,他早已跑没了影子。他到了另一个地方,又冲着炮楼打几枪。那个炮楼照例乱上一阵。

只有一次是例外。那次他刚刚迎着炮楼开枪,炮楼的吊桥立刻放下,狗和人"哇哇"叫着冲过来。他把枪掖进腰里,沿着野地一条沟渠往北疯跑——跑了一会儿他发现,前边斜横着又插过来另一群敌人。他慌了。性急之中,一头冲进了渠边的一片红麻地里。听着枪杆拨动红麻的声音,心想这一下完了。可后来那拨动声越来越远……他死里逃生。

打那儿以后,他打枪时离炮楼更远了。

他很想打死一两个敌人,但总也做不到。不过他每一次骚扰敌人之后,敌人总要到周围的村庄进行报复,有时难免干出一些奸淫掳掠的事情。他们把村民驱赶到广场上,吆喝着让村子交出那个人来。村民并不隐瞒他的姓名,都说那个人就是过去一个杀猪铺里的吕义。敌人贴出告示,到处捕捉吕义。

吕义一个人,像鱼儿游在海里,谁能捉得到?他在荒凉的大海滩上神出鬼没,惹得敌人两眼通红。他们不止一次设法到荒滩上围剿,结果一次也没成功。这片荒原太大了。敌人为一个人又不值得投入太多兵力,吕义感到十分得意。他决心把一个人的战争永远进行下去。

他成为所有村庄都知道的一个人物,有吃不完的东西。老乡们乐意把最好的米面送给他,吕义不愿要,因为他忙着战斗,没有时间做饭。后来老乡们就把烙成的饼送给他。有一些荤腥是生的,吕义就提到海滩上,拢把火烧一烧吃。一些酿私酒的人都是吕义的好朋友,他得以品尝所有的好酒。他常常醉过去,当醉了时,行动不便,老乡们就把他藏起来。

有一次,老乡把他藏在一个碾屋里——那天正好遇上敌人进村催粮,吕义吓得藏到碾盘下面。当敌人全部离去时,他从碾盘下面射出了挑衅的子弹。枪声一响,他赶紧跑开了。可是敌人走到半路又折回来,团团围住了村庄。吕义这会儿一个人早藏到树丛里,回到了那片广阔的荒原。

吕义的名声越来越大了。传到了区上,都知道有一个不畏艰难、单枪匹马坚持抗战的人了。区上派人来联络,吕义很激动,但他警觉性已经相当高了,因为在这些年的奔跑中也增长了很多知识。来联络的人是一个满脸胡须的老者,面皮焦黄。吕义看着他,越看越觉得他像一个伪军,就问:"我们打仗为了什么?"

那个面色焦黄的人吸着烟锅:"为胜利哩。"

"胜利又为了什么?"

"为日子哩。"

吕义摇摇头:"胜利为安上一个'国'哩——"他愤愤地搓着手掌说下去:"我疑心你不是咱的人哩。这么着,得罪了上级也不好,你头里走,我后面跟;你要是胆敢把咱领到鬼怪地方去,枪子可就不认人啦。"

面皮焦黄的老者吓得烟锅抖抖,慌慌地说:"那好那好。"他一路慌着前面走了,吕义跟在后面。转来转去,转到了一个破庙跟前,吕义这才放心地跟进去。他知道,区委一定会在这一类地方。他估计得不错。

区长好好款待了吕义。他们特意为他做了一个砂锅豆腐。吕义装出很爱吃的样子,抹着油滋滋的嘴巴,倾听着一些道理。区长说:从此以后,你就是一个真正的战士了。区长表扬他是一个"孤胆英雄"。

吕义从那儿以后算是入了组织的人。他回到了村子里就告诉老乡说:

"我是一个'孤胆英雄'!"

他抱着一支枪,几乎每个夜晚都要到村子里转几圈。一些熟人嘴对着耳朵说:"吕义又来了。"

吕义在村里玩到半夜,就去寻找炮楼打上一两枪。听着炮楼里人犬混杂、乱成一片,他觉得无比快意。

这样久了,当他打枪的时候,炮楼里的人终于不在乎了。还有一次,在他打完枪之后,炮楼上的人就喊道:"吕义!你这个杀猪的手,总有一天把你皮剥了!"

吕义心里一惊:谁出卖了我?这样想着,心里有些凉。他认为这些村子里什么货色都有。他认为村子里出了叛徒。这样想着,他又迎着炮楼打几枪,喊道:"坚决把你们赶回去!人民战争必胜!"炮楼上又打枪。吕义大骂,用语粗鲁。那种特别奇怪的骂法,是他很早时跟师傅学的。炮楼里的人也骂起来,结果远不是他的对手。一会儿敌人被他骂得服服帖帖。炮楼里的人只好迎着声音不停地打枪。

接下几年里,他从来没有间断过夜间出来骚扰敌人。有一次他在一个老乡家里落脚。那个老乡实在穷得可怜,全家都吃瓜干粉掺糠的糊糊,全家仅有一点玉米面还要给吕义做成一个窝窝头,让他夹着咸菜吃。他们都知道吕义是队伍上的。吃饭时老人流了泪,一边哭一边从身后拖出一个骨瘦如柴的孩子,"吕义他叔,这孩子再待下去就得饿死,你好不好领上,让他参加你的队伍?"

吕义吞吞吐吐应了一声,老人就赶紧让孩子给大叔磕头。孩子刚磕了一个响头,吕义就把他扶起来。他捏了捏孩子的胳膊,又扒开嘴唇看了看牙齿,连连摇头。老人问:"怎么?"吕义说:"队伍上挑人可是严哩,你这孩子等养壮了那一天再来吧!眼下这个样子能急行军吗?你知道,我一个人一天要跑几百里,半晌这边炮楼上刚挨了我的枪子,下半夜我又到河西去捣鼓另一帮去了。你这孩子行吗?有这脚力吗?"

老人半张嘴巴,没说出什么。

吕义说:"待你把他喂壮了那天,我自己来把他领去!"

老人赶紧拱手谢了吕义,心上早已凉了。

随着形势的变化,敌人更加疯狂地报复。他们在村庄建立了自己的组织,有很多便衣像吕义一样神出鬼没。这样吕义的活动就更加艰难了。他改变了活动方式,不能随便在村里过夜了,只能到几个"堡垒户"里取一点东西,再匆匆回到荒原。有几次他甚至不能找个炮楼打枪,干脆就在街口上放起枪来。那时村子就乱起来,后来知道了是吕义干的,见面就埋怨他。吕义说:

"我是要引敌人出来,你们以后听见枪声不要慌。"

他的话有人听在心里。有一次一股土匪闯进村子,枪声一响,村上人还以为又是吕义呢,一个跑的也没有,结果被土匪洗劫一空。事后吕义又埋怨说:"我的枪声你们听不出来?我的枪打起来'嘎勾嘎勾'。"又说:"那帮土匪我饶不了他!你想想,鬼子我都饶不了,土匪又算什么!"

从那以后,吕义到处侦察这帮土匪。有一天他听说土匪入了一个村子,就偷偷摸进去。可那个村子静静的,不像遭到骚扰的样子。他很气愤,离去时就向村庄里打了几枪。当村里的狗一齐吵闹起来时,他又飞快逃走。一口气逃到一个炮楼下面,往上打了几枪。对方赶紧还击。吕义破开嗓子大骂,一边骂一边退去。

一般情况下,吕义不会离开那片荒滩的。那些年里只有几次是个例外,就是区上开会的时候。他曾先后参加了几个区联合召开的积极分子代表大会,并作为区里仅有的几个代表之一,受到了表彰。他被戴上了红花,一个满脸伤疤的领导人热烈赞扬了吕义,说他单枪匹马,深入敌后,搅得敌人不得安宁,是多少年来罕见的一个英雄。又说这么年轻就成了英雄,真是不可思议。这个领导人虽然面貌粗犷,但从讲话中倒可以听出是一个见过世面的大人物。在讲话时,他甚至"咕噜噜"吐出了几句外国话。有人赶紧把嘴对在吕义耳朵上告诉:"俄罗斯话!"

吕义那时候神情肃穆,呼吸都变得沉重起来。后来会场里有人欢迎吕义讲几句。吕义硬着头皮到了台上,两手习惯地在右衣襟那儿抚摸:那里有一支硬硬的枪。他这样摸着,下面的人就可以看见衣服下面那支枪的轮廓,时隐时现。吕义一开始讲有点紧张,讲着讲着胆子就大了。他的大意是:

那片荒滩很大,他就像一只兔子,跑得快就使劲跑,能跑多远就跑他多远!

这时那个满脸伤疤的领导插一句:"这叫'天阔任鸟飞,海阔任鱼游'!"

吕义又接上讲。他说那些村里的人民真好,人民向着他,他又怕什么?他那是打游击,虽说只有一个人,可他代表了人民哩!整个的一片大荒滩,整个的西北部都是他的游击区,他要凭着这杆枪打红天下!

最后一句话口气过大,引起台下的人面面相觑。

那个领导赶忙站起来:"这就是英雄的豪言壮语!"

吕义觉得自己失了嘴,但听到领导的赞扬,口气又硬朗起来,说:"我要一气打到胜利!""胜利"这个词儿在他嘴里有点别扭。他的话讲完了。

领导人上来跟他握手,又发给他一本油印的小册子,册子上有一个红色的标记。他把它掖到怀里,当夜就戴着红花赶回了荒滩。

从那以后,吕义知道了文化的重要性,就偷偷摸摸跟一个村里的私塾先生认起字来。到后来他竟然可以"巴巴呀呀"读出一句话,再后来小册子上的字也认出了一多半。

他一直坚持在那片荒原上活动,而且越来越频繁。随着整个战争形势的发展,那些炮楼开始收缩了。每一个炮楼撤掉的时候,吕义都要不停地骚扰,给他们补上几枪。最后四周只有一两个大炮楼了,吕义也就干得更加起劲。他知道敌人势单力薄,不敢轻易走出炮楼,大白天就在炮楼附近游来荡去。他手提驳壳枪,引得村里人一阵阵惊慌。他对村长也不够尊重,有时大背着手问:"村里最近出木(没)出过汉奸?如果有你阔(可)以告诉我。"村长慌慌点头:"木有木有,木有汉奸。"

村子里几个富裕的人家都特别怕吕义。有一家在荒原上有些名气,很有些历史了,大院四周有青砖垒起的高墙。吕义有时就一下子钻进这家的门洞里,半天不出来。他说:"一旦敌人来了,这里也能抵挡一阵子。"这家有两个太太、一个丫鬟,还有一个弱不禁风的小姐。吕义对那个老东家讲了很多关于今后前程的话,老人不知深浅,只是恭敬倾听。后来吕义提议让那个老东家做了村长的助手。老东家献出了很多钱粮。吕义又把他的事迹报给了区里,老东家就成了县参议。吕义对老东家说:"你家是区里的人了。"

小姐曾经在城里读过书,动乱起来才躲回来。吕义有时候说一些书上的话，小姐就冷冷地瞥过来一眼，并不呼应，吕义很不愉快。

吕义准备机会合适的时候要在这里长住下去。他觉得二姨太沏的茶愈喝愈香。

又过了一年，炮楼里的人投降了，所有的敌人都投降了。欢庆胜利时，吕义离开了那片荒滩。他作为一个英雄已经完成了自己的使命。

他走了之后，四周村里的人还在议论他。当他们在一个偶然的机会知道吕义被记了功时，都感到莫名其妙；特别是吕义宰过猪的那个村子，都愤愤然：

"吕义功在哪里？"

因为实实在在讲，吕义从来没消灭一个敌人。

1991 年 5 月

老　人

在一片山地的边缘,生活着两个老人。那儿很偏僻,但有山有水,林木蓊郁。小茅屋就搭在从山地流出的一条小溪边上。溪水不停地赶路,走向了很遥远的地方;但它在茅屋不远处稍稍歇息了一会儿,于是就形成了一个蓝蓝的小湖湾。

老两口无儿无女,却一点也不寂寞。为什么?因为他们特别喜欢动物,养了猫和狗,还有鸽子、鹌鹑、小羊、鸡、兔子,甚至还有几只刺猬。这些大大小小的动物伴随了他们,让他们高兴,有时也不免惹他们生气。

两个老人在山下已经生活了很久,虽然头发全白了,但身体非常健康。没有人知道他们是哪一年在此定居的,都认为这样两个老人和这样一座茅屋在山下,是自然而然的事情。小茅屋离最近的村子也有十华里远,所以从过去到现在,老两口都负责为那个村子看护山林。

其实他们完全可以自给自足。他们在坡地上垦了一块地,不大不小,正好用来种植一年里所需的粮食和菜。他们喝山溪里的水,用溪边的红土做成了盛粮食的泥缸。夏天,他们在湖湾里洗澡,天冷了就烧热水洗。两个老人都很爱干净,不仅是身上没有灰尘,就连小茅屋内也扫得很光洁;灶口没有积灰,灶前没有草屑。

山上山下都生满了野花,他们最喜欢的是铃兰。这种多年生草本植物每到了五六月份就开出了白色的花,一朵一朵垂着,像一口口小钟。这些悬起的小钟一溜儿摆开,数一数,不是八个就是十个。它们长在阴湿的山坡林下,两个老人常常移栽一些到屋前的空地上。几年之后,小院四周到处都是铃兰了。

初夏铃兰开花了,盛夏又该结出红色的浆果了。

只要是喜爱花的人,就一定有许多的朋友。那些走迷了路的各种动物在茅屋前停下来,一会儿就能得到老人赐给的食物;有的干脆住下,成为小院中的一员了。他们的这些动物中,大多都是自己留下来的。这儿尽管离人们聚居的地方很远,可仍然有不少人特意赶来聊天、玩。来得最多的是老人们,他们说这儿的溪水甜,这儿的烟叶味道也醇。客人玩得时间晚了,就在这儿吃饭。那时猫、狗,甚至是羊和刺猬也大模大样地走到饭桌前。没有一个人驱赶它们,大家都习惯了。

日子久了,人与动物彼此十分理解:对方的性格、心地、特长以及怪癖,早已烂熟于心。动物们甚至或多或少地弄懂了人们的语言,客人们一边吃饭一边说话,它们就默默地听,有时听到热闹处就忘记了咀嚼。

人们给所有动物都取上了名字,什么"花儿"、"小狸"、"二柱"、"三虎子"、"玉玉"、"白白"……哪一个嘴馋,哪一个脾气暴,都一清二楚。它们自己也不想隐瞒自身的弱点,有话直说。比如这年夏天,正是铃兰开花的季节,老人刚刚割下的蜜被什么偷吃了一些,还没等追查,猫儿小花就在它们一伙里嚷:"我知道这事儿会找上我,谁叫我的名声坏了哩!其实我才不愿意吃甜……"

除了在山上和田里忙,老人把所有空余时间都用在它们身上。它们就像老人的一群孩子,有时孝顺,有时顽皮。如果它们之间吵起架来,大爷和大娘就出面调解,哪一个不听,就要挨训。老人希望它们互相帮助,个个讲卫生,勤洗澡、勤漱口,并且要把住处搞得整洁。黑狗三虎子不拘小节,鼻子上常常有鼻涕,不像猫们那样天天洗脸,而且它有一次还迎着大娘打了个长长的哈欠。"修养,还是修养问题啊!"大公鸡二柱跟在大娘和大爷身后,这样议论三虎子。

如果人人都像两个老人这般宽容和仁慈,世界就会充满了爱。他们对大家嘘寒问暖,体贴备至。母狗小狸到那个村子里去玩,被负心的雄狗咬伤了前右爪,让大娘多么痛心。她一天两次催老头子上山采药,亲自为它洗伤口、换药。小狸疼得一叫,大娘就流眼泪。

玉玉是一只鸽子,白白是一只羊。它们小时候都怕冷,冬天都曾被大爷大娘揽进过被窝里,也都不小心在被窝里撒过尿。两个老人不仅没有呵斥它们,反而以人作比,安慰说:"哪家的小孩儿没尿过床?"

老人为它们操了多少心。大家回想这些年的经历,再看看老人的不停奔波,有忍不住的心酸。羊儿白白有一次对大爷和大娘说："俺这些不是人的东西,只能给您二老添累,不能帮上一点忙儿……"两个老人听了一个劲儿摇头,大娘笑吟吟地打断它的话:"也不能这样说。什么才叫帮忙?人活在世上就过一个心情,大家和和气气在一起比什么都好。就拿你们长那副小模样来说吧,俺人就长不出。看看、摸摸,心里恣哩!"

白白把大娘的话回去传达了一下,大家都兴奋,但是沉默着,羞羞的。猫儿小花红着脸问大家:"你们说,我们真的像他们讲的那样,长得那么好看吗?"小花的漂亮是出了名的,算是美的代表。不过由它来提出这样敏感的话题,似乎并不适当。大家都不回答它的话。

从那次以后,它们心里都装了一句话,但并不说出来:"我们是美的。"

为了与心中的话对应,它们从此很注意自己的言行举止。大公鸡二柱过去每天里都忍不住要说四五句脏话,现在只是偶尔才说。鸽子玉玉通常就很讲究衣饰,这会儿干脆描眉搽粉,还染了指甲、抹口红。三虎子讥讽它:"看哪,玉玉急着找婆家了。"玉玉反击说:"就找!就找!我要找一个弃文经商的作家儿……"

六月里,天多么蓝,月儿多么亮,铃兰开花了。一口口小钟悬挂在枝叶下,夏风一吹,发出了"叮叮咚咚"的响声——这声音只有它们一伙才听得见。多好的夏夜啊,入睡真难;好不容易睡着了,有时又被钟声弄醒。

月亮最圆的那几个夜晚,成群的蜜蜂都要出来寻找铃兰花儿。它们钻到花蕊上,或者说是把整个身体攀到了钟锤上,一下一下悠动。

于是满山遍野都是震耳欲聋的叮咚之声。

"吵死了,还让咱睡不?"它们在茅屋前爬起来,搓着眼睛。大家都愉快地抱怨。后来不知是谁说了一句:"多好的月亮天,多好的夜晚哪,这个时候用来睡觉太可惜了:一起玩吧!讲故事吧!说说心里话吧!拉个家长里短吧!"

"中!中!"大家一齐模仿着大爷的话。

1994年9月写,1999年5月改

致不孝之子

尽管我对家里人、对你都隐瞒着什么,你们也知道我在这里待不了太久。那一天到来时,你不会吃惊,只会悲痛。悲痛就足够了。我已七十多岁,可以了。

原说你秋天回来,现在看不能了。也好,纸上谈吧。我有些憋气,当面谈断断续续反而容易遗忘。随想随记。我这一生、我与你、你今后,合在一起想。

作为一个失意的父亲,我想我培养了一个陌生的儿子。你很特别,很争气,太好了,好得不像我的儿子。

我曾经给你带来了少年的磨难和许许多多的、长时间的羞愧。可是这些后来又成了你的资本。现在我老了,秋叶已落,难免感慨。你在大都市,终于远离了父亲的土,回头一想,会庆幸得欢喜。我像你这般大也不在土上,也从事体面的职业,小有名声。我的厄运有一多半是自己找来的。结果换来饥寒辛苦的大半辈子。我们全家因我而穷困,这是我的欠和恩。

……荒疏了文字,失去了文化,让你后来轻视。是因为辛苦的生活让我难以兼顾。你有个好脑子,刻苦,会成。你想让命离我更远,就拼力。走了,成了,越来越远,我不敢认你这个儿子了。

日夜回想许多,都关于你。很难过。我自知无力更改你什么了,还是记这些不废的废话给你,权做遗产。它会告诉你:我总算像个父亲那样,在最后日月里,认真想过你了。

简单一句话:你使我失望、痛心。有时很愤懑。想给你最后命个名,又找不到合适的字句。用个老旧易行的说法吧:你是个不孝之子。

"孝"字蒙了一层灰,还毕竟是个好字。不孝就不好,是对长辈不行义,等于无良知和叛卖。

我的指控在左邻右舍眼里极难成立。看来你已无可挑剔:嘘寒问暖,寄钱物,接我去住。你待我很好。

可我总是觉得你不孝。

这是个固执的印象,这时要真实记下,存个心情给你、给我。

你看到此不要以为人老迈了,心衰意迷,加上长期疏远文字,不知 dog 是狗之类……其实我并未糊涂。你之不孝,也包括对我逐年轻视。不关心我的想法,不看重我的意见,把我视为一个物质主义者,只用满足衣食之方代替一切、搪塞一切。

你不愿与我讨论人情世事。我偶有提示,你即滑过。这是对父亲的精神怠慢,形同欺辱。

你太匆忙,每天有无数学问要做,有那么多名流要过往,在学术上成了精。你读过的书,特别是外文书,比我当年多上十倍。看着你一边系领带一边用眼角瞟公文包,我很气愤。

你误以为这是老年人的孤寂以至嫉妒心理作祟。这回你错了。我虽走入老境,却已抵达安静,害怕打扰,只想留下更多自己的时间。干什么?用来忆想。忆想有快乐。

我的时间并不宽裕。我与一些老年人不同,很忙。人一生奔波,只为了心上的积累。我到了使用积累、自我犒赏的时候了。要不是因为你,我会活得更好。是你的不孝伤痛了我。

因为你是我的儿子,我必须牵挂你。我还爱你。絮叨即是父责。

在你这个百年不遇(至少在我们家是如此)的成功者眼里,倒霉的父亲一生没什么可自豪的。若有,也仅仅因为生了你这么个聪明儿子。错了,我自豪,但不是为你。忆想中自豪感多多涌来。

……不是我少年得志的"成就",也不是青年的辉煌。当然美誉不少,你母亲不失时机地爱上我:这一点最有助于我的幸福。还没有踏入中年我就走了下坡。尔后一路跌落,坠入深渊。去农场、隔离、蹲监,直到多年劳改。最后——遣返。

我感激她与我一起,并且一生忠诚。

忆想之中,自豪感就从下坡路上生出,越来越多;伴随它的有苦,有屈辱,有疼。可是都没能淹没自豪。

你懂事之后目睹过我的苦。我在泥里趴着做活,病中、雨中、雪中,都要做……大雪天被驱上街头扫雪,与其他"异类"一起。这一幕,多么令你羞辱。

我自知坎坷的由来。我对投向的煎熬可不能悔恨。因为在大多数时间里,我知道这是必然结果。也就是说,我是在一种自我把握之中受苦的。

当年,一开始,要摆脱这些,就得重找做人之路。这不能。

……那一天逼讯直到深夜。下半夜三点了,他们再一次让我签字做诬……我拒绝了。这是个开端。你对这段历史已经听熟了。

类似场景不难遭逢,人人如此。

我做过的,很简单。不过是求个真实无愧,不做诬而已。一点也不深奥。结果也就苦难临头,也就自豪。

看上去我败了,一贫如洗,殃及全家。实际上我胜了。我是险胜。胜者,活得像人而已。

我如今就为这一生的不断险胜而自豪。

儿子,你险胜过吗?

大约与年轻和磨难有关,我多多沉默。一起住时,我亦如此。这或可加剧你之误解,你认定父亲眼浊心钝,早无热情。有时提笔忘字,向隅出神,进而加重你之误解。你将父亲看成一个只需安度晚年、与世无争的人。他已无是非感,无激动,更没有你们过量吞服文明药者之敏感。是也,非也。

我提醒你想想父亲的过去、父亲为人的性质。质不变,其他亦不变。

你的交往、学术活动,言行内外,皆不避年迈的父亲。这是你的疏漏。我几次与你讨论,你总是不屑于多谈,瞒哄而过。这又是你的大疏漏。

你不知我正看着你呢,心里除了哀痛,更多怜悯。我的目光,是射向儿子的光,是充满惊讶的光,更是投向平民之子的光……

不,你不是平民之子。我再斟酌,要否认这个说法。因为更真实更准确点说,你应是来自最底层——平民之下者——的儿子。

接下来不由得深长思之:这样一个儿子又该生成什么模样?

自问中,我想抓住症结。

这样一个儿子,有什么权利,没有什么权利,与其他儿子又该有何区别,不可不想个分明。

你经历磨难甚多,看过磨难甚多,为了喘息、活,当年和亲人手足并用,挣扎到流血。你已不凡。后来呢,你当多多行善。远离恶行邪念,该是本能。

你生在地狱,所以尚不能称作"平民之子"。

"平民之子"即应自我苛刻:平民之子以下者呢?

你从地狱之隙挣出,对这个世界的奥妙污脏凶险,无所不知。再聪明曲折的书生,在你眼里也形同傻子。你把嘲笑收在心底。

这或许不错。不过无论如何,你也无由丢失纯良。

……那天你与同伙吵得我难眠。细节不甚清楚,但我知道你们要做点什么。最后议定你来执笔。因为寻到了更有权势者或更有用者,你要进击自己的导师了。他视你如兄弟手足,且已百疾缠身。但你执意要做,硬了心肠。

接下去要寻个堂皇理由,再搬弄时髦的词儿,借以吓人的名义。其实都无济于事。

类似的关节、场合还有许多,不再一一。

总之你太精明,人海中避害趋利,游刃自如。宦路仕途,文墨生涯,学术人生,陷坑累叠,你懂得不是太少而是太多。可叹小小年纪。

异常苦难之童年、少年生活会教导出两类:一类更善,一类更凶。人若恐惧,就会一生屈从、苟且。人若挺拔,就会升华自身,不再畏惧。

你则过于惧怕,怕蹈父之覆辙。

覆辙不好。但不能因此而行亏,而加害他人。

那一夜我想得太过遥远。我想:仅此一分好处在诱惑,你就能对导师落井下石;如果几十倍大的利益拥来,你能否用不太痛苦之方杀死亲母?我全身战栗,汗出如豆粒。

日常中,你的一些聪巧多具有如上性质。我注重性质的分析。

你因胆怯心虚,总要设法拢一伙一帮,寻找安全快意,并假设道德支持。也罢。无效无益。

挺拔之人、清洁爽气之人,从不如此。

我只见过群蝇而没见过群鹰。

你母亲在四十年前,即我遭返土上之前,有机会更有理由离去。慕她者不止一人,个个运气强我十倍。她很美丽。我劝她走吧,她说:"闭嘴。"

她先是等了我许多年。后来我们一起回了。这一场没头没尾的煎煮、超出想象的野蛮欺辱，两人都在一块儿受。

吃了半辈子薯干，玉米饼是精食点心。她像村里妇女一样用蓝布包头，扎上围裙，到沟里寻柴草。她学会了炖薯干。刚开始常常烧焦，我笑，她哭。她说自己真是个无用之人。

她在煤油灯下缝补。她多么美丽。更打动我的，是她的心性之美。

我想起她的去世就难忍悲恸。那病是生你时落下的，时好时坏。有多少辛劳愁苦等着他。你碰伤了手，她哭。你被同学打破了头，她哭。你因出身不能升学，她哭。

你不会忘记母亲那一头白发。

你只要回家晚一点，她都站在村头树下等。我等不及出去找人，老远先看见那白发在黑影里飘。

你可能要说，世上所有母亲都是这样。也许正是。不过我总觉得，其他母子是分开的，而你一直是母亲连着的命，是她接着长的命。当她设法把生命之汁一点一滴注到你身上后，她就死了。

我对下一代的恩情，不及她万分之一。

那个秋天，早晨，是十月末，老天反常地下了一场雪。她离开了我们。

你一直不解，我为什么不随你搬至城里。你厌恶这个屈辱不祥之地。我理解。不过我没有离去之念。

有土就活人。我活下来了，老伴儿入了土。我得守着有她的土。这地方让我舍弃知识，沤我磨我，几十年了，耐性和用心让我费解。我剩下的工夫不多了,就留下解它吧。我得守着有她的土。

你就得来回跑路。你做得像个孝子,大包小裹回乡探亲。街坊们站在那里瞅,分享荣耀。瞅与不瞅大不一样,乡亲的眼光比别处——世上任何一处的目光都沉。这重量你全部收下了。

你过去在地上爬、全身泥巴时,他们见过。什么都见过。这是归来人、体面人的一忌一喜。你的穿着各处、身份名声,他们也一一见过。你满足、欣悦,心里也不能不傲。

……想起那个旱天,你不足十六,被打发去田里抗旱。人长得又瘦又小,这样的都去看水。可是他们偏要让你去搬辘轳。你连水斗都提不稳,央求也没用。是心里的犟劲儿帮了你,硬是做下去。从一大早做到半下午,你实在难挨,手一松,辘轳柄打破了头,血染了脖子。你还是挣着爬起。

你在那口半枯的井上苦做三天。第四天井筒酥泥塌了,人差点活活埋进。辘轳和水斗埋上了。领工的头儿骂你、踢你,还说你是什么人的子弟,故意破坏一口水井……围上的人没几个敢说句公道话,只看你糊在身上的血土。

人的残忍、不公至此,已无话可诉。那一夜我用盐水给你洗了伤口,熬一瓢薯面咸粥分食了,上炕睡觉。我想你妈许久。她离去难说不是福。可是余下者还得活。活吧。

那时你在田里、在学校,最怕听的几个字就是父亲之名,怕被斥为什么"子弟"。你常常打抖,像害冷。这证明着我的亏欠。我又证明着谁的亏欠……

无语无方,忍着熬着。寒冬一到人更苦,父子都去深翻队。沟底结冰,沟沿遮去你的头。你把冻土铲到沟畔,铁锨举到一半,土块就砸到头上。我给你做一双草靴,极大。我之拙手只会做这双草靴了。靴帮缝了生猪皮,防水。

每天天不亮爬起,去工地。你说不起了,再不起了,趴在炕上哭……还是穿上铁硬的生猪皮草靴,迎上顶头风走了。口袋里塞了干粮,是地瓜窝窝。

顶头风夹沙带雪,至今响我耳边。

儿子,也许这辈子再没那样的顶头风了。你那个冬天给吹得胆寒,就一生背过身去。

我说了,这些乡亲都见过。

你心底慢慢生出个结:混好了,回见江东父老。

这个结把你盘住,害你一生。

那天你提上公文包匆匆离去,想不到我会逐字推敲那几页纸。老花镜许久不戴了,为了心静。你把几页纸遗在桌上,想不起我。我说过,我失去了文化。可我并未失去其他。纸上的概念术语已不易懂。但一目了然者,是你过于偏嗜复杂烦琐,其实终究只为遮去一个简单:能否存一丝勇气?或可不卖良心?

我一生见识粗臭文字可谓多矣,不愿你再续作。直看得我手足俱冷。

你在家中、在朋友间津津乐道于某某人之赞扬。大可不必。你显小了。其实仅从心智而论,你也该存个警觉。对来自利益之人的提携,尤要疑惧。

昨天常让你羞愧难当。其实何必。它不过是命中一截。将其抽去，人生即中断。你难以割绝昨日，用力也是枉然。

我在阵阵喘息憋闷中苦苦想去的是，我已无望看到更远的去路，不知你之终点。我也不知你缘何走到时下一步。

知识既不害人，血脉又无劣痕，余下的全是困惑。空气中有一种元素腐蚀了我的儿子。肯定如此。它漫漫无边，无声无息，浸染始终，无坚不摧。

可是真正的人宁可贫困艰难至死，也要一如鹰隼，伸开双翅击打空气。

这些豪言殊为多余。仅有不可回告的隐语，用明白的声气传出。它是关于魂灵之隐语，隔代相悟也未可知……

人老了好比走近。走近了定数，也走近了谜底，人愈平静。想起有后人，有个接续，又复走远。焦虑就如此这般生出。

你长成这副模样我心不甘。

入夜，倾听自己粗重喘息声，自知末路已至。

我梦见最多的还是你的母亲。醒来不胜伤感。她左边一绺发上有一枝卷丹花，灿烂灼目。这是误记。她生前从不如此——许是在另一世界焕发欣悦，盼念与我相会。时候真的也不早。

关于生母的记忆，你该有许多罢。她之温柔、善良、美丽、忍耐，都达到个极数。我爱她，今日愈爱。我在日常苦寂中，相依相扶中，无意间被她进一步教导。这些都留在忆想里。我晚年的岁月只靠她温暖。

生母会给人不息之力。我那次去城里,所遗下的物品中有一件竖条衣褂,肩部襟上都有补丁,针脚密密。我是把它还你。想你不至于扔掉。

你的妻子扔掉也等于你扔掉。她是个水性孩儿,随和、清澈,你要对得起这样天然的生命。

我私下还为这外姓孩儿难过呢。

我家对她有亏欠……她应随从更优良的人。

年轻时我常把美好一面显露给爱人。为了这深爱。久而久之,我在变好。这算个报答,她对我,我对她。不能忍的日子太久,可庆幸者唯有我与你母亲一起。

……居城时,我见你偶尔迁怒于妻。多半为世俗物利所急。她对你比其他贵重十倍。无疾即福,要善待家人。

你太机敏。这些年,你这样的青年多起来了。这是时代之不幸。我预言一下:只要人类还期望好好活下去,时代就最终不会属于你们。时代也会慢慢设法,伸出看不见的手。人们从前纵论经济,常说"第三只手"云云。世道人心,大概也有"第三只手"罢。

你给我钱物,让我"安度晚年"。老人,伤心及至绝望,如何"安度"……

……无非是个"有知识的蠢人"。卑微者之精明首先葬送自身,尔后污浊世界。时人敏捷许多,你精明人亦精明,一举一动尽收眼底。

我儿勿躁。笃定沉思。

要朴素真实地做人。要有耿直之美。

我想告诉你的是:真理这东西还是有的。

你活着感激谁?谁给了你生命并使之延长?追根究底,也不得不认定:真与善使人生,假与恶使人灭。孝,就是感念回报。古往今来,一切背弃真善的行为,都是不孝的行为。

诚然,如上的话并不能阻止你精明地笑或恼。

但我说过,我要在纸上记下来。

记下来留与你。你看了能长一分也好;扔掉,会知道我想些什么。

1995 年

附:短篇小说总目

1973 年

　　木头车

1974 年

　　槐花饼

1975 年

　　小河日夜唱

　　花生

　　战争童年

　　夜歌

　　他的琴

1976 年

　　钻玉米地

锈刀

铺老

开滩

叶春

槐岗

造琴学琴

石榴

1977 年

玉米

蝉唱

公羊大角弯弯

下雨下雪

在路上

1978 年

人的价值

田根本

1979 年

悲歌

告别

初春的海

自语

春生妈妈

达达媳妇

老斑鸠

善良

七月

1980 年

操心的父亲

芦青河边

深林

桃园

丝瓜架下

永远生活在绿树下

1981 年

看野枣

天蓝色的木屐

古井

荒原

三大名旦

两个姑娘和一个笑话

黄烟地

1982 年

女巫黄鲶婆的故事

声音

山楂林

拉拉谷

生长蘑菇的地方

夜莺

踩水

紫色眉豆花

第一扣球手

猎伴

小北

1983 年

泥土的声音

草楼铺之歌

秋雨洗葡萄

一潭清水

挖掘

胖手

篝火

灌木的故事

秋林敏子

1984 年
- 黑鲨洋
- 海边的雪
- 红麻
- 野椿树
- 剥麻
- 蓑衣
- 烟叶
- 烟斗

1985 年
- 夏天的原野

1986 年
- 采树鳔
- 激动
- 三想

1987 年
- 持枪手
- 美妙雨夜
- 梦中苦辩
- 橡树的微笑

满地落叶

童年的马

冬景

我的老椿树

问母亲

1988 年
一个人的战争

王血

蜂巢

绿桨

造船

射鱼

夜海

背叛

阳光

狐狸和酒

头发蓬乱的秘书

一个故事刚刚开始

怀念黑潭中的黑鱼

我弥留之际

唯一的红军

旧时景物

1989 年

　　四哥的腿

　　消逝在民间的人

　　逝去的人和岁月

　　武痴

　　晚霞中的散步

　　山洞

　　书房

　　面对星辰

1990 年

　　酒窖

　　赶走灰喜鹊

　　割烟

　　鱼的故事

1991 年

　　烧花生

　　许蒂

1994 年

　　老人

1995 年
　　致不孝之子

1997 年
　　仙女